*Książkę tę, jak wszystko, co robię,
dedykuję Anne*

Autor pragnie podziękować dr. med. Sunandanowi B. Singhowi, naczelnemu patologowi powiatu Bergen w stanie New Jersey, Bobowi Richterowi, Richowi Henshawowi, Richardowi Curtisowi, Jacobowi Hoye'owi, Shawnowi Coyne'owi i, oczywiście, Dave'owi Boltowi.

1

Otto Burke, czarodziej perswazji, podniósł poziom gry jeszcze wyżej.

— No nie, Myron — powtórzył z zapałem neofity — jestem pewien, że dojdziemy do porozumienia. Ty trochę ustąpisz. Ja trochę ustąpię. Tytani są drużyną. Dlatego chciałbym, żebyśmy w szerszym sensie działali drużynowo. Włącznie z tobą. Bądźmy drużyną, Myron. Co ty na to?

Myron Bolitar złożył dłonie koniuszkami palców. Przeczytał gdzieś, że w ten sposób wygląda się rozważnie. Czuł się głupio.

— Niczego bardziej nie pragnę — zapewnił, po raz n-ty odbijając nieskuteczny wolej przeciwnika. — Wierz mi. Ale więcej ustąpić nie możemy. Twoja kolej.

Otto skinął głową tak żywo, jakby właśnie usłyszał filozoficzny paradoks, bijący na łeb riposty Sokratesa.

— Co ty na to, Larry? — spytał z przylepionym uśmiechem dyrektora sportowego drużyny.

Larry Hanson wszedł w rolę mocnym uderzeniem w stół pięścią owłosioną jak pustynny szczur.

— Chrzanić go! — zawołał, udając, że kipi z wściekłości. — Słyszysz, Bolitar? Rozumiesz, co mówię? Idź do diabła!

— Idź do diabła — powtórzył Myron. — Zrozumiałem.

— Cwaniakujesz, mądralo?!

Myron przyjrzał się mu.

— Masz na zębach mak — powiedział.

— Mądrala się znalazł!

— Jesteś piękny, gdy się gniewasz. Rozjaśnia ci się twarz. Larry'emu Hansonowi powiększyły się oczy. Spojrzał na szefa i znów na Myrona.

— Wyżej srasz, niż dupę masz, Bolitar! — warknął. — Dobrze o tym wiesz.

Myron nic nie powiedział, bo w słowach Larry'ego było sporo racji. Agentem sportowym był zaledwie od dwóch lat, a większość jego klientów stanowili wyrobnicy, grający za najniższe stawki, zadowoleni z tego, że w ogóle załapali się do ligi. Poza tym nie specjalizował się w futbolu — tylko jeden z trzech futbolistów, których reprezentował, grał w pierwszym składzie. W tej chwili zaś siedział oko w oko z trzydziestojednoletnim „cudownym dzieckiem" biznesu, Ottonem Burkiem, najmłodszym właścicielem drużyny w lidze, oraz jej dyrektorem, legendą futbolu, Larrym Hansonem, i mimo braku doświadczenia negocjował z nimi warunki kontraktu, który zapowiadał się na najwyższy w historii w kategorii graczy debiutujących w lidze NFL.

A to dzięki nieoczekiwanej gratce w osobie rozgrywającego Christiana „Asa" Steele'a, dwukrotnego zdobywcy Nagrody Heismana dla najlepszego gracza ligi międzyuczelnianej, trzykrotnego zwycięzcy dorocznych ankiet agencji AP i UPI, czterokrotnego akademickiego mistrza Stanów, w dodatku chłopaka jak z najskrytszych marzeń każdego menedżera — przystojnego, umiejącego się wysłowić, grzecznego studenta, i na dokładkę (to ważne!) białego.

A najlepsze ze wszystkiego, że jego menedżerem był on, Myron Bolitar!

— Przedstawiłem wam naszą ofertę, panowie — powiedział. — Uważamy, że jest uczciwa.

Otto Burke pokręcił głową.

— Uczciwa? O dupę potłuc! — krzyknął Larry Hanson. — Co za kretyn! Zniszczysz chłopakowi karierę!

Myron rozłożył ręce.

— Jak to, nie padniemy sobie w ramiona? — spytał.

Larry już miał na języku kolejny epitet, ale Otto powstrzymał go gestem. W swoim czasie na boisku nie mogły go zastopować takie tarany jak Dick Butkus i Ray Nitschke, a tu zamilkł na jedno skinienie ważącego niespełna siedemdziesiąt kilo absolwenta Harvardu.

Otto Burke pochylił się w fotelu. Nie przestał się uśmiechać ani gestykulować i — jak bioenergoterapeuta z inforeklamy — ani na chwilę nie stracił kontaktu wzrokowego. Bardzo to rozpraszało. Tak malutkich paluszków jak u tego kruchego, drobnego konusa Myron jeszcze nie widział. Ciemne, długie jak u heavymetalowca włosy spływały mu na ramiona, idiotyczna kozia bródka na jego dziecięcej twarzy wyglądała jak naszkicowana ołówkiem, a bardzo długi papieros, którego palił, być może tylko wydawał się długi w jego palcach.

— Porozmawiajmy rozsądnie, Myron — rzekł.

— Rozsądnie? Ależ proszę.

— Świetnie, to nam pomoże. Christian Steele jest wielką niewiadomą. Nie był sprawdzany. Nigdy nie grał w zawodowej drużynie. A jeśli okaże się niewypałem?

Larry prychnął.

— Ty coś powinieneś o tym wiedzieć, Bolitar — wtrącił. — O sportowcach, którzy nie dochodzą do niczego. Którzy się nie sprawdzają.

Myron puścił mimo uszu zniewagę. Słyszał ją tyle razy, że przestał się przejmować. Słowa już go nie raniły.

— Mówimy o zapewne najzdolniejszym rozgrywającym w historii futbolu — odparł spokojnie. — Dokonaliście trzech transakcji i oddaliście sześciu graczy, żeby go pozyskać. Nie zrobilibyście tego, gdybyście nie wierzyli w jego wielki potencjał.

— Ale twoja oferta... — Otto zamilkł i wpatrzył się w płytki na suficie, jakby tam szukał odpowiedniego słowa — nie jest racjonalna.

— Debilna! — wtrącił Larry.

— Ostateczna — skwitował Myron.

Otto z niezmąconym uśmiechem potrząsnął głową.

— Obgadajmy to — rzekł. — Przeanalizujmy dokładnie. Jesteś nowicjuszem, Myron, byłym sportowcem, który chce wejść do elity menedżerów. Szanuję to. Jesteś młodym człowiekiem z ambicjami. Podziwiam cię. Naprawdę.

Myron ugryzł się w język. Mógł mu wytknąć, że są prawie rówieśnikami, lecz uwielbiał — jak my wszyscy, nieprawdaż? — gdy go traktują z góry.

— Błąd w takiej sprawie może ci zrujnować karierę — ciągnął Otto. — Sam rozumiesz. Zdaniem wielu — nie moim! — nie dorosłeś, by zajmować się tak znanym sportowcem. Jesteś bardzo inteligentnym, rzutkim gościem, ale zachowujesz się tak, że...

Pokręcił głową jak nauczyciel zawiedziony przez swojego pupila.

Larry wstał.

— Czemu nie udzielisz chłopakowi dobrej rady? — rzekł, gromiąc Myrona wzrokiem. — Nie poradzisz mu, żeby wziął sobie prawdziwego agenta?

Myron spodziewał się po nich skeczu z dobrym i złym gliną, i to w ostrzejszym wydaniu — Hanson nie zelżył jeszcze luźnych obyczajów jego matki — niemniej wolał złego glinę od dobrego. W porównaniu z łatwym do odparcia frontalnym atakiem Larry'ego podchody Ottona Burke'a były jak wysoka trawa, pełna min i węży.

— W takim razie nie mamy o czym rozmawiać — odparł.

— Nie radziłbym zawieszać negocjacji, Myron — ostrzegł Otto. — To może zmącić kryształowo czysty wizerunek Christiana. Zaszkodzić jego popularności i słono was kosztować. Chyba nie chcesz stracić pieniędzy.

— Nie chcę?

— Pewnie, że nie.

— Mogę to zanotować? — Myron wziął ołówek. — Nie... chcę... stracić... pieniędzy — zapisał. Uśmiechnął się do gości. — Proszę więcej złotych myśli.

— Srala-mądrala — mruknął Larry.

— Podejrzewam, że Christian Steele szybko upomni się o kasę.

Uśmiechem Ottona sterował autopilot.

— Tak?

— Są tacy, którzy wątpią w jego przyszłość. Są tacy — Otto głęboko zaciągnął się papierosem — którzy sądzą, że mógł mieć coś wspólnego ze zniknięciem tej dziewczyny.

— Aha, tu cię boli.

— Gdzie mnie boli?

— Zaczynasz rzucać błotem. A przez chwilę myślałem, że zażądałem za mało.

Larry Hanson dźgnął kciukiem w stronę Myrona.

— Wierzy pan temu smarkowi? Na pańskie uzasadnione wątpliwości co do byłej lali Steele'a, decydujące o jego rynkowej wartości...

— Podłe plotki — przerwał mu Myron. — Nikt nie dał im wiary. Przeciwnie, zwiększyły współczucie dla tragedii Christiana. A poza tym nie nazywaj Kathy Culver lalą.

Larry uniósł brew.

— Widzisz go, pętaka, jaki wrażliwy? — powiedział.

Myron nie zmienił miny. Kathy Culver, rozkwitającą piękność, urodziwą jak jej starsza siostra Jessica, poznał pięć lat temu, gdy chodziła do drugiej klasy liceum. Przed osiemnastu miesiącami Kathy tajemniczo zniknęła z kampusu Uniwersytetu Restona. Do dziś nikt nie wiedział, co się z nią stało ani gdzie przebywa. Jej historia zawierała wszystkie smakowite kąski, które uwielbiały media — była śliczną studentką, narzeczoną gwiazdy futbolu Christiana Steele'a, siostrą pisarki Jessiki Culver, a na pikantny dodatek w grę wchodził gwałt. Prasa rzuciła się na temat łapczywie jak krewni na zastawiony stół.

Ostatnio rodzinę Culverów dotknęła jeszcze jedna tragedia. Przed trzema dniami ofiarą „przypadkowego rabunku", zdaniem policji, padł ojciec Kathy, Adam. Myron miał wielką ochotę złożyć Culverom kondolencje, ale z powodu uzasadnionych wątpliwości, czy będzie pożądanym gościem, postanowił się nie narzucać.

— Skoro...

Zapukano do drzwi.

— Telefon do ciebie, Myron — oznajmiła Esperanza, wsuwając przez nie głowę.

— To go przyjmij.

— Myślę, że powinieneś sam odebrać.

Z jej ciemnych oczu nic nie dało się wyczytać, ale ponieważ tkwiła w progu, zrozumiał, że to coś ważnego.

— Zaraz przyjdę — odparł.

Wycofała się za drzwi.

— Ale cizia!

Larry Hanson zagwizdał z podziwem.

— Dzięki, Larry. Taki komplement z twoich ust to cymes. — Myron wstał. — Zaraz wracam.

— Nie będziemy tu bradziażyć cały dzień.

— W żadnym razie.

Myron wyszedł z salki.

— Dojna krowa — wyjaśniła Esperanza. — Podobno w pilnej sprawie.

Christian Steele.

Niewielu by się domyśliło, że kobieta tak drobnej postury jak Esperanza Diaz to była zawodowa zapaśniczka. Przez trzy lata znano ją na turniejach jako Małą Pocahontas. To, iż była Latynoską, bez uncji indiańskiej krwi, w niczym nie wadził organizacji WDW (Wspaniałych Dam Wrestlingu). To mały pryszcz, stwierdziły. Latynoska, Indianka, co za różnica?

U szczytu zawodowej kariery Esperanzy we wszystkich sportowych halach Stanów Zjednoczonych odgrywano ten sam scenariusz. Pocahontas wchodziła na ring w mokasynach, zamszowej sukience z frędzlami i opasce przytrzymującej włosy, by nie opadały na śniadą twarz. Przed walką zrzucała z siebie sukienkę i zostawała w trochę frywolniejszym stroju, odbiegającym nieco od tradycji rodowitych mieszkańców Ameryki.

Zawodowe zapasy mają żałośnie ubogi scenariusz ze znikomą liczbą wariantów. Część zapaśniczek jest zła, część dobra. Ładna, drobna i szybka Pocahontas, ulubienica tłumów, była dobra i miała muskularne ciało. Wszyscy ją kochali. Zawsze wygrywała walki, bo jej przeciwniczki, aby odwrócić ich bieg, stosowały niedozwolone chwyty — takie jak sypanie piaskiem w oczy lub korzystanie z obcych przedmiotów, które widzieli wszyscy w wolnym świecie z wyjątkiem sędziego. Nadto zła zapaśniczka wprowadzała na ring parę kumpelek i we trójkę napadały na biedną Pocahontas, tłukąc bezlitośnie dzielną ślicznotkę ku zawodowi i jawnej zgrozie konferansjerów, którzy widzieli już tę scenę przed tygodniem, dwoma, trzema...

Gdy zdawało się, że nie ma już żadnej nadziei, z szatni wypadała monstrualna Wielka Szefowa i odrywała damskie bestie od bezbronnej Pocahontas. A potem razem dawały straszny wycisk siłom zła.

Co za emocje!

— Odbiorę w gabinecie — odparł.

Wszedł i na biurku dostrzegł prezent od rodziców, tabliczkę z napisem:

MYRON BOLITAR
AGENT SPORTOWY

Potrząsnął głową. Myron! Wciąż nie mógł uwierzyć, że ktoś może tak nazwać własne dziecko. Kiedy rodzice przeprowadzili się do New Jersey, wszystkim w nowym liceum mówił, że na imię ma Mike. Nic to nie dało. Spróbował więc z Mickey. Na próżno. Wszyscy uparcie nazywali go Myron. To imię było jak potwór z horroru, którego nie można zabić.

Odpowiedź na narzucające się samo przez się pytanie: Nie, nigdy tego nie wybaczył rodzicom.

Podniósł słuchawkę.

— Christian?

— To pan, panie Bolitar?

— Tak. Mów mi... Myron.

Pogódź się z nieuniknionym — cecha mędrca.

— Przepraszam, że przeszkadzam. Wiem, jak bardzo jest pan zajęty.

— Właśnie negocjuję twój kontrakt. W sąsiednim pokoju siedzą Otto Burke i Larry Hanson.

— Bardzo się cieszę, ale dzwonię w ogromnie ważnej sprawie. — Christianowi drżał głos. — Muszę się z panem zobaczyć.

Myron przełożył słuchawkę do drugiej ręki.

— Coś się stało, Christianie?

Co za spostrzegawczość!

— Ja... nie chciałbym o tym mówić przez telefon. Czy możemy się spotkać u mnie, w akademiku?

— Nie ma sprawy. O której?

— Jak najszybciej. Nie wiem... nie wiem, co o tym myśleć. Chcę, żeby pan to zobaczył.

Myron wziął głęboki oddech.

— Nie ma sprawy. Wyrzucę Ottona i Larry'ego — powiedział. — To dobrze zrobi negocjacjom. Będę za godzinę.

Zajęło mu to znacznie dłużej.

Wszedł do garażu Kinneya na Czterdziestej Szóstej Ulicy, niedaleko od swojej agencji na Park Avenue. Skinął głową garażowemu Mario, minął tablicę z cenami za parkowanie, u dołu której małymi literami napisano: „+97% podatku", i skierował się do samochodu stojącego poziom niżej — forda taurusa, w wersji podstawowej.

Już miał otworzyć drzwiczki, gdy usłyszał syk. Węża? Prędzej powietrza z przebitej opony. Tylnej prawej. Szybko odkrył, że ją przecięto.

— Cześć, Myron.

Odwrócił się i ujrzał dwóch uśmiechniętych mężczyzn. Jeden z nich był rozmiarów małego narodu Trzeciego Świata. Choć sam — przy wzroście metr dziewięćdziesiąt z okładem i wadze stu kilogramów — też nie należał do ułomków, to tamten mierzył ponad dwa metry i dobijał do stu trzydziestu. Ciało intensywnie trenującego ciężarowca miał tak napakowane mięśniami, jakby pod ubraniem nosił niezatapialne kapoki. Drugi, przeciętnie zbudowany, paradował w filcowym kapeluszu.

Duży, z łapami sztywno zwisającymi przy bokach, podszedł ciężko do samochodu Myrona, przechylając głowę na boki przy akompaniamencie trzasków tej części anatomii, która u normalnych ludzi zwie się szyją.

— Kłopocik z bryczką, dziedzicu? — spytał ze śmiechem.

— Z oponą. W bagażniku mam zapasową. Zmień ją.

— Nic z tego, Bolitar. To drobne ostrzeżenie.

— Tak?

Zbudowany jak kamienica zbir chwycił Myrona za klapy.

— Zostaw Chaza Landreaux — powiedział. — On już podpisał kontrakt.

— Najpierw zmień mi oponę.

Olbrzym uśmiechnął się szerzej. Głupawo i okrutnie.

— Ostatni raz jestem taki miły. — Mocniej zacisnął dłonie na klapach i krawacie Myrona. — Rozumiesz?

— Na pewno zdajesz sobie sprawę, że od anaboli kurczą ci się jaja.

Paker poczerwieniał.

— Co ty powiesz? Prosisz się, żebym ci skuł mordę? Mam ci ją przerobić na owsiankę?

— Na owsiankę?

— No.

— Urocze.

— Wal się.

Myron westchnął. A potem w jednej chwili jego ciało ożyło. Najpierw strzelił oprycha z główki. Zachrzęściło jak żuki pod podeszwą. Z nosa wielkoluda trysnęła krew.

— Skurwy...

Jedną ręką przytrzymując jego głowę za potylicę, łokciem drugiej niemalże zgniótł mu tchawicę ciosem w grdykę. Osiłek zakrztusił się boleśnie i zapadła cisza. Uderzenie jak tasakiem dłonią w kark poniżej czaszki dokończyło dzieła.

Drab osunął się na ziemię niczym worek z piaskiem.

— Dobra, wystarczy!

Mężczyzna w miękkim filcowym kapeluszu podszedł bliżej, celując w pierś Myrona z rewolweru.

— Cofnij się!

Myron spojrzał spod oka na jego kapelusz.

— To prawdziwy pilśniak? — spytał.

— Cofnij się, powiedziałem!

— Dobrze, już się cofam.

— Nie musiałeś tego robić — powiedział niższy gangster tonem urażonego dziecka. — Wykonywał zlecenie.

— Biedny, zbłąkany młodzian. Czuję się okropnie.

— Zostaw Chaza Landreaux, dobra?

— Niedobra. Przekaż to Royowi O'Connorowi.

— Płacą mi za przekazywanie ostrzeżeń, a nie wiadomości.

Mężczyzna w filcowym kapeluszu pomógł wstać powalonemu koledze. Wielkolud, jedną ręką trzymając się za nos, a drugą masując tchawicę, dowlókł się do samochodu. Nos miał złamany, ale gardło bolało go jeszcze mocniej, zwłaszcza gdy przełykał.

Dwaj gangsterzy wsiedli i szybko odjechali. Nie zmienili Myronowi opony.

2

Z samochodu Myron zadzwonił do Chaza Landreaux.

Ponieważ brakło mu technicznej smykałki, na zmianę opony stracił pół godziny. Pierwsze kilka kilometrów przejechał wolno w obawie, że opona zsunie się z koła. Gdy tylko nabrał pewności, że mu to nie grozi, przyśpieszył i zawrócił w stronę akademika Christiana.

Kiedy Landreaux odebrał telefon, Myron szybko wyjaśnił, co się stało.

— U mnie już byli — odparł Chaz.

W tle panował hałas. Płakało niemowlę. Coś spadło i rozbiło się na podłodze. Chaz krzyknął do śmiejących się dzieci, żeby były cicho.

— Kiedy? — spytał Myron.

— Przed godziną. Trzech gości.

— Oberwałeś?

— Nie. Tylko mnie postraszyli. Ostrzegli, że jeżeli zerwę kontrakt, połamią mi nogi.

Połamią nogi? Jacy oryginalni.

Chaz Landreaux, koszykarz drużyny Uniwersytetu Stanowego w Georgii, miał duże szanse trafić już w pierwszym naborze do ligi NBA. Dorastał bez ojca w biedzie na ulicach Filadelfii. Jego najbliższa rodzina — matka, sześciu braci i dwie siostry — mieszkali w dzielnicy, którą — gdyby znacznie poprawić tam warunki życia — można by łaskawie nazwać „ubogim gettem".

Na początku studiów, wbrew przepisom (o kontrakcie mógł bowiem rozmawiać dopiero po czterech latach) duża agencja sportowa Roya O'Connora zaproponowała mu — wypłacaną w miesięcznych ratach po dwieście pięćdziesiąt dolarów — pięciotysięczną „zaliczkę", jeśli podpisze zobowiązanie, że po przejściu na zawodowstwo powierzy jej swoje interesy.

Chaz znalazł się w kropce. Przepisy NCAA — Krajowego Akademickiego Zrzeszenia Sportowego — zabraniały podpisywania kontraktów w trakcie studiów. Taki kontrakt uznano by za nieważny. Wysłannik Roya O'Connora zapewnił go, że to żaden problem. Po prostu antydatują umowę i będzie wyglądało, że Chaz podpisał ją na ostatnim roku. Kontrakt poleży w sejfie i nikt się o niczym nie dowie.

Chaz ciągle się wahał. Podpisanie kontraktu było niezgodne z prawem, lecz z drugiej strony dobrze wiedział, ile taki zastrzyk gotówki znaczy dla gnieżdżących się w dwuizbowej norze mamy i ośmiorga rodzeństwa. W tym momencie do akcji wkroczył sam Roy O'Connor z przynętą nie do odrzucenia: gdyby w przyszłości Chaz zmienił zdanie, to odda pieniądze i podrze kontrakt.

Po czterech latach Chaz zmienił zdanie. Kiedy przyrzekł zwrócić „zaliczkę" co do centa, usłyszał od Roya O'Connora: „Nic z tego. Podpisałeś kontrakt. Jesteś nasz".

Takie, praktykowane przez tuziny agentów, sztuczki były na porządku dziennym. Dwóch największych menedżerów w kraju, Norby Walters i Lloyd Bloom, trafiło za to do aresztu. Na porządku dziennym były również groźby, ale na nich zwykle się kończyło. Żaden agent nie śmiał posunąć się dalej. Jeśli jakiś chłopak trwał przy swoim, agent ustępował.

O dziwo, Roy O'Connor posunął się do użycia siły.

— Musisz na krótko wyjechać z miasta — rzekł Myron. — Masz gdzie się schować?

— Tak, u znajomka w Waszyngtonie. A co dalej?

— Wszystkim się zajmę. Tylko zniknij z oczu.

— Dobra, zrobi się... Aha, jeszcze jedno.

— Tak?

— Jeden z tych, co mnie dorwali, powiedział, że cię zna. Potwór, człowieku. Kawał byka. Elegant, ty go nie rusz.

— Powiedział, jak się nazywa?

— Aaron. Kazał cię pozdrowić.

Myron oklapł. Aaron. Imię z przeszłości. I to kojarzące się jak najgorzej. Roy O'Connor nie tylko używał siły, ale siły, z którą nie ma żartów.

Trzy godziny po wyjściu z biura Myron otrząsnął się z myśli o incydencie w garażu i zapukał do drzwi Christiana. Choć Christian skończył studia dwa miesiące temu, to, jako opiekun grupy na letnim akademickim obozie futbolowym, wciąż mieszkał w tym samym akademiku, co na ostatnim roku. Przedsezonowe zgrupowanie Tytanów miało się zacząć dopiero za dwa dni, ale Myron nie chciał zwlekać z podpisaniem kontraktu.

Christian otworzył drzwi natychmiast.

— Dziękuję za tak szybki przyjazd — powiedział, zanim Myron zdążył podać przyczynę spóźnienia.

— Nie ma sprawy.

Z twarzy Christiana Steele'a zniknął zwykły zdrowy kolor i zniewalający studentki, szeroki, nieśmiały uśmiech, a z policzków, w których, gdy się uśmiechał, robiły się dołki, rumieńce. Trzęsły mu się nawet słynne mocne pewne ręce.

— Proszę wejść.

— Dzięki.

Pokój w akademiku przypominał dekorację z serialu z lat pięćdziesiątych. Przede wszystkim panował w nim porządek. Pod posłanym łóżkiem stały w karnym rządku buty, po podłodze nie walały się skarpetki, bielizna i ochraniacze na genitalia, a na ścianach wisiały sportowe proporczyki. Aktualne. Myron nie wierzył oczom. Żadnych plakatów i kalendarzy z Claudią Schiffer, Cindy Crawford czy sobowtórami Barbie. Tylko staroświeckie proporczyki! Miał wrażenie, jakby wszedł do pokoju Wally'ego Cleavera z serialu *Zdaj się na Beavera*.

Christian zamilkł. Stali w niezręcznym milczeniu jak dwaj obcy, dla których na przyjęciu zabrakło kieliszków. Steele wpatrywał się w podłogę niczym skarcony dzieciak. Nie spytał swojego dzielnego menedżera o krew na garniturze. Pewnie jej nie zauważył.

— Co się stało? — zagadnął Myron, chcąc przełamać lody jedną ze swych wypróbowanych błyskotliwych odzywek.

Christian — co niełatwe w pomieszczeniu odrobinę większym od szafy w ścianie — zaczął spacerować. Oczy miał zaczerwienione. Niedawno płakał, a jego policzki wciąż nosiły ślady łez.

— Czy pan Burke wściekł się z powodu przerwania negocjacji? — spytał.

Myron wzruszył ramionami.

— Trafił go szlag, ale niecelnie. Przeżyje. Nie przejmuj się nim.

— Zgrupowanie zaczyna się w czwartek?

— Denerwujesz się?

— Trochę.

— I dlatego chciałeś się ze mną widzieć?

Christian potrząsnął głową i zawahał się.

— Nie... nie rozumiem tego, panie Bolitar.

Ilekroć Christian nazywał go „panem", Myron czuł się jak jego ojciec.

— Czego nie rozumiesz? O co chodzi?

Christian znów się zawahał.

— Chodzi... — Wziął głęboki oddech. — Chodzi o Kathy.

— O Kathy Culver? — spytał Myron, sądząc, że się przesłyszał.

— Pan ją znał.

Trudno powiedzieć, czy było to pytanie, czy stwierdzenie.

— Dawno temu.

— Kiedy chodził pan z Jessicą.

— Tak.

— Pewnie mnie pan zrozumie. Bardzo mi brak Kathy. Ponad wszelkie wyobrażenia. Była niezwykła.

Myron skinął głową zachęcająco, wypisz wymaluj jak Phil Donahue w swoim talk show.

Christian cofnął się o krok. Mało brakowało, a wyrżnąłby głową w półkę z książkami.

— Potraktowano to jak sensację — zaczął. — Historia

Kathy trafiła na łamy szmatławców, o jej zniknięciu plotkowano w *Gorącym temacie*. Zrobiono z tego rozrywkę. Telewizyjny show. Nazywali nas „sielankową parą". — Palcami nakreślił w powietrzu cudzysłów. — Tak jakbyśmy nie byli z krwi i kości. Jakbyśmy nic nie czuli. Wszyscy mi powtarzali, że jestem młody, że szybko się pozbieram. Kathy była dla nich tylko ładną blondynką, jakich miliony. Oczekiwano, że ułożę sobie życie. Zginęła. No, to koniec i kropka.

Jego chłopięcy wdzięk, który powinien dopomóc mu w staniu się królem reklam, nabrał znienacka nowego wymiaru. Zamiast nieśmiałego, naiwnego, skromnego chłopaka z Kansas Myron ujrzał prawdziwe oblicze Christiana: kulącego się w kącie, osieroconego przez ojca i matkę dzieciaka, który nie ma rodziny ani prawdziwych przyjaciół, a jedynie czcicieli i tych, którzy chcą go wykorzystać.

Jak ja sam? — zadał sobie pytanie.

Potrząsnął głową. W żadnym razie! Inni, owszem, ale nie on. Nie był taki. Mimo to coś zbliżonego do poczucia winy kuksało go twardo w żebra.

— Nie uwierzyłem w jej śmierć — ciągnął Christian — i właśnie w tym tkwił problem. Po jakimś czasie dopada człowieka niepewność. Z jednej strony liczyłem, że znajdą jej ciało, że wydarzy się coś, co ostatecznie zakończy sprawę. Mówię straszne rzeczy.

— Wcale nie.

— Wciąż myślę o tych majtkach, wie pan?

Jedynym śladem w sprawie tajemniczego zniknięcia Kathy były jej majtki, znalezione w kampusie na wierzchu kubła na śmieci. Podobno poplamione spermą i krwią. Potwierdzało to podzielane powszechnie od samego początku podejrzenia, że Kathy Culver nie żyje. Smutna historia, lecz do przewidzenia. Zgwałcił ją i zamordował jakiś psychopata, sądzono. Jej ciała chyba się nie znajdzie, choć kto wie, czy za pewien czas jacyś myśliwi nie natkną się w lesie na jej szczątki, co w wieczornych dziennikach stanie się wiadomością dnia i od nowa ściągnie na tę historię oka kamer w nieśmiertelnej nadziei, że uchwycą pogrążonych w żalu krewnych.

— To było obrzydliwe — ciągnął Christian. — Nazywali je „różowymi". Nazywali je „jedwabnymi". Ani razu bielizną, figami lub po prostu majtkami. Zawsze „różowymi jedwabnymi majtkami"! Jakby to było ważne. Pewna stacja poprosiła modelkę z firmy Victoria's Secret o komentarz na ich temat. Tak jakby nosząc je, Kathy prosiła się o to, co ją spotkało. Jak można tak poniżać...

Christiana, który najwyraźniej do czegoś dojrzewał, zawiódł głos. Myron milczał. Miał tylko nadzieję, że chłopak się nie załamie.

— Chyba powinienem przejść do rzeczy — rzekł wreszcie Christian.

— Nie śpiesz się. Nigdzie się nie wybieram.

— Dzisiaj coś zobaczyłem... Kathy być może żyje.

Słowa te spadły na Myrona jak policzek zadany mokrą dłonią. Nie był na nie przygotowany, nie tego spodziewał się po Christianie, a już na pewno nie wiadomości, że Kathy Culver być może nie zginęła.

— Słucham?!

Christian sięgnął za siebie i wysunął szufladę biurka, które również wyglądało jak rekwizyt z serialu z lat pięćdziesiątych. Stały na nim we wzorowym porządku dwa pojemniki, z długopisami i zatemperowanymi ołówkami, a także biurowa lampa, notes z kalendarzem oraz słownik, *Podstawy stylistyki* i tezaurus, podtrzymywane z boków przez kuliste podpórki.

— To przyszło z dzisiejszą pocztą.

Christian podał Myronowi kolorowy magazyn z nagą kobietą na okładce. Powiedzieć o jej kształtach „obfite", to jak nazwać drugą wojnę światową potyczką. Większość mężczyzn ma hopla na punkcie biustów. Myron nie należał w tej mierze do wyjątków, ale piersi tej kobiety stanowiły wybryk natury. W jej nieładnej twarzy było coś bardzo nieprzyjemnego. Patrzyła w obiektyw wzrokiem, który w zamierzeniu miał wabić, a tymczasem podsuwał myśl, że modelka cierpi na zatwardzenie. Nogi miała szeroko rozstawione, oblizywała usta i kiwała palcem na czytelnika.

22

Co za subtelna zachęta.

Magazyn nazywał się *Cyce*. Czołowy artykuł, jak wynikało ze słów zdobiących prawą pierś z okładki, zajmował się tematem: „Jak ją skłonić, żeby se wygoliła".

— O co chodzi? — spytał Myron, odrywając wzrok od zdjęcia.

— Spinacz.

— Słucham?

Christian, któremu widać nie starczyło siły na powtórkę, wskazał palcem górną krawędź magazynu. Błysnął metal. Spinacza użyto do zaznaczenia strony.

— Dostarczono go razem z nim — wyjaśnił.

Myron szybko przerzucił strony pełne zdjęć nagich ciał, dotarł do zaznaczonej spinaczem i, zmieszany, zmrużył oczy. Erotycznych zdjęć było na niej tyle samo co gdzie indziej, tyle że dołączonych do ogłoszeń. Na samej górze widniał napis:

Telefoniczne fantazje na żywo — wybierz sobie dziewczynę!

Fotografie schodziły w dół w trzech rzędach, po cztery dziewczyny w każdym. Myron przebiegł oczami stronę, czytając z niedowierzaniem reklamy. „Orientalne dziewczyny czekają!", „Soczyste, mokre lesbijki!", „Zbij mnie, proszę!", „Napalone suki!", „Tycie cycuszki!" (ani chyba oferta dla tych, których nie rajcowała mleczarnia z okładki), „Dosiądź mnie!", „Zerwij moją wisienkę!", „Spraw, żebym błagała: jeszcze!", „Potrzebny Robokut!", „Pani Sawanna żąda, żebyś zaraz zadzwonił!", „Jurna kura domowa!", „Szukamy panów z nadwagą". Każdemu hasłu towarzyszyły zdjęcia kobiet w prowokacyjnych pozach i numery telefonów.

Niektóre, o wiele bardziej obsceniczne i wulgarne, przedstawiały mężczyzn w rolach kobiet i kobiety z męskim ekwipunkiem. Części z nich nawet on sam nie rozumiał — jak niepojętych doświadczeń naukowych. Telefony były takie, jak należało oczekiwać: 1-800-888-ZDZIRA, 1-900-46-DZIWKA, 1-800-LIZAWKA, 1-900-DRANIARA.

Myron skrzywił się. Miał ochotę umyć ręce.

I wtedy zobaczył zdjęcie.

W dolnym rzędzie, drugie z prawej. A przy nim hasło „Zrobię wszystko!" i numer telefonu „1-900-344-CHUĆ, 3,99 $ za minutę. Dyskretne opłaty — rachunki telefoniczne i karty kredytowe Visa/MC".

Na zdjęciu była Kathy Culver.

Zmroziło go. Spojrzał na okładkę i sprawdził datę. Był to najnowszy numer pisma.

— Skąd to masz? — spytał.

— Przyszło z dzisiejszą pocztą — odparł Christian, biorąc kopertę. — W tym.

Myronowi zakręciło się w głowie. Próbował przezwyciężyć kołowatość, znaleźć grunt pod stopami, ale patrząc na zdjęcie Kathy, nie mógł odzyskać równowagi. Na zwyczajnej, brązowej kopercie nie było oczywiście adresu nadawcy, znaczków, stempla pocztowego, nazwy miasta ani stanu. Jedynie napis:

Christian Steele
Skrytka 488

A więc nadano ją w kampusie. Adres wypisano ręcznie.

— Z pewnością dostajesz masę listów od fanek.

Christian potwierdził skinieniem głowy.

— Trafiają gdzie indziej — odparł. — Nie do mojej prywatnej skrytki pocztowej. Jej numer jest zastrzeżony.

— To może być fotomontaż — rzekł Myron, trzymając kopertę tak, żeby nie zatrzeć ewentualnych odcisków palców.

Urwał, bo Christian potrząsnął głową. Znów patrzył w podłogę.

— Na zdjęciu jest nie tylko jej twarz, panie Bolitar — powiedział, zażenowany.

— Rozumiem.

Myron w lot pojął, co to znaczy.

— Jak pan myśli, powinniśmy zwrócić się z tym do policji?

— Może.

— Chcę być w porządku. — Christian zacisnął dłonie w pięści. — Nie pozwolę jednak, żeby znowu zmieszali ją z błotem. Widział pan, jak ją potraktowali, kiedy padła ofiarą przestępstwa. Co więc zrobią, gdy zobaczą to zdjęcie?

— Nie zostawią na niej suchej nitki.

Christian skinął głową.

— Ktoś prawdopodobnie wyciął ci kawał. Zanim więc coś zrobimy, wszystko sprawdzę.

— Jak?

— O to się nie martw.

— Aha, jeszcze jedno. Charakter pisma na kopercie.

Myron jeszcze raz przyjrzał się adresowi.

— Tak? — spytał.

— Nie jestem pewien, ale bardzo przypomina pismo Kathy.

3

Na jej widok Myron stanął jak wryty.

Przed chwilą wszedł do baru, rozkojarzony, jakby śnił na jawie, a jego umysł był kamerą, która nie może złapać ostrości. Próbował poukładać sobie to, co zobaczył i czego dowiedział się od Christiana, podsumować fakty i dojść do logicznych wniosków.

Ale nie zdołał.

Magazyn upchnął do prawej kieszeni trencza. Pornos w trenczu! Jezus Maria! W głowie do znudzenia rozbrzmiewały mu pytania. Czy Kathy Culver żyje? A jeśli tak, to co się z nią stało? Co ją, niewinną studentkę, doprowadziło na ostatnie strony pisma *Cyce*?

W tym momencie dostrzegł najpiękniejszą kobietę, jaką widział w życiu.

Ubrana w białą bluzkę, rozpiętą pod szyją, krótką szarą spódnicę i czarne rajstopy, ze skrzyżowanymi długimi nogami siedziała na barowym stołku i sączyła drinka. Wszystko leżało na niej idealnie. Przez krótką chwilę myślał, że jest ubocznym produktem jego snu na jawie, olśniewającym zwidem działającym na zmysły. Ale gula w żołądku szybko wyprowadziła go z błędu. Zaschło mu w gardle, a głęboko uśpione uczucia uderzyły w niego znienacka jak przybrzeżna fala.

Z trudem przełknąwszy ślinę, zmusił nogi do ruchu. Wszystko w barze stało się rozmytym tłem, teatralną oprawą dla zapierającej dech urody tej kobiety.

— Często tutaj wpadasz? — zapytał, podchodząc.

Spojrzała na niego jak na wracającego z przebieżki zgreda w przepoconym podkoszulku.

— Wystrzałowa odzywka — odparła. — Jaka oryginalna.

— Nie bardzo. Za to w jakim wykonaniu.

Uśmiechnął się, miał nadzieję, zwycięsko.

— Cieszę się, że tak myślisz. — Powróciła do drinka. — A teraz spadaj.

— Gramy niedostępną?

— Spadaj.

— Daj spokój — rzekł z szerokim uśmiechem. — Robisz sobie wstyd.

— Co robię?

— To jasne dla wszystkich w tym barze.

— Ale co? Oświeć mnie.

— Że mnie pragniesz. Szalenie.

— Aż tak to widać?

Prawie się uśmiechnęła.

— Nie twoja wina. Mnie nie sposób się oprzeć.

— Ach tak! Zaraz zemdleję.

— Tylko na to czekam, ptysiu.

Westchnęła głęboko. Piękna jak zwykle, piękna jak w dniu, w którym go zostawiła. Nie widział jej cztery lata, ale na myśl o niej wciąż cierpiał. Ale jeszcze bardziej cierpiał, widząc ją. Przypomniał sobie weekend, który spędził z nią w domu Wina na Martha's Vineyard. Wciąż pamiętał, jak morski wietrzyk rozwiewał jej włosy, jak przechylała głowę, kiedy do niej mówił, jak wyglądała w jego starej bluzie od dresu i jak ją przytulał. Było mu błogo niczym w niebie. Mocniej ścisnęło go w żołądku.

— Cześć, Myron — powiedziała.

— Cześć, Jessica. Dobrze wyglądasz.

— Co tu robisz?

— Na górze mam biuro. Praktycznie tu mieszkam.

Uśmiechnęła się.

— Rzeczywiście. Przerzuciłeś się na sportowców?

— Tak.

— To lepsze od pracy tajniaka?

Nie odpowiedział. Zerknęła na niego, ale nie zatrzymała wzroku.

— Czekam na kogoś — oznajmiła znienacka.

— Na mężczyznę?

— Myron...

— Przepraszam. Stary odruch. — Serce skoczyło mu w piersi, bo na jej lewej dłoni nie dostrzegł obrączki. — Nie wyszłaś za tego jak mu tam? — spytał.

— Douga.

— O właśnie. Douga. To on nie wabił się Dougie?

— Wyśmiewasz się z cudzych imion?

Wzruszył ramionami. Słusznie mu to wypomniała.

— Co mu się stało?

Wpatrzyła się w mokry odcisk po kuflu od piwa.

— Jemu nic. Dobrze wiesz.

Otworzył usta i zaraz je zamknął. Odgrzewanie gorzkiej przeszłości nie prowadziło do niczego dobrego.

— Co cię sprowadza do Nowego Jorku? — spytał.

— W następnym semestrze będę mieć zajęcia na uniwerku.

Serce znowu mu przyśpieszyło.

— Wróciłaś na Manhattan?

— W zeszłym miesiącu.

— Bardzo mi przykro z powodu twojego ojca...

— Dostaliśmy twoje kwiaty — przerwała mu.

— Chciałem zrobić coś więcej.

— Lepiej, że nie zrobiłeś. — Dopiła drinka. — Muszę lecieć. Miło było cię widzieć.

— Myślałem, że jesteś z kimś umówiona.

— Coś mi się pokręciło.

— Nie przestałem cię kochać.

Wstała, skinęła mu głową.

— Spróbujmy jeszcze raz — powiedział.

— Nie.

Ruszyła.

— Jess?

— Słucham?

Zastanawiał się, czy nie powiedzieć jej o zdjęciu młodszej siostry w magazynie porno.

— Może umówimy się na lunch? Porozmawiamy.

— Nie.

Odwróciła się i odeszła. Znowu.

Windsor Horne Lockwood Trzeci wysłuchał go ze złożonymi dłońmi. Złożone w geście skupienia dłonie pasowały do niego znacznie lepiej niż do Myrona. Kiedy skończył opowieść, Win po krótkim milczeniu wreszcie rozwarł palce i położył ręce na biurku.

— No, no, co za nadzwyczajny dzień — powiedział.

Na studiach dzielili pokój w akademiku, a teraz wynajmował Myronowi biuro. Bolitar uznawał za komplement, gdy ludzie mówili mu, że nie wygląda na swoje nazwisko. Natomiast Windsor Horne Lockwood Trzeci wyglądał dokładnie tak, jak się nazywał. Blondyn, ze starannie ostrzyżonymi włosami z przedziałkiem po prawej stronie, z klasycznymi rysami, prezentował się aż za ładnie, niczym porcelanowa lalka.

Ubierał się jak absolwent ekskluzywnej prywatnej szkoły — w koszule różowe, koszule z monogramami, koszule polo, spodnie oliwkowe, spodnie do golfa (czytaj: brzydkie), białe kamasze z koźlej skóry (od majowego Dnia Pamięci Narodowej do wrześniowego Święta Pracy) oraz trzewiki z ozdobną perforacją (od Święta Pracy do Dnia Pamięci Narodowej). Miał też bardzo irytujący akcent, wywodzący się nie tyle z konkretnego rejonu Stanów, co z którejś z elitarnych szkół w rodzaju Andover i Exeter (Win ukończył tę drugą). Grał wybornie w golfa — przeciwnikom dawał trzypunktowe fory — a jego rodzina od pięciu pokoleń należała do konserwatywnego Merion Golf Club w Filadelfii i od trzech do równie konserwatywnego klubu Pine Valley w południowym New Jersey. Choć nosił trwałą opaleniznę, jaką widzi się tylko u graczy w golfa (na rękach, poniżej krótkich rękawów, i na szyi, przy wyciętym w kształcie serka dekolcie koszuli), to jego śnieżnobiała skóra nigdy nie była brązowa, lecz spieczona na raczka.

Przy tak stuprocentowym białym burżuju jak Win futbolowa gwiazda, Christian Steele, wyglądał jak włoski pikolak.

Kiedy się poznali, Myron znienawidził Windsora od pierwszego wejrzenia, podobnie jak większość ludzi kierujących się powierzchownymi wrażeniami. Win przywykł do tego, że biorą go za dziedzica starej fortuny, snoba i aroganta — krótko mówiąc, skończonego palanta. Nic nie mógł na to poradzić. Nie szanował jednak tych, którzy polegają na pierwszym wrażeniu.

— Wolałeś nie mówić o tym Jessice? — spytał, wskazując leżący na biurku magazyn porno.

Myron wstał, zrobił kilka kroków i usiadł.

— A co jej miałem powiedzieć? „Cześć, kocham cię, wróć do mnie, tu jest zdjęcie twojej podobno martwej siostry, która reklamuje sekstelefon w piśmie porno"?

— Staranniej dobrałbym słowa — rzekł po namyśle Win.

Zaczął kartkować magazyn, unosząc brew, jakby chciał mruknąć „hm". Obserwując go, Myron postanowił nie mówić mu na razie o Chazie Landreaux i incydencie w garażu. Win bowiem osobliwie — i nie zawsze miło — reagował na groźby wobec przyjaciół. Lepiej więc było zachować te wieści na później, po podjęciu decyzji, w jaki sposób załatwić sprawę z Royem O'Connorem. I z Aaronem.

Win rzucił magazyn na biurko.

— Zaczynamy? — spytał.

— Co?

— Śledztwo. Przecież masz je w planie.

— Chcesz mi pomóc?

— Pewnie. — Win z uśmiechem podsunął mu telefon. — Dzwoń.

— Na numer z magazynu?

— Ależ skąd, do Białego Domu — odparł sarkastycznie Win. — Poświntuszymy z Hillary.

— Korzystałeś już kiedyś z sekstelefonu? — spytał Myron, biorąc aparat.

— Wolne żarty! — Win udał oburzenie. — Taki pełnokrwisty ogier jak ja?! Bożyszcze panien z socjety?!

— Ja też nie korzystałem.

— To może chcesz zostać sam? Rozpiąć pasek, spuścić spodnie i tak dalej.

— Bardzo śmieszne.

Myron wystukał zaczynający się na 900 numer pod zdjęciem Kathy. Choć zbierając informacje dla FBI oraz dyrektorów i właścicieli drużyn sportowych, przeprowadził tysiące rozmów, po raz pierwszy czuł się skrępowany.

W ucho wdarło mu się przeraźliwe pikanie, a potem usłyszał głos telefonistki:

— Przepraszamy. Rozmowa zablokowana.

— Na linii jest szlaban — poinformował Myron.

Win skinął głową.

— Zapomniałem — powiedział. — Zablokowaliśmy wszystkie numery zaczynające się od dziewięćset. Pracownicy nabijali nam rachunki, wydzwaniając nie tylko do dziwek, ale do astrologów, jasnowidzów, po informacje sportowe, przepisy kulinarne, a nawet do „modlitw na telefon". — Sięgnął po drugi telefon. — Zadzwoń z tego. Prywatnego. Bez blokad.

Po dwóch sygnałach Myron usłyszał chropawy kobiecy głos z taśmy.

— Halo. Połączyłeś się z telefonicznymi fantazjami. Jeżeli nie skończyłeś osiemnastu lat lub nie chcesz płacić za rozmowę, odłóż słuchawkę. — Po sekundzie głos mówił dalej: — Witamy w telefonicznych fantazjach, dzięki którym masz okazję porozmawiać z najpiękniejszymi, najseksowniejszymi, najbardziej chętnymi i pożądanymi kobietami na świecie.

Myron odnotował, że głos na taśmie znacznie zwolnił tempo, tak jakby czytał bajkę przedszkolakom. Każde słowo było zdaniem.

Witamy... w telefonicznych... fantazjach...

— Za chwilę porozmawiasz z jedną z naszych cudownych, prześlicznych, zmysłowych, gorących dziewcząt, które są tu po to, abyś mógł się wzbić na wyżyny rozkoszy. Rozmowa będzie bezpośrednia. Opłatę doliczymy dyskretnie do rachunku telefonicznego. Porozmawiasz na żywo z twoją wymarzoną dziewczyną. — Monotonny głos, który recytował swoje w rytmie pentametru jambicznego, dotarł wreszcie do instrukcji: — Jeśli masz telefon tonowy, a chciałbyś wysłuchać intymnych zwierzeń frywolnej nauczycielki, naciśnij jedynkę. Jeśli chciałbyś...

— Długo „rozmawiam"? — spytał Myron.

— Sześć minut — odparł Win.

— Dwadzieścia cztery dolary. To się nazywa „robienie w wała".

— I to złamanego.

Chcąc za wszelką cenę uwolnić się od głosu z taśmy, Myron nacisnął pierwszy lepszy przycisk. Po dziesiątym sygnale — wiedziały, hieny, jak grać na czas — usłyszał inny kobiecy głos:

— Cześć. Jak się masz?

Głos był taki, jak oczekiwał — niski i chropawy.

— Cześć — wybąkał. — Chciałem...

— Jak ci na imię, skarbie?

— Myron — odparł i klepnął się w czoło, połykając przekleństwo.

Idiota! Zdradził, jak się nazywa.

— Mmm, Myron — wymruczała, jakby je smakowała. — Podoba mi się. Jest takie seksowne.

— Czy ja wiem, dziękuję...

— Jestem Tawny.

Tawny. A jakże.

— Skąd wziąłeś mój numer, Myron?

— Z magazynu.

— Z jakiego magazynu, Myron?

Ciągłe powtarzanie jego imienia zaczęło mu działać na nerwy.

— *Cyce*.

— Ooo. Lubię ten magazyn. Jak go czytam, to robię się taka, wiesz!

Krasomówczyni!

— Posłuchaj... Tawny, chciałbym cię zapytać o twoje ogłoszenie.

— Myron?

— Tak?

— Masz miły głos. Taki namiętny. Chcesz wiedzieć, jak wyglądam?

— Nie, nie bardzo...

— Mam piwne oczy. Długie ciemne włosy, lekko kręcone. Metr siedemdziesiąt wzrostu. Wymiary 92-61-92. Miseczka trójka. W porywach czwórka.

— Masz powód do dumy, ale...

— Co zrobimy, Myron?

— Zrobimy?

— Jak się zabawimy?

— Jesteś bardzo miła, Tawny, słowo, ale chciałbym porozmawiać z dziewczyną z ogłoszenia.

— Ja jestem z ogłoszenia.

— Z dziewczyną, której zdjęcie i numer telefonu zamieszczono w magazynie.

— To ja, Myron. Ja jestem tą dziewczyną.

— Powiedziałaś, że masz piwne oczy i ciemne włosy. A dziewczyna ze zdjęcia to niebieskooka blondynka.

Na cześć sokolego wzroku Myrona Bolitara, asa wśród detektywów, Win uniósł kciuki w górę.

— Tak? Przejęzyczenie. Jestem niebieskooką blondynką.

— Chcę porozmawiać z dziewczyną z ogłoszenia. To bardzo ważne.

— Ja jestem lepsza. — Głos zjechał oktawę w dół. — Najlepsza.

— Wcale nie wątpię, Tawny. Jesteś profesjonalistką. Ale w tej chwili chcę rozmawiać z tamtą.

— Nie ma jej tu, Myron.

— A kiedy będzie?

— Trudno powiedzieć. Usiądź wygodnie i wyluzuj się. Zabawimy się tak, że...

— Nie chcę być niegrzeczny, ale nie mam ochoty. Mogę rozmawiać z twoim szefem?

— Z moim szefem?

— Tak.

— Żartujesz sobie — odparła zmienionym, rzeczowym tonem.

— Mówię serio. Połącz mnie z szefem.

— Dobrze. Chwileczkę.

Minęła minuta. Dwie.

— Już się nie odezwie — orzekł Win. — Liczy dolce, które wsunie jej do majtek debil, nim odłoży słuchawkę.

— Nie sądzę. Powiedziała, że mam miły głos. I namiętny.

— Coś takiego! Pewnie nie mówiła tego jeszcze nikomu.

— Wyjąłeś mi z ust.

Kilka minut potem Myron odłożył słuchawkę.

— Ile mi to zajęło? — spytał.

Win zerknął na zegarek.

— Dwadzieścia trzy minuty. — Chwycił kalkulator. — Dwadzieścia trzy razy trzy dziewięćdziesiąt dziewięć za minutę. Będzie cię to kosztować dziewięćdziesiąt jeden dolarów siedemdziesiąt siedem centów.

— Tanio jak barszcz. Ale wiesz co? Ona w ogóle nie świntuszyła.

— Słucham?

— Ta dziewczyna z sekstelefonu. W ogóle nie świntuszyła.

— Jesteś zawiedziony.

— Ciebie to nie dziwi?

Przerzucający strony pisma porno, Win wzruszył ramionami.

— Przejrzałeś je dokładnie? — spytał.

— Nie.

— Połowę zajmują ogłoszenia z sekstelefonami. To poważny biznes.

— Bezpieczny seks. Najbezpieczniejszy.

Zapukano do drzwi.

— Wejść — zawołał Win.

— Telefon — oznajmiła Esperanza. — Dzwoni Otto Burke.

— Zaraz odbiorę — odparł Myron.

Skinęła głową i wyszła.

— Mam trochę wolnego czasu — rzekł Win. — Spróbuję ustalić, kto zamieścił to ogłoszenie. Przydałaby się też próbka pisma Kathy Culver.

— Zobaczę, co da się zrobić.

Win rozłączył dłonie, delikatnie stukając palcami o palce.

— Wiedz, że to zdjęcie jeszcze o niczym nie świadczy — powiedział. — Wyjaśnienie tej zagadki może być bardzo proste.

— Owszem.

Myron wstał z fotela. To samo powtarzał sobie od dwóch godzin, ale już w to nie wierzył.

— Myron?

— Tak?

— Myślisz, że Jessica znalazła się w tym barze przez przypadek?

— Wątpię.

— Powiem ci jedno. Uważaj.

4

A niech go!

Jessica Culver siedziała w kuchni rodziców na tym samym krześle co nieskończoną liczbę razy w dzieciństwie.

Ależ się wygłupiła. Powinna była wszystko starannie przemyśleć, przygotować się na każdą ewentualność. A jak się zachowała? Straciła nerwy. Zawahała się. Zatrzymała się na drinka w barze pod jego biurem.

Idiotka, kretynka!

To nie wszystko. Zaskoczył ją i spanikowała.

Dlaczego?

Powinna powiedzieć mu prawdę. Spokojnie wyjaśnić, po co przyszła. Jednak tego nie zrobiła. Popijała sobie, gdy raptem się pojawił, taki przystojny i taki nieszczęśliwy, taki...

Ale z ciebie pokręcona laska, Jessie...

Tak jest! Pokręcona. Autodestrukcyjna. Mogłaby mnożyć epitety, lecz akurat wyleciały jej z głowy. Naturalnie jej wydawca i agent patrzyli na to inaczej. Uwielbiali jej „słabostki" (ona sama wolała je nazywać „odchyłkami"), a nawet do nich zachęcali. Dzięki nim była wyjątkową pisarką. Dzięki nim jej pisarstwo zyskiwało (według nich) „wyrazistość".

Być może rzeczywiście tak było. Nie potrafiła rozstrzygnąć. Jedno nie ulegało wątpliwości: przez te wszystkie słabostki i odchyłki spaprała sobie życie.

Biedna, udręczona artystko! Jakże cierpi twe skrwawione serce!

Pokręciła głową. Dość tych szyderstw! Niezwykle dużo dziś o sobie myślała, ale to zrozumiałe. Spotkanie z Myronem wyzwoliło masę wątpliwości, prawdziwą lawinę zasypujących ją zewsząd, niepotrzebnych „a gdyby".

A gdyby... Znów się zadumała.

W typowy dla siebie samolubny sposób rozważała aż dotąd wszystkie „a gdyby" wyłącznie pod własnym kątem. Dopiero dzisiaj pomyślała o Myronie, o tym, jak wyglądało jego życie, kiedy zawalił mu się świat — nie od razu, kawałek po kawałku. Cztery lata. Nie widziała go cztery lata. Upchnęła go w zakamarku pamięci, który zamknęła na klucz. Sądziła (miała nadzieję?), że na dobre, że zamek wytrzyma lekki nacisk i się nie otworzy. Lecz kiedy ujrzała dziś przystojną, życzliwą twarz i muskularne ramiona Myrona, a w jego oczach pytanie „Dlaczego mi to zrobiłaś?", drzwi do jej zakamarka pamięci wyskoczyły z zawiasów jak po eksplozji gazu.

Przytłoczyły ją własne uczucia. Tak bardzo zapragnęła znów z nim być, że musiała natychmiast wyjść z baru.

Ty idiotko, ciągle paprzesz sobie życie, pomyślała.

Wyjrzała przez okno. Czekała na przyjazd Paula Duncana. Porucznikowi Duncanowi z policji powiatu Bergen — wujowi Paulowi, jak nazywała go od dziecka — pozostało dwa lata do emerytury. Był najbliższym przyjacielem jej ojca, wykonawcą testamentu Adama Culvera. Obaj przez ponad ćwierć wieku pracowali w policji — Adam jako lekarz sądowy.

Paul miał przyjechać, by ustalić szczegóły nabożeństwa żałobnego. Adam Culver nie życzył sobie uroczystego pogrzebu. Jessica pragnęła porozmawiać z Duncanem o czym innym. Nie podobało jej się to, co się działo.

— Cześć, kochanie.

— Cześć, mamo.

Odwróciła się na dźwięk głosu matki.

Carol Culver wyszła z suteryny. Była w fartuchu. W palcach obracała duży drewniany krzyż, który zwisał jej z szyi.

— Krzesło ojca wstawiłam do składziku — wyjaśniła wymuszonym rzeczowym tonem. — Zagracało kuchnię.

Dopiero teraz Jessica zdała sobie sprawę, że krzesło zniknęło. Zwyczajne, twarde, z czterema nogami, na którym ojciec siadywał, odkąd pamiętała. Stało przy kuchennym stole tak blisko lodówki, że bez wstawania mógł otworzyć drzwiczki i sięgnąć na górną półkę po mleko. A teraz wylądowało w zasnutym pajęczynami kącie piwnicy.

W przeciwieństwie do krzesła Kathy.

Zatrzymała spojrzenie na krześle z prawej. Krześle młodszej siostry. Wciąż tu stało. Matka je zostawiła. Ojciec, cóż, ojciec nie żył. Ale Kathy... kto wie? Teoretycznie mogła za chwilę tu wejść z radosnym uśmiechem, jak zwykle uderzając drzwiami w ścianę, i zjeść z rodziną obiad. Zmarli byli zmarłymi. Gdy mieszkałeś pod jednym dachem z lekarzem sądowym, zdawałeś sobie sprawę, że nic tu po nich. Nie żyli i leżeli w grobie. Inaczej było z duszą. Matka Jessiki, gorliwa katoliczka, co rano uczestniczyła we mszy, a w ciężkich chwilach jak obecna, mocna wiara bardzo jej się przydawała. Podobnie jak komuś, kto ćwiczył na siłowni, przydają się w opresji mocne mięśnie. Wierzyła bez zastrzeżeń w niebiańskie, radosne życie po śmierci. Bardzo ją to pokrzepiało. Jessica chętnie poszłaby w jej ślady, ale z biegiem lat jej religijny zapał zgasł jak świeca.

Z tym że Kathy być może nadal żyła, a jej krzesło było dla mamy latarnią, w której podtrzymywała światło, żeby jej najmłodsze dziecko odnalazło drogę do domu.

Rano Jessica obudziła się zesztywniała, rozmyślając w łóżku o młodszej siostrze. A raczej wymyślając nowe warianty jej losu. Czy Kathy leżała martwa w jakimś dole? Pogrzebana pod gałęziami w lesie? Jako szkielet objedzony przez zwierzęta i robaki? A może jej zwłoki zalano cementem w jakimś fundamencie? Albo obciążone spoczęły na dnie rzeki jak ten miniaturowy nurek z akwarium w salonie? Czy umarła bez bólu? Czy ją torturowano? Czy jej ciało porąbano na kawałki, spalono, rozpuszczono w kwasie...

A może wciąż żyła.

Nieśmiertelna nadziejo.

Czy Kathy porwano? Czy jako biała niewolnica trafiła do jakiegoś szejka z Bliskiego Wschodu? Albo przykuto ją do kaloryfera na farmie w Wisconsin jak tę nieszczęśnicę z programu *Geraldo*? Być może po uderzeniu w głowę zapomniała, kim jest, i żyła na ulicy w stanie amnezji? Albo po prostu uciekła do innego świata.

Możliwości było bez liku. Kiedy nagle znika ktoś bliski, nawet ludzie bez wyobraźni są w stanie wymyślić tysiąc straszliwych scenariuszy albo, co jest jeszcze gorszą torturą, tysiąc powodów do nadziei.

Wszystkie te myśli pierzchły na odgłos strudzonego posapywania silnika. Pod dom podjechał znajomy, pokryty drobnymi wgnieceniami chevrolet caprice, który wyglądał jak wóz używany do holowania uszkodzonych samochodów. Jessica wstała i pośpieszyła do drzwi.

Paul Duncan był krępym, silnie zbudowanym mężczyzną o szpakowatych włosach, które zaczęły mocno siwieć. Chodził pewnym krokiem, jak to policjant.

— Cześć, śliczniotko! — powitał ją na ganku szerokim uśmiechem i cmoknął w policzek. — Jak się masz?

— W porządku, wujku — odparła, ściskając go.

— Wspaniale wyglądasz.

— Dziękuję.

Paul osłonił ręką oczy przed słońcem.

— Cholernie gorąco — stwierdził. — Wejdźmy do środka.

— Za chwilę — powiedziała, kładąc dłoń na jego ramieniu. — Najpierw chcę porozmawiać.

— O czym?

— O sprawie ojca.

— Nie prowadzę jej, kochanie. Wiesz, że już nie zajmuję się zabójstwami. A poza tym, jako przyjaciel Adama i tak dalej, mógłbym się okazać stronniczy.

— Ale na pewno wiesz, co się dzieje.

Paul Duncan wolno skinął głową.

— Wiem.

— Podobno, tak twierdzi mama, policja uważa, że tatę zabił jakiś rabuś.

— Owszem.

— Ty w to nie wierzysz?

— Adama obrabowano. Zniknął jego portfel. Zegarek. Nawet sygnety. Morderca zabrał wszystko.

— Upozorował rabunek.

Paul Duncan uśmiechnął się łagodnie, tak jak kiedyś podczas jej bierzmowania, zabawy z okazji szesnastych urodzin i gdy świętowała zdanie matury.

— Do czego zmierzasz, Jess? — spytał.

— Nie widzisz nic dziwnego w tym morderstwie? Nie dostrzegasz żadnego związku pomiędzy nim a zniknięciem Kathy?

Paul cofnął się o krok, jakby jej słowa lekko go odepchnęły.

— Związku? Twoja siostra zniknęła z kampusu. A twojego ojca jakiś bandzior zabił półtora roku później. Gdzie tutaj widzisz związek?

— Naprawdę uważasz, że nic nie łączy tych spraw? Że pioruny przypadkiem trafiły dwa razy w to samo miejsce?

Paul wsunął ręce do kieszeni.

— Jeżeli pytasz, czy, moim zdaniem, twoją rodzinę spotkały dwie straszne, ale oddzielne tragedie, to odpowiem, że tak. Nic w tym nadzwyczajnego, Jess. Życie rzadko jest sprawiedliwe. Bóg nie rozdziela nieszczęść równo. Niektóre rodziny przechodzą przez życie niedraśnięte. A inne obrywają w dwójnasób. Tak jak twoja.

— Zatem to zły los. To chcesz mi powiedzieć? Przeznaczenie.

Paul Duncan uniósł ręce.

— Przeznaczenie, pioruny trafiające w to samo miejsce — to twoje słowa. Jesteś pisarką. Ja natomiast nazywam to tragedią. Tragicznym, nieco dziwacznym zbiegiem okoliczności. Widziałem o wiele dziwniejsze przypadki. Twój tata również.

W tym momencie otworzyły się drzwi i stanęła w nich matka Jessiki.

40

— Co się dzieje? — spytała.

— Nic, nic, Carol. Rozmawiamy sobie.

— Jessica?

Carol przyjrzała się córce, wpatrującej się badawczo w Paula.

— Rozmawiamy, mamo.

Jessica weszła do domu. Obserwujący ją Paul Duncan odetchnął. Podejrzewał, że może z nią być problem. Nigdy nie akceptowała łatwych rozwiązań, nawet jeśli odpowiedź była prosta. Wprawdzie liczył się z kłopotami z jej strony, lecz miał nadzieję, że mu ich nie sprawi.

Teraz nie bardzo wiedział, co robić.

Północ.

O dziesiątej Christian Steele wsunął się pod koc, przez dziesięć minut czytał, a potem zgasił światło. Leżał bez ruchu na wznak w ciemnościach i wpatrywał się w sufit bez złudzeń, że szybko zaśnie.

— Kathy — powiedział na głos.

Myślami błądził bez celu, przysiadał na chwilę to tu, to tam niczym motyl i leciał dalej, spowity mrokiem, lecz nie ciszą. Na obozie futbolowym coś takiego jak cisza nie istniało. Docierały do niego odgłosy rzucania puszkami po piwie, głośna muzyka, śmiech, śpiewy i przekleństwa. Przez ścianę słyszał ryki dwóch ofensywnych stoperów, Charlesa i Eddiego. Nigdy nie byli cicho, głosy mieli nastawione na cały regulator jak radio z urwanymi gałkami. Christian wprawdzie nie unikał imprez i też pił tak, że wpadał w objęcia białej muszli i rzucał pawia. Ale nie dziś.

Nie dziś!

— Kathy — powtórzył.

Czy to możliwe? Po takim czasie...

Tyle się naraz działo. Skończył studia. Pojutrze zaczynało się zgrupowanie drużyny Tytanów. Zainteresowanie mediów przeszło wszelkie oczekiwania. Lubił być w centrum uwagi, trafiać na okładki *Sports Illustrated*, widzieć podziw na twarzach ludzi, którzy z nim rozmawiali. Miły chłopak, mówili o nim. Naprawdę miły, podkreślali, tak jakby spodziewali się chamstwa po kimś, kto bardzo dokładnie rzuca futbolowym jajem. Kto z racji swoich sportowych osiągnięć winien traktować ich jak istota lepszego, znacznie wyższego gatunku.

Christian był podniecony, a zarazem pełen obaw. Wiedział, że musi myśleć o przyszłości. Na sportowców czyhały niebezpieczeństwa, a sława trwała czasem bardzo krótko, czego najlepszym przykładem był Myron Bolitar. Twoja sportowa kariera potrwa najwyżej dziesięć lat, podkreślił, dlatego ważne, byś zarobił na tym od razu. Stawka była duża. Ogromna. W tej chwili cieszył się sławą, ale pomiędzy sławą amatorską a zawodową istniała wielka różnica. Ta go dopiero czekała. Prawdziwa sława, rywalizacja i pieniądze, a nie tylko akademickie kopertowe, wręczane po kryjomu z ręki do ręki...

I co z tego?

— Kathy...

Zadzwonił telefon.

Christian zerwał się z łóżka. Serce biło mu jak królikowi. Szybkie reakcje czasem szkodzą. Spokojnie, to tylko telefon. Może dzwoni Charles albo Eddie z zaproszeniem na imprezę. Obaj załapali się na kontrakty. Charles w drugiej rundzie do Dallas, a Eddie w piątej do Rams.

— Halo? — powiedział do słuchawki.

Nikt się nie odezwał.

— Halo? — powtórzył.

Cisza trwała, ale dzwoniący nie odłożył słuchawki. Trzymał ją przy uchu.

— Kto dzwoni?

Żadnej reakcji.

Christian przerwał połączenie. Już się kładł, gdy telefon zadzwonił ponownie.

— Halo?

Pilniej wsłuchał się w ciszę. Nic. A może... czyżby to był oddech? Spłoszył się. Nie umiał powiedzieć dlaczego. Jakiś kawalarz dzwonił na jego zastrzeżony numer. Być może Eddie lub Charles. Nie powinien się denerwować.

A jednak się denerwował.

Odchrząknął.

— Czego chcesz? — spytał.

Cisza.

— Zadzwonisz jeszcze raz, to zawiadomię policję.

Z trzaskiem odłożył słuchawkę. Drżała mu ręka. Już miał się położyć, kiedy o czymś sobie przypomniał.

Gwiazdka. Sześć. Dziewięć.

Coś mu dzisiaj przysłali z telefonów. W telewizji były reklamy z kobietą w ciąży. Szła przez pokój do dzwoniącego telefonu, który w chwili, gdy do niego docierała, milkł. A potem? Podnosiła słuchawkę i Cliff Robertson lub ktoś o podobnym głosie mówił zza kadru coś takiego: „Nie zdążyłaś podnieść słuchawki? Czy to był ważny telefon? Dzwonił ktoś, z kim chciałaś rozmawiać? Jest sposób, żeby to sprawdzić. Wciśnij gwiazdkę, a następnie sześć i dziewięć". Po czym, na wypadek, gdyby ktoś nie wiedział, jak obchodzić się z telefonem, demonstrowano to na ekranie, a głos dodawał: „Połączymy cię z osobą, która dzwoniła, nawet jeśli jej numer jest w tej chwili zajęty. Będziemy wykręcali go za ciebie, nie blokując ci linii i innych rozmów".

A potem dzwonił telefon i kobieta w ciąży łączyła się z mężem, pracującym przy desce kreślarskiej.

Christian wystukał gwiazdkę, szóstkę i dziewiątkę.

Telefon zadzwonił.

Christian potarł brodę. Po chwili usłyszał nagrany głos telefonistki:

— W tej chwili numer jest zajęty. Oddzwonimy, kiedy linia będzie wolna. Dziękuję.

Odłożył słuchawkę, usiadł prosto i czekał. Imprezy w akademiku trwały w kilku miejscach. Ktoś krzyknął: „Jahuuuu!". Trzasnęło rozbite okno. Rozległy się wiwaty. Jego koledzy z drużyny zabawiali się w rzucanie puszkami piwa, którymi ciskali tak, jak się rzuca dyskiem.

Na dźwięk dzwonka Christian chwycił słuchawkę niczym zgubioną piłkę z murawy. Połączono go — tak jak ciężarną kobietę z reklamy — z numerem, z którego telefonowano. Po czwartym dzwonku rozległ się głos.

Nagrany na sekretarkę.

— Cześć. W tej chwili nie ma nas w domu. Po sygnale proszę zostawić wiadomość, na pewno oddzwonimy. Dziękuję.

Słuchawka wypadła Christianowi z ręki. Na karku poczuł pieszczotliwy dotyk lodowatej dłoni. Zakrztusił się. Próbował coś powiedzieć, ale nie mógł.

Nagrany na sekretarkę głos należał... do Kathy.

5

Myron wszedł do biura, nieprzytomny z niewyspania. Zeszłej nocy nie położył się do łóżka. Próbował czytać, ale słowa rozpływały mu się przed oczami. Włączył telewizor. Na jednym kanale leciał program kulturalny, który miał tyle wspólnego z kulturą co ser w aerozolu z serem prawdziwym. A na drugim przez trzy godziny kolejne odcinki komediowego westernu *Pogranicznik*, w którym Larry Storch w roli kaprala Agarna demonstrował najwyższy kunszt aktorski. Kto by przypuszczał, że uderzanie kogoś wielkim kapeluszem może być takie śmieszne?

Nawet tak wyrafinowana rozrywka nie pozwoliła mu przestać myśleć o Jess. Wróciła. I nie był to — Win miał rację — przypadek.

O północy zeszła na dół w szlafroku jego matka.

— Dobrze się czujesz? — spytała.

— Tak, mamo.

— Cały wieczór byłeś roztargniony.

— To nic. Mam dużo pracy.

Obrzuciła go niedowierzającym spojrzeniem rodzicielki, która wie swoje.

— Skoro tak mówisz.

Trzydziestojednoletni Myron nadal mieszkał z rodzicami. Co prawda, miał własny kąt — sypialnię i łazienkę w przyziemiu. Fakt pozostawał faktem, że wciąż mieszkał z mamą i tatą.

Pięć minut po powrocie matki do łóżka odebrał telefon od Christiana Steele'a. Osobny aparat na dole dzwonił cicho, by nie budzić rodziców, którzy mieli lekki sen. Christian powiadomił go o dziwnych telefonach.

Myron znał usługę zwaną oddzwanianiem, za którą operator liczył sobie siedemdziesiąt pięć centów. Niestety, nie obejmowała ona podania numeru, z którego telefonowano, i ograniczała się wyłącznie do jego wybrania. Natomiast wciśnięcie gwiazdki, piątki i siódemki uruchamiało „wyszukiwanie numeru", tyle że lokalna firma telefoniczna ujawniała ów numer jedynie uprawnionym władzom.

Myronowi pozostawało więc zasięgnąć języka u jej pracowników, jego starych znajomych. Usługa „oddzwaniania" była dostępna tylko lokalnie, a więc do Christiana telefonowano z miasta. Był to jakiś punkt zaczepienia. Lepszy rydz niż nic. Do aparatu Christiana można też było podłączyć „identyfikator dzwoniącego". Pluskwy najnowszej generacji wcale nie działały jak te z seriali telewizyjnych, których bohaterowie, chcąc ustalić numer, celowo przedłużali rozmowy. Robiły to automatycznie. Identyfikator wyświetlał numer, zanim podniosłeś słuchawkę.

Wszystko to jednak nie dawało odpowiedzi na najważniejsze pytania:

Czy głos, który usłyszał Christian, rzeczywiście należał do Kathy? A jeśli tak, to co z tego wynikało?

Mnóstwo pytań. Mało odpowiedzi.

— Co słychać? — spytał Esperanzę.

Popatrzyła na niego niechętnie, z dezaprobatą pokręciła głową i przeniosła wzrok na biurko.

— Wróciłaś do bezkofeinowej?

Posłała mu kolejne złe spojrzenie. Wzruszył ramionami.

— Ktoś dzwonił?

Potrząsnęła głową i coś mruknęła. Zdaje się, że nazwała go po hiszpańsku „kutafonem".

— Co cię ugryzło?

— Tak jakbyś nie wiedział — odparła zgryźliwie.

— Nie wiem.

Znów przeszyła go złym spojrzeniem. Kobiety miały talent do takich spojrzeń. A Esperanza wprost wyjątkowy.

— Zostawmy to. Połącz mnie z Ottonem Burkiem.

— W tej chwili? Nie będziesz zajęty? — spytała tonem ociekającym sarkazmem.

— Połącz mnie z nim, dobrze? Zaczynasz mnie wkurzać.

— O-ho-ho. Już się trzęsę.

Myron pokręcił głową. Nie miał czasu na znoszenie jej humorów. Przeszedł przez sekretariat, otworzył drzwi i stanął jak wryty.

— Cześć.

Odchrząknął i zamknął drzwi.

— Cześć, Jessico — powiedział.

Najczęściej sportowa sława przygasa stopniowo. Jednak dla garstki pechowców gaśnie nagle jak reflektor po awarii prądu, pogrążając ich w kompletnych ciemnościach.

Tak było w przypadku Myrona.

Najczęściej marzenia sportowców rozwiewają się powoli. Ktoś, kto był gwiazdą w drużynie szkolnej, na studiach grzeje ławę. Światła przygasają. Grający w drużynie akademickiej uświadamia sobie, że nie będzie jej asem. Światła przygasają. Do gwiazdora drużyny uniwersyteckiej dociera, że nie trafi w szeregi zawodowców. Światła przygasają. I tylko jeden na milion z garstki nielicznych, którzy, by posłużyć się określeniem Toma Wolfe'a, mają „to, co trzeba", zostaje profesjonalistą.

Sława oślepia tych, którzy patrzą jej prosto w oczy, na zawsze uszkadzając wzrok. Właśnie dlatego tak ważne jest, by przygasała powoli. Sportowiec ma czas przyzwyczaić się do jej stopniowej utraty. Z niedoświadczonego żółtodzioba zmienia się w gracza u szczytu możliwości, a na koniec w starego wyjadacza, którego kariera pomału się kończy.

W przypadku Myrona było inaczej.

Należał do garstki wybrańców, skąpanych w najsilniejszym blasku, który zdaje się bić nie tylko z zewnątrz, lecz z nich samych. Jego talent do koszykówki ujawnił się już w szóstej klasie. W odwiecznym szkolnym bastionie tej gry, jakim jest powiat Essex w New Jersey, Myron pobił wszelkie rekordy zdobytych koszy i zbiórek. Jak na napastnika był niski, miał programowe metr dziewięćdziesiąt osiem wzrostu (w rzeczywistości metr dziewięćdziesiąt trzy), za to siłę i posturę byka i — jak na białego — dysponował wspaniałym wyskokiem. Chciało go pozyskać wiele uczelni. Wybrał Duke w Karolinie Północnej i w ciągu czterech lat zdobył z tą drużyną dwa tytuły mistrzowskie.

Do Boston Celtics wybrano go już w pierwszej rundzie naboru, jako ósmego gracza z listy. Reflektor jego sławy zapłonął pełnym blaskiem.

A potem nagle strzelił bezpiecznik.

Nazwali to „nieprawdopodobną kontuzją". W przedsezonowym meczu z Washington Bullets świeżo upieczony zawodowiec Myron Bolitar zderzył się z dwoma ważącymi w sumie blisko trzysta kilogramów przeciwnikami. Lekarze zasypali młodzieńca, który dotąd nie doznał kontuzji (nigdy nawet nie skręcił kostki) lawiną słów. Wielokrotne złamania, oznajmili. Strzaskana rzepka kolanowa. Gips. Wózek. Kule. Laska.

Lata rehabilitacji.

Po szesnastu miesiącach Myron zaczął chodzić, chociaż kulał przez następne dwadzieścia cztery. Nie wrócił do sportu. Jego kariera się skończyła. Odarto go z jedynego życia, jakie znał. W prasie poświęcono mu parę artykułów, ale szybko o nim zapomniano.

I skryły go ciemności.

Jessica zmarszczyła brwi. Reflektor? Kiepska metafora. Wyświechtana i nietrafna. Potrząsnęła głową i spojrzała na Myrona.

— To wszystko wyjaśnia — powiedział.

— Co wyjaśnia?

— Humor Esperanzy.

— A! — Uśmiechnęła się. — Skłamałam, że jesteśmy umówieni. Nie ucieszył jej mój widok.

— Co ty powiesz.

— Utopiłaby mnie w łyżce wody.

— Nawet w pół. Napijesz się kawy?

— Tak.

— Możesz zaparzyć kawy? — poprosił przez telefon Esperanzę. — Dziękuję.

Spojrzał na Jessicę.

— Co u Wina? — spytała.

— W porządku.

— Ten budynek należy do jego rodziny?

— Tak.

— Podobno Win stał się — wbrew sobie — specem od finansów.

Myron potwierdził skinieniem głowy, czekał.

— A więc wciąż z nim trzymasz. I wciąż masz Esperanzę. Niewiele się zmieniło.

— Bardzo dużo — odparł.

W drzwiach pojawiła się Esperanza, wciąż z ponurą miną.

— Otto Burke jest na zebraniu — oznajmiła.

— To zadzwoń do Larry'ego Hansona.

Esperanza podała Jessice kawę, uśmiechnęła się diabolicznie i wyszła. Jessica przyjrzała się filiżance.

— Myślisz, że do niej napluła? — spytała.

— Pewnie tak.

— I tak piję za dużo kawy — powiedziała, odstawiając filiżankę.

Myron okrążył biurko i usiadł. Na ścianie za nim wisiały plakaty. Same musicalowe. Zabębnił palcami w biurko.

— Przepraszam za wczoraj. Chciałam cię zaskoczyć, zbić z tropu.

— Ciągle chcesz być górą?

— Chyba tak. Stary nawyk.

Milczał.

— Potrzebuję twojej pomocy.

Czekał. Jessica nabrała powietrza.

— Policja twierdzi, że mój ojciec zginął z rąk bandziora — wyrzuciła z siebie. — Ale ja w to nie wierzę.

— A w co?

— W to, że jego śmierć ma związek ze zniknięciem Kathy.

Nie zaskoczyło go to. Pochylił się.

— Skąd takie przypuszczenie? — spytał, popatrując na nią.

— Policja je odrzuca. Dla nich to zbieg okoliczności, a ja nie bardzo wierzę w takie zbiegi.

— A co na to ten kolega taty z policji, jak mu tam...

— Paul Duncan.

— Właśnie. Rozmawiałaś z nim?

— Tak.

— No i?

Zaczęła stukać nogą. Był to stary, bezwiedny, denerwujący odruch. Po chwili przestała.

— Też twierdzi, że to był napad rabunkowy. Powołuje się na fakty z miejsca zbrodni — brak portfela, biżuterii i tak dalej. Robi to wyjątkowo rzeczowo i bezstronnie.

— Jak to?

— Paul Duncan to człowiek wybuchowy. Raptus. Zabito jego najlepszego przyjaciela, a zachowuje się, jakby się tym nie przejął. To do niego niepodobne. — Jessica poprawiła się w fotelu. — Coś tu śmierdzi, nie umiem tego inaczej wyjaśnić.

Myron w milczeniu potarł podbródek.

— Nigdy nie byłam blisko z ojcem — ciągnęła. — Niełatwo było go kochać. Znacznie lepiej radził sobie ze zwłokami niż z żywymi. Nosił w sercu ideał rodziny, wzorzec, ale wcielenie go w życie okazało się dla niego za trudne. Mimo to muszę poznać prawdę. Ze względu na Kathy.

— Jak się układało pomiędzy nią a waszym ojcem?

— Ostatnio lepiej — odparła po krótkim zastanowieniu. — Kiedy byłyśmy małe, nie byli sobie bliscy. Kathy była córeczką mamy, bez przerwy jej się trzymała i chciała być jota w jotę taka jak ona. Ale w momencie, gdy zniknęła, chyba więcej łączyło ją z ojcem niż z matką. Ciężko to przeżył. Wpadł w obsesję. Nie, to wcale nie jest za mocne słowo. Wszyscy wpadliśmy w obsesję. Jednak nie do tego stopnia, co on. Pochłonęła go całkowicie. Przeszedł metamorfozę. Z cichego, skromnego, nie wadzącego nikomu patologa zmienił się w człowieka wykorzystującego swoje stanowisko do wywierania nieustannych nacisków. Z uporem maniaka twierdził, że policja nie robi wszystkiego co należy, żeby odnaleźć Kathy. Rozpoczął własne śledztwo.

— Czegoś się dowiedział?

— Nie. W każdym razie nic o tym nie wiem.

Myron wpatrzył się w ścianę naprzeciwko. W fotos braci Marx z filmu *Noc w operze*. Groucho łypnął na niego, ale nie podsunął odpowiedzi.

— Co ci jest? — spytała Jessica.

— Nic, nic. Mów dalej.

— Niewiele mogę dodać. Ostatnio, kilka tygodni przed śmiercią, ojciec zachowywał się dziwnie. W poprzednich latach rozmawialiśmy ze sobą może ze trzy razy w roku, a tu raptem zaczął do mnie wydzwaniać. Miał nieco płaczliwy głos. Tak jakby z nowym zapałem odgrywał idealnego tatę. Trudno mi powiedzieć, czy była to trwała, czy tylko przejściowa zmiana.

Myron skinął głową i odwrócił wzrok. Milczał. Już sądziła, że odpłynął myślami gdzieś daleko, kiedy raptem spytał ledwo dosłyszalnym głosem:

— Jak myślisz, co się stało z Kathy?

— Nie wiem.

— Sądzisz, że nie żyje?

— Ja... — Jessica urwała. — Brak mi jej... Nie chcę... dopuścić do siebie myśli, że jej nie ma.

Myron ponownie skinął głową.

— Czego ode mnie oczekujesz? — spytał.

— Żebyś zbadał sprawę. Dowiedział się, co się dzieje.

— Zakładając, że coś się dzieje.

— Tak.

— Dlaczego ja?

— Nie jestem pewna — odparła po krótkiej chwili. — Pomyślałam, że mi uwierzysz. Że pomożesz.

— Pomogę. Pamiętaj o jednym: mam ważny osobisty interes w wyjaśnieniu tej sprawy.

— Chodzi o Christiana?

— Jestem jego agentem. Odpowiadam za jego los.

— Nie przestał tęsknić za moją siostrą.

— Tak.

— Dobrze się czuje?

— Dobrze — odparł Myron z niezmienioną miną.

— To porządny chłopak. Lubię go.

Skinął głową.

Jessica wstała i podeszła do okna. Odwrócił głowę. Nie chciał patrzeć na nią za długo. Rozumiała to. Wyjrzała na Park Avenue. Jedenaście pięter niżej taksówkarz w turbanie wygrażał pięścią staruszce z laską. Staruszka uderzyła go i uciekła. Szofer upadł. Turban ani drgnął.

— Trudno było ci ukryć przede mną uczucia — powiedziała, wciąż patrząc przez okno. — Co chcesz przede mną zataić?

Nie odpowiedział.

— Myron...

Uratowała go Esperanza.

— Larry Hanson wyszedł z biura — oznajmiła, wpadając bez pukania przez drzwi.

Tuż za nią wszedł Win.

— Mam coś dla nas w sprawie tego magazynu... — zaczął i urwał na widok Jessiki.

— Cześć, Win — powiedziała.

— Witaj, Jessico Culver. — Padli sobie w ramiona. — Boże, wyglądasz zjawiskowo! Kilka dni temu czytałem artykuł, w którym nazwano cię literackim symbolem seksu.

— Nie powinieneś czytać takich śmieci.

— Zaliczyłem go w poczekalni u dentysty. Słowo.

Zapadła niezręczna cisza, którą przerwała Esperanza. Wskazując na Jessicę, włożyła palec do ust, udała, że się krztusi, i wypadła z gabinetu.

— Jak zwykle czarująca — mruknęła Jessica.

— Gdzie się zatrzymałaś?

Myron wstał z fotela.

— U mamy.

— Numer się nie zmienił?

— Nie.

— Zadzwonię. Przepraszam, ale muszę wyjść z Winem.

Jessica spojrzała na Wina. Uśmiechnął się szeroko, ale z jego miny jak zwykle nic nie dało się wyczytać.

— Po południu spotykam się z wydawcą — powiedziała. — Ale wieczór spędzę w domu.

— Dobrze. Zadzwonię do ciebie.

Zapadło niezręczne milczenie. Nie bardzo wiedzieli, jak się pożegnać. Skinieniem ręki? Uściskiem dłoni? Pocałunkiem?

— Musimy iść — rzekł Myron i wyminął ją szybko w bezpiecznej odległości.

Win wzruszył ramionami w geście „cóż poradzić" i podążył za przyjacielem. Patrzyła, jak znikają za rogiem. Batman i Robin w akcji.

Widziała Myrona dwukrotnie, a jeszcze się nie dotknęli, ba, nawet o siebie nie otarli.

Dziwne, że w ogóle o tym myślała.

6

— Czego się dowiedziałeś? — spytał Myron.

Win zakręcił kierownicą w lewo. Jaguar XJR zareagował bez jednego pisku. Jechali w milczeniu od dziesięciu minut i słychać było tylko muzykę z odtwarzacza płyt kompaktowych. Win kochał musicale. Właśnie leciał *Człowiek z La Manchy*. Don Kichot śpiewał serenadę do umiłowanej Dulcynei.

— Magazyn *Cyce* wydaje GP — odparł Win.

— GP?

— Wydawnictwo Gorąca Prasa.

Znów skręcili po batmańsku. Jaguar przyśpieszył do blisko stu trzydziestu kilometrów na godzinę.

— Słyszałeś kiedyś o ograniczeniu prędkości? — spytał Myron.

Win zignorował pytanie.

— Ich redakcja mieści się w Fort Lee w New Jersey — ciągnął.

— Redakcja?

— Jak ją zwał, tak zwał. Jesteśmy umówieni z redaktorem naczelnym, panem Fredem Nicklerem.

— Jego mama jest na pewno dumna z takiego syna.

— Zebrało ci się na morały? No, ładnie.

— Co powiedziałeś Fredowi Nicklerowi?

— Nic. Zadzwoniłem i poprosiłem o spotkanie. Zgodził się. Bardzo uprzejmy jegomość.

— Niewiniątko.

Myron zerknął przez szybę na zatarte kontury budynków. Znów zamilkli.

— Pewnie się zastanawiasz, co robiła u mnie Jessica.

Win wzruszył ramionami. Nie był wścibski.

— Przyszła w sprawie śmierci ojca. Policja twierdzi, że zamordował go jakiś bandzior, a ona uważa inaczej.

— To znaczy?

— Że jego śmierć ma związek ze zniknięciem Kathy.

— Intryga się zagęszcza. Pomożemy jej?

— Tak.

— Pysznie. Naszym zdaniem coś łączy te sprawy?

— Tak.

— Tak — zgodził się Win.

Wjechali na podjazd przed budynkiem, który mógł być zarówno schludnym magazynem, jak biurem wynajętym za małe pieniądze. Nie było w nim windy, lecz w końcu miał tylko dwa piętra. GP sp. z o.o. mieściła się na pierwszym. Gdy tam weszli, Myrona zaskoczył wygląd siedziby plugawego pisemka. Nie sądził, że będzie taki... nijaki. Na białych ścianach wisiały tanie, lecz gustownie oprawione plakaty McKnighta, Fancha, Behrensa — przeważnie nastrojowe zdjęcia plaż i zachodów słońca. Niespodzianka pierwsza — żadnych nagich piersi. Niespodzianka druga — tradycyjna recepcjonistka. Wprost wzorcowa, a nie podstarzały były króliczek — ufarbowana na blond, zwiotczała dawna gwiazdka porno, zanosząca się głośnym chichotem i puszczająca zalotne perskie oka.

Myron był rozczarowany.

— Czym mogę służyć? — spytała.

— My do pana Nicklera — odparł Win.

— Nazwiska panów?

— Windsor Lockwood i Myron Bolitar.

Podniosła słuchawkę, połączyła się z szefem i po chwili wskazała drzwi.

— Proszę wejść.

Nickler przywitał ich mocnym uściskiem dłoni. Niespodzianka numer trzy — w granatowym garniturze, białej koszuli i czerwonym krawacie prezentował się jak republikański kandydat na senatora. Myron zaś spodziewał się ujrzeć kogoś ze złotym łańcuchem na szyi, z kolczykiem á la gwałciciel nieletnich morderczyń, Joey Buttafuoco, w uchu lub co najmniej z sygnetem na małym palcu. Fred Nickler nie nosił żadnej biżuterii, z wyjątkiem ślubnej obrączki. Włosy miał siwe, cerę bladą.

— Podobny do mojego wuja Sida — szepnął Win.

Rzeczywiście. Naczelny magazynu *Cyce* wyglądał jak Sidney Griffin, wzięty podmiejski ortodonta.

— Usiądźcie, panowie — zaprosił ich, wsuwając się za biurko, i uśmiechnął się do Myrona. — Byłem na finale, kiedy dołożyliście Kansas. Dwudziestoma siedmioma punktami. Grał pan świetnie. Fantastycznie.

— Dziękuję.

— Takiego rzutu, jak tamten ostatni, co musnął tablicę, w życiu nie widziałem!

— Dziękuję.

— Był fantastyczny. — Nickler znów się uśmiechnął i, kręcąc z podziwem głową, zagłębił się w fotelu. — Czym mogę panom służyć? — spytał.

— Mamy kilka pytań w związku z ogłoszeniem, które ukazało się w jednym z pańskich, hm, pism?

— Którym?

— W *Cycach*.

Słowo to wydało się Myronowi tak brzydkie, że wypowiadając je, z trudem powstrzymał grymas.

— Ciekawe.

— Dlaczego?

— Bo to stosunkowo nowe pismo, ale sprzedaje się kiepsko, o niebo gorzej od najsłabiej rozchodzących się miesięczników GP. Wydam jeszcze jeden, dwa numery i pewnie je zlikwiduję.

— A ile pism pan wydaje?

— Sześć.

— I wszystkie w stylu *Cyców*?

Nickler zaśmiał się.

— Owszem, to magazyny porno, ale wydawane jak najbardziej legalnie.

Myron podał mu egzemplarz, który dostał od Christiana.

— Kiedy je wydrukowano? — spytał.

Fred Nickler ledwie zerknął na pismo.

— Cztery dni temu — odparł.

— Tylko cztery?

— To najnowszy numer, dopiero co trafił do sprzedaży. Aż dziw, że go zdobyliście.

— Kto zapłacił za to ogłoszenie? — spytał Myron, otwierając magazyn na właściwej stronie.

Nickler włożył okulary z połówkami szkieł.

— Za które?

— W dolnym rzędzie. W Eroserwisie.

— A! W sekstelefonach.

— O co chodzi?

— Nikt nie zapłacił.

— Jak to?

— To specyfika branży. Ktoś dzwoni i chce, żebym zamieścił jego ogłoszenie w rubryce sekstelefonów. Podaję mu cenę, a wtedy słyszę: „O rany, dopiero startuję, nie stać mnie!". Jeżeli przekona mnie do pomysłu, to idę z nim na układ pół na pół. Ja biorę na siebie koszty reklamy, a wspólnik sprawy techniczne — telefony, linie, dziewczyny do ich obsługi i resztę. Zyski dzielimy po połowie. To ogranicza ryzyko.

— Często pan to robi?

Nickler skinął głową.

— Sekstelefony stanowią dziewięćdziesiąt procent ogłoszeń w moich pismach. Partycypuję w trzech czwartych z nich.

— A kto jest pańskim wspólnikiem w przedsięwzięciu, o które pytam?

Nickler przyjrzał się zdjęciu w magazynie.

— Panowie nie są z policji?

— Nie.

— Prywatni detektywi?

— Nie.

Zdjął okulary.

— To mała firma — rzekł. — Znalazłem sobie własne skromne miejsce na rynku. I dobrze mi z tym. Nikt mi nie przeszkadza ani ja nikomu. Unikam rozgłosu.

Myron zerknął na Wina. Nickler miał rodzinę, prawdopodobnie ładny dom w Tenafly, wśród sąsiadów uchodził za wydawcę. Można go było nacisnąć.

— Będę z panem szczery — powiedział. — Jeśli pan nam nie pomoże, wyniknie z tego grubsza sprawa. Trafi do gazet, telewizji, wszędzie.

— Czy to groźba?

— Ależ skąd. — Myron sięgnął do portfela, wyjął pięćdziesiąt dolarów i położył je na biurku. — Interesuje nas tylko, kto zamieścił to ogłoszenie.

Nickler odepchnął banknot od siebie.

— Nie gramy w filmie — powiedział z nagle zirytowaną miną. — Nie potrzebuję łapówki. Jeśli ten gość coś przeskrobał, nie chcę mieć z nim do czynienia. W tej branży i tak jest dość problemów. Działam uczciwie. Żadnych nieletnich, nic nielegalnego. Absolutnie.

Myron zerknął na Wina.

— A nie mówiłem? Niewiniątko.

— Myślcie sobie, co chcecie — odparł Nickler tonem wskazującym, że słyszał to wiele razy. — To interes jak każdy inny. Jestem uczciwym biznesmenem, legalnie zarabiającym na życie.

— Wzorowym Amerykaninem.

Fred Nickler wzruszył ramionami.

— Nie bronię wszystkiego w tym biznesie, ale jest wiele gorszych. IBM, Exxon, Union Carbide — to są prawdziwe potwory, prawdziwi wyzyskiwacze. Ja nie kradnę. Nie kłamię. Zaspokajam potrzeby społeczne.

Win pokręcił głową, powstrzymując Myrona od ciętej riposty. Słusznie. Nie było sensu zrażać sobie faceta.

— Da nam pan nazwisko tego wspólnika i adres? — spytał Myron.

Nickler otworzył szufladę i wyjął teczkę.

— Ma jakieś kłopoty?

— Musimy z nim porozmawiać.

— W jakiej sprawie?

— Wolałby pan nie wiedzieć — odezwał się po raz pierwszy Win.

Fred Nickler zawahał się, ale widząc jego spojrzenie, skinął głową.

— Firma nazywa się ABC. W Hoboken mają skrytkę pocztową numer siedemset osiemdziesiąt pięć. Właścicielem jest niejaki Jerry. Nic więcej o nim nie wiem.

— Dziękuję. — Myron wstał. — Aha, jeszcze jedno. Czy widział pan tę blondynkę z ogłoszenia?

— Nie.

— Na pewno?

— Na pewno.

— Gdyby było inaczej albo coś przyszło panu do głowy, to proszę o telefon.

Myron wręczył wizytówkę.

Nickler miał taką minę, jakby chciał o coś spytać. Raz po raz zerkał na zdjęcie Kathy, w końcu jednak poprzestał na zwykłym „Oczywiście".

— I co myślisz? — zagadnął Win, kiedy stamtąd wyszli.

— Kłamie — odparł Myron.

— Mogę skorzystać z telefonu? — spytał w jaguarze.

Win skinął głową, nie zdejmując nogi z pedału gazu. Prędkościomierz wskazywał sto dwadzieścia kilometrów na godzinę. Żeby nie patrzeć na śmigające domy, Myron wpatrywał się w niego niczym w licznik podczas długiego kursu taksówką.

Wystukał numer biura. Esperanza podniosła słuchawkę po pierwszym sygnale.

— Agencja RepSport MB.

M oznaczało „Myron", B „Bolitar". Sam wymyślił tę nazwę, ale rzadko się tym chwalił.

— Dzwonili Otto Burke lub Larry Hanson?

— Nie, ale masz mnóstwo wiadomości.

— A od Hansona i Burke'a nic?

— Głuchy jesteś?

— Niedługo wrócę.

Odłożył słuchawkę. Otto i Larry powinni byli do tej pory zatelefonować. Unikali go. Pytanie, dlaczego?

— Kłopoty? — spytał Win.

— Może.

— Potrzebujemy odnowy.

Myron podniósł wzrok i natychmiast rozpoznał ulicę.

— Nie teraz, Win — zaprotestował.

— Teraz.

— Muszę wrócić do biura.

— Zaczeka. Potrzebujesz wewnętrznej energii. Skupienia. Równowagi.

— Nienawidzę, jak tak mówisz.

Win z uśmiechem wjechał na parking.

— Chodź. Za nic nie chciałbym ci skopać tyłka w samochodzie.

Napis nad wejściem głosił, że jest to SZKOŁA TAEKWONDO MISTRZA KWANA. Dobiegający siedemdziesiątki Kwan rzadko szkolił adeptów, wyręczając się wykwalifikowanymi zastępcami. Zajęcia śledził ze swojego wyposażonego w najnowszy sprzęt techniczny biura, na ekranach czterech telewizorów. Niekiedy nachylał się do mikrofonu i rzucał niezrozumiałe komendy, mobilizując wystraszonych uczniów do pilniejszych ćwiczeń. Przypominało to trochę scenę z *Czarnoksiężnika z Oz*.

Gdyby mistrz poprawił nieco swój angielski, być może osiągnąłby poziom pidżynu. Myron miał wrażenie, że kiedy czternaście lat temu siedemnastoletni Win ściągnął go tu z Korei, Kwan mówił po angielsku lepiej niż w tej chwili.

Przebrali się w białe stroje, zwane dobokami, i obwiązali czarnymi pasami. Chyba nikt w Stanach nie znał taekwondo lepiej od Wina, który ucząc się go od siódmego roku życia, zdobył czarny pas szóstego stopnia. Myron zaczął uprawiać tę sztukę walki na studiach i przez dziesięć lat doszedł do czarnego pasa trzeciego stopnia.

Podeszli do drzwi studia mistrza, zatrzymali się w progu, a kiedy dał znak, że ich widzi, obaj ukłonili się w pas.

— Dzień dobry, mistrzu Kwan — powiedzieli.

Kwan odpowiedział im bezzębnym uśmiechem.

— Wcześnie są.

— Tak, mistrzu.

— Chcą pomocy?

— Nie, mistrzu.

Kwan odprawił ich, prędko powracając do monitorów. Myron i Win ukłonili się jeszcze raz i przeszli do osobnego dodżangu dla właścicieli czarnych pasów wyższych stopni. Zaczęli od medytacji — praktyki, której Myron nie był w stanie zgłębić. Za to Win ją uwielbiał. Medytował co najmniej godzinę dziennie. Usiadł w pozycji lotosu, a Myron na sposób Indian. Zamknęli oczy, umieścili kciuki u nasady małych palców, pochylone dłonie skierowali w górę, po czym złożyli je na kolanach. W głowie Myrona rozbrzmiały powtarzalne niczym mantra instrukcje: plecy wyprostowane, spód zwiniętego języka dotyka wewnętrznej powierzchni górnych zębów. Przez sześć sekund oddychał przez nos, skupiając się na wtłaczaniu powietrza do trzewi i pilnując, by nie ruszać klatką piersiową i pracować jedynie brzuchem. Na siedem sekund zatrzymał powietrze, odliczając w duchu, by o niczym nie myśleć, a potem, licząc do dziesięciu, wypuścił je wolno przez usta, opróżniając ściągnięte trzewia. Odczekał cztery sekundy i znów nabrał powietrza.

Win nie miał z tym kłopotu. Nie liczył. Jego umysł był pusty. Myron liczył za każdym razem, by nie myśleć o problemach dnia — zwłaszcza zaś takiego jak dzisiejszy. Tym razem jednak, o dziwo, zaczął się odprężać, czując, jak napięcie opuszcza jego ciało z każdym długim oddechem.

Po dziesięciu minutach medytacji Win uniósł powieki i powiedział „*barro*" — po koreańsku „dość".

Przez następne dwadzieścia rozciągali mięśnie. Gibki jak tancerz Win bez wysiłku robił szpagaty. Myron dzięki ćwiczeniom taekwondo również nabrał giętkości. Uważał, że to im zawdzięcza poprawienie o piętnaście centymetrów wyskoku pod koszem. Niewiele mu też brakowało do wykonania pełnego szpagatu, choć nie mógł długo wytrzymać w tej pozycji.

Krótko mówiąc, był gibki. Za to Win jak z gumy.

Następnie odbyli pumsi — rytuały, przypominające kroki gwałtownego tańca, skomplikowane układy ruchowe. Wielu zagorzałych fanatyków ćwiczeń fizycznych nie zdaje sobie sprawy, że sztuki walki są najwyższą formą aerobiku. Przez pół godziny jesteś w ciągłym ruchu — obracasz się, skaczesz, wirujesz — bez ustanku wymachując rękami i nogami. Blokady zewnętrznymi i wewnętrznymi częściami kończyn, sztychy ręką, ciosy pięściami, uderzenia dłonią, kolanami i łokciami. Była to ożywcza, acz wyczerpująca zaprawa.

Win ćwiczył bezbłędnie, wykonując wszystkie ciosy i uniki. Na ulicy brano go za białego wymoczka, który najsilniejszym ciosem nie obiłby dojrzałej brzoskwini. Lecz w dodżangu budził podziw i lęk. Taekwondo uznawane jest za sztukę walki. Sztukę! I to nieprzypadkowo. Win był bowiem artystą. Myron nie znał lepszego od niego.

Na zawsze zapamiętał dzień, w którym Windsor Lockwood Trzeci pierwszy raz ujawnił swój talent. Na pierwszym roku studiów grupa potężnych futbolistów, którym nie podobał się wygląd Wina, postanowiła zgolić mu jasne loki. Ciemną nocą zakradli się do pokoju — czterech, żeby przytrzymać go za ręce i nogi, a piąty z maszynką i kremem do golenia.

Krótko mówiąc, był to stracony sezon dla uniwersyteckiej drużyny futbolowej ze względu na liczne kontuzje graczy.

Na zakończenie Myron i Win odbyli lekki sparring, po czym padli na matę i, podparci pięściami, zrobili po sto pompek. Win odliczał po koreańsku. Finałem była medytacja, tym razem piętnastominutowa.

— *Barro!* — ogłosił Win.

Otworzyli oczy.

— Jesteś bardziej skupiony? — spytał. — Czujesz przypływ energii? Równowagi? — Jednym płynnym wdzięcznym ruchem wstał z pozycji lotosu. — No jak, podjąłeś jakieś decyzje?

— Tak. — Próbując wstać z maty jednym ruchem, Myron zakolebał się na boki. — Powiem Jessice o wszystkim.

7

Żółte karteczki z wiadomościami od dzwoniących opadły go jak szarańcza. Myron odkleił je i przejrzał. Ani słowa od Ottona Burke'a, Larry'ego Hansona ani nikogo z drużyny Tytanów.

Niedobrze.

Założył słuchawkę z mikrofonem. Długi czas wzbraniał się przed korzystaniem z niej, uważając, że bardziej przystoi kontrolerom ruchu lotniczego niż agentom sportowym, szybko jednak odkrył, iż agent jest płodem, jego biuro łonem, a telefon pępowiną. Łatwiej było mu dzięki niej pracować. Mógł chodzić, miał wolne ręce i unikał skurczów szyi wskutek przyciskania zwykłej telefonicznej słuchawki głową do ramienia.

Najpierw zadzwonił do dyrektora reklamy BurgerCity, nowej sieci barów szybkiej obsługi. Chcieli podpisać umowę z Christianem i proponowali niezłe pieniądze, ale Myron się wahał. BurgerCity była firmą regionalną. Któraś z sieci krajowych mogła wystąpić z lepszą ofertą. Czasem najtrudniejsza w tym fachu była odmowa. Postanowił, że po przedyskutowaniu wszystkich za i przeciw z Christianem decyzję zostawi jemu. W końcu to on sprzedawał nazwisko. To były jego pieniądze.

Zdążył mu już załatwić kilka bardzo lukratywnych umów reklamowych. W październiku podobizna Christiana miała się pojawić na pudełkach z płatkami Wheaties. Pepsi szykowała reklamę, w której rzucona przez niego dwulitrowa butla dietetycznej coli leciała idealnie spiralnym lotem w stronę grupy młodych atrakcyjnych kobiet. Nike zaś opracowała nowe kostiumy sportowe i kolce o firmowej nazwie Steele Trap — Stalowa Pułapka.

Na reklamach Christian miał zarobić miliony, a więc — niezależnie od hojności Ottona Burke'a — znacznie więcej niż za grę w drużynie Tytanów. Dziwna sytuacja. Z jednej strony kibiców oburzało, że gracz chce wynegocjować jak najwyższy kontrakt, i sportowiec domagający się od bogatego klubu kroci był dla nich prostakiem, samolubem, żyłą, z drugiej zaś nie mieli nic przeciwko temu, by zgarniał góry pieniędzy od Pepsi, Nike czy Wheaties, reklamując produkty, których nie używał, a nawet nie lubił. Nie było w tym sensu. Za spędzenie trzech dni na kręceniu półminutowej zakłamanej reklamy Christian Steele miał zarobić więcej niż za cały ligowy sezon, narażony na wściekłe ataki toczących pianę byków z nadaktywną przysadką mózgową. Tego chcieli kibice.

Agentom zaś było w to graj. Większość z nich dostawała od trzech do pięciu procent zarobków graczy, których reprezentowali (Myron brał cztery), podczas gdy z umów z reklam od dwudziestu do dwudziestu pięciu procent. (Myron brał piętnaście, ale w końcu był nowy w branży). Innymi słowy, z każdego milionowego kontraktu podpisanego z klubem agent dostawał około czterdziestu tysięcy, a z każdej milionowej umowy reklamowej mógł zgarnąć do ćwierć miliona.

W następnej kolejności Myron zadzwonił do Ricky'ego Lane'a, napastnika New York Jets, który grał przedtem w uniwersyteckiej drużynie z Christianem. Ricky był jednym z jego najważniejszych klientów i to pewnie on namówił Steele'a, by skorzystał z jego usług.

— Nie odwiedziłbyś obozu dla dzieciaków? — spytał. — Płacą pięć kawałków.

— Nieźle. Ile mi to zajmie?

— Kilka godzin. Trochę pogadasz, rozdasz kilka autografów, te rzeczy.

— Kiedy?

— W następną sobotę.

— A co z tym centrum handlowym?

— W najbliższą niedzielę. Galeria Livingstona. Sklep sportowy Morleya.

Za dwie godziny siedzenia przy stoliku i rozdawania autografów Ricky miał dostać również pięć tysięcy.

— Super.

— Przysłać po ciebie limuzynę?

— Nie, sam przyjadę. Co z moim kontraktem na przyszły rok?

— Jesteśmy bliscy dogadania. To potrwa najwyżej tydzień. Aha, odwiedź wkrótce Wina, dobrze?

— Jasne.

— Jesteś w formie?

— W życiowej — odparł Ricky. — Chcę tego kontraktu.

— To trenuj. I nie zapomnij spotkać się z Winem.

— Zrobi się. Sie masz, Myron.

— Sie masz.

Kolejne rozmowy były bardzo do siebie podobne. Wszyscy dziennikarze, do których oddzwaniał, pytali o kontrakt Christiana z Tytanami. Myron grzecznie odmówił komentarzy. Posłużenie się mediami dla wywarcia nacisku w negocjacjach niekiedy skutkowało, ale nie w przypadku Ottona Burke'a. Pertraktacje trwają, poinformował. Podpisania umowy można się spodziewać w każdej chwili.

Następnie Myron zadzwonił do dawnego gracza Yankees, Joego Norrisa, który niemal co weekend uczestniczył w kiermaszach kart z wizerunkami graczy. Miesięcznie zarabiał obecnie więcej niż przez cały sezon u szczytu kariery.

Potem odbył rozmowę z Lindą Regal, zawodową tenisistką, która właśnie przebiła się do pierwszej dziesiątki w rankingu ATP. Martwiła się, że się starzeje, urażona słowami telewizyjnego sprawozdawcy, który nazwał ją „znaną weteranką kortów". Niebawem kończyła dwadzieścia lat.

Erica Kramera, futbolistę kończącego Uniwersytet Kalifornijski, który miał szansę trafić z drugiego naboru do ligi,

Myron zastał w mieście i umówił się z nim na obiad. Znaczyło to, że znalazł się w finale — wraz z tysiącem konkurentów z branży. Rywalizacja była niesamowita. Przykład? Tysiąc dwustu autoryzowanych agentów ligi futbolowej NFL zabiegało o względy dwustu uniwersyteckich graczy, którzy w kwietniu podpiszą kontrakty zawodowe. Z czegoś trzeba zrezygnować. Zwykle była to etyka.

Po telefonie do Kramera zadzwonił do szefa klubu New York Jets, Sama Logana, żeby wynegocjować kontrakt Ricky'ego Lane'a.

— Chłopak jest w życiowej formie — pochwalił go. Wstał i zaczął chodzić po gabinecie. Przestronne, ładne biuro mieściło się przy Park Avenue, pomiędzy ulicami Czterdziestą Szóstą i Czterdziestą Siódmą. Robiło wrażenie, a w biznesie zdominowanym przez oszustów, łobuzów i szubrawców wrażenie bardzo się liczy. — Wierz mi, to nowy Gayle Sayers. Jest niesamowity.

— Za mikry — odparł Logan.

— Co ty gadasz? Czy Barry Sanders też jest za mikry? A Emmitt Smith? Ricky jest od nich potężniejszy. Przez cały czas dźwiga ciężary. Wierz mi, będzie wielki.

— Uhm. To fajny chłopak, Myron. Pracuje z całych sił, ale nie mogę mu dać więcej niż...

Suma, choć wyższa, wciąż była za niska.

Rozmowy trwały bez ustanku. W ciągu dnia Esperanza przyniosła mu kanapkę, którą pochłonął.

O ósmej odbył ostatnią rozmowę.

— Halo? — odezwała się Jessica.

— Będę u ciebie za godzinę — powiedział. — Musimy porozmawiać.

Myron szukał na jej twarzy reakcji. Wpatrywała się w magazyn, jakby to był numer *Newsweeka*. Minę miała przeraźliwie obojętną. Co jakiś czas kiwała głową, przebiegała wzrokiem resztę strony, zerkała na okładki i wracała do zdjęcia Kathy. Robiła to z taką nonszalancją, że niemal spodziewał się, iż zagwiżdże.

Zdradzały ją tylko bezkrwiste białe kostki palców i szelest kartek w mocno zaciśniętych dłoniach.

— Dobrze się czujesz? — spytał.

— Dobrze — odparła spokojnie. — Christian dostał to pocztą?

— Tak.

— A ty i Win rozmawialiście z wydawcą... — zawahała się, a na jej twarzy po raz pierwszy pojawił się ślad odrazy — tego?

— Tak.

Skinęła głową.

— Podał wam adres autora ogłoszenia?

— Tylko numer skrytki pocztowej. Zasadzę się tam jutro, zobaczę, kto odbierze pocztę.

— Pojadę z tobą.

Już chciał zaprotestować, ale się powstrzymał. Nic by nie wskórał.

— Dobrze.

— Kiedy Christian ci to dał?

— Wczoraj.

— Wiesz o tym od wczoraj? — spytała czujnie.

Skinął głową.

— I nic mi nie powiedziałeś?! To ja, jak paranoiczka, otwarłam przed tobą duszę, a ty wiedziałeś o tym cały czas?!

— Nie bardzo wiedziałem, jak ci to powiedzieć.

— Zataiłeś przede mną jeszcze coś?

— Wczoraj wieczorem Christian odebrał telefon. Sądzi, że dzwoniła Kathy.

— Co?!

Myron szybko opowiedział jej o telefonie. Gdy doszedł do tego, że Christian usłyszał głos Kathy, Jessica zbladła jak ściana.

— Czy twoja znajoma z centrali telefonicznej czegoś się dowiedziała? — spytała.

— Nie. Usługa „oddzwonimy" jest dostępna tylko w miastach objętych prefiksem dwieście jeden.

— W ilu?

— W trzech czwartych.

— A więc chodzi o trzy czwarte północnej części New Jersey, najgęściej zaludnionego stanu w kraju? Co zawęża liczbę podejrzanych do dwóch, trzech milionów?

— To niewiele, ale zawsze coś.

Znów wpatrzyła się w magazyn.

— Nie chciałam ci dopiec. Tylko...

— Nie ma o czym mówić.

— Nie znam nikogo lepszego od ciebie. Naprawdę.

— A ja takiej zołzy jak ty.

— Tu mnie masz.

Na jej ustach pojawił się cień uśmiechu.

— Powiesz o tym policji? Paulowi Duncanowi?

— Nie wiem — odparła po chwili.

— Media zmieszają Kathy z błotem.

— Mam gdzieś to, co zrobią media.

— Ja tylko ostrzegam.

— Mogą ją nazwać dziwką na tysiąc sposobów. Nie dbam o to.

— A co z twoją mamą?

— Jej życzenia też mam głęboko. Chcę odnaleźć Kathy.

— A więc, powiesz im.

— Nie.

— No, to co zamierzasz? — spytał, zdezorientowany.

— Kathy przepadła ponad rok temu — zaczęła wolno, z namysłem formułując słowa. — W tym czasie policja i media niczego nie ustaliły. Niczego! Przepadła bez śladu.

— No i?

— Pojawia się ten magazyn. Przysłano go Christianowi, co znaczy, że ktoś — być może Kathy — próbuje nawiązać kontakt. Pomyśl. To pierwsza wiadomość o niej od ponad roku. Nie mogę tego zaprzepaścić. Ktokolwiek się za tym kryje, nie chcę, by wystraszył go rozgłos. To... — uniosła magazyn — jest paskudne, jednakże daje nadzieję. Nie zrozum mnie źle. Też jestem zszokowana. Ale jest to wyraźny trop i, choć diabli wiedzą, co o nim myśleć, trop obiecujący. W razie wkroczenia policji i mediów nadawca tego pisemka może się spłoszyć i zniknąć. Tym razem na dobre. Nie podejmę takiego ryzyka. Zachowamy tę sprawę dla siebie.

— Słusznie.

Myron skinął głową.

— Co dalej? — spytała.

— Pojedziemy na pocztę w Hoboken. Wpadnę po ciebie wcześnie. Powiedzmy o szóstej.

8

Jessica pachniała wspaniale.

Stała tuż przy nim na poczcie w północnym Hoboken. Z jej świeżo umytych włosów biła woń, którą starał się wyrzucić z pamięci przez cztery lata. Ich zapach go odurzał.

— Tak wygląda zabawa w detektywa?

— Ekscytująca, co?

Przyjechali o wpół do siódmej i przez większą część godziny starali nie rzucać się w oczy, o co trudno w przypadku mężczyzny mierzącego ponad metr dziewięćdziesiąt i kobiety powalającej urodą. Ale nikt w tym czasie nie tknął skrytki numer 785.

Niebawem zrobiło się nudno. Jessica przyjrzała się cenom na różnych skrzynkach. Nie było to zbyt ciekawe. Ciekawsze były ogłoszenia. Przeczytała wszystkie. Listy gończe w urzędzie pocztowym? Zachęta do nawiązania korespondencji ze ściganym?

— Umiesz rozerwać dziewczynę — powiedziała.

— Nie na darmo mam przydomek Granat.

Roześmiała się. Od jej melodyjnego śmiechu ścisnęło go w żołądku.

— Lubi pan być agentem sportowym, panie Granat?

— Bardzo.

— Dla mnie agenci to banda szuj.

— Dziękuję.

— Pijawki. Gady. Chciwe, pazerne, nienasycone, kantujące naiwnych sportowców pasożyty, które lunche jadają w Le Cirque na Manhattanie, niszczą wszystko, co cenne w sporcie...

— Problemy na Bliskim Wschodzie to też nasza robota — przerwał jej. — I deficyt budżetowy.

— A pewnie. Ale ty nie jesteś taki.

— Nie jestem pijawką, gadem, pasożytem? Co za komplement!

— Dobrze wiesz, o czym mówię.

Wzruszył ramionami.

— Wśród menedżerów jest mnóstwo szuj. Tak jak wśród lekarzy, prawników... — Urwał, bo zabrzmiało mu to znajomo. Czyż nie podobnego argumentu użył Fred Nickler, by usprawiedliwić wydawanie pornoli? — Menedżerowie to zło konieczne. Bez nich sportowcy byliby wykorzystywani.

— Przez kogo?

— Właścicieli, dyrektorów klubów. Menedżerowie pomogli sportowcom. Zwiększyli ich zarobki, zapewnili swobodę w wyborze drużyny, wystarali się o pieniądze z reklam.

— No, to w czym problem?

— Są dwa — odparł po chwili. — Po pierwsze, niektórzy agenci to zwykli łajdacy, wykorzystujący młodych, świetnie zapowiadających się sportowców. Ponieważ ci są coraz mądrzejsi, a na jaw wychodzi coraz więcej historii jak ta z Kareemem Abdul-Jabarem, większość tych szubrawców zniknie z branży.

— A drugi?

— Menedżerowie mają za dużo na głowie. Jesteśmy negocjatorami, księgowymi, finansistami, pocieszycielami, agentami biur podróży, doradcami rodziny, konsultantami małżeńskimi, gońcami, lokajami.

— Jak z tym wszystkim sobie radzisz?

— Dwa największe problemy — księgowość i finanse — powierzyłem Winowi. Ja jestem prawnikiem. On administratorem. A do tego mamy Esperanzę, która potrafi niemal wszystko. Działamy bardzo sprawnie. Nawzajem się kontrolujemy i uzupełniamy.

— Jak agencje rządu federalnego.

Myron skinął głową.

— Jefferson i Madison byliby z nas dumni.

Czyjaś ręka sięgnęła do skrytki 785 i ją otworzyła.

— Zaczyna się!

Jessica natychmiast odwróciła głowę. Mężczyzna był chudy. Wszystko w nim było za długie, dziwnie rozciągnięte, jakby jakiś czas spędził na średniowiecznym łożu tortur. Nawet jego twarz wyglądała jak ulepiona z plasteliny.

— Rozpoznajesz go?

Zawahała się.

— Jest w nim coś... Nie, nie znam go.

— Chodźmy.

Zbiegli po schodach i wsiedli do samochodu. Myron zaparkował nielegalnie przed pocztą, przyklejając do przedniej szyby znaczek policyjny — prezent od zaprzyjaźnionego policjanta. Bardzo się przydawał — zwłaszcza w dniach wyprzedaży w centrach handlowych.

Chudzielec wyszedł dwie minuty później. Wsiadł do żółtego oldsmobile'a z rejestracją New Jersey i drogą numer 3 pojechał na północ w stronę autostrady Garden State Parkway. Myron podążył za nim.

— Jedziemy prawie dwadzieścia minut. Dlaczego korzysta ze skrytki tak daleko od domu? — zdziwiła się Jessica.

— Może nie jedzie tam, tylko do pracy.

— Do agencji z sekstelefonami?

— Kto wie. Być może jeździ tak daleko, żeby go nikt nie namierzył.

Chudzielec zjechał zjazdem 160 na wiodącą na północ drogę 208, a kilka kilometrów dalej skręcił w Lincoln Avenue w Ridgewood.

Jessica usiadła prosto.

— To moja okolica — powiedziała.

— Wiem.

— Co tu się wyrabia?

Przy końcu zjazdu żółty oldsmobile skręcił w lewo. Do

domu Jessiki było stąd niecałe pięć kilometrów. Gdyby pojechał prosto Lincoln Avenue do Godwin Road, to...

Ale nie.

Skręcił w Kenmore Road, trzy czwarte kilometra przed granicą Ridgewood. Znajdowali się w sercu przedmieść, a konkretnie w Glen Rock, które zawdzięczało swoją nazwę wielkiej skale przy Rock Road.

Oldsmobile wjechał w zaułek Kenmore Drive.

— Zachowuj się naturalnie. Nie gap się — ostrzegł Myron.

— Co?

Nie odpowiedział. Minął dom numer 78, skręcił w następną ulicę i zatrzymał się za krzakami. Z samochodu zadzwonił do biura.

Esperanza podniosła słuchawkę, nim wybrzmiał pierwszy sygnał.

— Agencja RepSport MB.

— Znajdź, co możesz, na temat domu przy Kenmore Street siedemdziesiąt osiem w Glen Rock. Nazwisko właściciela, wierzytelności, wszystko.

— Przyjęłam.

Odłożyła słuchawkę.

Myron wystukał drugi numer.

— Dzwonię do znajomej z centrali telefonicznej — wyjaśnił Jessice. — Lisa? Tu Myron. Możesz mi pomóc? Adres to Kenmore Road siedemdziesiąt osiem w Glen Rock. Nie wiem, ile telefonów ma ten gość. Możesz to sprawdzić? Muszę znać wszystkie numery, pod jakie zadzwoni w ciągu następnych dwu godzin. Tak. Aha, dowiedziałaś się czegoś o tym numerze na dziewięćset? Co?... Dobrze, rozumiem. Dziękuję.

Rozłączył się.

— Co powiedziała?

— Że jej firma nie zarządza numerami na dziewięćset. Robi to jakiś mały oddział w Karolinie Południowej. Nie ma o nim żadnych informacji.

— I co teraz? — spytała Jessica. — Poobserwujemy dom?

— Pójdę tam. Ty zaczekasz.

— Dlaczego?

— Przecież nie chcesz nikogo wystraszyć. Jeżeli ten nygus ma coś wspólnego z twoją siostrą, to powiedz, jak zareaguje na twój widok?

Skrzyżowała ręce na piersi i się nadąsała. Wprawdzie Myron miał rację, ale wcale jej się to nie podobało.

— Idź — powiedziała.

Wysiadł. Było to monotonne osiedle z dwupoziomowymi domami jak spod sztancy, na działkach o powierzchni trzech czwartych akra. Niektóre stały tyłem do ulicy, kuchnie miały z prawej, a nie z lewej strony i elewacje przeważnie z aluminium. Uliczka z daleka cuchnęła klasą średnią.

Myron zapukał.

— Jerry?

Chudzielec, który otworzył mu drzwi, zrobił zdezorientowaną minę. Z bliska wyglądał lepiej, twarz miał nie tyle dziwną, co ponurą. W czarnym golfie i z zapalonym papierosem z powodzeniem mógłby czytać wiersze w kafejce dla bohemy.

— Pan do kogo?

— Jerry...

— Pomylił pan domy. Nie nazywam się Jerry.

— A wyglądasz jak on.

Przez twarz chudzielca przemknął mroczny cień.

— Pan wybaczy, ale nie mam czasu — powiedział, chcąc zamknąć drzwi.

— Na pewno, Jerry?

— Powiedziałem już, że...

— Znasz Kathy Culver?

Atak był tak nieoczekiwany, że chudeusz zbladł.

— O co... o co chodzi?

— Przecież wiesz.

— Kim pan jest?

— Myron Bolitar.

— My się znamy?

— Gdybyś był zapalonym kibicem koszykówki, to... Nie, nie znamy się. Chciałbym zadać ci kilka pytań.

— Nie mam nic do powiedzenia.

Nadszedł czas, by wyłożyć karty na stół. Myron wyjął magazyn.

74

— Na pewno, Jerry?

Białka oczu chudego powiększyły się dziesięć razy, wyzierając z jego końskiej twarzy jak porcelanowe spodki.

— Pan mnie z kimś pomylił. Żegnam.

Zatrzasnął drzwi.

Myron wzruszył ramionami i wrócił do samochodu.

— I co? — spytała Jessica.

— Potrząsnąłem nim. Zobaczymy, co z niego wypadnie.

Lokalny kiosk z gazetami.

Win pamiętał czasy, kiedy słowa te budziły nostalgię, wyczarowując z pamięci sielankowe rockwellowskie obrazki z życia Ameryki. Czasy bezpowrotnie minione. Dziś każda ulica, każdy róg, każde nudne przedmieście wyglądały jednakowo. Słodycze, gazety, pocztówki z życzeniami... i magazyny porno. Kupujące snickersy dzieciaki mogły się na nie napatrzyć do woli. Pornografia stała się najważniejszym towarem w Ameryce. Pornografia najostrzejsza. Taka, przy której *Penthouse* przypominał pismo dla pań domu.

— Przepraszam — zagadnął Win sprzedawcę biletów loteryjnych.

— Tak?

— Czy dostanę najnowsze numery *Orgazzmu*, *Spermy*, *Wzwodu Powszedniego*, *Języczka*, *Szparki* i *Cyców*?

Jakaś starsza kobieta sapnęła z oburzenia i posłała mu lodowate spojrzenie. Win uśmiechnął się do niej.

— Niechaj zgadnę — powiedział. — Dziewczyna Playboya z czerwca tysiąc dziewięćset dwadzieścia sześć?

Chrząknęła i się odwróciła.

— Pan sprawdzi tam — odparł sprzedawca. — Pomiędzy komiksami a wideo Disneya.

— Dziękuję.

Win znalazł trzy pisma — *Orgazzm*, *Wzwód Powszedni* i *Szparkę*. W jednym z trzech innych kiosków kupił *Języczek*, ale *Spermy* i *Cyców* nie było. Odnalazł je dopiero w Sprośnym Pałacu Króla Dawida, sklepiku z ostrym porno na Czterdziestej

75

Drugiej Ulicy. Nad frontem wisiał wielki neon: OTWARTE CAŁĄ DOBĘ. Klient nasz pan. Win uważał się za światowca, ale rekwizyty i zdjęcia, które ujrzał w „pałacu", przerosły jego wyobraźnię i doświadczenia.

Wyszedł stamtąd tuż przed dwunastą. Co za pożyteczny i kształcący ranek! Z sześcioma magazynami pod pachą złapał taksówkę do śródmieścia. Kilka z nich przejrzał po drodze.

— Na razie wszystko w porządku — rzekł na głos.

Taksówkarz zerknął w lusterko, żeby mu się przyjrzeć, wzruszył ramionami i powrócił do śledzenia ulicy.

W swoim gabinecie Win rozłożył pornosy na wielkim biurku, obejrzał je dokładnie i porównał. Coś takiego! Jego podejrzenia się sprawdziły. Było tak, jak myślał.

Pięć minut później schował pisma do szuflady biurka i połączył się z Esperanzą.

— Jak tylko zjawi się Myron, bądź łaskawa przysłać go do mnie — poprosił.

9

— Coś ci wyznam — powiedziała Jessica, gdy, zostawiając za sobą opary spalin i moczu, wychodzili z garażu Kinneya na w miarę świeże powietrze na ulicy.

Skręcili w Piątą Aleję. Kolejka po paszporty sięgała za figurę Atlasa. Murzyn z długimi dredami raz po raz kichał, a grajcarki fruwały mu wokół głowy jak tuziny węży. Stojąca za nim kobieta cmokała, niezadowolona. Wielu czekających z udręczonymi twarzami patrzyło na katedrę Świętego Patryka po drugiej stronie ulicy, jakby błagali o boską interwencję. Japońscy turyści pstrykali zdjęcia rzeźbie i ogonkowi.

— Słucham — odparł Myron.

Szli. Jessica ze wzrokiem utkwionym przed siebie.

— Nie byłyśmy z sobą blisko. Właściwie rzadko rozmawiałyśmy.

— Od kiedy? — spytał zaskoczony.

— Od jakiś trzech lat.

— Dlaczego?

Potrząsnęła głową, ale na niego nie spojrzała.

— Trudno powiedzieć. Zmieniła się. A może po prostu dorosła i nie umiałam sobie z tym poradzić. Oddaliłyśmy się od siebie. Kiedy się spotykałyśmy, miałam wrażenie, jakby nie mogła wytrzymać ze mną w tym samym pokoju.

— To przykre.

— Tak. Trudno, bywa. Wieczorem w dniu, w którym

zniknęła, zadzwoniła do mnie. Pierwszy raz od Bóg wie jak dawna.

— Czego chciała?

— Nie wiem. Właśnie wychodziłam, więc prędko skończyłam rozmowę.

Przez resztę drogi do biura milczeli.

— Natychmiast zajdź do Wina — powiedziała Esperanza, gdy wysiedli z windy.

Wręczyła Myronowi kartkę, a na Jessicę spojrzała takim wzrokiem, jaki cofnięty obrońca wbija w utykającego przeciwnika tuż przed skoszeniem go równo z tartanem.

— Dzwonili Otto Burke i Larry Hanson? — spytał.

Przeszyła go złym spojrzeniem.

— Nie. Natychmiast zajdź do Wina — powtórzyła.

— Usłyszałem za pierwszym razem. Przekaż mu, że będę za pięć minut.

Weszli do gabinetu. Myron zamknął drzwi i przebiegł wzrokiem kartkę. Jessica usiadła przed nim, krzyżując nogi, tak jak potrafi bardzo niewiele kobiet, które najzwyklejszej czynności nadają seksualny podtekst. Myron starał się nie patrzeć. Zapomnieć o rozkosznym dotyku tych nóg w łóżku. Nie udało mu się ani jedno, ani drugie.

— Co to za wiadomość? — spytała.

Ocknął się.

— Nasz chudeusz z Kenmore Street w Glen Rock nazywa się Gary Grady.

Jessica przymknęła oczy.

— Nazwisko brzmi znajomo. — Potrząsnęła głową. — Gdzie ja je słyszałam?

— Przez siedem lat był żonaty z Allison. Bezdzietny. Na jego domu ciąży dług hipoteczny w wysokości stu dziesięciu tysięcy, ale raty spłaca w terminie. To na razie wszystko. Wkrótce powinniśmy wiedzieć nieco więcej. — Myron odłożył kartkę na biurko. — Musimy zaatakować na różnych frontach.

— Jak?

— Powrócić do wieczoru, w którym zniknęła twoja siostra. Od tego zacząć. Ta sprawa wymaga ponownego śledztwa.

Podobnie jak zagadka śmierci twojego ojca. Nie twierdzę, że policja nie zbadała jej dokładnie. Pewnie zrobili, co mogli. Ale w tej chwili wiemy więcej od nich.

— O tym magazynie.

— Właśnie.

— Jak ci mogę pomóc?

— Postaraj się dowiedzieć wszystkiego o planach Kathy tuż przed zniknięciem. Pogadaj z jej znajomymi, koleżankami z pokoju, koleżankami z korporacji studenckiej, czirliderkami, z kim się da.

— Dobrze.

— Zdobądź też jej arkusze ocen. Zobaczymy, czy coś nam to powie. Chcę wiedzieć, na jakie zajęcia chodziła, czym się zajmowała, te rzeczy.

Drzwi otwarły się z rozmachem.

— Dojna krowa na linii drugiej — oznajmiła Esperanza.

Myron sprawdził godzinę. Christian powinien być w tej chwili na treningu. Podniósł słuchawkę.

— Christian?

— Panie Bolitar, nie wiem, co się dzieje.

Myron ledwo go słyszał. Miał wrażenie, że chłopak dzwoni z tunelu aerodynamicznego.

— Gdzie jesteś?

— W budce pod stadionem Tytanów.

— Co się stało?

— Nie chcą mnie wpuścić.

Jessica została w gabinecie, żeby odbyć kilka rozmów. Myron wypadł z biura. Jadąc do West Side Highway zaskakująco luźną ulicą Pięćdziesiątą Siódmą, zadzwonił do Ottona Burke'a i Larry'ego Hansona. Żadnego nie zastał. Wcale go to nie zdziwiło.

Potem zatelefonował pod zastrzeżony numer w Waszyngtonie. Niewielu go znało.

— Halo? — odezwał się uprzejmy głos.

— Cześć, P.T.

— O, Myron! O co tym razem chodzi?

— O pomoc.

— Super. Właśnie mówiłem komuś: kurczę, żeby tak znowu zadzwonił do mnie Bolitar i poprosił o pomoc. Mało co sprawia mi taką frajdę.

P.T. pracował w FBI. Szefowie FBI się zmieniali. P.T. był tam na stałe. Media nic o nim nie wiedziały, ale jego numer telefonu figurował w pamięci telefonów wszystkich amerykańskich prezydentów, począwszy od Nixona.

— Chodzi o sprawę Kathy Culver. Z kim najlepiej o niej pogadać?

— Z miejscowym policjantem — odparł P.T. — Jest szeryfem czy kimś takim. Świetny gość, mój dobry znajomy. Zapomniałem nazwiska.

— Możesz mnie z nim umówić?

— Czemu nie? Gdybym nie zaspokajał twoich potrzeb, nie miałbym po co żyć.

— Mam u ciebie dług.

— Nie pierwszy. Taki, że nie zdołasz spłacić. Dam ci znać, kiedy coś załatwię.

Myron odłożył słuchawkę. Ruch nadal był mały. Niebywałe. Przebył most Waszyngtona i w rekordowym czasie dojechał do Meadowlands.

Kompleks sportowy Meadowlands wybudowano w miejscowości East Rutheford, na bagnistym terenie przy autostradzie New Jersey Turnpike. Składały się nań od zachodu na wschód tor wyścigowy, stadion Tytanów oraz kryty Stadion im. Brendana Byrne'a, byłego gubernatora stanu, tak lubianego jak pryszcz na balu maturalnym. Dorównujące gwałtownością francuskiej rewolucji protesty przeciw nazwaniu tego obiektu jego imieniem nic nie dały. Bo jakież szanse mają byle rewolucje w starciu z miłością własną polityków.

— A niech to! — zaklął Myron.

Samochód Steele'a — no bo czyj — oblegał zwarty, gruby kordon reporterów. Można się było tego spodziewać. Myron polecił Christianowi zamknąć się w samochodzie i milczeć.

O ucieczce nie było mowy. Dziennikarze pojechaliby za nimi, a jemu nie uśmiechał się wyścig samochodowy.

Zaparkował w pobliżu. Reporterzy otoczyli go jak lwy, które zwietrzyły ranne jagnię.

— Co tu się dzieje, Myron?

— Dlaczego Christian nie trenuje?

— Co z jego kontraktem?

Rzuciwszy im na pożarcie ochłap „bez komentarzy", przepłynął przez morze mikrofonów, kamer i ciał i wcisnął się do samochodu Christiana, nie wpuszczając medialnego szlamu do środka.

— Jedź — polecił.

Christian włączył silnik i ruszył. Reporterzy niechętnie się rozstąpili.

— Przepraszam, panie Bolitar — powiedział.

— Co się stało?

— Strażnik mnie nie wpuścił. Podobno tak mu polecono.

— Sukinkot — mruknął Myron.

Otto Burke i jego przeklęte numery! Lisek chytrusek! Wiele można było się po nim spodziewać. Ale szlaban dla gracza?! Tym razem przesadził. Pomimo prężenia mięśni byli przecież bliscy podpisania kontraktu. Burke'owi bardzo zależało na jak najszybszym ściągnięciu Christiana na zgrupowanie, żeby mógł się przygotować do sezonu.

Dlaczego więc go nie wpuścił?

Coś tu śmierdziało.

— Masz w samochodzie telefon? — spytał.

— Nie.

Trudno.

— Zawróć i zaparkuj przy bramie C — polecił Myron.

— Co pan chce zrobić?

— Pójdziesz ze mną.

Myron popchnął przed sobą Christiana, obok próbującego ich zatrzymać strażnika.

— Hej, nie wolno wam wejść! — krzyknął za nimi strażnik. — Stać.

— Zastrzel nas.

Myron nie zwolnił kroku. Weszli na boisko. Gracze nacierali ostro na manekiny. Bardzo ostro. Nikt się nie oszczędzał. Poddawano ich próbie. Większość walczyła o miejsce w zespole. W drużynach szkolnych i uniwersyteckich większość z nich była niekwestionowanymi gwiazdami, a mimo to musiała odpaść. Odrzuceni powoli żegnali się z marzeniami, zabiegając o dostanie się do innych zespołów, o utrzymanie się w nich, by wreszcie, po licznych niepowodzeniach, rozstać się z futbolem.

Fascynująca profesja.

Trenerzy dmuchali w gwizdki. Ofensywni obrońcy ćwiczyli błyskawiczne sprinty. Kopacze posyłali piłki w stronę odległych bramek. Wykopywacze ćwiczyli loby z woleja. Kilku graczy obejrzało się, dostrzegli Christiana i podniósł się szum. Myron nie zwrócił na to uwagi. Wypatrzył swój cel — Otto Burke siedział w pierwszym rzędzie na wprost linii środkowej boiska.

Siedział niczym Cezar w Koloseum, z przyklejonym uśmiechem na twarzy i rękami opartymi na sąsiednich krzesełkach. Za nim zasiadali Larry Hanson i kilku członków zarządu. Senat imperatora. Co jakiś czas Otto odchylał się do tyłu i częstował swoją świtę uwagami wywołującymi salwy śmiechu.

— Myron! — zawołał uprzejmie, przyzywając go krótką rączką. — Chodź no! Usiądź!

— Zaczekaj tu — powiedział Myron do Christiana i wszedł po schodach.

Świta pod przewodnictwem Larry'ego Hansona wstała jak na komendę i odmaszerowała.

— Raz, dwa, trzy, cztery! W prawo zwrot! — zawołał do nich, salutując.

A to ci niespodzianka. Żaden się nie roześmiał.

— Siadaj, Myron — rzekł rozpromieniony Otto. — Pogadajmy.

— Nie odpowiedziałeś na moje telefony.

— Toś ty dzwonił? — Burke pokręcił głową. — Opieprzę za to moją sekretarkę.

Myron westchnął głęboko i usiadł.

— Dlaczego nie wpuszczono Christiana?

— No wiesz! To bardzo proste. Jeszcze nie podpisał kontraktu. Tytani nie mogą tracić czasu na inwestowanie w kogoś, kto może nie wejść do drużyny. — Burke wskazał głową boisko. — Widzisz, kogo tu próbujemy? To Neil Decker z Cincinnati. Świetny rozgrywający.

— Jasne, wspaniały. Już prawie umie kręcić piłką beczki.

Otto zaśmiał się.

— Rozbawiasz mnie. Pocieszny z ciebie facet, Myron.

— Cieszy mnie ta opinia. Powiesz mi, o co chodzi?

Otto Burke skinął głową.

— To proste. Dlatego mówmy wprost, zgoda?

— Rzeczowo, wprost. Jak tylko chcesz.

— Świetnie. Chcemy renegocjować kontrakt twojego klienta. Od nowa.

— Rozumiem.

— Uważamy, że jego wartość spadła.

— Aha.

Burke uważnie przyjrzał się Myronowi.

— Widzę, że nie jesteś zaskoczony — powiedział.

— Co wymyśliłeś tym razem?

— A co miałem wymyślić?

— No, to przypomnę ci Benny'ego Kelehera. Zaprosiłeś go do domu, napoiłeś gorzałą, a potem nasłałeś na niego gliniarza, który aresztował go za jazdę po pijaku.

— Nie miałem z tym nic wspólnego — oburzył się Otto.

— Nazajutrz Keleher dziwnym trafem podpisał kontrakt. Następna sprawa, przypadek Eddiego Smitha. Wynajęłeś detektywa, żeby zrobił mu kilka kompromitujących fotek, i zagroziłeś, że wyślesz je jego żonie.

— Kolejne kłamstwo.

— Niech ci będzie. Przejdźmy do rzeczy. Jaki jest powód nagłego spadku ceny za Christiana?

Otto usiadł wygodnie i ze złotej papierośnicy z emblematem Tytanów wyjął papierosa.

— W pewnym mocno świńskim magazynie zobaczyłem coś, co mnie bardzo zniechęciło — odparł.

Wcale nie wyglądał na zniechęconego. Był bardzo zadowolony.

— Znów walnąłeś poniżej pasa. Brawo!

— Słucham?

— Mówię o magazynie. To twoja robota.

Otto uśmiechnął się.

— A więc o nim wiedziałeś?

— Skąd wziąłeś to zdjęcie?

— Jakie zdjęcie?

— To z ogłoszenia.

— Nie mam z tym nic wspólnego.

— No jasne. Po prostu zaprenumerowałeś sobie *Cyce*.

— Nie mam nic wspólnego z tym ogłoszeniem, Myron. Słowo.

— To skąd wziąłeś to pismo?

— Ktoś mi je pokazał.

— Kto?

— Nie mogę powiedzieć.

— Wygodny wykręt.

— Nie podoba mi się twój ton. A poza tym wiedz jedno: tym razem to ty zagrałeś nie fair. Skoro wiedziałeś o tym magazynie, to twoim moralnym obowiązkiem było mi o nim powiedzieć.

— Użyłeś słowa „moralny" i piorun w ciebie nie strzelił? Bóg nie istnieje.

Uśmiech na twarzy Burke'a przygasł, lecz pozostał.

— Choćbyśmy nie wiem jak chcieli, to problem pozostanie. Ten magazyn istnieje i trzeba coś zrobić z tym fantem. Powiem ci, co wymyśliłem.

— Zamieniam się w słuch.

— Przyjmiesz naszą aktualną ofertę i obniżysz ją o jedną trzecią. Jeśli nie, fotka panny Culver trafi do mediów. Przemyśl to sobie. Na decyzję masz trzy dni.

Podana przez Neila Deckera piłka, lecąc jak kaczka ze złamanym skrzydłem, spadła za daleko od adresata. Otto Burke zmarszczył brwi i pogładził bródkę.

— Dwa dni — sprostował.

10

Dziekan Harrison Gordon upewnił się, czy drzwi gabinetu są zamknięte na klucz. A ściślej, na dwa spusty. W tej sprawie nie chciał ryzykować.

Umościł się w fotelu i wyjrzał przez okno na renomowany Uniwersytet Restona w całej okazałości — melanż zielonych trawników i budynków z cegły. Tej świątyni nauki nie przyozdabiały bluszcze, choć powinny. Studenci wyjechali na wakacje, ale teren wciąż roił się od ludzi — uczestników letnich obozów futbolowych i tenisowych, okolicznych mieszkańców, traktujących kampus jak park, hipisowskich weteranów, którzy pielgrzymowali do tutejszych przybytków sztuk wyzwolonych niczym muzułmanie do Mekki, typów chowanych na owsiance — mnóstwa czerwonych bandan i poncz. Jakiś brodacz rzucił latającym plastikowym talerzem. Talerz pochwycił mały chłopiec.

Harrison Gordon tego nie widział. Obrócił się z fotelem nie po to, by podziwiać widoki, lecz po to, by nie patrzeć na... śmieć na biurku. Najchętniej zniszczyłby go i o nim zapomniał. Ale nie mógł. Coś go powstrzymywało, a zarazem ciągnęło do strony przy końcu pisemka...

Zniszcz je, idioto. Jeżeli ktoś to odkryje...

To co?

Nie wiedział. Obrócił się z fotelem, nie patrząc na magazyn. Z prawej strony biurka leżała teczka Katherine Culver. Przełknął ślinę. Drżącą ręką przekartkował imponujący stos dokumentów i rekomendacji. Nie miał czasu ich przeczytać.

Przeraźliwie zabrzęczał interkom. Gordon wyprostował się gwałtownie.

— Panie dziekanie?

— Tak?! — niemal odkrzyknął, z sercem bijącym jak u królika.

— Jakaś pani do pana. Nie była umówiona, ale chyba powinien pan ją przyjąć.

Sekretarka Edith ściszyła głos do kościelnego szeptu.

— Kto to jest? — spytał.

— Jessica Culver. Siostra Kathy.

Gordon poczuł, jak ogarnia go panika.

— Panie dziekanie?

Bojąc się, że krzyknie, zakrył usta dłonią.

— Panie dziekanie? Jest pan tam?

Nie miał wyjścia. Musiał ją przyjąć i wybadać, czego chce. W przeciwnym razie wzbudziłby podejrzenia.

Otworzył dolną szufladę, zmiótł do niej wszystko z biurka, wsunął ją z powrotem i zamknął biurko na klucz. Przezorny zawsze ubezpieczony.

— Zapraszam — rzekł na koniec, po odsunięciu zasuwy w drzwiach.

Jessica była co najmniej równie piękna jak siostra, to znaczy, niezwykle. Postanowił przyjąć ją jak kierownik zakładu pogrzebowego — okazać dyskretne współczucie, życzliwy profesjonalizm.

Uścisnął jej dłoń delikatnie, acz zdecydowanie.

— Przykro mi, że spotykamy się w tak smutnych okolicznościach — powiedział. — Łączymy się w tym trudnym czasie w bólu z pani rodziną.

— Dziękuję, że zechciał mnie pan przyjąć, choć nie byliśmy umówieni.

Gestem zapewnił ją, że nie ma o czym mówić.

— Proszę usiąść. Napije się pani czegoś? Kawy, wody mineralnej?

— Nie, dziękuję.

Gordon powrócił na fotel. Usiadł i położył ręce na biurku.

— Czym mogę służyć? — spytał.

— Chcę przejrzeć akta mojej siostry — odparła Jessica.

Harrison Gordon poczuł skurcz w palcach, ale nie zmienił miny.

— Akta pani siostry?

— Tak.

— Wolno spytać dlaczego?

— W związku z jej zniknięciem.

— Rozumiem — rzekł powoli, zdziwiony, że jego głos brzmi tak spokojnie. — O ile wiem, policja dokładnie je sprawdziła. Wszystko skopiowali.

— Owszem. Mimo to chciałabym je zobaczyć.

— Rozumiem — powtórzył.

Minęło kilka sekund. Jessica poprawiła się na krześle.

— Czy są jakieś przeszkody? — spytała.

— Nie, nie. Chociaż... Być może nie będę mógł ich pani udostępnić.

— Jak to?

— To znaczy, nie wiem, czy ma pani prawo do wglądu. Rodzice jak najbardziej. Ale nie jestem pewien, czy rodzeństwo. Muszę o to spytać naszego radcę prawnego.

— Zaczekam — odparła.

— Aha, dobrze. Zechciałaby pani poczekać w sekretariacie?

Wstała, odwróciła się, zatrzymała i spojrzała na niego przez ramię.

— Pan znał moją siostrę, panie dziekanie — powiedziała.

— Tak. — Zdobył się na uśmiech. — Wspaniała dziewczyna.

— Kathy pracowała dla pana.

— Prowadziła akta, załatwiała telefony i tym podobne sprawy — odparł prędko. — Robiła to świetnie. Bardzo nam jej brak.

— Zachowywała się normalnie?

— Normalnie?

— Przed zniknięciem. — Jessica popatrzyła mu uważnie w oczy. — Nie zachowywała się dziwnie?

Na czole Gordona wyrosły kropelki potu, ale nie odważył się ich zetrzeć.

— Nie. Zachowywała się normalnie. Dlaczego pani pyta?

— Na wszelki wypadek. Zaczekam na zewnątrz.

— Dziękuję.

Zamknęła za sobą drzwi.

Harrison Gordon głęboko odetchnął. Co teraz? Musiał jej pokazać akta. W przeciwnym razie nabrałaby poważnych podejrzeń. Nie mógł jednak wyjąć z szuflady teczki Kathy jakby nigdy nic i jej wręczyć. Musiał odczekać kilka minut, osobiście pójść do archiwum, „wydobyć" je i z nimi wrócić.

Po co Jessice Culver akta siostry? Czyżby coś przeoczył? Niemożliwe.

Miniony rok Harrison Gordon przeżył, modląc się i karmiąc nadzieją, że sprawa jest zakończona. Łudził się. Takie sprawy nigdy nie umierały. Zaczajały się, zapuszczały korzenie i nabierały siły, szykując się do ataku.

Kathy Culver nie umarła i nie spoczęła w grobie. Jak średniowieczne duchy zmartwychwstała, prześladując go i wołając z nicości.

Wołając o zemstę.

Myron wrócił do agencji.

— Win dzwonił dwa razy — oznajmiła Esperanza. — Chce się z tobą widzieć. Natychmiast.

— Już idę.

— Myron?

— Słucham?

— Czy ona... Jessica, wróciła? — spytała z powagą w oczach.

— Nie. Tylko wpadła.

Spojrzała z powątpiewaniem. Nie podjął tematu. Sam nie wiedział, co myśleć.

Wbiegł po schodach, biorąc po dwa stopnie naraz. Biuro Wina, dwa piętra wyżej, równie dobrze mogło się znajdować w innym wymiarze. Zaraz po otwarciu dużych stalowych drzwi

Myrona zaatakował hałas. Duża przestronna hala pulsowała życiem. Na każdym z kilkuset pokrywających ją niczym dywaniki biurek stały po co najmniej dwa monitory. Nie było boksów. Setki mężczyzn w białych koszulach, krawatach i szelkach stało lub siedziało. Na oparciach krzeseł wisiały ich marynarki. Kobiet było jak na lekarstwo. Mężczyźni rozmawiali przez telefony, krzycząc coś do słuchawek, które osłaniali dłońmi. Wyglądali jednakowo. Mówili jednakowymi głosami. Na dobrą sprawę byli jednakowi.

Witamy w firmie maklerskiej Lock-Horne.

Identycznie wyglądało wszystkie sześć pięter. Myron podejrzewał, że maklerzy z Lock-Horne zajmują tylko jedno i że niezależnie od tego, czy wciskasz czternastkę, czy dziewiętnastkę, winda — dla stworzenia iluzji, iż firma jest duża — zawsze zatrzymuje się na tym samym.

Rojną halę okalał wieniec gabinetów, zarezerwowanych dla bonzów, tuzów, szyszek — w żargonie maklerskim, grubych ryb. W przeciwieństwie do wyplutych i wyblakłych od sztucznego światła płotek w wewnętrznym akwarium grube ryby miały u siebie okna i słońce.

Z okien narożnego gabinetu Windsora Horna Lockwooda Trzeciego rozciągał się widok na ulicę Czterdziestą Siódmą i Park Avenue — widok, który walił w oczy wielką forsą. Gabinet urządzono w stylu ojców założycieli. Na ścianach ciemna boazeria. Dywan w odcieniu leśnej zieleni. Obrazy przedstawiające polowanie na lisa. W sam raz dla Wina, który żywego lisa nie widział na oczy.

Win podniósł wzrok znad potężnego dębowego biurka, ważącego kilo mniej od betoniarki. Przeglądał właśnie wydruk z komputera, jeden z tych niekończących się papierowych tasiemców z zielonymi i białymi paskami. Zwoje papieru zaścielające blat współgrały na swój sposób z barwą dywanu.

— Jak tam poranna schadzka z Jerrym Telefiutem? — spytał Win.

— Telefiutem?

Win uśmiechnął się.

— Wymyślałem ten epitet cały ranek.

— Z dobrym skutkiem — pochwalił Myron i opowiedział mu o spotkaniu z Garym „Jerrym" Gradym.

Win usiadł wygodnie, złożył dłonie palcami, wysłuchał relacji o spotkaniu z Ottonem Burkiem i pochylił się do przodu.

— Otto Burke to szubrawiec — rzekł z namysłem, rozwierając dłonie. — Może powinienem go odwiedzić.

Spojrzał z nadzieją na Myrona.

— Jeszcze nie. Proszę.

— Na pewno?

— Tak. Przyrzeknij mi. Żadnych wizyt.

— Dobrze — odparł wyraźnie zawiedziony Win.

— W jakiej sprawie chciałeś się ze mną zobaczyć?

— Aha. — Win się rozchmurzył. — Spójrz na to.

Chwycił wydruk komputerowy i bezceremonialnie zrzucił go na podłogę. Na biurku pozostały magazyny. Pierwszy z wierzchu miał tytuł *Orgazzm*, a podtytuł *Zzdwojona rozzkosz*. Co za zzgrabny chwyt reklamowy. Win ułożył pisma w wachlarz jak karciany sztukmistrz.

— Sześć magazynów — powiedział.

Myron odczytał tytuły: *Orgazzm, Sperma, Języczek, Szparka, Wzwód Powszedni* i oczywiście *Cyce*.

— Pisemka Nicklera? — spytał.

— Dobry jesteś!

— Lata praktyki. Co odkryłeś?

— Obejrzyj zaznaczone strony.

Myron zaczął od *Orgazzmu*. Na okładce cycata kobieta, też wybryk natury, ssała własny sutek. Wygodnicka. Win pozaznaczał strony skórzanymi zakładkami. Skórzane zakładki w pornosach? To jak papierosy na zajęciach z aerobiku.

Dobrze znał zaznaczoną stronę. Znów ścisnęło go w żołądku.

Telefoniczne fantazje na żywo — wybierz sobie dziewczynę!

I tu ogłoszenia biegły w trzech rzędach, w każdym było ich cztery. Natychmiast opuścił wzrok na drugie z prawej w najniższym. Hasło przy nim wciąż brzmiało: „Zrobię wszystko!". Numer telefonu i cena pozostały niezmienione: 1-900-344-

CHUĆ, 3,99 dolara za minutę. Opłaty wciąż dołączano dyskretnie do rachunków telefonicznych i można było płacić kartami kredytowymi Visa i MasterCard.

Ale kobietą na zdjęciu nie była Kathy Culver.

Przesunął oczami po stronie. Reszta się nie zmieniła. Ta sama orientalna dziewczyna wciąż czekała. Ten sam pośladek dopraszał się klapsów. „Tycie cycuszki" ciągle nie dojrzały.

— Ta strona powtarza się we wszystkich sześciu magazynach, ale zdjęcie Kathy jest tylko w *Cycach* — wyjaśnił Win.

— Ciekawe. — Myron chwilę się zastanawiał. — Nickler pewnie umawia się z ogłoszeniodawcami na pakiet: kup miejsce w sześciu za cenę trzech.

— Właśnie. Nie zaryzykuję, jeśli powiem, że we wszystkich sześciu ogłoszenia brzmią jednakowo.

— Ale w *Cycach* ktoś umieścił zdjęcie Kathy.

Myron już bez oporu wymieniał tytuł pisma. Nie brukał mu dłużej ust, lecz on sam czuł się przez to bardziej zbrukany.

— Nickler powiedział nam, że *Cyce* słabo się sprzedają, pamiętasz? — spytał Win.

Myron skinął głową.

— Diablo dużo czasu straciłem, żeby je znaleźć. Większość innych szmat nabyłem bez trudności w narożnych kioskach. Ale na *Cyce* natrafiłem dopiero w „pałacu" z ostrym porno na Czterdziestej Drugiej.

— A jednak Otto Burke zdobył ich egzemplarz.

— Właśnie. Na pewno zadałeś sobie pytanie, czy to on za tym stoi.

— Przyszło mi to na myśl.

Zapukano do drzwi i weszła Esperanza.

— Dzwoni ekspert od grafologii. Przełączyłam go na linię Wina — powiedziała.

Win podniósł słuchawkę i podał ją Myronowi.

— Halo.

— Cześć, Myron, tu Swindler. Porównałem te dwie próbki, które mi dałeś.

Myron przekazał mu kopertę, w której przysłano *Cyce*, oraz odręczny list Kathy.

— I jak?

— Zgadzają się. Albo pisała to ona, albo zawodowy fałszerz.

— Jesteś pewien? — spytał Myron ze ściśniętym żołądkiem.

— Całkowicie.

— Dzięki za telefon.

— Drobiazg.

Myron oddał słuchawkę Winowi.

— Zgadzają się? — spytał Win.

— No.

— Ja cię kręcę!

Win umościł się w fotelu i uśmiechnął.

11

Na korytarzu Myron natknął się na Ricky'ego Lane'a. Nie widział go trzy miesiące. Ricky bardzo zmężniał. Ku uciesze drużyny Jetsów.

— Co tu robisz? — spytał go.

— Umówiłem się z Winem — odparł z szerokim uśmiechem Ricky. — Za radą mojego menedżera.

— Dobrze, że go słuchasz.

— Zawsze. Jest fantastyczny.

— I nigdy nie sprzecza się z klientami.

Ricky zaśmiał się.

— Podobno Christiana nie wpuszczono na trening — powiedział.

Wieści rozchodziły się prędko.

— Skąd o tym wiesz?

— Z WFAN.

Radio WFAN było nowojorską stacją sportową.

— Rozmawiałeś z nim ostatnio?

— Z Christianem? — zdziwił się Ricky.

— Tak.

— Nie, od ostatniego meczu w drużynie college'u, półtora roku temu.

— Myślałem, że się przyjaźnicie.

Myron był pewien, że Ricky polecił jego usługi Christianowi.

— Graliśmy w jednej drużynie — odparł Ricky — ale się nie przyjaźniliśmy.

— Nie lubisz go?

Ricky wzruszył ramionami.

— Nie za bardzo. Nikt z nas go nie lubił.

— Jakich „nas"?

— Chłopaków z drużyny.

— W czym wam podpadł?

— To długa historia. Nie warto mówić.

— Mnie interesuje.

— Ujmę to tak. Dla większości z nas Christian był za doskonały, rozumiesz?

— Samolubny?

Ricky chwilę się zastanawiał.

— Właściwie nie. Szczerze mówiąc, brało się to głównie z zazdrości. On nie był zwyczajnie dobry czy nawet wspaniały. Kurczę, był niesamowity. Po prostu fantastyczny.

— Więc w czym rzecz?

— W tym, że wymagał równie dobrej gry od pozostałych.

— Wypominał wam błędy?

Ricky znowu zamilkł i potrząsnął głową.

— Nie o to chodzi.

— Coś kręcisz, Ricky.

Ricky Lane odwrócił wzrok, spojrzał w lewo, potem w prawo. Minę miał mocno zmieszaną.

— Trudno to wyjaśnić — rzekł. — Może to zabrzmi nieładnie, ale chłopcom nie była w smak jego popularność. Zdobyliśmy dwa mistrzostwa kraju, a wszyscy gadali tylko o jednym graczu — o Christianie.

— Znam wywiady. Zawsze chwalił kolegów z drużyny.

— Jasne, prawdziwy dżentelmen. — W głosie Ricky'ego zabrzmiał sarkazm. — Te wszystkie farmazony o „wspólnym wysiłku drużyny", żeby media kochały go jeszcze bardziej. Chłopcy mieli go za reklamiarza. Jednoosobową firmę reklamową. Zarzucali mu nadmierną popularność.

— A ty?

— Czy ja wiem. Może. Faktem jest, że go nie lubiłem.

Oprócz futbolu nic nas nie łączyło. Był biednym białasem ze Środkowego Zachodu. A ja czarnuchem z miasta. Trudno, żeby między nami iskrzyło.

— To wszystko?

Ricky lekko wzruszył ramionami.

— Chyba tak. To przeszłość, człowieku. Nie wiem, po co ci o tym wspomniałem. Nic mnie to już nie obchodzi. Christian po prostu do nas nie pasował. Miły był z niego koleś. Zawsze grzeczny. A to nie jest za dobrze widziane w szatni, wiesz.

Myron wiedział. W szatni popularność zapewniało coś zupełnie innego — szczeniackie, seksistowskie, antypedalskie żarty.

— Muszę lecieć, człowieku. Win zaraz zacznie główkować, gdzie mnie wcięło.

— Dobra. Do miłego.

Ricky już się odwracał, kiedy Myronowi przyszło na myśl, żeby spytać:

— A co możesz powiedzieć o Kathy Culver?

Ricky zbladł.

— A bo co?

— Znałeś ją?

— No, trochę. Była czirliderką i chodziła z naszym rozgrywającym. Ale nie należała do naszej paczki. — Ricky mocno się stropił. — Czemu pytasz?

— Była lubiana? A może znienawidzona?

Oczy Lane'a fruwały jak ptaki szukające miejsca, gdzie mogłyby spocząć.

— Zawsze byłeś wobec mnie w porządku, Myron, a ja wobec ciebie, tak?

— Tak.

— Nic więcej nie powiem. Ona nie żyje. I dajmy jej spokój.

— O co chodzi?

— O nic. Po prostu nie chcę o niej mówić. To nieprzyjemna historia. Do zobaczenia.

Ricky odszedł korytarzem tak pośpiesznie, jakby gonił go sam wielki Reggie White. Myron rozważał, czy za nim pójść, ale uznał, że nie ma po co. Ricky nic mu dziś więcej nie powie.

12

— Jest tu ktoś, a raczej coś, do ciebie — oznajmiła Esperanza, wsadzając głowę w drzwi.

Myron uciszył ją gestem. Od powrotu do biura miał na głowie słuchawkę z mikrofonem.

— Muszę kończyć — powiedział. — Może go przepchniesz do pierwszej kategorii. To kawał byka. Dzięki.

Zdjął słuchawkę.

— Kto to? — spytał Esperanzę.

Zrobiła minę.

— Aaron. Nie podał nazwiska.

Nie musiał.

— Niech wejdzie.

Na widok Aarona Myron poczuł się tak, jakby wpadł w pętlę czasu. Aaron był tak potężny, jak go zapamiętał, wielki niczym pomagier mechanika w garażu. Miał na sobie świeżo wyprasowany biały gang, lecz ponieważ nie nosił koszuli, świecił kawałem opalonego torsu. Nie nosił też skarpetek. Elegancka fryzura, włosy zaczesane do tyłu à la coach Pat Riley. Niedbały krok. Markowe okulary słoneczne. Markowa woda kolońska, cuchnąca podejrzanie ostro jak środek owadobójczy. Krótko mówiąc, „supergość" — ty go nie rusz, bo dostaniesz w kość.

Supergość uśmiechnął się szeroko.

— Miło cię widzieć — powiedział.

Myron nie podał mu dłoni. Był na to zbyt doświadczony. Poza tym Aaron ścisnąłby jego dłoń mocniej.

— Siadaj.

— Wspaniale — pochwalił Aaron, teatralnie rozkładając ręce, jakby nosił pelerynę, i z trzaskiem zdjął okulary. — Piękne biuro. Podoba mi się.

— Dziękuję.

— Wspaniały adres. Wspaniały widok.

Hasłem było słowo „wspaniały".

— Chcesz tu coś wynająć?

Aaron zaśmiał się, jakby usłyszał świetny dowcip.

— Nie — odparł. — Nie lubię się zamykać w biurze. To nie w moim stylu. Kocham wolność. Niezależność, ruch. Nie zniósłbym przykucia do biurka.

— Kurczę, to fascynujące. Słowo.

Aaron znów się zaśmiał.

— Nic się nie zmieniłeś. Cieszę się, że cię widzę.

Nie widzieli się od czasów gimnazjalnych. Myron poszedł do szkoły średniej w Livingston w New Jersey. Aaron zaś do jej zaciekłej rywalki w West Orange. Ich drużyny grały z sobą mecze dwa razy w roku i rzadko były to przyjemne spotkania.

Najlepszym kumplem Myrona był wtedy Todd Midron. Gapowaty, niezgrabny wielkolud o miękkim sercu, który się jąkał. Najtwardszy chłopak, jakiego Myron znał. Todd był dla niego tym, kim dla George'a Lennie w *Myszach i ludziach*.

Todd nie przegrywał pojedynków. Nigdy. Nikt się do niego nie zbliżał. Był za silny. Podczas meczu w ostatniej klasie Aaron tak podciął Myrona, że o mało nie zrobił mu krzywdy. Todd nie zdzierżył, rzucił się i wtedy Aaron go zniszczył. Myron chciał pomóc przyjacielowi, ale Aaron strząsnął go z siebie niczym płatek łupieżu, a potem, cały czas się w niego wpatrując i nie patrząc na słabnącą ofiarę, metodycznie walił w Todda jak w bęben. Zbił go bez litości. Zamienił jego twarz w krwawą miazgę. Todd spędził cztery miesiące w szpitalu. Przez blisko rok chodził z zdrutowaną szczęką.

— Ej! — Aaron wskazał na fotos na ścianie. — To Woody Allen z tą, jak jej tam.

— Diane Keaton.

— O właśnie, z Diane Keaton.

— Masz do mnie jakiś interes? — spytał Myron.

Aaron odwrócił się do niego. Jego błyszczący wygolony tors niemal oślepiał.

— Jakbyś zgadł. Ja do ciebie, a ty do mnie.

— Tak?

— Reprezentuję twojego konkurenta. Weszliście w mały spór. Mój klient pragnie załatwić go pokojowo.

— Przerzuciłeś się na prawo?

Aaron uśmiechnął się.

— Coś ty.

— Aha.

— Chodzi o pewnego młodzieńca, Chaza Landreaux. Ostatnio podpisał kontrakt z twoją firmą, RepSport MB.

— Sam to wymyśliłem.

— Słucham?

— RepSport MB. Sam wymyśliłem tę nazwę.

Aaron ponowił uśmiech. Szeroki i zębaty.

— Z tym kontraktem jest problem.

— Jaki?

— Taki, że pan Landreaux podpisał również kontrakt z Tru-Pro Enterprises Roya O'Connora. Podpisał go wcześniej. Problem leży więc w tym, że twój kontrakt jest nieważny.

— No, to może niech tę sprawę rozstrzygnie sąd.

Aaron westchnął głęboko.

— Zdaniem mojego klienta w interesie nas wszystkich lepiej nie mieszać do tego prawa.

— Jejku, a to ci niespodzianka. I co proponuje twój klient?

— Pan O'Connor jest skłonny zapłacić ci za stracony czas.

— Łaskawca.

— No.

— A jeżeli odmówię?

— Mamy nadzieję, że do tego nie dojdzie.

— A jeżeli dojdzie?

Aaron westchnął, wstał i oparł ręce na biurku.

— Niestety, znikniesz.

— Załatwisz to jak David Copperfield?

— Jak grabarz.

Myron przyłożył dłoń do piersi.

— Och! Ach! Och!

Aaron znów się roześmiał, tym razem niewesoło.

— Wiem o twoim pokazie taekwondo w garażu. Miałeś do czynienia z głupim mięśniakiem. Nie ze mną. Byłem zawodowym bokserem. Mam czarny pas dżudo i jestem arcymistrzem aikido. Zabijam ludzi.

— Imponujące *curriculum vitae*.

— Powiem wprost, Myron. Zadrzesz z nami, to cię zabiję.

— Trzęsę się jak osika.

Myron wcale nie był tak pewny siebie, jak wskazywałby ów sarkazm, za nic jednak nie chciał okazać, że się boi. Skurwiele tacy jak Aaron byli jak psy. Atakowali, gdy wyczuli strach.

Aaron zaśmiał się jeszcze raz. Było mu dziś do śmiechu. Albo był rozbawiony, albo nawdychał się gazu rozweselającego.

— Ostrzegam po raz ostatni — zaznaczył. — Albo Landreaux dotrzyma warunków kontraktu z O'Connorem, albo obu was zeżrą robaki.

Najpierw grożą ci zrobieniem z twarzy owsianki. A potem, że rzucą cię na pożarcie robakom.

— Lubię cię, Myron. Naprawdę nie chcę, żeby spotkało cię coś złego. Sam rozumiesz...

— ...interes to interes.

— Otóż to.

W drzwiach pojawiła się Esperanza.

Aaron wyszczerzył się do niej jak rekin.

— No, no — powiedział i mrugnął do niej jak najgrubsza ryba.

Aż dziw, co ją powstrzymało od natychmiastowego wyskoczenia z ciuchów.

— Rozmowa na drugiej linii — oznajmiła.

— Pilnie tego wysłuchaj, Myron — poradził Aaron, uśmiechając się po raz ostatni. — Doceń powagę sytuacji. I pamiętaj o robakach.

— O robakach. Nie zapomnę.

Aaron mrugnął do Esperanzy, posłał jej całusa i wyszedł.

— Uroczy — powiedziała.

— Kto dzwoni?

— Chaz Landreaux.

Myron nałożył słuchawkę.

— Halo.

— Skurwiele byli u mojej mamy! — wykrzyczał Chaz. — Zagrozili, że obetną mi jaja i poślą jej w pudełku! Mojej matce! Powiedzieli to mojej matce!

Myron bezwiednie zacisnął dłoń w pięść.

— Zajmę się tym — rzekł wolno. — Więcej tego nie zrobią. Zabawa się skończyła. Nadszedł czas działania.

Czas, by powiedzieć Winowi o Royu O'Connorze.

Win uśmiechnął się jak dzieciak, który w śnieżny dzień słucha radia z nadzieją, że może zamkną szkoły.

— Roy O'Connor — powiedział.

— Obiecaj, że go nie uszkodzisz.

Win przymknął rozmarzone oczy. Być może skinął głową, ale Myron nie był tego pewien.

13

U Baumgarta na Palisades Avenue. Ich ulubiony lokal.

Peter Chin powitał ich w drzwiach, z oczami rozszerzonymi ze zdziwienia i zachwytu na widok Jessiki.

— Panna Culver! Cudownie znów panią widzieć.

— Miło mi, Peter.

— Piękna jak zawsze. Ozdoba naszej restauracji.

— Cześć, Peter — powiedział Myron.

Zajęty wyłącznie Jessiką, Chin zbył jego pozdrowienie machnięciem ręki. Nie zareagowałby nawet na krokodyla, obgryzającego mu nogę.

— Zmizerniała pani — powiedział.

— W Waszyngtonie nie dają tak dobrze jeść.

— Dziwne. A ja myślałem, że ona jest przy kości — wtrącił Myron.

Jessica przeszyła go wzrokiem.

— Już nie żyjesz! — powiedziała.

W Englewood w stanie New Jersey lokal U Baumgarta był instytucją. Przez pięćdziesiąt lat mieściły się tu delikatesy, znane z wyśmienitych lodów i deserów. Po nabyciu ich osiem lat temu Peter Chin utrzymał tę tradycję, ale dodał do niej najwykwintniejszą lekką kuchnię chińską w stanie. Połączenie to okazało się przebojem. Najczęściej zamawiano kaczkę po pekińsku, makaron z olejem sezamowym, koktajl czekoladowy, frytki, a na deser lody „Czekoladowa śmierć". Kiedy Myron i Jessica mieszkali razem, jedli U Baumgarta co najmniej raz w tygodniu.

Myron nadal bywał tu raz na tydzień. Zwykle z Winem i Esperanzą. Czasem sam. Z żadną nie umawiał się U Baumgarta na randki.

Peter poprowadził ich obok bufetu i posadził na kanapce pod dużym obrazem. Nowoczesnym. Był to portret Cher albo Barbary Bush. A może obu. Bardzo enigmatyczny.

Usiedli naprzeciwko siebie — w milczeniu, przytłoczeni ciężarem chwili. Znów byli tutaj razem. Spodziewali się łagodnego przypływu nostalgii, a przeżyli wstrząs.

— Tęskniłam za tym lokalem — odezwała się Jessica.

— Tak.

Sięgnęła przez stół ręką do jego dłoni.

— I za tobą.

Twarz jej pałała jak dawniej, gdy patrzyła na niego tak, jakby był jedynym mężczyzną na świecie. Ścisnęło go w piersi, prawie nie mógł oddychać. Świat się rozpadł, rozpłynął. Zostali sami, we dwoje.

— Nie wiem, co powiedzieć.

Uśmiechnęła się.

— Jak to? — spytała. — Myronowi Bolitarowi zabrakło słów?

— Ciekawostka, co?

Podszedł Peter.

— Zaczną państwo od przystawki z chrupiącej kaczki i gołąbka z nasionami limby — oznajmił bez wstępów. — Na danie główne złożą się krab błękitny w specjalnym sosie, homar à la Baumgart i krewetki.

— Możemy wybrać deser? — spytał Myron.

— W żadnym razie. Pan zje placek pekanowy z lodami. A panna Culver...

Restaurator zawiesił głos, budując napięcie jak gospodarz teleturnieju.

Jessica uśmiechnęła się wyczekująco.

— Nie myśli pan chyba...

Chin skinął głową.

— Leguminę z bananów z waflami waniliowymi. Została tylko jedna porcja, ale odłożyłem ją specjalnie dla pani.

— Wielkie dzięki, Peter.

— Staram się, jak mogę. Nie przynieśliście z sobą wina? Do Baumgarta przychodziło się z własną butelką.

— Zapomnieliśmy — odparła Jessica, oślepiając China uśmiechem.

Okrutna. Urodą biła w oczy jak laser ze *Star Treka*, a jej uśmiech zabijał.

— Poślę kogoś naprzeciwko po butelkę. Chardonnay Kendall-Jackson.

— Ma pan świetną pamięć.

— Gdzie tam. Pamiętam tylko to, co ważne.

Peter ukłonił się lekko i odszedł.

Jessica posłała Myronowi uśmiech. Obezwładniła go nim, przestraszyła, oszalał ze szczęścia.

— Wybacz mi — powiedziała.

Potrząsnął głową, bojąc się odezwać.

— Nie chciałam... — Trudno jej było dobrać słowa. — Popełniłam w życiu wiele błędów. Jestem głupia. Sama sobie szkodzę.

— Wcale nie. Jesteś ideałem.

— Zdejmij wreszcie klapki z oczu i ujrzyj mnie taką, jaka jestem — powiedziała dramatycznym tonem, przyciskając rękę do piersi.

— Dulcynea do Don Kichota w *Człowieku z La Manchy* — odparł po chwili. — Tyle że nie klapki, tylko „chmury".

— Imponujące.

— Win puszczał mi ten musical w jaguarze.

Podjęli starą grę. Zgadnij, skąd ten cytat.

Bawiła się szklanką, obracając ją w ręku i sprawdzając klarowność i czystość wody. W końcu udało jej się utworzyć wodne logo Olimpiady.

— Nie bardzo wiem, co ci powiedzieć — rzekła wreszcie. — Nie wiem, czego oczekuję po tym spotkaniu. — Podniosła wzrok. — I ostatnie wyznanie, dobrze?

Skinął głową.

— Przyszłam do ciebie, licząc na pomoc. Naprawdę. Ale nie tylko dlatego.

— Wiem. Nie chcę o tym za dużo myśleć, bo to mnie przeraża.

— Co zrobimy?

Otwarła się przed nim szansa. Miał nadzieję, że nie ostatnia.

— Wydobyłaś akta siostry? — spytał.

— Tak.

— Przeczytałaś je?

— Nie. Tylko wzięłam.

— To może je przejrzymy?

Skinęła głową. Podano chrupiącą kaczkę i gołąbka z nasionami limby. Jessica wyjęła brązową kopertę i przecięła pieczęć.

— Zerknij na nie pierwszy — zaproponowała.

— Dobrze, ale zostaw mi trochę.

— Nie licz na to.

Zaczął przerzucać dokumenty. Pierwszy dotyczył wyników Kathy w nauce. Pierwszą klasę liceum ukończyła z dwunastą lokatą na trzysta osób. Nieźle. Pod koniec maturalnej mocno zjechała w dół — na pięćdziesiąte ósme miejsce.

— W ostatniej klasie obniżyła loty — powiedział.

— A kto ich nie obniża? — odparła Jessica. — Pewnie się obijała.

— Pewnie.

Zwykle jednak oznaczało to, że szóstkowy uczeń dostaje piątki i czwórki, a Kathy w ostatnim semestrze miała jedną szóstkę, trzy trójki i pałę. Jej konto obciążyło również kilka zatrzymań po lekcjach — wszystkie w klasie maturalnej. Dziwne. Choć zapewne bez większego znaczenia.

— Powiedz mi, co się dziś zdarzyło — poprosiła Jessica pomiędzy dwoma kęsami.

Zadziwiające. Nawet pałaszując aż się uszy trzęsły, pozostała piękna. Zaczął od tego, co Win odkrył w sześciu magazynach porno.

— Dlaczego jej zdjęcie było tylko w tej jednej szmacie? — spytała.

— Trudno powiedzieć.

— Ale się domyślasz?

Domyślał się. Jednak za wcześnie było na wnioski.

— Jeszcze nie — odparł.

— Są jakieś wieści od twojej znajomej z telefonów?

Skinął głową.

— Po naszym odjeździe Gary Grady wykonał dwa telefony. Jeden do Freda Nicklera z Gorącej Prasy. Drugi do kogoś w mieście. Zadzwoniliśmy tam, ale nikt nie podniósł słuchawki. Informacje otrzymaliśmy za późno.

— A co z grafologiem?

Nie było co owijać w bawełnę.

— Charaktery pisma się zgadzają — odparł. — Kopertę zaadresowała Kathy albo jakiś bardzo dobry fałszerz.

Pałeczki Jessiki spowolniły.

— O mój Boże!

— Tak.

— A więc ona żyje!

— To wciąż tylko możliwość. Nic więcej. Kopertę mogła zaadresować przed śmiercią. Poza tym w grę wchodzi oszustwo.

— Przesadzasz.

— No, nie wiem. Jeżeli Kathy żyje, to gdzie jest? I dlaczego to wszystko robi?

— Może ją porwano. Może zmuszono.

— Do adresowania kopert? I kto tu przesadza?

— A masz lepsze wyjaśnienie?

— Jeszcze nie. Ale staram się znaleźć. — Powrócił do akt. — Słyszałaś o niejakim Ottonie Burke'u?

— O tym magnacie, właścicielu wielkiej wytwórni płytowej i drużyny Tytanów?

— Tak. On też wie o tym magazynie.

Myron streścił jej przebieg wizyty na stadionie.

— Myślisz, że może za tym stać Otto Burke? — spytała.

— Ma motyw — zbicie ceny za Christiana. Poza tym jest wpływowy — ma kupę forsy. Tłumaczyłoby to również, dlaczego Christian dostał egzemplarz pisma.

— Przesłał mu wiadomość.

— Właśnie.

— W jaki sposób Burke mógłby sfałszować pismo mojej siostry?

— Mógł wynająć fachowca.

— Skąd wziął próbkę pisma Kathy?

— Kto wie? To nie takie trudne.

Jessice zaszkliły się oczy.

— A więc to był tylko fortel? Podstęp dla zdobycia przewagi w negocjacjach?

— Możliwe. Ale wątpię.

— Dlaczego?

— Coś mi tu nie pasuje. Po co Burke zadawałby sobie aż tyle trudu? Mógł nas przecież zaszantażować samym zdjęciem. Nie musiał umieszczać go w pornosie. Zdjęcie by mu wystarczyło.

Uchwyciła się tej nadziei jak deski ratunkowej.

— Masz rację — przyznała.

— Pozostaje pytanie, skąd Otto wziął to pismo.

— Może kupił je w jakimś kiosku któryś z jego pracowników.

— Niemożliwe. *Cyce* — słowo to znów z trudem przeszło mu przez usta (dobrze!) — mają bardzo niski nakład. Szanse na to, żeby ktoś z klubu Tytanów kupił tę szmatę, dokładnie ją przejrzał i na jednej z ostatnich stron z ogłoszeniami wypatrzył w dolnym rzędzie zdjęcie Kathy, są w najlepszym razie nikłe.

Jessica strzeliła palcami.

— Ktoś mu przysłał pocztą!

Myron skinął głową.

— Mogło ją otrzymać z tuzin ludzi. Nie tylko Christian.

— Jak się tego dowiedzieć?

— Pracuję nad tym — zapewnił, ratując kawałątek chrupiącej kaczki przed zniknięciem w czeluści jej ust. Był przepyszny.

Powrócił do akt Kathy. Przez pierwszy semestr na studiach miała złe stopnie. W ciągu drugiego jej oceny znacznie się poprawiły. Spytał o to Jessicę.

— Pewnie oswoiła się z życiem na uczelni — odparła. — Zapisała się do koła dramatycznego, została czirliderką, zaczęła chodzić z Christianem. Pierwszy semestr był dla niej szokiem kulturowym. To normalne.

— Pewnie tak.

— Nie jesteś przekonany.

Wzruszył ramionami. Myron Bolitar, señor Scepticalo.

Dalej w aktach były rekomendacje. Wychowawca w liceum nazwał Kathy „niezwykle utalentowaną" dziewczyną. Nauczycielka historii w dziesiątej klasie dostrzegła u niej „zaraźliwy entuzjazm życiowy", a nauczyciel angielskiego w klasie maturalnej uznał ją za osobę „błyskotliwą, mądrą i dowcipną", z której „każda uczelnia będzie miała powód do dumy". Bardzo miłe opinie. Myron zerknął na dół strony.

— Oho!

— Co takiego?

Wręczył Jessice gorącą rekomendację nauczyciela angielskiego w ostatniej klasie liceum w Ridgewood, pana Grady'ego.

Pana Gary'ego „Jerry'ego" Grady'ego.

14

Ze snu wyrwał go telefon. Myron śnił o Jessice. Próbował przypomnieć sobie szczegóły, ale rozpadły się na kawałeczki, uleciały i pozostało po nich zaledwie kilka żałosnych odprysków. Ktoś dzwonił do niego o siódmej rano. Domyślał się kto.

— Halo?

— Dzień dobry, Myron. Mam nadzieję, że cię nie zbudziłem.

Myron rozpoznał głos i uśmiechnął się.

— Kto mówi? — spytał.

— Roy O'Connor.

— Ten Roy O'Connor?

— No, tak. Roy O'Connor, menedżer.

— Supermenedżer — sprostował Myron. — Czemu zawdzięczam ten zaszczyt?

— Możemy się spotkać koło południa?

Royowi wyraźnie drżał głos.

— Jasne, Roy. W moim biurze?

— E, nie.

— W twoim?

— E, nie.

Myron usiadł.

— Mam wymieniać miejsca, a ty będziesz mi mówił „ciepło", „zimno"?

— Znasz pub Reilly'ego na Czternastej?

— Tak.

— Będę siedział na kanapce z tyłu, w prawym rogu. O pierwszej. Zjemy lunch. Jeżeli ci to odpowiada.

— Jak najbardziej, Roy. Mam włożyć coś ekstra?

— E, nie.

Myron z uśmiechem odłożył słuchawkę. Nocna wizyta Wina, zwykle w porze, kiedy smacznie spałeś w swym najświętszym mateczniku — sypialni, skutkowała bez pudła.

Wstał z łóżka. Słyszał, jak matka krząta się po kuchni, a ojciec ogląda telewizję. Wczesny ranek w domu Bolitarów. Drzwi do piwnicy otworzyły się.

— Obudziłeś się, Myron?! — dobiegł go krzyk matki.

Co za okropne imię! Nienawidził go serdecznie. Urodził się z wszystkimi palcami u rąk i stóp, nie miał zajęczej wargi, ucha jak kalafior ani nie utykał — więc żeby zrównoważyć brak życiowego pecha, rodzice ochrzcili go tym imieniem.

— Obudziłem! — odkrzyknął.

— Tata kupił świeże bajgle! Są na stole!

— Dziękuję!

Wszedł po schodach. Pod dłonią wyczuł zarost, który musiał zgolić. Drugą usunął z kącików oczu żółte śpiochy. Obleczony w dresy Adidasa, ojciec leżał jak mokra skarpeta na kanapie i posilał się bajglem z pastą z bieługi. Jak co rano oglądał na wideo gimnastykę, nabierając krzepy przez osmozę.

— Cześć, synu — powitał go. — Na stole masz bajgle.

— O, dzięki.

Myron miał wrażenie, że rodzice od lat się nie słyszą.

Wszedł do kuchni. Mama dobijała sześćdziesiątki, ale wyglądała znacznie młodziej. Na jakieś czterdzieści pięć lat. A zachowywała jak jeszcze młodsza osoba. Jak szesnastolatka.

— Późno wczoraj wróciłeś — wypomniała mu.

Chrząknął.

— O której?

— Późno. Przed dziesiątą — odparł Myron Bolitar, nocny Anioł Piekieł.

— Z kim byłeś? — spytała, z całych sił starając się, by pytanie zabrzmiało niewinnie. Mistrzyni taktu.

— Z nikim.

— Z nikim? Spędziłeś cały wieczór z nikim?

Spojrzał na boki.

— A gdzie są lampy do przesłuchań i druty do elektro-wstrząsów?

— No pięknie. Jeżeli nie chcesz mi powiedzieć...

— Nie chcę.

— Byłeś z dziewczyną?

— Mamo...

— Dobrze, zapomnij, że spytałam.

Myron sięgnął po telefon i zadzwonił do Wina. Po ósmym sygnale już miał zrezygnować, gdy w słuchawce rozległ się daleki, słaby głos:

— Halo?

— Win?

— Tak.

— Wszystko w porządku?

— Halo?

— Win?

— Tak.

— Dlaczego tak długo nie odbierałeś?

— Halo?

— Win?

— Kto mówi?

— Myron.

— Myron Bolitar?

— A ilu znasz Myronów?

— Myron Bolitar?

— Nie, Myron Rockefeller.

— Coś tu się nie zgadza.

— Słucham?

— I to bardzo!

— O czym ty mówisz?

— Jakiś kretyn dzwoni do mnie o siódmej rano i podszywa się pod mojego najlepszego przyjaciela.

— Przepraszam. Zapomniałem, która godzina.

Wina trudno było nazwać rannym ptaszkiem. Na studiach w Duke nigdy nie wstawał przed południem — nawet na poranne zajęcia. Większego śpiocha nie znalazłoby się ze świecą. Natomiast rodziców Myrona budził odgłos najcichszego bąka puszczonego na półkuli zachodniej. Zanim wyprowadził się do piwnicy, w ich domu co noc powtarzała się ta sama scena.

Około trzeciej nad ranem Myron wstawał z łóżka i szedł do łazienki. Gdy na palcach mijał sypialnię rodziców, ojciec budził się tak powoli, jakby ktoś upuścił mu na krok loda na patyku.

— Kto to?! — krzyczał.

— To tylko ja, tato.

— To ty, Myron?

— Tak, tato.

— Wszystko w porządku, synu?

— Jak najbardziej, tato.

— Po co wstałeś? Jesteś chory?

— Idę do łazienki. Robię to samodzielnie, odkąd skończyłem czternaście lat.

Na drugim roku studiów w Duke Myron i Win mieszkali w najmniejszej „dwójce" w całym kampusie, z piętrowym łóżkiem, które zdaniem Wina „lekko trzeszczało", a zdaniem Myrona „kwakało jak kaczka rozjeżdżana przez koparkę". Któregoś ranka, kiedy łóżko milczało i obaj spali, okno w ich pokoju rozbiła piłka baseballowa. Hałas był tak ogłuszający, że poderwał na nogi cały akademik i wszyscy popędzili, żeby sprawdzić, czy Myron i Win przeżyli upadek gigantycznego meteoru, który przebił dach. Wściekły Myron doskoczył do okna, klnąc na czym świat stoi, a za nim — po majtkach i koszulach zaścielających podłogę — inni studenci, wspierając go wiązankami. Taki harmider obudziłby ze snu umarłego.

A Win spał spokojnie pod dwoma kocami, z których wierzchni był z odłamków szkła.

Następnej nocy Myron odezwał się w ciemnościach z dolnej pryczy:

— Win?

— Tak.

— Jak możesz tak mocno spać?

Win nie odpowiedział. Zdążył zasnąć.

— Czego chcesz? — spytał przez telefon.

— Czy wczoraj wieczorem wszystko poszło dobrze?

— To szanowny O'Connor jeszcze do ciebie nie dzwonił?

— Dzwonił.

Koniec tematu. Myron wolał nie znać szczegółów.

— Nie obudziłeś mnie przecież tylko po to, żeby spytać, jak mi poszło.

— W klasie maturalnej liceum w Ridgewood Kathy Culver miała tylko jeden stopień celujący. Z angielskiego. Zgadnij, kto go jej wystawił.

— Kto?

— Gary Grady.

— Hm. Właściciel sekstelefonu nauczycielem angielskiego w liceum? Interesujący rozrzut zainteresowań.

— Moglibyśmy go dziś rano odwiedzić.

— W szkole?

— Jasne. Jako zatroskani rodzice.

— Tego samego dziecka?

— Wywiemy się, jak bogaty wachlarz dodatkowych zajęć oferuje ta szkoła.

Win zaśmiał się.

— Szykuje się niezła zabawa.

15

— Jak go odnajdziemy? — spytał Win.

Do liceum Ridgewood dotarli o wpół do dziesiątej. Był ciepły czerwcowy dzień, taki, w którym gapisz się w okno i marzysz o końcu roku szkolnego. Wokół budynku panował bezruch, tak jakby cała szkoła wraz z otoczeniem dryfowała w stronę letnich wakacji.

Myron dobrze pamiętał, jak trudno znieść takie dni. To podsunęło mu pomysł.

— Włączmy alarm przeciwpożarowy — zaproponował.

— No wiesz.

— Wszyscy wypadną na dwór. Łatwiej będzie go znaleźć.

— Idiotycznie genialne — przyznał Win.

— A poza tym zawsze chciałem włączyć alarm przeciwpożarowy.

— Zaszalejmy.

Nikt ich nie widział, kiedy weszli. Nie była to szkoła w wielkim mieście. Wszystkie drzwi stały otworem, na korytarzach żadnych kamer ani ochroniarzy. Alarm przeciwpożarowy umieszczono niedaleko wejścia.

— Nie róbcie tego w domu, dzieci — rzekł Myron, pociągając za rączkę.

Rozległy się dzwonki, a po nich rozbrzmiały radosne okrzyki uczniów. Myron poczuł się tak dobrze, jakby spełnił dobry uczynek. Chętnie częściej uruchamiałby alarmy, ale ktoś mógłby pomyśleć, że jest niedojrzały.

Win przytrzymał otwarte drzwi, niczym dyżurny strażak.

— Rzędem — poinstruował uczniów. — Pamiętajcie: tylko wy możecie zapobiec pożarom.

— Jest!

Myron dostrzegł Grady'ego.

— Gdzie?

— Skręca za róg. Z lewej. Elegancik.

Gary Grady był ubrany w żółtą marynarkę, jak z targów światowych w Seatlle A.D. 1962, i spodnie w pomarańczowe pasy. Winowi widok ten najwyraźniej sprawił ból. Podeszli.

— Cześć, Jerry.

Grady błyskawicznie odwrócił głowę.

— Nie nazywam się Jerry.

— Owszem, tak powiedziałeś. To twój pseudonim biznesowy, zgadza się? Na użytek Freda Nicklera. Naprawdę nazywasz się Gary Grady.

Przechodzący uczniowie przystanęli.

— Ruszać się! — napomniał ich Grady.

Uczniowie z ociąganiem poszli dalej.

— Niecierpliwi ci nauczyciele — rzekł Myron.

— Niestety — dodał Win.

Szczupła twarz Gary'ego wydłużyła się jeszcze bardziej. Przysunął się bliżej, żeby nikt postronny nie mógł go podsłuchać.

— Może porozmawiamy później — wyszeptał.

— Nic z tego, Gary.

— Mam lekcję.

— Dupa blada.

Win uniósł brew.

— Dupa blada?

— To szkoła tak na mnie działa — wyjaśnił Myron. — I pasuje do sytuacji.

— Faktycznie — przyznał Win po chwili.

— Alarm pożarowy trochę potrwa — rzekł Myron do Grady'ego. — Chwilę zajmie też powrót dzieciaków do szkoły.

Później zechcą poszaleć na korytarzach. A do tego czasu zdążymy się rozmówić.

— Nie — oświadczył Grady, krzyżując ręce na piersi.

— W takim razie zastosujemy wariant drugi — Myron wyjął egzemplarz *Cyców* — i zagramy w zgaduj-zgadulę z dyrektorem.

Grady odkaszlnął w kułak. Zagwizdał strażacki gwizdek. Wycie syren się zbliżyło.

— Nie wiem, o co wam chodzi — powiedział, odsuwając się o parę kolejnych kroków od uczniów.

— Śledziłem cię.

— Słucham?

Myron westchnął ze zniecierpliwieniem.

— Wczoraj rano byłeś w Hoboken. Wyjąłeś pocztę ze skrytki, której używasz do ogłoszeń sekstelefonów w porno szmatach. Stamtąd pojechałeś do domu w Glen Rock, zobaczyłeś mnie, spanikowałeś i zadzwoniłeś do wydawcy wspomnianych szmat, Freda Nicklera.

— Amator — dorzucił z niechęcią Win.

— Więc jak? Porozmawiasz z nami czy z radą szkoły? Wybieraj.

Grady zerknął na zegarek.

— Macie dwie minuty — powiedział.

— Dobrze. — Myron wskazał na prawo. — Wejdziemy do ubikacji dla nauczycieli. Na pewno masz klucz.

— Tak.

Grady otworzył drzwi. Myron zawsze pragnął zobaczyć nauczycielską toaletę, przekonać się, jak dogadza sobie władza. Ubikacja niczym się nie wyróżniała.

— No dobrze, więc jesteśmy. Czego chcecie? — spytał Grady.

— Opowiedz o tym ogłoszeniu.

Grady przełknął ślinę. Jego wydatna grdyka podskoczyła i opadła jak głowa boksera robiącego unik.

— Ja nic nie wiem.

Myron i Win wymienili spojrzenia.

— Mogę wsadzić mu głowę do muszli? — spytał Win.

Grady wyprostował się.

— Nie dam się zastraszyć — oświadczył.

— Jeden szybciutki wsad? — rzekł z prośbą w głosie Win.

— Zaczekaj. — Myron zajął się Garym. — Po co miałbym cię bić? Bądź sobie zbokiem, twoja sprawa. Mnie interesuje tylko, co cię łączy z Kathy Culver.

Na górnej wardze Grady'ego pojawił się pot.

— Była moją uczennicą.

— Wiem. Dlaczego jej zdjęcie znalazło się w *Cycach*? W twoim ogłoszeniu?

— Nie mam pojęcia. Zobaczyłem je dopiero wczoraj.

— Ale to twoje ogłoszenie, tak?

Grady zawahał się, kilka razy leciutko wzruszył ramionami.

— Tak. Przyznaję — odparł. — Daję ogłoszenia do pism pana Nicklera. Całkiem legalnie. Ale to nie ja wstawiłem tam zdjęcie Kathy.

— A kto?

— Nie wiem.

— Ale sekstelefony to twój biznes?

— Tak. Całkiem nieszkodliwy. Robię to dla zarobku. Nikogo nie krzywdzę.

— Jeszcze jedno niewiniątko. Dużo na tym zarabiasz? — spytał Myron.

— W złotych czasach zarabiałem po dwadzieścia tysięcy na miesiąc.

Myron nie był pewien, czy się nie przesłyszał.

— Dwadzieścia tysięcy na miesiąc z sekstelefonów?

— Tak, w połowie lat osiemdziesiątych. Zanim rząd nie zaostrzył przepisów w sprawie linii dziewięćset. W tej chwili wyciągam w najlepszym razie osiem tysięcy miesięcznie.

— Przeklęci biurokraci. A jak się to wszystko ma do Kathy Culver?

— To znaczy?

— No wiesz, Gary! Jej nagie zdjęcie jest w twoim aktualnym ogłoszeniu.

— Już powiedziałem. Nie mam z tym nic wspólnego.

116

— A więc fakt, że była twoją uczennicą, to czysty przypadek?

— Tak.

— Nie potrzymam go długo. Proszę — wtrącił Win.

Myron odmownie pokręcił głową.

— Kiedy szła na studia, wystawiłeś jej świetną opinię.

— Kathy była świetną uczennicą.

— A poza tym?

— Jeżeli insynuujesz, że łączyło nas coś więcej niż relacja nauczyciel—uczennica...

— To właśnie insynuuję.

Grady ponownie skrzyżował ręce na piersi.

— Szkoda mi słów na odpowiedź. Uważam naszą rozmowę za zakończoną.

Zwracał się do nich jak do uczniów. Bywa, iż nauczyciele zapominają, że życie to nie lekcja w klasie.

— Przytop go — polecił Myron.

— Z rozkoszą.

Wyższy o pięć centymetrów Grady pochylił się nad Winem i zmierzył go morderczym spojrzeniem.

— Nie boję się ciebie — powiedział.

— Twój pierwszy błąd.

Z szybkością, której nie rejestruje wideokamera, Win złapał go za rękę, wykręcił ją i pociągnął w dół. Był to chwyt hapkido. Grady upadł na posadzkę z kafelków. Win nacisnął kolanem jego łokieć. Łagodnie. Nie za boleśnie. W sam raz, aby ofiara zrozumiała, kto jest panem.

— A niech to! — zaklął.

— Co się stało?

— Wszystkie muszle są czyste. Fatalnie.

— Chcesz coś dodać, zanim go zanurzysz?

Grady zbladł jak ściana.

— Obiecajcie, że nikomu nie powiecie — wydusił z siebie.

— Powiesz prawdę?

— Tak, ale przysięgnijcie, że nic nie powiecie. Dyrektorowi ani nikomu.

— Zgoda.

Myron skinął głową do Wina, a ten puścił Gary'ego.

— Kathy i ja mieliśmy romans — wyznał Grady, głaszcząc uwolnioną rękę niczym za mocno skarconego szczeniaka.

— Kiedy?

— W klasie maturalnej. Trwał kilka miesięcy. Od tamtego czasu jej nie widziałem, przysięgam.

— To wszystko?

Skinął głową.

— Nic więcej nie wiem. To zdjęcie zamieścił ktoś inny.

— Jeżeli kłamiesz, Gary...

— Nie. Jak Boga kocham.

— No dobrze. Idź — rzekł Myron.

Gary wypadł z toalety tak szybko, że nawet nie zerknął w lustro, czy jest potargany.

— Gnida! Skończona gnida! Uwodzi uczennice, żyje z seks-telefonów.

— Za to jaki elegant. Co teraz? — spytał Win.

— Zakończymy śledztwo, a potem poinformujemy radę szkolną o pozaprogramowych zajęciach pana Grady'ego.

— Przecież obiecałeś mu, że o niczym nie powiesz.

Myron wzruszył ramionami.

— Skłamałem.

16

Jessica jak w transie podziękowała Myronowi, odłożyła słuchawkę, chwiejnie weszła do kuchni i usiadła. Matka i młodszy brat Edward podnieśli wzrok.

— Dobrze się czujesz, kochanie? — spytała Carol Culver.

— Tak — odparła z trudem.

— Kto dzwonił?

— Myron.

Nie zareagowali.

— Rozmawialiśmy o Kathy — dodała.

— W związku z czym? — spytał Edward.

Zawsze był dla niej Edwardem, nie Edem, Eddiem czy Tedem. Ledwie rok temu skończył studia, a już miał własną, dobrze prosperującą firmę komputerową — Komputerowe Interaktywne Systemy Zarządzania. Z jej oprogramowań korzystało kilka renomowanych korporacji. Edward nawet w biurze chodził wyłącznie w dżinsach i koszmarnych koszulkach z tandetnymi napisami w stylu „Byle do przodu!". Nie uznawał krawata. Miał szeroką, niemal dziewczęcą twarz o delikatnych rysach i rzęsy, za które kobiety oddałyby wszystko. Tylko ostrzyżona brzytwą głowa — oraz maksyma na koszulce: MANIACY KOMPUTEROWI MAJĄ NAJLEPSZY SPRZĘT — podpowiadały, co jest jego życiową pasją.

Jessica wzięła głęboki oddech. Nie było co dłużej robić ceregieli i liczyć się z uczuciami brata i matki. Otworzyła torebkę i wyjęła egzemplarz *Cyców*.

— Kilka dni temu ten magazyn trafił do sprzedaży — powiedziała i rzuciła pismo na stół, okładką do góry.

Na twarzy matki pojawiło się zmieszanie i niesmak. Edward zachował spokój.

— Co to jest? — spytał.

Jessica otworzyła pismo na właściwej stronie.

— Proszę — powiedziała, wskazując zdjęcie Kathy w dolnym rzędzie.

Dopiero po kilku chwilach skojarzyli, na co patrzą, tak jakby ów obraz utknął gdzieś po drodze między okiem a mózgiem. Carol Culver jęknęła, dłonią przysłoniła usta, tłumiąc okrzyk. Oczy Edwarda zamieniły się w szparki.

— To nie wszystko — dodała Jessica, nie dając im czasu dojść do siebie.

Matka obrzuciła ją pustym spojrzeniem. W jej oczach nie było życia, jakby jakiś zimny podmuch bezpowrotnie zgasił w nich pełgający płomień.

— Grafolog, który zbadał charakter pisma na kopercie, stwierdził, że zgadza się ono z pismem Kathy.

Edward gwałtownie zaczerpnął powietrza, a pod matką wreszcie ugięły się kolana. Opadła na krzesło i się przeżegnała. Z oczu popłynęły jej łzy.

— Żyje? — spytała.

— Nie wiem.

— Ale jest jakaś szansa? — wtrącił Edward.

Jessica skinęła głową.

— Zawsze jest.

Zamilkli w osłupieniu.

— Muszę jednak wiedzieć, co się z nią stało — ciągnęła. — Dlaczego się zmieniła.

— Co masz na myśli? — spytał Edward, któremu znów zwężyły się oczy.

— W klasie maturalnej Kathy miała romans z nauczycielem angielskiego.

Matka i brat znowu zamilkli, choć raczej nie z osłupienia.

— Z Garym Gradym. Ta gnida to potwierdziła.

— Nie — zaprotestowała cicho Carol Culver. Opuściła głowę. Krzyż na jej szyi zakołysał się jak wahadło i się rozpłakała. — Jezu Chryste, nie moje dziecko...

— Wystarczy, Jess.

Edward wstał.

— Nie wystarczy.

— Wychodzę.

Chwycił marynarkę.

— Zaczekaj. Dokąd się wybierasz?

— Do widzenia.

— Musimy to wyjaśnić.

— Niczego nie wyjaśnimy!

— Edward...

Wybiegł tylnym wejściem, zatrzaskując drzwi.

Jessica wróciła do matki. Jej łkanie było rozdzierające. Patrzyła na nią kilka chwil, a potem wyszła z kuchni.

Roy O'Connor już czekał na Myrona na kanapce z tyłu restauracji. Ssał kostkę lodu wyjętą z pustej szklanki.

— Cześć, Roy.

O'Connor, nie rącząc wstać, wskazał głową kanapkę naprzeciwko siebie. Złote sygnety tonęły w fałdach tłuszczu na palcach pulchnych dłoni. Trudno było powiedzieć, ile ma lat — czterdzieści pięć czy dziesięć więcej. Łysinę zakrywał pożyczką, której przedziałek zaczynał się pod pachą.

— Przyjemny lokal — pochwalił Myron. — Stolik z tyłu, przyćmione światła, cicha romantyczna muzyka. Gdybym cię nie znał...

O'Connor potrząsnął głową.

— Wiem, Bolitar, że uważasz się za drugiego Steve'a Martina, ale daj sobie spokój, dobra?

— Widzę, że z kwiatów po występie nici...

— Musimy porozmawiać.

— Zamieniam się w słuch.

Podeszła kelnerka.

— Podać panom coś do picia? — spytała.

— To samo — odparł Roy, wskazując swoją szklankę.

— A dla pana?

— Macie yoo-hoo? — spytał Myron.

— Tak.

— Wspaniale. To poproszę.

Kelnerka odeszła.

— Yoo-hoo? O, kurwa.

Roy pokręcił głową.

— Mówiłeś coś?

— Dziś w nocy odwiedził mnie twój oprych.

— Wcześniej odwiedziło mnie dwóch twoich.

— Nie mam z tym nic wspólnego.

Myron spojrzeniem „bujać to my" wyraził najlepiej jak umiał niewiarę. Kelnerka przyniosła drinki. Roy wlał w siebie martini tak szybko, jakby była to odtrutka ratująca życie. Myron przeciwnie, sączył swoje yoo-hoo z pełną kulturą. Jak na dżentelmena przystało.

— A sprawa wygląda tak — ciągnął O'Connor. — Podpisałem z Landreaux kontrakt. Dałem mu zaliczkę. Co miesiąc dostawał kasę. Wywiązałem się z warunków umowy.

— Podpisałeś z nim kontrakt nielegalnie.

— Nie ja pierwszy.

— Ani ostatni. W co grasz, Roy?

— Znasz mnie. Wiesz, jak działam.

Myron skinął głową.

— Jak drań.

— Nie powiem, postraszyłem chłopaka. To dla mnie nie pierwszyzna. Ale na tym szlus. W życiu nikomu nie zrobiłem krzywdy.

— Jasne.

— Gdyby sportowcy usłyszeli o takim numerze, poszedłbym z torbami.

— Wielka szkoda.

— Nie ułatwiasz mi życia, Bolitar.

— Ani myślę.

O'Connor dał znak kelnerce, żeby podała następnego drinka.

— Zadałem się z niewłaściwymi ludźmi — wyznał.

— To znaczy?

— Grałem i popadłem w duże długi. Długi, których nie mogę spłacić.

— Przejęli część interesu.

O'Connor skinął głową.

— Mają mnie w ręku. Twój... twój znajomy zeszłej nocy... — Na wspomnienie Wina głos zadrżał mu tak, że z pewnością odnotowałyby to sejsmografy. — Z chęcią spełniłbym jego życzenie, ale nie mam już nic do gadania.

Myron pociągnął łyk Yoo-Hoo. Miał nadzieję, że nie zostaną mu po tym czekoladowe wąsy.

— Mojego znajomego to nie ucieszy.

— Powiedz mu, że to nie ja.

— A kto?

Roy usiadł prosto, potrząsając głową.

— Nie mogę powiedzieć. Wiedz, że ci ludzie nie cofną się przed niczym. Nie kumają nic z reguł naszego fachu. Wierzą, że groźbami podporządkują każdego. I chcą z kogoś zrobić przykład.

— Ten przykład to Chaz Landreaux?

— Landreaux i ty. Jemu chcą zrobić krzywdę, a ciebie zabić. Wydali zlecenie killerom.

Myron spokojnie pociągnął łyk. Milczał.

— Niespecjalnie się przejąłeś — rzekł O'Connor.

— Śmieję się śmierci w twarz. A raczej chichoczę. Cicho. Urągliwie.

— Wariat z ciebie.

— Nie zaśmiałbym się jej prosto w twarz. Więc urągliwie, cicho chichoczę za jej plecami.

— To nie jest śmieszne, Bolitar.

— Pewnie, że nie — przyznał Myron. — Dlatego radzę ci, żebyś ich odwołał.

— Nic do ciebie nie dotarło? Ja nie mam nic do gadania.

— Jeżeli coś mi się stanie, mój znajomy bardzo się zmartwi i odbije to sobie na tobie.

Roy O'Connor przełknął ślinę.

— Nic nie mogę. Uwierz mi.

— To powiedz mi, kto rządzi.

— Nie mogę.

Myron wzruszył ramionami.

— Może pochowają nas obok siebie. Jak w romantycznych tragediach — powiedział.

— Zabiją mnie, jeśli pisnę słowo.

— A co zrobi z tobą mój znajomy?

Roy zadygotał. Znów ssał lód, starając się ocalić resztki martini.

— Gdzie ta cholerna pipa z moim drinkiem? — rozeźlił się.

— Kto rządzi, Roy?

— Usłyszałeś to nie ode mnie, zgoda?

— Zgoda.

— Nie powiesz im?

— Będę milczał jak grób.

Roy wessał się w kostkę.

— Ache — powiedział.

— Herman Ache?! — zdumiał się Myron. — Stoi za tym Herman Ache?

Roy pokręcił głową.

— Frank, jego młodszy brat. Tego psychola nikt nie kontroluje. Jest nieprzewidywalny.

Frank Ache? To miało ręce i nogi. Herman Ache, czołowy nowojorski gangster, miał na sumieniu mnóstwo nieszczęść. Ale w porównaniu z młodszym bratem Frankiem był niegroźny jak aktor Alan Alda. Aaron z chęcią pracowałby dla takiego bydlaka jak Frank.

Nie były to dobre wieści. Myron zastanawiał się, czy nie lepiej zrezygnować z urągliwego chichotu.

— Masz coś do dodania? — spytał.

— Nie. Tylko nie chcę, żeby kogoś spotkała krzywda.

— Jesteś facet do rany przyłóż, Roy. Taki bezinteresowny.

— Powiedziałem ci wszystko.

O'Connor wstał.

— Myślałem, że zjemy lunch.

— Zjedz sam. Na mój rachunek.

— Bez twojego towarzystwa to nie to samo.

— Jakoś wytrzymasz.

— Spróbuję.

Myron wziął do ręki menu.

17

Do kogo by tu jeszcze zadzwonić?

To proste.

Do Nancy Serat. Koleżanki, z którą Kathy mieszkała w akademiku, jej najbliższej przyjaciółki.

Jessica usiadła przy biurku ojca. Światła były wyłączone, story opuszczone, ale nadal mocno świecące słońce przenikało przez nie i rzucało cienie.

Co prawda, Adam Culver zrobił wszystko, by jego domowe biuro w niczym nie przypominało policyjnej, cementowej, makabrycznej kostnicy, ale nie w pełni mu się to udało. Choć w przerobionej na gabinet sypialni z licznymi oknami, jaskrawo żółtymi ścianami, jedwabnymi kwiatami, białym biurkiem z laminatu i mnóstwem misiów dookoła — Miśką Mickey z Misiorem Donaldem, Misiem Rourkiem, Ernestem Hemiświayem, baronem Miśhausenem, Marilyn Miśroe z Arthurem Miślerem — panował wesoły nastrój, to był on wymuszenie radosny, niczym klaun, z którego się śmiejecie, lecz który trochę was przeraża.

Jessica wyjęła z torebki notes z telefonami. Kilka tygodni temu Nancy przysłała Culverom kartkę. Dostała z uczelni stypendium i pozostała w kampusie, by pomagać w rekrutacji nowych studentów. Jessica odszukała jej numer i zadzwoniła.

Po trzecim sygnale odezwała się automatyczna sekretarka.

Nagrała na nią wiadomość i odłożyła słuchawkę. Już miała przeszukać szuflady biurka, gdy powstrzymał ją głos:

— Jessica.

Podniosła głowę. W progu stała matka. Z zapadniętymi oczami, twarzą jak maska pośmiertna, chwiała się, jakby za chwilę miała upaść.

— Co tu robisz? — spytała.

— Rozglądam się.

Carol Culver skinęła głową, która podskoczyła na jej szyi jak spławik na żyłce.

— Znalazłaś coś?

— Jeszcze nie.

Carol usiadła i wpatrzyła się przed siebie niewidzącym wzrokiem.

— Była takim wesołym dzieckiem — powiedziała wolno, zapatrzona w dal, przebierając w palcach paciorki różańca. — Z jej twarzy nie schodził uśmiech. Taki cudowny, szczęśliwy. Opromieniał wszystko, każdy pokój, do którego wchodziła. Ty i Edward... cóż, miewaliście humory. Ale Kathy? Uśmiechała się do wszystkiego i wszystkich. Pamiętasz?

— Tak.

— Twój ojciec żartował, że jest urodzoną entuzjastką. — Carol zaśmiała się na to wspomnienie. — Nic nie mogło jej zniechęcić. — Śmiech uwiązł jej w gardle. — Oprócz mnie.

— Kathy cię kochała, mamo.

Carol westchnęła głęboko, a pierś zafalowała jej, jakby westchnienie kosztowało ją wiele wysiłku.

— Byłam surowa wobec was, córek. Chyba za surowa. Staroświecka.

Jessica nie odpowiedziała.

— Po prostu nie chciałam, żebyś ty i siostra...

— Żebyśmy co?

Carol opuściła głowę, potrząsnęła nią. Jej palce szybciej zaczęły przebierać paciorki różańca.

— Miałaś rację, Jessico — odezwała się dopiero po dłuższej chwili. — Kathy się zmieniła.

— Kiedy?

— W klasie maturalnej.

— Co się stało?

Do oczu Carol napłynęły łzy. Próbowała sklecić słowa, bezradnie gestykulując rękami.

— Jej uśmiech... — ramiona jej drgnęły — pewnego dnia zniknął.

— Dlaczego?

Carol Culver otarła oczy. Drżała jej dolna warga. Jessica była sercem z matką, ale z jakiegoś powodu na więcej nie mogła się zdobyć. Siedziała i patrzyła na jej cierpienie dziwnie obojętnie, jak na wyciskacz łez w kablówce, nadawany późnym wieczorem.

— Nie chcę cię ranić — zapewniła. — Chcę tylko odnaleźć siostrę.

— Wiem, kochanie.

— Zmiana w zachowaniu Kathy ma na pewno związek z jej zniknięciem.

— Mój Boże!

Matka się zgarbiła.

— Wiem, że to boli — powiedziała Jessica. — Jeżeli uda nam się odnaleźć Kathy, jeżeli odkryjemy, kto zabił tatę...

Carol poderwała głowę.

— Twojego ojca zabił jakiś bandzior.

— Nie wierzę. Myślę, że te sprawy są powiązane. Zniknięcie Kathy, zamordowanie taty i cała reszta.

— Ale... jak?

— Jeszcze nie wiem, Dowiem się z pomocą Myrona.

Zabrzęczał dzwonek.

— To wuj Paul — domyśliła się Carol i ruszyła do drzwi.

— Mamo?

Carol zatrzymała się, ale nie odwróciła głowy.

— Co tu się dzieje? Czego boisz się powiedzieć?

Dzwonek znów się odezwał.

— Muszę otworzyć — odparła Carol Culver i szybko zeszła po schodach.

— Więc Frank Ache chce cię zabić — rzekł Win.

Myron skinął głową.

— Na to wygląda.

— Szkoda.

— Gdybyż tylko mnie znał. Wiedział, jaki jestem naprawdę.

Siedzieli w pierwszym rzędzie na stadionie Tytanów. Z dobroci serca Otto zgodził się, żeby Christian trenował. Z dobroci serca i dlatego, że doświadczony rozgrywający Neil Decker spisywał się tragicznie.

Poranny trening składał się z mnóstwa szybkich sprintów i ćwiczenia zagrywek. Za to popołudniowy przyniósł niespodziankę. Gracze, rzecz niemal niesłychana o tej porze roku, wyszli w pełnym rynsztunku.

— Frank Ache to niemiły typ — rzekł Win.

— Lubi katować zwierzęta.

— Słucham?

— Mój znajomy znał go jako podrostka. Ulubioną rozrywką Franka Ache'a było polowanie na koty i psy i rozwalanie im łbów pałką do bejsbola.

— To na pewno robiło wrażenie na dziewczętach.

Myron skinął głową.

— Wnoszę, że zechcesz skorzystać z moich niezrównanych usług.

— Tak, przez kilka dni.

— Pysznie. Czy słusznie też wnoszę, że masz jakiś plan?

— Pracuję nad nim. Zapamiętale.

Na boisko wbiegł Christian. Poruszał się bez wysiłku, jak wielcy sportowcy. Dołączył do grupy naradzających się futbolistów, odszedł od nich i zbliżył się do linii wznowienia gry.

— Pełny kontakt! — krzyknął trener.

Myron spojrzał na Wina.

— Nie podoba mi się to — powiedział.

— Co?

— Pełny kontakt pierwszego dnia.

Christian wywołał numery graczy, po kilku zagrzewających okrzykach dostał piłkę i cofnął się, żeby ją podać.

— Cholera! — zaklął Myron.

Christian za późno dostrzegł, że szarżuje na niego Tommy Lawrence, obrońca Tytanów, przez nikogo nie blokowany, wybrany w zeszłym sezonie do drużyny gwiazd. Tommy wbił się kaskiem w mostek Christiana i obalił go na ziemię. Taki atak nie uszkadza ciała, ale jest piekielnie bolesny. Dwaj inni obrońcy zwalili się na nich.

Christian wstał, krzywiąc się z bólu i trzymając za klatkę piersiową. Nikt mu nie pomógł.

Myron zerwał się z fotela.

— Usiądź — powstrzymał go Win, kręcąc głową.

Po schodach zszedł na dół ze swoją świtą Otto Burke.

Myron spojrzał na niego groźnie, na co Otto uśmiechnął się promiennie i kilka razy cmoknął.

— Sprzedałem wielu znanych repów, żeby go mieć w zespole — powiedział. — Widać na niektórych nie zrobił wrażenia.

— Usiądź, Myron — powtórzył Win.

Christian, utykając, powrócił do grupy. Ogłosił następną zagrywkę i podszedł do linii wznowienia. Sprawdził szyki obronne, wywołał numery, dostał piłkę od środkowego i cofnął się. Szarżujący Tommy Lawrence znów bez przeszkód ominął lewego obrońcę. Christian zamarł. Tommy skoczył na niego jak pantera, z rękami wyciągniętymi do bezpardonowego chwytu. Christian zareagował w ostatniej chwili. Był to drobny ruch, lekki unik, ale wystarczył, żeby Tommy minął go w locie i wylądował na ziemi. Christian zamachnął się piłką i posłał petardę — przez całe boisko.

— Hej, Otto! — zawołał uśmiechnięty Myron.

— Co?

— Pocałuj mnie w jajecznicę.

Otto uśmiechał się dalej. Myron zastanawiał się, jak to możliwe. Czyżby usta zastygły mu tak, jak dzieciakom karconym przez mamy za robienie min?

— Pocałuj mnie w jajecznicę? — zdziwił się Win.

— To mój hołd dla kelnerki Flo z *Alicji*.

— Oglądasz za dużo telewizji.

— Wiesz, o kim ciągle myślę?

— O kim?

— O Garym Gradym.

— Co z nim?

— Ma romans z uczennicą, która rok później znika. Mija czas i jej zdjęcie pojawia się w jego ogłoszeniu porno.

— Do czego zmierzasz?

— Że to nie ma sensu.

— Tak jak wszystko w tej sprawie.

Myron potrząsnął głową.

— Zastanów się. Grady przyznaje, że miał romans z Kathy. Czego więc powinien unikać jak ognia?

— Afiszowania się z tym.

— A jednak jej zdjęcie pojawia się w jego ogłoszeniu.

— Aha. Myślisz, że ktoś go wystawia.

— Właśnie.

— Kto?

— Postawiłbym na Freda Nicklera.

— Hm. Bez specjalnych oporów podał numer skrytki Grady'ego.

— I z łatwością mógł podmienić zdjęcia w swojej szmacie.

— Co zatem proponujesz?

— Dokładne prześwietlenie pana Nicklera. I być może ponowną rozmowę z nim. Rozmowę! — podkreślił Myron. — Nie wizytę.

Na boisku Christian znów się cofał. Po raz trzeci szarżujący Tommy Lawrence minął bez przeszkód lewego obrońcę, który najzwyczajniej w świecie stał podparty pod boki i patrzył.

— Wystawia go własny obrońca! — oburzył się Myron.

Christian zrobił unik, uniósł ręce i z niesamowitą prędkością walnął obrońcę piłką w krocze. Obrońca stęknął i złożył się jak składane krzesło.

— Uch! — jęknął Win.

— Rzut jak z *Najdłuższego jarda*.

Myron o mało co nie zaklaskał.

Lewy obrońca oczywiście nosił ochraniacze, które jednak nie w pełni chroniły przed przyśpieszającym pociskiem. Patrząc, jak z wytrzeszczonymi oczami tarza się po ziemi, skurczony niczym w łonie matki, wszyscy wokół wydali z siebie chórem współczujące „Uuuuu!".

Christian podszedł do leżącego gracza — byka ważącego ze sto trzydzieści kilo — i podał mu rękę. Obrońca przyjął ją i po chwili potruchtał w stronę drużyny.

— Christian to chłop z jajami — rzekł Myron.

Win skinął głową.

— Ale czy to samo da się powiedzieć o lewym obrońcy?

18

Tuż po wjeździe Myrona na teren kampusu w samochodzie zadzwonił telefon.

— Załatwiłem ci to, ciołku — oznajmił P.T. — Mój znajomy nazywa się Jake Courter. Jest szeryfem.

— Szeryfem? Chyba żartujesz.

— Niech cię nie myli ten tytuł. Jake pracował w wydziałach zabójstw w Filadelfii, Bostonie i Nowym Jorku. To dobry glina. Spotka się dziś z tobą o trzeciej.

Myron spojrzał na zegarek. Dochodziła pierwsza. Posterunek znajdował się pięć minut od kampusu.

— Dzięki, P.T.

— Mogę cię o coś spytać, Myron?

— Wal.

— Po co wściubiasz w to nos?

— Długo by mówić, P.T.

— To ma związek z jej siostrą? Z tą laską jak z obrazka, którą stukałeś przed laty?

P.T. zachichotał.

— Jesteś klasą dla samego siebie, P.T.

— Opowiesz mi kiedyś o tym, Myron. Detalicznie.

— Masz to u mnie.

Myron zaparkował samochód i poszedł do starego ośrodka sportowego. Korytarz był bardziej zniszczony, niż się spodziewał. Na ścianach wisiały w trzech rzędach oprawione w ramki zdjęcia dawnych uniwersyteckich drużyn — niektóre nawet sprzed stu lat. Dotarł do drzwi z kojarzącą się z *Sokołem maltańskim* matową szybą z napisem FUTBOL i zapukał.

— Czego? — dobiegł go głos brzmiący szorstko jak stara opona na żwirze.

Wsadził głowę do środka.

— Zajęty pan? — spytał.

Coach zespołu futbolowego Uniwersytetu Restona, Danny Clarke, oderwał wzrok od komputera.

— A pan coś za jeden, do cholery? — wychrypiał.

— Dziękuję, mam się dobrze, lecz darujmy sobie uprzejmości.

— To ma być śmieszne?

— A nie jest? — Myron przekrzywił głowę.

— Pytam jeszcze raz: coś pan za jeden?

— Myron Bolitar.

Coach nie zmienił kwaśnej miny.

— My się znamy? — spytał.

Był gorący letni dzień, kampus wyludniony, a legendarny uniwersytecki trener siedział w garniturze i krawacie i oglądał taśmy z kandydatami na studia. W garniturze, krawacie, bez klimatyzacji. Jeśli Danny'emu Clarke'owi doskwierał upał, to nie było tego widać. Bardzo schludny i zadbany, łuskał i gryzł fistaszki, ale nie śmiecił. Mięśniami szczęki pracował tak mocno, że przy uszach wyrastały mu i znikały małe wzgórki. Czoło przecinała wydatna żyła.

— Jestem agentem sportowym.

Strzelił oczami jak władca odprawiający spojrzeniem poddanego.

— Wyjdź pan. Nie mam czasu.

— Musimy porozmawiać.

— Zjeżdżaj, dupku! Ale już.

— Ja tylko...

— Posłuchaj, matole! — Clarke wymierzył w Myrona palec. — Nie gadam z łachudrami. Pracuję uczciwie z uczciwymi graczami. Nie biorę łapówek od tak zwanych agentów, nie tykam gówna. Jeżeli przyszedłeś z kopertą wypchaną zielonymi, wsadź ją sobie w dupę.

Myron zaklaskał.

— Brawo! Śmiałem się i płakałem, ale w końcu wepchałem.

Danny Clarke spojrzał na niego bystro. Nie przywykł, by lekceważono jego słowa, niemniej odpowiedź Myrona odrobinę go rozbawiła.

— Zjeżdżaj — burknął nieco uprzejmiejszym tonem i odwrócił się do monitora.

Na ekranie młody rozgrywający wykonał długie spiralne podanie, które skończyło się przyłożeniem.

— Dobry jest — pochwalił Myron, taktownie próbując rozbroić trenera.

— Dobry? Pijawka z ciebie, a nie łowca talentów. Ten chłopak jest do niczego. A teraz gub się stąd.

— Chcę porozmawiać o Christianie Steele'u.

— A o co chodzi? — spytał Danny Clarke, nagle zainteresowany.

— Jestem jego agentem.

— Aha, przypomniałem sobie. Jesteś byłym koszykarzem. Tym, któremu rozwalili kolano.

— Do usług.

— Z Christianem wszystko w porządku?

— Podobno nie był za pan brat z kolegami z drużyny — rzekł Myron, niby od niechcenia.

— Bo co? Jesteś jego kuratorem?

— Na czym to polegało?

— A czy to teraz ważne?

— Niech pan mi zrobi przyjemność.

Wzrok trenera złagodniał, chociaż nie od razu.

— Chodziło o wiele spraw — odparł — ale głównym problemem był Horty.

— Horty?

Najsprytniejsza metoda przesłuchania — słuchaj z uwagą świadka.

— Junior Horton. Cofnięty obrońca. Szybki, rozrośnięty, utalentowany. Ale we łbie sieczka.

— A jak się to ma do Christiana?

— Nie patrzyli sobie w oczy.

— Dlaczego?

Danny Clarke chwilę się zastanawiał.

— Nie wiem. Poszło im chyba o tę dziewczynę, która zniknęła.

— Kathy Culver?

— Tak. O nią.

— Dlaczego?

Trener odwrócił się do magnetowidu, zmienił kasetę i postukał w klawiaturę.

— Zdaje się, że spotykała się z Hortym przed Christianem.

— I co się stało?

— Horty od samego początku był zepsutym jabłkiem. Kiedy kończył studia, odkryłem, że sprzedaje graczom narkotyki — kokainę, dopalacze i Bóg wie co jeszcze. Wywaliłem go. Później dowiedziałem się, że przez trzy lata dostarczał chłopakom sterydy.

Później? Akurat! — żachnął się Myron, choć raz zachowując tę myśl dla siebie.

— Co to ma wspólnego z Christianem?

— Zaczęły krążyć plotki, że to on doprowadził do wyrzucenia Horty'ego z drużyny. Horty je podsycał, rozpowiadając chłopakom, że Christian kabluje na nich, że pakują się sterydami itepe.

— A kablował?

— Nie. Kiedy dwaj moi najlepsi gracze przyszli na mecz nawaleni, że ledwie widzieli na oczy, wyciągnąłem wobec nich konsekwencje. Christian nie miał z tym nic wspólnego.

— Powiedział pan to swoim chłopcom?

— Myślisz, że to by coś dało? Pomyśleliby, że go kryję, chronię. I znielubiliby go jeszcze bardziej. Dopóki nie miało to wpływu na grę zespołu — a nie miało — nie zawracałem sobie tym głowy. Zostawiłem sprawy własnemu biegowi.

— Urodzony pedagog z pana, trenerze.

Clarke zgromił Myrona wzrokiem jak pierwszorocznika. Żyła na czole mu nabrzmiała.

— Pleciesz, Bolitar!

— Nie pierwszy raz.

— Dbam o swoich chłopców.

— Aha, widzę. Pozwolił pan Horty'emu pozostać w drużynie, dopóki faszerował chłopaków niebezpiecznymi środkami, dzięki którym grali lepiej. Kiedy przerzucił się na mocniejsze, na takie, które przeszkadzają w grze, nagle zmienił się pan w szlachetnego pogromcę narkotyków.

— Dość mam słuchania tych pierdół! — huknął Danny Clarke. — Zwłaszcza z ust zasranego krwiopijcy! Jazda mi z gabinetu! W tej chwili!

— Nie wybrałby się pan ze mną do kina, trenerze? — spytał Myron. — Albo na show na Broadwayu?

— Won!

Myron wyszedł. Znalezienie nowego przyjaciela musiało zaczekać na inny dzień. Najważniejszy był urok osobisty.

Ponieważ do spotkania z szeryfem Jakiem pozostało sporo czasu do zabicia, postanowił się przejść. Kampus przypominał wyludnione miasto, brakło tylko pędzonych przez wiatr motków zielska. Studenci wyjechali na wakacje. Budynki wyglądały smutno i bez życia. Skądś z daleka dobiegała piosenka Elvisa Costella. Nadeszły dwie dziewczyny w szortach i opalaczach, zapewne studentki, z małym, włochatym pieskiem shih tzu na smyczy. Zwierzątko przypominało mopa po zbyt wielu obrotach w suszarce. Kiedy go mijały, Myron z uśmiechem skinął im głową. O dziwo, żadna nie zemdlała ani nie wyskoczyła z ciuchów. Za to ich mała psina wyszczerzyła na niego zęby. Jak bernardyn Cujo z filmu według powieści Kinga.

Właśnie dochodził do samochodu, kiedy spostrzegł napis:

POCZTA KAMPUSU

Zatrzymał się, rozejrzał, nie dostrzegł nikogo. Hm. Warto spróbować.

Wnętrze poczty zdobiła urzędowa zieleń w tym samym odcieniu co w szkolnej ubikacji. Wzdłuż ścian w długim korytarzu w kształcie V biegły skrytki pocztowe. Skądś z daleka dochodził z radia mocny, basowy rytm, ale Myron nie rozpoznał piosenki.

Podszedł do okienka. Chłopak trzymał nogi na blacie. Z jego uszu wylewał się hałas. Miał walkmana z minigłośnikami, z których dźwięk dochodzi do mózgu bez pośrednictwa ucha. Czarne buciory z cholewką opierał na biurku, na jego nosie, niczym sombrero podczas sjesty, spoczywała bejsbolówka, a na kolanach powieść Philipa Rotha *Operacja Shylock.*

— Dobra książka — powiedział Myron.

Chłopak nie podniósł głowy.

— Dobra książka! — wrzasnął Myron,

Chłopak, blady rudzielec, z cmoknięciem oderwał słuchawki i zdjął czapkę, odsłaniając „dzikie afro". Był podobny do Berniego z serialu *Pokój 222.*

— Co? — spytał.

— Powiedziałem, że to dobra książka.

— Przeczytał ją pan?

Myron skinął głową.

— Bez ruszania ustami — odparł.

Chłopak wstał. Był wysoki i chudy.

— Grasz w koszykówkę? — spytał Myron.

— Tak. Właśnie zaliczyłem pierwszy rok. Grałem niewiele.

— Jestem Myron Bolitar.

Rudzielcowi nic to nie mówiło.

— Grałem kiedyś w drużynie z Duke.

Chłopak zamrugał oczami.

— Nie licz na autograf.

— Dawno temu pan grał?

— Przed dziesięciu laty.

— A — odparł chłopak takim tonem, jakby to wyjaśniało wszystko.

Myron szybko policzył w myślach. Kiedy zdobywał uniwersyteckie mistrzostwo Stanów, ten dzieciak miał siedem, osiem lat. Nagle poczuł się bardzo stary.

— W tamtych czasach rzucaliśmy do koszy na brzoskwinie.

— Słucham?

— Nieważne. Mogę zadać ci kilka pytań?

— Proszę — odparł chłopak, wzruszając ramionami.

— Jak często tu dyżurujesz?

— W lecie pięć dni w tygodniu, od dziewiątej do piątej.

— Zawsze jest taki bezruch?

— O tej porze roku zawsze. Nie ma studentów, więc nie ma przesyłek.

— Sortujesz je?

— Jasne.

— A przesyłki wewnętrzne?

— Wewnętrzne?

— Pocztę kampusową.

— Tak, wszystko wrzucają do skrzynki na frontowych drzwiach.

— To jedyna skrzynka na korespondencję wewnątrz kampusu?

— Uhm.

— Dużo było ostatnio przesyłek?

— Prawie wcale. Po kilka dziennie.

— Znasz Christiana Steele'a?

— Ze słyszenia. Kto by o nim nie słyszał.

— Kilka dni temu dostał dużą brązową kopertę. Nie było na niej stempla, więc nadano ją z kampusu.

— A, tak, pamiętam. Bo co?

— Widziałeś, kto ją wrzucił?

— Nie, ale tamtego dnia były tylko one.

Myron nadstawił ucha.

— One?

— Słucham?

— Powiedziałeś „one". Że były tylko one.

— Tak. Dwie duże koperty. Różniły się tylko adresami.

— Pamiętasz, do kogo była zaadresowana ta druga?

— Pewnie. Do Harrisona Gordona. Dziekana do spraw studenckich.

19

Nancy Serat postawiła walizkę na podłodze i przewinęła taśmę w sekretarce. Cofająca się taśma zagwizdała. Wróciła właśnie z Cancun, z ostatniego wakacyjnego weekendu przed podjęciem pracy w swojej alma mater, Uniwersytecie Restona, gdzie dostała stypendium naukowe.

Pierwsza wiadomość pochodziła od matki.

— Nie chcę ci psuć wakacji, kochanie. lecz muszę cię zawiadomić, że wczoraj zginął ojciec Kathy Culver. Zadźgał go nożem jakiś bandzior. Straszne. Uznałam, że powinnaś o tym wiedzieć. Odezwij się po powrocie. Ja i tata chcemy cię zabrać na urodzinową kolację.

Pod Nancy ugięły się kolana. Opadła na fotel, jak przez mgłę słysząc dwie następne nagrane wiadomości — od dentysty, z przypomnieniem, że w piątek umówiona jest na czyszczenie zębów, i od znajomej zapraszającej na przyjęcie.

Adam Culver nie żył. Zabił go jakiś bandzior. Nie mogła w to uwierzyć. Czy był to czysty przypadek? A może miało to coś wspólnego z jego wizytą?

Policzyła dni.

Odwiedził ją w dniu, w którym zginął...

Kolejny głos z sekretarki przywołał ją do rzeczywistości.

— Cześć, Nancy. Mówi Jessica Culver, siostra Kathy. Oddzwoń po przyjeździe. Muszę z tobą jak najszybciej poroz-

mawiać. Zatrzymałam się u mamy. Numer telefonu pięć-pięć-
-pięć-czternaście-siedemdziesiąt siedem. Dziękuję.

Przeszył ją zimny dreszcz. Po wysłuchaniu reszty nagrań
usiadła nieruchomo i przez kilka minut rozmyślała. Kathy nie
żyła, w każdym razie w powszechnej opinii. A teraz zginął jej
ojciec. Kilka godzin po złożeniu jej wizyty.

Co to znaczyło?

Siedziała bez ruchu. W ciszy słychać było tylko jej szybki,
urywany oddech. Wreszcie wzięła słuchawkę i zadzwoniła do
Jessiki.

Biuro dziekana było zamknięte, więc Myron poszedł do jego
domu w zachodnim końcu kampusu, starego budynku w stylu
wiktoriańskim, z cedrową elewacją. Zadzwonił. Drzwi otworzyła mu bardzo atrakcyjna kobieta w szytym na miarę
kostiumie.

— Słucham pana — powiedziała z zachęcającym uśmiechem.

Nie była młoda, ale miała w sobie tyle szyku, wdzięku
i urody, że Myron poczuł suchość w ustach. Przed taką damą
z chęcią zdjąłby kapelusz, naturalnie gdyby go nosił.

— Dzień dobry. Ja do dziekana Gordona. Nazywam się
Myron Bolitar.

— Ten koszykarz? — przerwała mu. — Ależ tak, jak
mogłam pana nie rozpoznać.

Nie dość, że miała szyk, wdzięk i urodę, to na dodatek znała
się na koszykówce!

— Pamiętam pana grę w lidze NCAA. Kibicowałam panu
od początku.

— Dziękuję.

— Kiedy pan odniósł kontuzję... — urwała i pokręciła
głową osadzoną na łabędziej szyi Audrey Hepburn. — Po-
płakałam się. Czułam się, jakby mnie również zraniono.

Nie dość, że miała szyk, wdzięk, urodę i znała się na
koszykówce, to jeszcze była uczuciowa. Na dodatek długonoga
i kształtna. Krótko mówiąc, babka pierwsza klasa.

— To bardzo miłe. Dziękuję.

— Cieszę się, że pana poznałam, Myronie.

W jej ustach nawet jego imię brzmiało dobrze.

— A pani jest żoną dziekana Gordona. Śliczną dziekanką.

Roześmiała się z tego naśladownictwa Woody'ego Allena.

— Tak, jestem Madelaine Gordon. Męża nie ma w domu.

— Szybko wróci?

Uśmiechnęła się, jakby w tym pytaniu kryła się dwuznaczność, i spojrzała na niego tak, że się zaczerwienił.

— Nie. Za kilka godzin — odparła wolno, z naciskiem na „kilka".

— W takim razie nie będę się naprzykrzał.

— Nie naprzykrza się pan.

— Wpadnę kiedy indziej.

— Koniecznie.

Madelaine (podobało mu się to imię) z afektacją skinęła głową.

— Miło mi było poznać — rzekł tonem pożeracza serc niewieścich.

— Mnie pana również, Myronie — odparła śpiewnie. — Do widzenia.

Drzwi zamknęły się wolno, kusząco. Postał jeszcze chwilę, wziął kilka głębokich oddechów i pośpieszył do samochodu. Fiu!

Sprawdził godzinę. Czas było spotkać się z szeryfem Jakiem.

Jake Courter był sam na posterunku, który wyglądał jak dekoracja z sitcomu *Poczta w Mayberry*. Z tym że Jack był Murzynem. A w Mayberry nie uświadczyłeś czarnych. Podobnie jak w Green Acres i podobnych miejscowościach. Żadnych Żydów, Latynosów, Azjatów czy innych mniejszości. Choć byłoby to miłe urozmaicenie. Może jakaś grecka restauracja albo jakiś Abdul pracujący w sklepie spożywczym Sama Druckera.

Na oko Jake miał pięćdziesiąt kilka lat. Był po cywilnemu, bez marynarki, ale w rozluźnionym krawacie. Zza paska wylewał mu się niczym obce ciało wielki brzuch. Na biurku leżały porozrzucane akta, resztki jakiejś kanapki i ogryzek jabłka. Jake ze znużeniem wzruszył ramionami i wytarł nos w płachtę wyglądającą jak ścierka do naczyń.

— Dostałem telefon — rzekł tytułem wstępu. — Mam ci pomóc.

— Będę wdzięczny — odparł Myron.

Jake usiadł wygodniej i założył nogi na biurko.

— Grałeś w kosza przeciwko mojemu synowi, Gerardowi. Z Michigan.

— A owszem. Pamiętam go. Twardy chłopak. Przy tablicach jak szatan. Specjalista od obrony.

Jake z dumą skinął głową.

— Zgadza się. Strzelał jak noga, ale widać go było na parkiecie.

— Dawał się we znaki — przyznał Myron.

— Mowa. Został policjantem. Pracuje w Nowym Jorku. Zdążył awansować na starszego detektywa. To dobry glina.

— Jak jego stary.

Jake uśmiechnął się.

— Tak.

— Proszę go pozdrowić albo lepiej dać kuksańca w żebra. Jestem mu dłużny kilka sójek.

Jake zadarł głowę i roześmiał się.

— Cały on. Finezja nigdy nie była najmocniejszą stroną Gerarda. — Wydmuchał nos w ścierkę do naczyń. — Chyba nie przyjechałeś po to, by rozmawiać o koszykówce.

— Pewnie.

— No więc, o co konkretnie chodzi, Myron?

— O sprawę Kathy Culver. Badam ją. Potajemnie.

— Potajemnie? — Jake uniósł brwi. — Co za słowo.

— Pracuję nad sobą. W samochodzie puszczam sobie z kaset kurs „Wzbogać słownictwo".

— Naprawdę? — Jake znowu wydmuchał nos, co zabrzmiało jak bek owcy w rui. — Dlaczego nią się interesujesz — poza tym, że reprezentujesz Christiana Steele'a i kiedyś byłeś blisko z siostrą Kathy?

— Gratuluję skrupulatności.

Jake ugryzł niedojedzoną kanapkę i uśmiechnął się.

— Każdy lubi komplementy.

— Zgadza się, robię to dla mojego klienta, Christiana Steele'a.

Jake wpatrywał się w niego, czekając na dalszy ciąg. Stara sztuczka. Milcz tak długo, aż świadek znów zacznie mówić i ujawni szczegóły. Myron nie dał się na to złapać.

Upłynęła minuta.

— Uporządkujmy to sobie — rzekł wreszcie Jake. — Christian Steele wynajmuje cię na agenta. Pewnego dnia podczas rozmowy mówi: „Wiesz co, Myron, tak bez mydła mi wchodzisz w śnieżnobiały tyłek, więc zabawisz się w Dicka Tracy'ego i odnajdziesz moją dawną dupę, której od półtora roku nie mogą odszukać gliny i federalni". Zgadza się?

— Nie. Christian nie używa grubych słów.

— Dobra, nie chcesz tańczyć, to nie tańcz. Jeśli chcesz czegoś ode mnie, to coś z siebie daj.

— To uczciwe postawienie sprawy. Ale nie mogę. Jeszcze nie w tej chwili.

— Dlaczego?

— Bo mogłoby to zranić wielu ludzi. Zapewne niepotrzebnie.

Jake zrobił minę.

— Jak to zranić?

— Nie mogę podać szczegółów.

— Gówno prawda.

— Powtarzam. Nie mogę nic powiedzieć.

Jake znów wpatrzył się w niego badawczo.

— Powiem ci coś, Bolitar. Ja nie szukam chwały. Zachowuję się tak jak mój syn na parkiecie. Jestem koniem roboczym, a nie gwiazdą. Nie zbieram wycinków prasowych na swój temat. Mam pięćdziesiąt trzy lata. Na mojej drabinie nie ma więcej szczebli. Może wyda ci się to staroświeckie, ale wierzę

144

w sprawiedliwość. Lubię widzieć, jak zwycięża prawda. Od półtora roku żyję sprawą zaginięcia Kathy Culver. Zbadałem ją na wskroś, a mimo to wciąż nie wiem, co zaszło tamtej nocy.

— A co, według ciebie, zaszło?

Jake wziął ołówek i zastukał w biurko.

— Na co wskazują zebrane dowody?

— Że ona uciekła.

— Na jakiej podstawie to mówisz? — spytał zaskoczony Myron.

Na twarzy Jake'a wyrósł z wolna uśmiech.

— Moja słodka tajemnica. Sam ją odkryj — odparł.

— P.T. zapewnił, że mi pomożesz.

Jake wzruszył ramionami i znów odgryzł kawałek kanapki.

— A co z siostrą Kathy? — spytał. — Podobno byliście w sobie mocno zakochani.

— Przyjaźnimy się.

Jake cicho gwizdnął.

— Widziałem ją w telewizji — rzekł. — Trudno przyjaźnić się z kobietą, która tak wygląda.

— Widzę, że jesteś au courant, Jake.

— Cholera, zapomniałem odnowić prenumeratę *Cosmopolitan*.

Wpatrzyli się w siebie. Jake usadowił się w fotelu i przyjrzał się swoim paznokciom.

— Co chcesz wiedzieć?

— Wszystko. Od początku.

Jake splótł ręce na piersi, wziął oddech i powoli wypuścił powietrze.

— Do ochrony kampusu zadzwoniła współlokatorka Kathy, Nancy Serat. Mieszkały w akademiku korporacji Psi Omega. Przyjemny budynek. Same ładne białe blondynki z białymi zębami. Takie, co jednakowo wyglądają i jednakowo mówią. Kapujesz.

Myron skinął głową. Jake nie czytał z akt sprawy ani do nich nie zaglądał. Wszystko miał w głowie.

— Nancy Serat zawiadomiła ochroniarza, że Kathy Culver nie ma od trzech dni.

— Dlaczego czekała z tym tak długo?

— Widać Kathy nie nocowała za często w żeńskim akademiku. Przeważnie spała w pokoju twojego klienta. Tego, co nie lubi grubych słów. — Jake uśmiechnął się. — W każdym razie, gdy któregoś dnia twój chłopak i Nancy odkryli w rozmowie, iż Kathy nie ma u żadnego z nich, zdali sobie sprawę, że zniknęła, i zawiadomili ochronę. Ochrona kampusu zawiadomiła nas, ale z początku nikt się tym nie przejął. Zapodzianie się na kilka dni studentki uczelni koedukacyjnej nikogo nie stawia na nogi. I wtedy któryś z ochroniarzy znalazł na wierzchu kosza na śmieci jej majtki. Co było dalej, wiesz. Historia rozrosła się jak plama brylantyny na poduszce Elvisa.

— Czytałem, że na tych majtkach była krew.

— Smużka zaschniętej krwi, zapewne po miesiączce. Media to wyolbrzymiły. Zbadaliśmy grupę. B minus. Właśnie taką miała Kathy Culver. Było też nasienie. Wystarczająco dużo przeciwciał na zbadanie DNA i krwi.

— Mieliście jakiś podejrzanych?

— Tylko jednego — odparł Jake. — Twojego Christiana Steele'a.

— Dlaczego jego?

— Z oczywistych powodów. Był jej chłopakiem. Zniknęła, idąc na spotkanie z nim. Żadnych konkretów, nic obciążającego. Zbadanie DNA nasienia na majtkach oczyściło go z podejrzeń. — Jake otworzył małą lodówkę stojącą pod ścianą. — Napijesz się coli?

— Nie, dziękuję.

Jake otworzył puszkę.

— Resztę pewnie znasz z gazet — ciągnął. — Na przyjęciu w swoim akademiku Kathy wypija parę drinków, nic wielkiego, o dziesiątej wieczorem wychodzi spotkać się z Christianem i znika. Koniec historii. Nieco ją uzupełnię.

Myron pochylił się do przodu. Jake łyknął coli i otarł usta przedramieniem grubym jak konar dębu.

— Według kilku koleżanek z korporacji, Kathy była rozkojarzona. Nieswoja. Wiemy też, że na kilka minut przed wyjściem z akademika odebrała telefon. Koleżance z pokoju powiedziała, że od Christiana i że idzie się z nim spotkać. Christian zaprzecza, że do niej dzwonił. Nie mogliśmy tego zweryfikować, bo telefonowano z terenu kampusu. Nancy twierdzi, że Kathy miała napięty głos, jakim nigdy nie rozmawiała ze swoim ukochanym, panem Nie Używam Grubych Słów. Odłożyła słuchawkę, zeszły na dół i zanim przepadła, zrobiła sobie słynną ostatnią fotografię.

Jake otworzył szufladę i podał Myronowi zdjęcie, które ten widział niezliczoną ilość razy. Pokazywane z chorobliwą fascynacją przez wszystkie krajowe media, przedstawiało dwanaście członkiń korporacji. Szyję stojącej jako druga od lewej, ubranej w niebieski sweterek i spódnicę Kathy zdobiły perły. Wyglądała jak uczennica prywatnego liceum. Według koleżanek, wyszła z akademika tuż po zrobieniu zdjęcia i więcej nie wróciła.

— Potem widziała ją już tylko jedna osoba — ciągnął Jake.

— Kto?

— Trener drużyny futbolowej, Tony Gardola. Dziwne, ale kwadrans po dziesiątej zobaczył, jak Kathy wchodzi do szatni dla graczy. O tej porze szatnia jest z zasady pusta. Tony znalazł się tam tylko dlatego, że czegoś zapomniał. Spytał Kathy, co tu robi, i usłyszał, że umówiła się z Christianem. Ta dzisiejsza młodzież, pomyślał. Czyżby podniecały ich randki w męskiej szatni? Uznał, że lepiej nie zadawać zbyt wielu pytań. W tym miejscu ślad po Kathy się urywa. O jedenastej widziano kogoś podobnego do niej na zachodnim krańcu kampusu — blondynkę w niebieskim sweterku i spódnicy — ale było za ciemno, by mieć pewność, że to ona. Świadek przyznał, że pewnie by jej nie zauważył, gdyby nie to, że się śpieszyła. Nie biegła, ale bardzo szybko szła.

— W którym miejscu na zachodnim krańcu?

Wciąż uważnie przyglądając się twarzy Myrona, jakby kryła w sobie jakąś poszlakę, Jake otworzył akta i wyjął plan.

— Tu, przed Budynkiem Milikena — powiedział.

— Co się tam mieści?

— Wydział matematyki. Zamykany na klucz o dziewiątej. Świadek twierdzi, że blondynka szła na zachód.

Myron przesunął oczami po planie i zatrzymał wzrok na czterech budynkach oznaczonych DOMY PERSONELU. Pamiętał to miejsce.

Właśnie tam mieszkał dziekan Gordon.

— O co chodzi? — spytał Jake.

— O nic.

— Chrzanisz, Bolitar. Coś zobaczyłeś.

— Nic.

Jake nastroszył brwi.

— Dobra — powiedział. — Chcesz dalej tak pogrywać? To spadaj. Mam jeszcze asa w rękawie, ale go nie wyciągnę.

Myron był na to przygotowany. Musiał coś dać Jake'owi Courterowi. Nie miał nic przeciwko temu, pod warunkiem, że na tym skorzysta.

— Wydaje mi się — zaczął wolno — że Kathy szła w stronę domu dziekana.

— No i?

Myron nie odpowiedział.

— Pracowała dla niego — rzekł Jake.

Myron skinął głową.

— Co łączy jedno z drugim?

— Pewnie całkiem niewinny związek. Możesz go o to spytać. Jesteś taki skrupulatny.

— Twierdzisz...

— Nic nie twierdzę. To zwykłe spostrzeżenie.

Jake znów mu się przyjrzał. Myron odpowiedział spokojnym spojrzeniem. Było mało prawdopodobne, by wizyta Jake'a Courtera złamała dziekana Gordona, ale powinna go nieco zmiękczyć.

— Co z tym asem w rękawie?

Jake zawahał się.

— Kathy Culver odziedziczyła po babce pieniądze — odparł.

— Dwadzieścia pięć tysięcy — potwierdził Myron. — Tyle

samo co dwoje pozostałych wnuków. Są złożone na rachunku powierniczym.

— Niezupełnie. — Jake wstał i podciągnął spodnie. — Wiesz, co wskazuje, że Kathy uciekła?

Myron skinął głową.

— W dniu, w którym zniknęła, odwiedziła bank i wyczyściła swoje spadkowe konto co do centa.

20

Wyruszając w drogę powrotną do Nowego Jorku, Myron włączył radio. Nadawano właśnie klasyczny przebój Wham *Careless Whisper*. George Michael lamentował, że już w życiu nie zatańczy, bo w „grzesznych nogach nie ma rytmu". Głębokie, ale głębokie! — pomyślał Myron i z telefonu w samochodzie zadzwonił do Esperanzy.

— Co słychać? — spytał.

— Wracasz do biura?

— Właśnie jadę.

— Nigdzie się nie zatrzymuj.

— Dlaczego?

— Czeka na ciebie niespodziewany klient.

— Kto?

— Chaz Landreaux.

— Miał się ukryć w Waszyngtonie.

— Ale jest tutaj i wygląda jak siedem nieszczęść.

— Każ mu zaczekać. Jadę.

— Sprawa jest taka — zaczął Chaz. — Chcę anulować kontrakt.

Krążył po biurze nerwowo jak młody ojciec oczekujący potomka i faktycznie wyglądał żałośnie. Buńczuczny uśmiech zniknął, a dumny krok przypominał człapanie. Co chwila oblizywał usta, strzelał oczami, zwierał i rozwierał palce.

— Może zaczniesz od początku — zaproponował Myron.

— Nie ma żadnego początku! — odparował Chaz. — Chcę odejść. Zatrzymasz mnie?

— Co się stało?

— Nic się nie stało. Zmieniłem zdanie, i tyle. Chcę się związać z TruPro O'Connora. To duża firma. Miły z ciebie gość, Myron, ale brak ci ich koneksji.

— Uhm.

Chaz zamilkł, ale nie przestał chodzić.

— Oddasz mi kontrakt? — spytał.

— Jak do ciebie dotarli?

— O czym ty gadasz, człowieku? Ile razy trzeba ci powtarzać? Nie chcę być u ciebie, rozumiesz? — Chaz był zdenerwowany i się chwiał. — Chcę być u TruPro.

— To nie takie proste.

— Zatrzymasz mnie?

— Oni na tym nie poprzestaną, Chaz. Nie rozumiesz tego. Daj sobie pomóc.

Chaz znieruchomiał.

— Pomóc? Chcesz mi pomóc? No, to zwróć mi kontrakt. Nie udawaj, że ci na mnie zależy. Chcesz tylko swoją działkę.

— Naprawdę w to wierzysz?

Chaz potrząsnął głową.

— Nie rozumiesz, człowieku. Nie chcę być u ciebie. Chcę być u TruPro.

— Rozumiem i powtarzam: to nie takie proste. Trzymają cię za jaja. Myślisz, że popuszczą, kiedy spełnisz ich żądania? Mylisz się. Jeśli nawet popuszczą, to nie na zawsze. Bo ilekroć zajdzie potrzeba, wsadzą ci łapę do rozporka i zacisną. I tak będzie stale, Chaz. Aż wycisną z ciebie wszystko, co się da.

— Gówno wiesz, człowieku. Nie muszę ci się z niczego tłumaczyć. — Chaz podszedł do biurka, lecz nie patrzył Myronowi w oczy. — Oddaj mi ten zasrany kontrakt. W tej chwili.

Myron podniósł słuchawkę.

— Esperanza, przynieś mi kontrakt Chaza. Oryginał. — Rozłączył się. — Zaraz będzie.

Chaz milczał.

— Nie wiesz, w co się pakujesz — rzekł Myron.

— Odwal się, człowieku. Dobrze wiem, w co się pakuję.

— Pozwól sobie pomóc, Chaz.

— A co ty możesz?

Chaz prychnął pogardliwie.

— Powstrzymam ich.

— Tak? Już to widzę. Świetnie się spisałeś.

— Co się stało?

Chaz tylko potrząsnął głową.

Weszła Esperanza, wręczyła kontrakt Myronowi, a ten podał go Chazowi. Chłopak chwycił dokument i pośpieszył do drzwi.

— Wybacz, Myron — powiedział. — Interes to interes.

— Nie dasz im rady, Chaz. Nie w pojedynkę. Wyssą cię do ostatniej kropli.

— Nie martw się. Poradzę sobie.

— Nie poradzisz.

— Odwal się. To już nie twój interes.

Chaz wyszedł, nie odwracając głowy.

— Ciekawa rozmowa — rzekł Win, stając w drzwiach pomiędzy salką konferencyjną i gabinetem.

Myron w zamyśleniu skinął głową.

— Straciliśmy klienta. Szkoda.

— To nie takie proste, Win.

— I tu się mylisz — odparł ze stoickim spokojem Win. — To bardzo proste. Puścił cię w trąbę dla innej agencji. Jak to wymownie ujął: „To już nie twoja sprawa".

— Naciskają go.

— Zaproponowałeś mu pomoc. Odmówił.

— Chłopak jest zastraszony.

— Jest dorosły, sam podejmuje decyzje. A jedną z nich było, że masz się odwalić.

— Dobrze wiesz, co z nim zrobią.

— Każdy jest kowalem własnego losu. Na studiach Landreaux wolał wziąć pieniądze. A teraz woli wrócić do swoich sponsorów.

— Pojedziesz za nim?

— Słucham?

— Za Chazem. Żeby sprawdzić, dokąd zawiezie kontrakt.
— Komplikujesz rzeczy proste. Daj sobie z tym spokój.
— Nie mogę. Wiesz, że nie mogę.
— Rozumiem. — Win chwilę myślał. — Zrobię to w imię
naszych interesów — rzekł. — W imię dodatkowego dochodu.
Odzyskanie Landreaux dla naszej stajni bardzo się opłaci. Jeśli
chcesz, odgrywaj sobie superbohatera, ale ja nie działam
z pobudek etycznych. Robię to jedynie dla pieniędzy. Wyłącznie
dla nich.

Myron skinął głową.
— To mi w zupełności wystarczy.
— Świetnie. Skoro to sobie wyjaśniliśmy, weź to.

Win wręczył Myronowi smitha-wessona 0.38 z kaburą na
szelkach. Myron włożył je. Noszona pod pachą broń okropnie
uwierała, z drugiej jednak strony przyjemny był jej dający
poczucie bezpieczeństwa ciężar. Czasem tak to uderzało do
głowy, że czułeś się niezwyciężony.

Zwłaszcza gdy strzelałeś.
— Bądź bardzo czujny. Po mieście krąży plotka.
— Jaka?
— Że wyznaczono cenę za twoją głowę — odparł Win
takim tonem, jakby gawędzili wesoło podczas przyjęcia. —
Trzydzieści tysięcy dla tego, kto cię usunie.

Myron zrobił minę.
— Trzydzieści tysięcy? Przecież ja pracowałem w FBI!
Jestem wart co najmniej sześćdziesiąt, siedemdziesiąt.
— Mamy kryzys. Ciężkie czasy.
— Poddano mnie przecenie?
— Na to wygląda.

Myron sprawdził magazynek w rewolwerze. Tak jak przypuszczał, Win załadował go kulami dum-dum — z rowkami na
czubkach, odsłaniającymi ołów. Jakby mało mu było wy-
drążonych srebrnych pocisków do winchestera, postanowił je
udoskonalić ponad miarę.
— To nielegalne.
— O Boże! — Win przycisnął dłoń do piersi. — Och! Ach!
Straszne!

— I niepotrzebne.

— Tak twierdzisz?

— Twierdzę.

— Są bardzo skuteczne.

— Nie chcę ich.

— Proszę bardzo. — Win wręczył mu nienacięte kule. — Bądź wymoczkiem.

21

Jessica odsłuchała z sekretarki wiadomość.

— Cześć, Jessico. Mówi Nancy Serat. Z żalem dowiedziałam się o śmierci twojego ojca. Taki miły człowiek. Nie mogę uwierzyć. Odwiedził mnie rano w dniu, w którym zginął. Niesamowite. Był w bardzo nostalgicznym nastroju. Opowiedział mi o ulubionym żółtym swetrze, który podarował Kathy. Śliczna historia. Szkoda, że nie mogę bardziej pomóc. Trudno mi uwierzyć... przepraszam, plotę bez sensu. Jak zwykle, gdy jestem zdenerwowana. W każdym razie nie będzie mnie do dziesiątej wieczorem. Wpadnij do mnie albo zadzwoń. Do widzenia.

Jessica przewinęła taśmę i ponownie odtworzyła nagranie. A potem trzeci raz. Nancy Serat widziała się z jej ojcem w dniu, w którym go zamordowano.

Jeszcze jeden przypadek?

Raczej nie.

Myron zadzwonił do matki.

— Nie będzie mnie kilka dni w domu — powiedział.

— Słucham?

— Będę u Wina.

— W mieście?

— Tak.

— W Nowym Jorku?

— Skądże, mamo. W Pernambuco.

— Nie odszczekuj się matce, zostaw to dla kolegów. Dlaczego zostajesz w mieście?

Hm. Miał powiedzieć prawdę? Dlatego, mamusiu, że jakiś gangster wydał na mnie wyrok śmierci, a nie chcę narażać ciebie i taty. Nie. Pewnie by się zmartwiła.

— Przez kilka wieczorów będę pracował do późna — odparł.

— Na pewno?

— Tak.

— Uważaj na siebie, Myron. Nie chodź sam po nocy.

Otworzyły się drzwi.

— Pilna rozmowa na linii trzeciej — oznajmiła Esperanza tak głośno, żeby usłyszała to jego matka.

— Muszę kończyć, mamo. Mam telefon.

— Zadzwoń do nas.

— Na pewno. — Myron skończył rozmowę i spojrzał na Esperanzę. — Dziękuję.

— Nie ma za co.

— Ktoś naprawdę dzwoni?

Skinęła głową.

— Znowu Timmy Simpson. Próbowałam załatwić to sama, ale uparł się, że sprawa wymaga twojej interwencji.

Timmy Simpson był świeżo upieczonym, wyjątkowo upierdliwym graczem drużyny bejsbolowej Red Sox.

— Cześć, Timmy.

— Sie masz, Myron. Czekałem na twój telefon całe dwie godziny!

— Nie było mnie. O co chodzi?

— Jestem w Toronto, w Hiltonie. I w tym hotelu nie ma ciepłej wody.

Myron odczekał chwilę.

— Czy dobrze cię usłyszałem, Timmy? — spytał. — Twierdzisz, że...

— Niewiarygodne, kurwa mać! Włażę pod prysznic, czekam pięć, dziesięć minut. A woda zimna jak chuj, Myron. Lodowata! No to w końcu dzwonię do recepcji. A tam jakiś zasrany kierowniczek tłumaczy mi, że mają problem z kanalizacją. Z kanalizacją! Tak jakbym się zatrzymał w przyczepie na kempingu. Więc się go pytam, kiedy to naprawią. A ten nawija mi długo i namiętnie, że nie wie. Dasz, kurwa, wiarę?

Nie dam, pomyślał Myron.

— W jakiej sprawie dzwonisz? — spytał.

— Jasny gwint, Myron, jestem zawodowcem! A utknąłem w burdelu, w którym nie ma ciepłej wody! Czy w moim kontrakcie jest coś na ten temat?

— Paragraf o ciepłej wodzie?

— Lub coś w tym stylu. Zrób coś, Myron. Do czego to podobne?! Przed meczem muszę wziąć gorący prysznic. Czy to za duże wymagania? Co mam zrobić?

Wsadź łeb do kibla i spuść wodę, pomyślał Myron, masując skronie.

— Zobaczę, co da się zrobić, Timmy.

— Pogadaj z dyrektorem hotelu. Uświadom mu, jakie to ważne.

— Jasne, w porównaniu z tym problem sierot w Rumunii to drobiazg. Gdyby jednak nie puścili ci szybko gorącej wody, zmień hotel. Rachunek poślemy Red Sox.

— Dobry pomysł. Dziękuję.

W słuchawce trzasnęło.

Nie do wiary, pomyślał Myron ze wzrokiem wbitym w telefon. Zagłębił się w fotelu i zajął trzema poważnym problemami: nagłym odejściem Chaza Landreaux, możliwym zmartwychwstaniem Kathy Culver i zepsutą kanalizacją w Hiltonie w Toronto. Z tym ostatnim dał sobie spokój. Nie wszystko mógł załatwić.

Problem numer jeden: Chaz Landreaux szedł w tango z Frankiem Ache'em. Pozostawało tylko jedno — pogadać ze starszym bratem Franka, Hermanem.

Wystukał numer. Nadal znał go na pamięć.

— Tawerna Clancy'ego — odezwał się po pierwszym sygnale głos.

— Mówi Myron Bolitar. Chciałbym się spotkać z Hermanem.

157

— Chwila... Jutro — oznajmił głos pięć minut później. — O drugiej.

Trzasnęło. Gość nie musiał czekać na odpowiedź. Z Hermanem Ache'em spotykałeś się w terminie, który ci wyznaczył.

Problem numer dwa: Kathy Culver. *Cyce* nadano z poczty w kampusie. Przesłano je nie tylko Christianowi Steele'owi, ale i dziekanowi Harrisonowi Gordonowi. Dlaczego? Kathy pracowała dla dziekana. Czy tylko przy porządkowaniu dokumentów? A może romansowali? A co z urodziwą żoną Gordona? Czy pod suknią nosiła bieliznę?

Zbaczał z tematu.

Katalizatorem w tej sprawie było ogłoszenie w *Cycach*. Gary Grady twierdził, że nie ma z tym nic wspólnego. Być może. Tak czy owak zdjęcie dziewczyny musiało przejść przez ręce Freda Nicklera. Poczciwy Freddy tkwił w tym po uszy.

Myron odszukał numer telefonu i zadzwonił.

— Gorąca Prasa. Czym mogę służyć?

— Chciałbym mówić z Fredem Nicklerem.

— Kto dzwoni?

— Myron Bolitar.

— Proszę zaczekać.

— Halo? — odezwał się po minucie Fred Nickler.

— Pan Nickler? Tu Myron Bolitar.

— Tak. O co chodzi?

— Chciałbym przyjechać i zadać panu jeszcze kilka pytań w związku z tym ogłoszeniem.

— Niestety, w tej chwili jestem bardzo zajęty. Mógłby pan zadzwonić jutro? Jakoś się umówimy.

Myron nie odpowiedział.

— Halo? Jest pan tam?

— Czy wie pan, kto zrobił to zdjęcie, panie Nickler?

— Ależ skąd.

— Pański znajomy, Jerry, twierdzi, że nie ma z nim nic wspólnego.

— Myron, przecież nie urodził się pan wczoraj. Jakiej odpowiedzi pan po nim oczekiwał?

— Twierdzi, że to nie on umieścił je w ogłoszeniu.

— Niemożliwe. To on dał ogłoszenie. I on dostarczył zdjęcie.

— A więc ma pan odbitkę?

— Na pewno jest gdzieś w aktach — odparł po chwili Nickler.

— To może ją pan wyjmie, a ja po nią przyjadę.

— Nie lubię być niegrzeczny, ale doprawdy nie mam w tej chwili czasu. To zdjęcie będzie takie samo jak w gazecie.

— Zdjęcie Kathy ukazało się tylko w *Cycach*.

— Słucham?

— Jej zdjęcia nie było w żadnym innym z pańskich pism. Tylko w *Cycach*.

— I co z tego? — spytał po chwili Nickler, nagle spuszczając z tonu.

— To, że we wszystkich sześciu magazynach było to samo ogłoszenie. Identyczna strona z identycznymi fotkami. Z jedną malutką zmianą w *Cycach*. Ktoś podmienił jedno zdjęcie w dolnym rzędzie. Podmienił je w tym jednym magazynie, w innych nie. Dlaczego?

Fred Nickler kaszlnął.

— Naprawdę nie wiem. Wie pan co, sprawdzę to i się odezwę. Mam tysiąc rozmów. Śpieszy mi się. Do widzenia.

W słuchawce trzasnęło.

Myron usiadł wygodnie. Fred Nickler zaczął panikować.

Trzęsącą się ręką Fred Nickler wybrał numer.

— Policja powiatowa — usłyszał po trzech sygnałach.

Odchrząknął.

— Z Paulem Duncanem, proszę — powiedział.

22

Dziewiąta wieczorem.

Myron zadzwonił do Jessiki i zdał jej relację, co odkrył w związku z dziekanem.

— Naprawdę myślisz, że Kathy miała z nim romans? — spytała.

— Nie wiem. Chociaż po tym, jak zobaczyłem jego żonę, wątpię.

— Ładna?

— Bardzo. I zna się na koszykówce. A do tego popłakała się na wieść o mojej kontuzji.

Jessica mruknęła.

— Ideał kobiety.

— Czyżbyś była zazdrosna?

— Śnij dalej. Posiadanie pięknej żony nie wyklucza romansów z ładnymi studentkami.

— Owszem. Dlatego pytanie brzmi: dlaczego dziekan Gordon trafił na niesławną listę osób, do których wysłano *Cyce*?

— Nie mam pojęcia. Ja również odkryłam dziś coś ciekawego. Rano w dniu swojej śmierci mój ojciec odwiedził Nancy Serat, koleżankę, z którą mieszkała Kathy.

— W jakim celu?

— Jeszcze nie wiem. Nancy zostawiła mi wiadomość na sekretarce. Spotkam się z nią za godzinę.

— Dobrze. Zadzwoń, jak dowiesz się czegoś więcej.

— Gdzie będziesz?

— Wieczorami pracuję w Chippendale's. Pod pseudonimem scenicznym Zorro.

— Bardziej pasowałby Maciupek.

— Auć! Kto mnie pocieszy?

Zapadło niezręczne milczenie, które przerwała Jessica.

— Nie wpadłbyś dziś do mnie? — spytała, starając się zapanować nad głosem.

— Dobrze, ale późno — odparł z bijącym sercem.

— Nie szkodzi. Mam lekki sen. Zapukaj w okno sypialni, Zorro.

Odłożyła słuchawkę. Następne pięć minut siedział nieruchomo, myśląc o Jessice. Zaczęli się spotykać na miesiąc przed końcem jego sportowej kariery. Została z nim. Opiekowała się nim. Kochała go. Próbował ją odepchnąć, udając silnego mężczyznę, który chce ją przed sobą ochronić. Ale nie odeszła. W każdym razie, nie wtedy.

— Skończ z tym! — ofuknęła go Esperanza, która bez pukania otworzyła drzwi.

— Z czym?

— Znów masz taką minę.

— Jaką?

Pokazała mu jaką.

— Okropną. Minę nieszczęśliwie zakochanego szczeniaka.

— Nie robiłem żadnej miny.

— Akurat. Słabo mi się robi na twój widok.

— Dziękuję.

— Wiesz, co myślę? Bardziej zależy ci na dobraniu się znów do Jessiki niż na znalezieniu jej siostry.

— Chryste, co w ciebie wstąpiło?

— Dobrze pamiętam, jak od ciebie odeszła.

— Ej, jestem dorosły. Potrafię zadbać o siebie.

— I znowu déjà vu.

Esperanza pokręciła głową.

— Jakie déjà vu?

— „Potrafię zadbać o siebie". Bzdury. Gadasz jak Chaz Landreaux. Obaj jesteście głupi i ślepi.

Jej śniada twarz przypomniała mu hiszpańskie noce, złoty piasek, pełnie księżyca pod niebem bez gwiazd. Były chwile, że ciągnęło ich ku sobie, ale gdy do niej lub do niego docierało, czym może to się skończyć, opierali się pokusie. Takie ciągoty należały jednak do przeszłości. Esperanza była jego najbliższą przyjaciółką. Bliżej przyjaźnił się tylko z Winem. Wiedział, że jej troska o niego jest prawdziwa.

Zmienił temat.

— Miałaś powód, żeby wejść bez pukania? — spytał.

— Coś znalazłam.

— Co?

Zajrzała do notatnika dla stenografek. Nie wiedział, po co jej on, bo przecież nie umiała stenografować ani pisać na maszynie.

— Wreszcie odkryłam, pod jaki numer dzwonił Gary Grady po twojej wizycie. Należy do studia fotograficznego Bajeczne Balony, które mieści przy Dziesiątej Alei, blisko tunelu.

— Podła dzielnica.

— Najpodlejsza. To studio na pewno specjalizuje się w porno.

— Grunt to specjalizacja. — Myron sprawdził godzinę. — Win się odezwał?

— Jeszcze nie.

— Zostaw mu w poczcie głosowej adres tego fotografa. Może zdąży tam dojechać.

— Wybierzesz się tam?

— Tak.

Esperanza zatrzasnęła notatnik.

— Pozwolisz, że pojadę z tobą?

— Do tego studia?

— Tak.

— Nie masz dzisiaj zajęć?

Esperanza wieczorami studiowała prawo na Uniwersytecie Nowojorskim.

— Nie, a poza tym odrobiłam wszystkie lekcje, tato. Naprawdę.

— Zamknij się i chodź.

23

Dziwkowo.

Towaru do wyboru, do koloru. Białe, Murzynki, Azjatki, Latynoski — najprawdziwsze kurewskie Narody Zjednoczone. W większości młode, bardzo młode wychudzone prostytutki potykały się na za wysokich obcasach, niczym bawiące się w dorosłych dzieci, którymi w rzeczywistości były. Ich ręce pokrywały tuziny przypominających malutkie owady śladów po igłach, ich twarze, ze skórą mocno napiętą na kościach policzkowych, wyglądały trupio, z zapadniętych oczu ziała pustka, a sztywnym jak słoma włosom brakło życia.

— „Czyż nie wiedzą, że kochają się z martwymi?" — mruknął Myron.

Esperanza przystanęła.

— Tego nie znam — powiedziała.

— Fantyna. W musicalu *Nędznicy*.

— Nie stać mnie na chodzenie na broadwayowskie musicale. Mój szef to kutwa.

— Ale miły.

Blondyneczka w kusych majtkach rodem z lat sześćdziesiątych pertraktowała z jakąś mendą w dużym fordzie dla całej rodziny. Myron dobrze znał jej historię. Widywał takie dziewczyny (a niekiedy chłopców), gdy wysiadały z autobusów Greyhounda, przyjeżdżających z Wirginii Zachodniej, zachodniej Pensylwanii lub wielkich, rozległych, jałowych połaci, które nowojorczycy nazywają Środkowym Zachodem. Uciekła z domu — może przed przemocą w rodzinie, lecz najpewniej z nudów oraz z przekonania, że jej miejsce jest w wielkim mieście. Wysiadła z autobusu szeroko uśmiechnięta, oczarowana, bez grosza przy duszy. Pilnie obserwowana przez cierpliwych jak sępy alfonsów, którzy w odpowiedniej chwili dopadali świeżą padlinę. Zaznajamiali ją z Nowym Jorkiem, zapewniali dach nad głową, jedzenie, ciepły prysznic, a czasem nawet jacuzzi, rzęsiste oświetlenie, fajny odtwarzacz CD i telewizję kablową z pilotem. Przyrzekali, że umówią ją z fotografem, załatwią kilka sesji zdjęciowych. Że nauczą ją, jak się bawić, bawić się na prawdziwych imprezach, a nie gównianych piwnych potańcówkach w Pipidówce, po których starsze pryszczate buraki dobierały się do niej na siedzeniu furgonetki. Że pokażą jej, jak rozerwać się dzięki najlepszemu towarowi, białemu proszkowi numero uno.

Ale nic nie trwa wiecznie. Ktoś musiał płacić za rozrywki. Praca modelki pozostała w sferze marzeń, a dziewczyna nie mogła przecież żyć na cudzy koszt. Poza tym imprezowanie stało się nieodzowne jak jedzenie i oddychanie. Nie mogła dłużej obyć się bez niucha, bez walnięcia sobie w żyłę z ulubionej pompki.

Po niedługim czasie spadała na dno. A gdy się tam znalazła, nie miała już siły, ani nawet woli, by się podnieść.

I tam kończyła.

Myron zaparkował i w milczeniu wysiadł za Esperanzą. Było oczywiście po zmroku. Takie miejsca żyły tylko nocą. Słońce je uśmiercało.

Myron nigdy nie był z prostytutką, ale Win korzystał z ich usług wiele razy. Kochał wygody. Jego ulubionym przybytkiem był azjatycki burdel na ulicy Ósmej, Noble House. W połowie lat osiemdziesiątych z grupką przyjaciół organizował w domu „chińskie noce" — firma Hunan Garden dostarczała potrawy, a Noble House panie. Win nie darzył kobiet sympatią. Nie ufał im. Zadowalał się dziwkami. Nie tylko dlatego, że nie mogły się do niego przywiązać — na to nie pozwoliłby żadnej kobiecie — lecz także dlatego, że były towarem jednorazowego użytku. Czymś do wyrzucenia.

W tych nawiedzonych zarazą czasach Win nie uczestniczył już chyba w takich imprezach, ale Myron nie miał pewności. Nigdy o tym nie rozmawiali.

— Urocze miejsce. Malownicze — powiedział.

Esperanza skinęła głową.

Minęli nocny klub. Od głośnej muzyki pękał chodnik. Na Myrona wpadło nastoletnie stworzenie z zielonymi włosami sklejonymi w szpikulce — on, ona? Wyglądało jak Statua Wolności. Wokół roiło się od motocykli, kolczyków w uszach i pępkach, tatuaży i jubilerskich łańcuchów. Twarze kurew, wołających do niego ze wszystkich możliwych stron „Hej, kotku!", zlewały się w jedno wielkie ludzkie śmietnisko. Czuł się jak na karnawałowym festynie odmieńców.

Szyld nad wejściem obwieszczał, że jest to CLUB F.U. Jego znakiem firmowym był wystawiony środkowy palec. Co za finezja! Na tablicy kredą wypisano:

OSTRA NOC „MEDYCZNA"!
ŻYWA MUZA!
Tylko u nas wystąpią:
WYMAZ Z SZYJKI
i DOWCIPNY TERMOMETR

Myron zerknął przez otwarte drzwi. W środku tańczono. Tancerze podskakiwali, głowy latały im na szyjach jak na gumowych taśmach, ręce przyciskali do boków. Skupił wzrok na zatraconym w fioletowej ekstazie, spoconym piętnastolatku o długich włosach przyklejonych do twarzy. Zastanawiał się, czy zespół na estradzie to Wymaz z Szyjki, czy może Dowcipny Termometr. Nieważne. I tak to, co grali, brzmiało jak świnia w rui wpychana do malaksera.

Sceneria była jak z Dickensa i z *Łowcy androidów* Ridleya Scotta.

— Dochodzimy do studia — uprzedziła Esperanza.

Budynek był kamienicą w ruinie bądź małym magazynem.

Prostytutki zwieszały się z okien jak resztki bożonarodzeniowych dekoracji.

— To tu? — spytał Myron.

— Na drugim piętrze — odparła z niezmąconym spokojem.

Nic sobie nie robiła z otoczenia, ale w końcu pochodziła z niewiele lepszej dzielnicy niż ta. Nigdy nie okazywała słabości. Często wybuchała, ale choć spędzili z sobą tyle czasu, Myron jeszcze nie widział, by płakała. Czego ona nie mogła powiedzieć o nim.

Podszedł do ganku. Drogę zastąpiła mu tłusta dziwka wepchnięta w body, w którym wyglądała jak baleron.

— Zrobić ci loda, mały? — spytała, oblizując usta. — Pięć dych.

Myron powstrzymał się od zamknięcia oczu.

— Nie — odparł cicho i opuścił głowę.

Z chęcią by ją pouczył, przeobraził słowami, odmienił jej życie. Powiedział jedynie: „Przepraszam" i szybko ją wyminął. Tłuścioszka wzruszyła ramionami i odeszła.

W budynku — żadna niespodzianka — nie było windy. Na schodach walali się ludzie, przeważnie nieprzytomni, może martwi. Lawirując pomiędzy nimi, dostali się na piętro. Z korytarza biła kakofonia dźwięków — muzyczna mieszanka, od Neila Diamonda po zespół Wymaz z Szyjki lub podobny. Na tym nie koniec. Tę kocią muzykę wzbogacały brzęk tłuczonych butelek, krzyki, przekleństwa, łomoty i płacz dzieci. Orkiestra z piekła.

Gdy dotarli na drugie piętro, ujrzeli oszklone biuro. W środku nie dostrzegli nikogo, ale zdjęcia na ścianie — a do tego bykowiec i kajdanki — nie pozostawiały wątpliwości, że dobrze trafili. Myron przekręcił gałkę. Ustąpiła.

— Zostań tu — rzekł do Esperanzy.

— Dobrze.

— Halo! — zawołał, wchodząc do środka.

Nikt nie odpowiedział, ale z drugiego pomieszczenia dochodziła muzyka brzmiąca jak calypso. „Halo" — zawołał powtórnie i wszedł do studia.

Zdumiał się. Pomieszczenie było czyste, jasno oświetlone,

z wielkimi białymi parasolami, które widzi się we wszystkich atelier fotograficznych. Stało tam z pół tuzina aparatów na trójnogach, a w górze wisiała bateria różnokolorowych świateł. Jednak to nie wygląd studia przyciągnął jego uwagę. Na motocyklu siedziała naga kobieta. Prawdę mówiąc, nie była całkiem naga — na nogach miała czarne buty. Ale nic prócz nich. Nie każdej byłoby do twarzy w tej kreacji, u niej wszakże nie wadziła. Zaczytana w magazynie *Słońce Ameryki*, nie dostrzegła intruza. Tytuł na pierwszej stronie pisma głosił: „Szesnastolatek babcią". Hm. Myron podszedł bliżej. Pod wielkimi piersiami golaski jak z filmów Russa Meyera dostrzegł szramy. Implanty, rekwizyt mody z lat osiemdziesiątych.

Zaskoczona, podniosła wzrok.

— Cześć — powiedział z ciepłym uśmiechem.

— Wypierdalaj! — wrzasnęła, osłaniając piersi.

Jaka skromna. Rzadkość w dzisiejszych czasach. Aż miło popatrzeć.

— Nazywam się...

Znów przeraźliwie wrzasnęła. Słysząc za plecami hałas, Myron natychmiast się odwrócił i zobaczył uśmiechniętego chudego chłopaka bez koszuli. Przyklejony do jego warg cienki, maniakalny uśmiech pękł. Muskularne jak u Bruce'a Lee ciało lśniło. Przykucnął i przyzwał Myrona gestem z *West Side Story*. Brakowało tylko strzelania palcami.

Otworzyły się drugie drzwi i z czerwieni, która się z nich wylała, wyłoniła się kobieta. Jej kędzierzawe włosy wydawały się rude, ale Myron nie dałby głowy, czy takiego koloru nie zawdzięczają czerwonemu światłu z ciemni.

— Pan się wdarł do cudzego mieszkania — powiedziała. — Hector ma prawo pana zabić.

— Nie wiem, gdzie zdobyła pani dyplom z prawa, ale jeżeli Hector się zagapi, wepchnę mu tę zabawkę w miejsce, które nie ogląda słońca.

Hector zachichotał i zaczął przerzucać nóż z ręki do ręki.

— No, no — powiedział Myron.

Naga modelka umknęła do ubieralni, nazwanej pomysłowo ROZBIERALNIĄ. Kobieta wyszła z ciemni i zamknęła drzwi.

Jej włosy były rzeczywiście rude, a właściwie kasztanowe. Miała około trzydziestki, cerę, jak określają niektórzy, kremowobrzoskwiniową i, o dziwo, tryskała werwą. Wyglądała jak porno wcielenie Katie Couric z dziennika NBC.

— Pani jest właścicielką? — spytał Myron.

— Hector to urodzony nożownik — odparła chłodno. — Potrafi wyciąć człowiekowi serce i pokazać mu je, nim ten skona.

— Dusza towarzystwa.

Mężczyzna postąpił krok. Myron ani drgnął.

— Zademonstrowałbym wam mistrzostwo w sztukach walki — błyskawicznie wyjął pistolet i wycelował go w pierś Hectora — ale dopiero co wziąłem prysznic.

Zaskoczonemu Hectorowi rozszerzyły się oczy.

— Niech to będzie dla ciebie lekcja, kosiorku. W tym domu połowa lokatorów nosi broń. Pochodź dłużej, wymachując tą zabaweczką, to ktoś mniej poczciwy niż ja cię rozwali.

Rudej rewolwer nie speszył.

— Wynoś się pan stąd. Ale już — powiedziała do Myrona.

— Jest pani właścicielką? — ponowił pytanie.

— Ma pan nakaz?

— Nie jestem policjantem.

— To dupa w troki i wypad.

Gdy mówiła, mocno się kołysała. Jej biodra i nogi były w ciągłym ruchu. Na jej znak Hector zamknął majcher.

— Możesz iść — powiedziała.

— Nie tak szybko. Wejdź do ciemni — rzekł Myron. — Jeszcze wpadnie ci do głowy wrócić tu z gnatem.

Hector spojrzał na rudą. Skinęła głową.

— Zamknij drzwi — upomniał Myron.

Hector zamknął drzwi. Myron zasunął na nich rygiel.

— Zadowolony? — spytała ruda, podpierając się pod boki.

— Bliski ekstazy.

— To wyjdź.

— Posłuchaj, nie chcę kłopotów — rzekł Myron z ciepłym uśmiechem, od którego tają damskie serca. — Przyszedłem kupić kilka zdjęć. Nazywam się Bernie Worley. Pracuję dla nowego magazynu porno.

Ruda zrobiła minę.

— Czy ja wyglądam na idiotkę? — spytała. — Bernie Worley wpadł po kilka zdjęć? Nie wciskaj mi ciemnot!

Wtem ich usłyszał. Ludzie. Kupa ludzi. Tumult. Nawet jak na miejscowe zwyczaje. W korytarzu. Tam, gdzie zostawił Esperanzę.

Odwrócił się i pobiegł z sercem w gardle. Oblegała ją chmara ludzi, większość klęczała. A ona, uśmiechnięta, stała pośrodku i — nie do wiary! — rozdawała autografy.

— Pocahontas! — krzyknął ktoś.

— Mnie napisz „Z wyrazami sympatii dla Manuela".

— Jesteś moją ulubioną zapaśniczką!

— Pamiętam, jak dolałaś Królowej Carimbie. Co za walka!

— No, a ta bydlaczka, Dorota Drogówka! Kiedy sypnęła ci solą w oczy, chciałam ją zabić.

Spostrzegając Myrona, Esperanza wzruszyła ramionami i wróciła do składania autografów na zapałczanych kartonikach i karteluszkach. Ruda wyszła za nim na korytarz.

— Poca?! — wykrzyknęła rozpromieniona na widok Esperanzy.

Esperanza spojrzała na nią.

— Lucy?

Padły sobie w ramiona. Weszły do studia, a Myron za nimi.

— Gdzieś się podziewała, dziewczyno? — spytała Lucy.

— Tu i tam.

Pocałowały się. W usta. Pocałunek trwał odrobinę za długo.

— Myron? — powiedziała Esperanza.

— No?

— Wybałuszasz oczy.

— Naprawdę?

— Nie mówię ci wszystkiego.

— Najwyraźniej. Nareszcie zrozumiałem, dlaczego moja męska krasa nie zrobiła wrażenia na twojej znajomej.

Ta odpowiedź je rozśmieszyła.

— Lucy, to Myron Bolitar — przedstawiła go Esperanza.

169

— Twój chłopak?

Lucy zmierzyła Myrona wzrokiem.

— Nie. Bliski przyjaciel. Mój szef.

— Podobny do takiego jednego, który występował w perwersyjnym show w klubie przy tej ulicy. W swoim numerze spryskiwał różne babki złotym deszczem.

— To nie ja — zapewnił Myron. — Ja krępuję się wejść nawet do męskiej ubikacji.

— Dobrze wyglądasz, Poca. — Lucy zwróciła się do Esperanzy.

— Dzięki.

— Zerwałaś z zapasami?

— Na dobre.

— Ale nadal ćwiczysz?

— Kiedy tylko mogę.

— W siłowni Atlasek?

— Uhm.

— To widać — powiedziała z uśmiechem Lucy. — Ostra z ciebie laska.

Myron chrząknął.

— To co z tymi fotkami? — wtrącił.

Zignorowały go.

— Nadal robisz zdjęcia zapaśniczkom? — spytała Esperanza.

— Już nie. Głównie zajmuję się tym szajsem.

Esperanza spojrzała na Myrona.

— Lucy — to nie jest jej prawdziwe imię, nazwałyśmy ją tak, bo ma włosy jak Lucille Ball — robiła kiedyś zdjęcia reklamowe wszystkim zapaśniczkom — wyjaśniła.

— Zdążyłem skojarzyć. Pomoże nam?

— A co chcecie wiedzieć? — spytała Lucy.

Myron wręczył jej numer *Cyców* i pokazał zdjęcie Kathy.

— Chcę się czegoś dowiedzieć o tym — powiedział.

Lucy przyjrzała się fotografii.

— To glina? — spytała Esperanzę.

— Agent sportowy.

— Aha. — Lucy to wystarczyło. — Bo to zdjęcie może nas wpakować w kłopoty.

— Dlaczego? — spytał Myron.

— Dziewczyna na nim ma gołe piersi.

— I co z tego?

— To nielegalne. W ogłoszeniach na telefony zaczynające się na dziewięćset zdjęcia bez staników są zakazane. Jeżeli władze to zobaczą, dobiorą się nam do tyłka.

— Nam? — spytał podchwytliwie Myron.

— Jestem współwłaścicielką jednej z tych firm. W tym budynku mamy wiele linii obsługujących sekstelefony.

— Nie bardzo rozumiem. Zdjęcia dziewcząt bez staników są zakazane? W tym pisemku prawie wszystkie panienki są gołe.

— Ale nie w ogłoszeniach na dziewięćset. Ten zakaz wprowadzono dwa lata temu. Linie na dziewięćset muszą być przyzwoite. — Lucy przewróciła stronę i pokazała inne ogłoszenie. — Dziewczyna może być wyzywająca, ale nie naga. Spójrz na nazwy tych linii. Potajemne Wyznania, Porozmawiaj z Dziewczętami i podobne. Porównaj je z ogłoszeniami zaczynającymi się na osiemset. Są ostre.

Myronowi przypomniała się rozmowa z Tawny na linii 900. Zdziwił się, że w ogóle nie świntuszy.

— A więc ostrym seksem przez telefon zajmują się inne linie?

— Tak. Na nie trzeba mieć specjalne pozwolenie. Tak zdecydowały władze. Na dziewięćset może zadzwonić każdy dureń. Opłaty są naliczane automatycznie. Niemal od chwili podniesienia słuchawki. W przypadku linii na osiemset i pozostałych jest inaczej. Albo korzystasz z karty kredytowej, albo podajesz numer telefonu i czekasz na oddzwonienie. W ten sposób płacisz.

— A więc te wszystkie gadki o świńskiej linii dziewięćset...

— To bzdury — dokończyła Lucy. — Zwykły pic. Na tych liniach nie możemy powiedzieć nic brzydkiego. Używamy ich na wabia, bo są łatwe w obsłudze. Facet musi tylko wykręcić numer. Żadnych kart kredytowych. Żadnego oddzwaniania. Większość czasu zajmują rozmowy o dupie Maryni i aluzje — sugestywne, ale niewinne. Po to, żeby się podniecili, rozumiesz.

— Tak.

— Zresztą dzwoniący są wystarczająco napaleni. Fajfusy twardnieją im tak, że wystarczy im dziura w desce. Podpuszczamy jednego z drugim, o co wcale nietrudno, do użycia jakiegoś brzydkiego słowa. A kiedy to wypowie, mówimy mu: „Kochanie, nie wolno mi świntuszyć na tej linii, ale weź kartę kredytową i zadzwoń do mnie pod numer X". Chłopcy dzwonią i bulą od nowa.

— I nie boją się, jak to będzie wyglądać na wyciągu bankowym?

Lucy potrząsnęła głową, cały czas erotycznie i irytująco się kołysząc.

— Nazwy firm nie rzucają się w oczy — odparła. — Rachunki wystawiają firmy o nazwach Telemark czy Norwood Incorporate, a nie Gorące Lesbije czy Minetaura. Chcesz zobaczyć?

— Co?

— Salę na górze, gdzie odpowiadamy na niektóre telefony. Mam w tej chwili obsadzonych trochę stanowisk. Większość zatrudnionych pracuje w domu. Chcesz zobaczyć?

— Czemu nie.

Myron wzruszył ramionami.

Lucy zaprowadziła ich piętro wyżej. Klatkę schodową spowijał wstrętny zapach. Dotarli na podest. Lucy otworzyła drzwi. Zamknęły się za nimi, gdy tylko weszli.

— To linie Wieczne Fantazje — wyjaśniła. — A także Konik Lizusek, Piersiolinia, Telezbytki i tuzin innych.

Myron nie wierzył własnym oczom. Rozdziawił usta. Oczekiwał, że ujrzy brzydkie, grube, stare kobiety. Ale nie coś takiego.

Siedzieli tu, z jednym wyjątkiem, sami mężczyźni.

— Sekstelefony dla gejów? — spytał.

Lucy z uśmiechem potrząsnęła głową.

— Od gejów mamy bardzo mało telefonów. Może jeden na sto.

— Ale... to są mężczyźni.

Myron Bolitar, sokole oko.

— Tak, wielkoludzie, wepchnij go do końca — doszedł go

szorstki głos, godzien kierowcy ciężarówki. — O, tak! Jak dobrze!

Lucy uśmiechnęła się do mężczyzny. Ten przewrócił oczami i mówił dalej:

— Cwałuj, cwałuj, jebako. Zajeźdź mnie.

Myrona pocieszyło, że Esperanza jest zmieszana jak on.

— Co tutaj się wyrabia, Lucy? — spytała.

— Takie czasy. Przy takiej gospodarce mężczyźni są tańszą siłą roboczą. Większość dziewczyn pracuje na ulicach. A tu ich bracia, kuzyni, dzieci ulicy.

— Ale ich głosy...

— Używają zmieniaczy. Sprzedaje je firma Sharper Image, ale ja kupuję je taniej w Village. Dzięki nim małe dziewczynki basują jak Barry White i vice versa. A ci goście stają się kobietami o ochrypłych głosach, nastoletnimi dziewicami, małymi dziewczynkami, zależnie od zapotrzebowania.

— Czy klienci o tym wiedzą? — spytał zdumiony Myron.

— Ależ skąd... Tępy — powiedziała Lucy do Esperanzy — ale ładny.

Myron Bolitar, obiekt westchnień lesbijek.

Pomieszczenie wyglądało jak biuro telemarketingowe. Telefony były bardzo nowoczesne. Nad kilkudziesięcioma zajętymi liniami paliły się informacje, z kim chce rozmawiać dzwoniący. Z napaloną gospodynią domową. Z dominą. Z transwestytką. Cycatym dziewczątkiem. Fetyszystką stóp. Drugi telefon na każdym ze stanowisk służył weryfikacji kart Visa i MasterCard.

— Przez linie oznaczone literą C nie wolno gadać żadnych świństw — wyjaśniła Lucy. — Ponadto setka osób pracuje w domu. Głównie kobiety.

— Napalone gospodynie domowe?

— Niektóre. Większość to zwykłe panie domu. Właśnie dlatego zdziwiło mnie to ogłoszenie. Nie powinno w nim być dziewczyny bez stanika.

Wyszli z sali i zeszli do studia. Myron o mały włos nie potknął się o pijaka, który w chwili, gdy przez niego przestępował, postanowił wstać.

— Czy jedną z firm na górze jest ABC? — spytał Myron.

— Tak.

— Wczoraj dzwonił do ciebie Gary Grady. Można wiedzieć, w jakiej sprawie?

— Kto?

— Gary Grady.

Lucy potrząsnęła głową.

— Nie znam go — odparła.

— A Jerry'ego?

— A, jego. — Zaśmiała się. — Domyślałam się, że nazywa się inaczej. Jest bardzo tajemniczy.

— Czego chciał?

Skinęła głową, jakby nagle coś sobie skojarzyła.

— Teraz rozumiem.

— Co?

— Spytał mnie o zdjęcie, które zrobiłam dwa lata temu.

— O to?

Myron wskazał zdjęcie Kathy.

— Tak. Jednej ze swoich dziewcząt.

Myron i Esperanza wymienili spojrzenia.

— A więc były inne?

— Kilka. Pół tuzina, może więcej.

Myron znów poczuł przypływ gniewu.

— Małolatki? — spytał.

— Skąd mogę wiedzieć?!

— Nie spytałaś?

— Czy wyglądam na policjantkę? Człowieku, jeżeli przyszedłeś, żeby się mnie czepiać...

— Nie — przerwała jej Esperanza. — Możesz mu zaufać.

— Zaufać, Poca?! Wpada tu, kurwa, z rewolwerem i straszy modelkę.

— Potrzebujemy pomocy. Ja potrzebuję pomocy!

— Nie chciałem cię urazić, Lucy — zapewnił Myron. — Interesuje mnie tylko dziewczyna ze zdjęcia.

Lucy zawahała się.

— No dobrze — powiedziała wreszcie — ale się nie czepiaj.

Skwapliwie skinął głową.

— Przyszła do ciebie z Jerrym? — spytał.

— Tak, do innego studia, kilka przecznic stąd. Przyprowadzał do mnie te panienki przez kilka lat i kazał im robić zdjęcia o różnym przeznaczeniu. Do magazynów porno, obsceniczne fotosy, takie rzeczy. Te dziewczyny były zwykle nieco porządniejsze od przeciętnych puszczalskich, które tam przychodziły. Potem z reguły dołował ich zdjęcia i czekał, aż siksy podrosną. Osiągną odpowiedni wiek.

Myron znów poczuł gniew i zacisnął dłonie.

— I wczoraj Jerry spytał cię o to zdjęcie?

— Tak.

— Co chciał wiedzieć?

— Czy sprzedałam ostatnio jakieś odbitki.

— A sprzedałaś?

— Tak — odparła Lucy po chwili. — Parę miesięcy temu.

— Kto je kupił?

— Myślisz, że to notuję?

— On czy ona?

— On.

— Pamiętasz, jak wyglądał?

Wyjęła papierosa, zapaliła i wydmuchnęła strumień dymu.

— Nie mam pamięci do twarzy — odparła.

— Ale coś pamiętasz. Był młody, stary? — spytała Esperanza.

Lucy znów wydmuchnęła dym.

— Stary. Nie wiekowy, ale i nie młody. W wieku mojego ojca. Poza tym wiedział, co robi. — Spojrzała na Myrona. — W przeciwieństwie do ciebie.

— Co to znaczy, że wiedział, co robi?

— Zapłacił jak za zboże, ale postawił warunek: oddaję mu do ręki wszystkie zdjęcia i negatywy. Cwany. Chciał mieć pewność, że nie zrobię duplikatów.

— Ile zapłacił?

— Sześć tysięcy pięćset. Gotówką. Pięć za zdjęcia i negatywy. Tysiąc za numer telefonu Jerry'ego. Powiedział, że chce się skontaktować z tą dziewczyną. A potem dorzucił jeszcze pięćset za to, żebym nic nie mówiła Jerry'emu.

Z głębi domu dobiegł kolejny mrożący krew w żyłach wrzask. Żadne nie zareagowało.

— Poznałabyś go? — spytał Myron.

— Nie wiem. Nie mogę go sobie przypomnieć, ale przy spotkaniu twarzą w twarz... kto wie? — Z ciemni dobiegło walenie. — Mogę wypuścić Hectora?

— Już idziemy. — Myron wręczył Lucy wizytówkę. — Gdybyś jeszcze sobie coś przypomniała...

— To zadzwonię. — Lucy spojrzała na Esperanzę. — Nie zapominaj o mnie, Poca.

Esperanza skinęła głową. W milczeniu zeszli na dół.

— Nie chciałam cię zaszokować — powiedziała po wyjściu na rozgrzaną rojną ulicę.

— Nie moja sprawa — odparł. — Trochę mnie to zaskoczyło.

— Lucy jest lesbijką. Kiedyś tego próbowałam. Dawno temu.

— Nie musisz się tłumaczyć — zapewnił, ale rad był, że mu to wyznała.

Nie miał przed nią tajemnic i wolał nie myśleć, że Esperanza coś przed nim ukrywa.

Zawrócili do samochodu. W tym momencie poczuł na żebrach lufę i usłyszał głos:

— Spokój, Myron.

Znany mu z garażu typ w pilśniowym kapeluszu sięgnął do jego kieszeni po rewolwer. Drugi, z wąsami à la Gene Shalit, pochwycił Esperanzę i przystawił jej do skroni pistolet.

— Jeden jego ruch i rozwalasz tej dziwce mózg — powiedział amator kapeluszy do koleżki.

Wąsaty skinął głową i wykrzywił się w półuśmiechu.

— Ruszaj. Pójdziemy na spacerek.

Pilśniak dźgnął Myrona w żebra.

24

Jessica zatrzymała wóz przed domkiem wynajętym na najbliższy semestr przez Nancy Serat. Niewielki parterowy budynek stał przy końcu ciemnej uliczki, półtora kilometra od uniwersyteckiego kampusu. Nawet w nocy jego łososiowe ściany kłóciły się z obliczem Matki Ziemi. Wyglądał jak wymiocina, jak podwórko z serialu o potworach. Na podniszczonej tablicy widniał adres 118 Acre Street. Na podjeździe stała granatowa honda accord z naklejką Uniwersytetu Restona na zderzaku.

Jessica przeszła po pokruszonym wspomnieniu po betonowym chodniku i zadzwoniła do drzwi. W środku coś się poruszyło. Minęło kilka sekund. Nikt jej nie otworzył. Zadzwoniła ponownie. Żadnej reakcji. Cisza.

— Nancy! — zawołała. — To ja, Jessica Culver.

Nacisnęła dzwonek jeszcze kilka razy, choć w tak małym domu trudno go było nie usłyszeć. Chyba że Nancy brała prysznic. Niewykluczone. Przez rolety w oknach przebijało światło. Wóz stał na podjeździe. W środku znów ktoś się poruszył.

Nancy była w domu.

Jessica sięgnęła do gałki. W zwykłych okolicznościach miałaby opory przed wejściem do domu osoby właściwie nieznajomej (widziała Nancy tylko raz w życiu). Ale okoliczności były niezwykłe. Przekręciła gałkę.

Drzwi były zamknięte.

Co teraz?

Spędziła pod nimi, dzwoniąc, jeszcze pięć minut. Bez rezultatu. Mając za całe oświetlenie odległy blask latarni i połyskujące w ciemnościach fragmenty domu, zaczęła go obchodzić. Potknęła się o wyglądający jak antyk trójkołowy rower i zaplątała w wysokiej trawie, której ostre końce łaskotały ją w łydki. Okrążając budynek, zaglądała przez cienkie szpary w roletach. Widziała pokoje, tu i ówdzie meble, ozdoby na ścianach, ale nie ludzi.

Na podwórku odkryła, że nie opuszczono rolet w kuchni. Panowały tu kompletne ciemności, bo w środku nie paliło się światło, a różowa ściana nie odbijała blasku latarni. Zajrzała przez okno, osłaniając twarz dłońmi, by uniknąć refleksów. Kuchnię przecinała smużka światła z pokoju od frontu. Na stole leżały torebka i klucze.

Ktoś był w domu.

Podskoczyła na dźwięk za plecami i odwróciła na pięcie, ale było za ciemno, by określić jego źródło. Serce waliło jej jak szalone. Niezmordowanie grały świerszcze. Zadudniła pięściami w drzwi.

— Nancy! Nancy!

Skarciła się w duchu za popłoch w głosie. Weź się w garść, nakazała sobie.

Przestała walić do drzwi, wzięła kilka głębokich oddechów i ulżyło jej. Jeszcze raz zajrzała przez okno, przyciskając twarz do szyby. Stało się to w momencie, gdy patrzyła na smugę światła.

Ktoś ją przeciął!

Jessica odskoczyła. Nie widziała nikogo, nie widziała nic, ale smuga zniknęła na ułamek sekundy. Ponownie zajrzała do środka. Żywego ducha. Ktoś jednak przeszedł przez pokój, odcinając światło. Położyła dłoń na gałce drzwi.

Nie wchodź tam, kretynko! Wezwij policję!

I co im powiem? — zadała sobie pytanie. Że zapukałam do drzwi i nikt nie otworzył? A potem zaczęłam zaglądać przez okna i odkryłam, że ktoś chodzi po domu?

To nie takie głupie!

Ale i nie za mądre. Poza tym wymaga telefonu. Nim go znajdę, może być po wszystkim i stracę jedyną okazję...

Okazję do czego?

Przestała się wahać i otworzyła drzwi. Bała się, że wściekle zaskrzypią, ale ustąpiły nadzwyczaj cicho. Weszła do kuchni, zostawiając je otwarte z myślą, że ułatwi jej to ucieczkę.

— Nancy?

Kathy?!

Zakryła usta dłonią. Jak mogła ją wołać, nawet w myślach? Kathy tu nie było. Całym sercem pragnęła ją zobaczyć, ale nie spodziewała się takiego happy endu. Kathy tu nie było. No, bo gdyby była, na pewno nie bałaby się otworzyć drzwi. Młodsza siostra. Promiennie uśmiechnięta. Siostra, którą kochała...

Siostra, której pozwoliłaś uciec, którą zbyłaś przez telefon tamtego wieczoru, kiedy zniknęła.

Kilka minut pozostała w kuchni. Nie słychać było niczego oprócz oszalałych świerszczy. Ani cieknącej wody, ani szumu prysznica, żadnego ruchu, żadnych kroków. Z leżącej na stole torebki wyjęła portfel. Prawo jazdy i karty kredytowe należały do Nancy Serat. Przerzucając przegródki, zatrzymała się na pocztówkowym zdjęciu.

Zdjęciu członkiń korporacji. Ostatnia fotografia Kathy!

Wypuściła portfel, jakby był żywym stworzeniem. Dosyć, powiedziała sobie. Przesunęła się w stronę światła. Za pierwszą stopą podążyła druga i po kilku sekundach Jessica znalazła się przy drzwiach. Nic nie przecinało smugi światła wpadającej przez lekko uchylone drzwi. Przycupnąwszy jak policjant z bronią, szykując się na najgorsze, pchnęła drzwi.

I odkryła najgorsze.

— Jezu...

Zatoczyła się do tyłu.

Nancy leżała na wznak, z rękami przy bokach, wpatrując się w nią oczami, sterczącymi z oczodołów niczym piłki do golfa. Język, zwisający z rozwartych, wykrzywionych w najwyższym bólu ust, przypominał martwą rybę, a każda komórka zastygłej w grymasie twarzy, fioletowogranatowej jak jeden wielki siniak, błagała i krzyczała o tlen. Do podbródka przywarła strużka nadal mokrej śliny.

Szyję opasywał ledwo widoczny sznurek — nie, drut! — który wbił się głęboko w ciało, oplatając gardło zamordowanej nitką krwi.

Jessica wpatrywała się w nią, zagubiona. Świat na kilka chwil zniknął i pozostał czysty strach. Zapomniała o ruchu w środku, jaki wywołał jej dzwonek do drzwi. Zapomniała o cieniu, który przeciął smugę światła.

Nie słyszała zbliżających się kroków. Nie mogąc oderwać oczu od twarzy Nancy, poczuła nagle przeszywająco ostry ból w głowie. Rozbłysło jasne światło. Jej ciało złożyło się wpół, poleciała do przodu. A potem przyszło odrętwienie.

I nicość.

25

Pilśniak wiedział, co robi.

— Idź kilka kroków za mną — polecił nowemu partnerowi.

W garażu on i Mięśniak (który, ku satysfakcji Myrona, widać stracił fuchę) nie docenili przeciwnika. Tym razem Pilśniak nie powtórzył błędu. Nie tylko nie spuszczał Myrona z oczu i z lufy, ale pilnował, żeby nowy koleżka (Wąsik) trzymał się z Esperanzą w bezpiecznej odległości.

Zmyślnie.

Myrona kusiło, żeby coś zrobić, lecz w tych okolicznościach stał na straconej pozycji. Nawet gdyby odebrał Pilśniakowi broń, to nim wymierzyłby ją w Wąsika, ten zabiłby jego lub Esperanzę.

Pozostało czekać i pilnie obserwować. Znał ich plany. Nie wynajęto ich po to, żeby zafundowali mu lody, nauczyli kowbojskich tańców ani nawet dali wycisk. Nie tym razem.

— Wypuśćcie ją — powiedział. — Ona nie ma z tym nic wspólnego.

— Nie zatrzymuj się — odparł Pilśniak.

— Co wam po niej?

— Idź.

— Na potem będzie jak znalazł — rzekł szyderczo Wąsik.

Zatrzymał się, w prawy policzek Esperanzy wcisnął lufę, a lewy polizał mokrym krowim jęzorem. Esperanza zesztywniała.

— Coś ci się nie podoba, gościu? — spytał, patrząc na Myrona.

Myron nie odpowiedział. W tym stanie rzeczy słowa były zbyteczne albo mogły zaszkodzić.

Skręcili za róg. Po obu stronach wąskiego zaułka piętrzyły się bez mała dwumetrowe zwały cuchnących śmieci. Pilśniak szybko zlustrował uliczkę. Była wyludniona.

— Idź — powiedział, dźgając Myrona lufą. — Do samego końca.

Myron poczuł się tak, jakby szedł na stracenie. Ruszył najwolniej, jak mógł.

— No, a co z tą dupencją? — spytał Wąsik.

— Widziała nas — odparł Pilśniak, nie spuszczając Myrona z oczu. — Jest świadkiem.

— Za nią nam nie zapłacili — zaprotestował Wąsik.

— I co z tego?

— Po co marnować taką dupę... lepiej ją wpierw przelecieć.

Wąsik zaśmiał się na tę myśl. Pilśniak nie. Cofnął się o krok, mierząc w plecy Myrona. Myron odwrócił się. Dzieliły ich dwa metry. Stał pod ścianą. Nie było mowy o ucieczce. Najniższe okno znajdowało się blisko cztery metry od ziemi. Brak miejsca na jakikolwiek manewr.

Pilśniak podniósł rewolwer na wysokość jego twarzy. Myron ani mrugnął. Patrzył mu prosto w oczy... które raptem znikły.

Wraz z połową czaszki, rozłupanej przez kulę niczym kokos. Kulę dum-dum. Pilśniak osunął się na ziemię, a za nim opadł miękki kapelusz.

Wąsik wrzasnął, rzucił rewolwer i podniósł ręce do góry.

— Poddaję się! — krzyknął.

Myron puścił się biegiem.

— Nie strzelaj! — zawołał. — Podda...

Broń wypaliła ponownie i twarz Wąsika znikła w czerwonej mgiełce. Myron zatrzymał się, zamknął oczy. Wąsik opadł za Pilśniakiem na zaświniony beton. Do Myrona podeszła Esperanza. Objęła go i ruszyli do wylotu zaułka.

Win wyszedł z ukrycia, patrząc na swoje dzieło niczym rzeźbiarz na posąg, który niezbyt mu się podoba. Był w szarym garniturze i czerwonym, idealnie zawiązanym krawacie. Schludnie ostrzyżone blond włosy przedzielał tradycyjny przedziałek

182

z lewej. Policzki miał rumiane, a na ustach błąkał mu się nikły uśmiech. W ręku trzymał czterdziestkę czwórkę.

— Dobry wieczór — powiedział.

— Długo tu jesteś? — spytał Myron.

Nie zauważył go, kiedy wyszli ze studia. Wiedział, że jest gdzieś w pobliżu. Win już taki był. Należał do pewników.

— Przyjechałem, gdy weszliście do tego zakazanego budynku. — Uśmiechnął się. — Chciałem mieć efektowne entrée.

Myron puścił Esperanzę.

— Chodźmy stąd, nim zjawi się policja — rzekł Win.

Ruszyli w milczeniu. Esperanza drżała. Myron też nie czuł się za dobrze. Tylko Win niczym się nie przejął. Gdy dochodzili do samochodu, zaczepiła go ta sama gruba jak baleron prostytutka i spytała:

— Zrobić ci loda, mały? Pięć dych.

— Prędzej dałbym sobie odessać spermę cewnikiem — odparł.

— No, dobra. Cztery dychy.

Win zaśmiał się i odszedł.

26

— Wszystkie radiowozy. Sto osiemnaście Acre Street. Wszystkie radiowozy. Sto osiemnaście Acre Street.

Paul Duncan odebrał tę wiadomość na policyjnym skanerze. Znajdował się kilka przecznic od miejsca zbrodni, ale nie był to jego rejon. Nie mógł zareagować na wezwanie. Zwróciłby na siebie uwagę i zaczęto by zadawać pytania, co tam właściwie robił.

Fragmenty wreszcie zaczęły układać się w całość. Dziś zadzwonił do niego wydawca tych plugawych szmat, Fred Nickler. Wiele mu wyjaśnił. Niestety, nie wszystko. Nadal błądził w ciemnościach. Znał jednak powód niedawnej reakcji Jessiki. Dowiedziała się o zdjęciu Kathy. Na pewno od Myrona Bolitara.

Od kogo Myron dostał to pisemko?

Nieważne. Istotne było to, że się wmieszał. I nie można go było nie doceniać. Już Jessica stanowiła duży problem. A teraz pomagał jej on i pewnie ten jego przydupas, psychol Win Lockwood. Wiedział co nieco o ich pracy dla federalnych. Niewiele. Myron i Win podlegali najwyższym funkcjonariuszom państwowym. Wykonywali wyłącznie tajne zadania. Wystarczyła fama, jaką się cieszyli.

Minął go radiowóz na sygnale. Pewnie jechali na 118 Acre Street. Paul podkręcił skaner. Nie chciał uronić ani słowa.

Rozważał, czy nie zadzwonić do Carol, ale co mógł jej

powiedzieć? Przez telefon nie podała szczegółów, powiedziała mu tylko o wiadomości, jaką Nancy zostawiła dla Jessiki. Jak dużo wiedziała Jessica? I skąd?

Co mogłaby wycisnąć z matki?

Przemknęły dwa ambulanse z syrenami wyjącymi na pełny regulator. Paul przełknął ślinę. Miał wielką ochotę tam pojechać, ale jeszcze większą uciec jak najdalej.

Znów pomyślał o swoim przyjacielu, Adamie Culverze. Martwym. Zamordowanym. Wydarzyło się tyle, że nie miał czasu go opłakać.

Tak, opłakać.

Może to dziwne, ale Paul Duncan bolał nad śmiercią Adama Culvera. Zwłaszcza gdy się wiedziało, w jaki sposób Adam spędził ostatnie cenne godziny życia.

Win i Myron wysadzili Esperanzę przed mieszkaniem we wschodniej części Greenwich Village, które dzieliła z siostrą i kuzynką. Myron odprowadził ją do drzwi.

— Już wszystko dobrze? — spytał.

Skinęła głową. Twarz miała trupio bladą. Od strzelaniny w zaułku nie powiedziała ani słowa.

— Win... — Przystanęła. Pozbieranie się zajęło jej całą minutę. — Ocalił nam życie. I to się liczy.

— Tak.

— Do zobaczenia jutro.

Myron wrócił do samochodu i zadzwonił do Jessiki. Jeszcze nie dotarła do domu, obudził za to jej matkę. Pojechali z Winem do otwartej przez całą dobę restauracji przy Szóstej Alei, jednej z tych greckich, w których jadłospisy dorównują długością powieściom Tołstoja. Win, wegetarianin, zamówił sałatkę i frytki, a Myron dietetyczną colę. Nie mógł jeść.

— Co z Chazem? — spytał, gdy usiedli.

Win skubnął czerstwego chleba, skrzywił się i skusił się na paczkę solonych krakersów.

— Z naszego szacownego biura pan Landreaux pomknął na Piątą Aleję numer czterysta sześćdziesiąt sześć — odparł. — Tam wjechał na siódme piętro, które wynajmuje Roy O'Connor i TruPro Enterprises. Do windy wsiadł z twoim kontraktem w ręku. Wysiadł z niej bez niego. Miał za małe kieszenie, by go w którejś schować. Wniosek: pan Landreaux wręczył kontrakt komuś w TruPro Enterprises.

— Co za dedukcja! Mistrzostwo świata!

Win uśmiechnął się.

— Widzę, że już ci lepiej.

Myron wzruszył ramionami.

— Różnimy się od siebie — dodał Win. — To, co ty nazywasz egzekucją, ja nazywam tępieniem robactwa.

— Nie musiałeś ich zabijać.

— Ale chciałem — odparł beznamiętnie Win. — I nie sądzę, żeby któreś z nas długo ich opłakiwało.

Była to święta prawda, ale ten argument nie uspokoił Myrona. Zapragnął zmienić temat.

— Dokąd pojechał Chaz po wyjściu z TruPro? — spytał.

Win nadgryzł krakersa.

— Zanim do tego przejdę, wiedz, że pana Landreaux wyprowadził stamtąd duży gość pasujący z opisu do twojego znajomka Aarona. Wielki. Pewny siebie. Wysportowany. W garniturze, bez koszuli. I w okularach przeciwsłonecznych, choć słońce już zaszło.

— To on.

— Rozstali się na ulicy. Aaron wsiadł do długaśnej limuzyny. Chaz Landreaux poszedł do hotelu Omni.

— Którego? — spytał Myron, gdyż na Manhattanie było kilka hoteli o tej nazwie.

— Tego niedaleko Carnegie Hall. W recepcji spotkał się z matką. Wzruszające spotkanie. Objęli się i popłakali.

— Hm.

Kelnerka postawiła na stoliku jedzenie i napoje, podrapała się ołówkiem w pośladek i wróciła do kuchni.

— A gdzie poszli potem?

— Na górę. Zamówili jedzenie do pokoju.

— Czemu matka Chaza przyjechała aż z Filadelfii? — spytał Myron po chwili namysłu.

— Sądząc z ich rozpaczy — Win rozłożył na kolanach

186

serwetę — Frank Ache wymusił na Chazie posłuszeństwo, posługując się członkiem jego rodziny.

— Kogoś porwał?

— Możliwe. Frank dopiero co wysłał tych dwóch, żeby cię zabili. Wątpię, żeby cofnął się przed porwaniem z getta.

Zamilkli.

— Brodzimy w głębokim gównie — odezwał się Myron.

— I owszem. Za głębokim.

Chaz miał liczną rodzinę. Gdyby Frank chciał uderzyć go najmocniej, to porwałby któreś z jego rodzeństwa.

— Załatwimy to jutro — rzekł Myron. — O drugiej jestem umówiony z Hermanem Ache'em. Tam gdzie zwykle.

— Mam pójść z tobą?

— Jak najbardziej.

Win nabrał sałatki.

— Zdajesz sobie sprawę, że to nie będzie łatwe.

Myron skinął głową.

— Herman Ache nie lubi się wtrącać w interesy brata.

— Wiem.

Win odłożył widelec.

— Mogę ci coś zaproponować?

— Słucham.

— Frank Ache wysłał za tobą dwóch cyngli. Ich niewczesna śmierć nie odwiedzie go od ponownej próby.

— Co zatem proponujesz?

— Ograniczenie strat. Pójście na wymianę. Zostawisz im Landreaux, a oni odwołają wyrok na ciebie.

— Nie mogę tego zrobić.

— Możesz. Tylko nie chcesz.

— Bawimy się w słowa?

— Nie musisz mu pomagać.

— Ale chcę!

Win westchnął.

— Oświecać trzeba nawet tych, którzy wolą siedzieć w ciemnościach. Masz już jakiś plan?

— Wciąż nad nim pracuję.

— Zapamiętale?

Myron skinął głową.

— Tymczasem powiedz mi, czego dowiedziałeś się od tej fotografki?

Myron opisał spotkanie z Lucy.

— Kto kupił te nagie zdjęcia? — spytał Win.

— Mam faworyta.

— Kogo?

— Adama Culvera.

— Ojca Kathy?

— Pomyśl. Nabywca był po pięćdziesiątce. Z miejsca zażądał wszystkich odbitek i negatywów. Nic nie zostawił przypadkowi.

— Ojciec chroniący córkę?

— To ma sens.

— Kathy zniknęła ponad rok temu. Skąd nagle Adam Culver dowiedział się o tych zdjęciach?

— Może wiedział o nich od początku.

— To dlaczego tak długo zwlekał z ich wykupieniem?

Myron wzruszył ramionami.

— Jutro dowiemy się więcej. Poślę Esperanzę do studia ze zdjęciem Adama. Zobaczymy, czy Lucy go rozpozna.

Win skubnął sałatki.

— Dziwnie się to rozwija.

— Owszem.

— Ale... — Win przeżuł kęs — nie wziąłeś pod uwagę jeszcze jednej rzeczy. Jeżeli Adam Culver wykupił odbitki i negatywy, żeby ochronić córkę, to w jaki sposób zdjęcie Kathy trafiło do pisma pornograficznego?

Myron nie znalazł na to odpowiedzi.

Kelnerka wypisała rachunek. Zapłacił za siebie i Wina. Zacna dusza. W sumie osiem i pół dolara. Pojechali w górę miasta. Win mieszkał w budynku San Remo, z widokiem na Central Park West. Był to bardzo dobry, drogi adres. Gdy jechali ulicą Siedemdziesiątą Drugą, zadzwonił telefon.

Myron spojrzał na wielobarwnego swatcha, prezent od Esperanzy.

Było po północy.

— Późno, jak na łapanie cię w samochodzie — rzekł Win.

Myron odebrał telefon.

— Halo?

— Bolitar, tu Jake Courter. Natychmiast przyjedź do szpitala Świętego Barnaby w Livingston.

— Co się stało?

— Przyjeżdżaj. Migiem.

27

— Zgłoszenie dostaliśmy około wpół do dwunastej — poinformował Jake, prowadząc go przez hol szpitala.

Twarz miał kamienną, oczy zaczerwienione i podpuchnięte. Minęli w pośpiechu recepcję dla odwiedzających i zaczekali na windę.

— Czy Jessica czuje się dobrze? — spytał Myron.

— Nic jej nie będzie... Czego, niestety, nie mogę powiedzieć o Nancy Serat.

— Co się stało?

— Ktoś udusił ją drutem.

Nadjechała winda. Jake nacisnął guzik czwartego piętra.

— Kiedy nikt nie otworzył frontowych drzwi, Jessica dostała się od tyłu. Morderca na pewno był w środku. Uderzył ją w głowę i uciekł. Kiedy się ocknęła, zatelefonowała do nas. Miała ogromne szczęście, że jej nie zabił.

Otwierająca się winda zadzwoniła.

— Który to pokój? — spytał Myron.

— Pięćset piętnaście.

Pomknął korytarzem. Jessica z poszarzałą twarzą leżała w łóżku. Stojący przy niej lekarz szykował strzykawkę. Jake zatrzymał się w progu.

— Myron? — spytała niepewnym głosem.

— Jestem — powiedział, biorąc ją za rękę. Wydała mu się drobna, krucha i samotna. — Zostanę.

Lekarz zrobił Jessice zastrzyk.

— Musi pani odpocząć — powiedział.

— Nic mi nie jest — odparła słabym głosem. — Chcę stąd wyjść.

— Uważamy, że do rana powinna pani pozostać na obserwacji.

— Ale...

— Posłuchaj pana doktora, Jess — wtrącił Myron. — Dziś już nic nie zdziałamy.

Środek zaczął działać. Jessica zamknęła oczy.

— Nancy...

— Już w porządku — uspokoił ją.

— Twarz miała siną...

— Ciii...

Zasnęła.

— Nic jej nie będzie? — spytał Myron lekarza.

— Dojdzie do siebie. To, co zobaczyła, wstrząsnęło nią bardziej niż cios w głowę.

— Chodź, postawię ci kawę — rzekł Jake, dotykając ramienia Myrona.

— Zostanę.

— Wrócisz tu. Musimy porozmawiać.

Myron spojrzał na Jessicę. Spała głęboko.

W milczeniu przeszli korytarzem i zjechali windą. Na dole pachniało szpitalem — swoistą mieszanką środków odkażających i szpitalnego jadła. W poczekalni siedział Win, który zdążył zaparkować samochód. Na ich widok wstał.

— To twój przyjaciel Win? — Jake wskazał go brodą. — Ten, o którym wspomniał mi P.T.?

— Tak.

— Niech zostanie tutaj. Chcę z tobą pogadać w cztery oczy.

Myron dał znak Winowi. Win skinął głową, usiadł, wziął gazetę i skrzyżował nogi.

Jake przyglądał mu się chwilę.

— To naprawdę taki szajbus, jak twierdzi P.T.?

— W każdym calu.

— Chodźmy.

Wzięli kawę i znaleźli stolik w kącie.

— Ekipa przeczesuje w tej chwili dom Nancy — rzekł Jake. — Jeżeli coś znajdą, dadzą znać.

— Co wiecie do tej pory?

— Niewiele. Ostatnie kilka dni Nancy spędziła w Cancun. Wycieczkę zafundowali jej rodzice z okazji ukończenia studiów.

— Zawiadomiono ich?

Jake potrząsnął głową.

— Pojadę do nich zaraz po tej rozmowie.

Zamilkli.

— A jak się w to wplątała Jessica? — spytał.

— Poprosiła mnie, żebym zbadał sprawę śmierci jej ojca. Nie chciała wierzyć, że zabił go przypadkowy bandzior.

— Doszła do wniosku, że śmierć starego ma jakiś związek z jej siostrą?

— Tak.

— Domyśliłem się tego. W samochodzie mam akta.

Myron usiadł prosto.

— Akta śledztwa w sprawie zabójstwa Adama Culvera?

— Nie jestem idiotą, Bolitar. Zaczynasz węszyć po półtora roku od zniknięcia dziewczyny. Dlaczego? Bo zamordowano jej ojca. Najwyraźniej widzisz jakiś związek między tymi sprawami. Ja, szczerze mówiąc, nie widzę. Z tych akt nic takiego nie wynika. Jest w nich kilka nielogiczności. Ale nie ma żadnego związku ze sprawą Kathy.

— Jakich nielogiczności?

— W dniu, w którym zginął, Adam Culver powinien być w Denver. Na konferencji lekarzy sądowych w hotelu Hyatt Regency. Nie pojawił się tam, nie poleciał porannym samolotem.

— Czy akta wyjaśniają dlaczego?

— Tak, i to sensownie. Nie czuł się dobrze.

— Kto tak zeznał?

— Jego żona.

— Coś jeszcze? — spytał Myron po chwili.

— Nic. Miejsce zbrodni — cicha uliczka — niczym się nie odznaczało. Dostał nożem w serce.

— Co tam robił?

— Według żony, wyszedł kupić coś do jedzenia.

Myron chwilę trawił tę odpowiedź.

— Dziwne, skoro nie czuł się dobrze.

— Łatwo nam to mówić na chłodno. Policja chciała przede wszystkim złapać bandytę. Nikt nie zastanawiał się, dlaczego Culver nie poleciał do Denver i co to może znaczyć.

— Byli jacyś świadkowie morderstwa?

— Żadnego. W aktach nic o tym nie ma. — Jake pochylił się i wpatrzył w Myrona, bez powodzenia próbując go zmusić, by odwrócił wzrok. — Twoja kolej — wycedził. — Za późno na farmazony: „Nie chcę nikogo zranić". Dlaczego się tym zająłeś?

— Już powiedziałem. Z powodu Jessiki.

Jake pochylił się jeszcze mocniej, przysuwając twarz do twarzy Myrona.

— Przestań mi mydlić oczy! Nie jestem ślepy. Widzę, że to fantastyczna sztuka. Ale nie zalewaj mi, że ni z tego, ni z owego rzuciłeś wszystko w diabły, żeby jej pomóc. Aż tak cię nie przypiliło.

— Zająłem się tym również ze względu na Christiana.

— Dlaczego?

— To mój najlepszy klient. Wciąż go gnębi zniknięcie narzeczonej.

— Już to widzę!

Jake prychnął.

— O co chodzi?

— Nie wierzę, żeby Christian był całkiem niewinny w tej sprawie.

— Przecież sam powiedziałeś, że DNA zbadanego nasienia...

— Nie mówię, że ją zgwałcił.

— A co?

— Że mógł być w to zamieszany. Twój klient nie ma solidnego alibi na ten wieczór. Nikt nie może potwierdzić jego zeznania, że o jedenastej leżał w łóżku.

— Zajmował pojedynkę. Kto potwierdzi, że nie leżał w łóżku, skoro mieszkał sam?

— To podejrzane.

— Dlaczego? Po dziesiątej widziano, jak Kathy Culver wchodzi do szatni drużyny futbolowej. Tak?

Jake skinął głową.

— Wiadomo też, że do wpół do jedenastej był na spotkaniu z trenerem od taktyki.

— Na tym jego alibi się kończy.

— Potem poszedł spać, a Kathy widziano o jedenastej na drugim końcu kampusu. Nie widzę związku.

— Być może go nie ma — odparł Jake. — Steele z nią chodził, a to czyni go głównym podejrzanym. Było jeszcze coś.

— Co?

— Koledzy z drużyny.

— Co z nimi?

Jake dopił kawę. Postukał w kubek, by wytrząsnąć płyn do ostatniej kropli.

— Współpracowali z policją, ale odpowiedzi części z nich były bardzo mętne. Do niczego nie można się przyczepić, lecz niektórzy reagowali zbyt nerwowo. Jakby coś ukrywali. Jakby — to tylko domysł — ochraniali swojego asa przed wielkim meczem.

Rzecz w tym, że nikt w drużynie go nie lubił, pomyślał Myron. Koledzy wcale by go nie bronili.

Skąd więc u nich ta nerwowość?

Jake usiadł wygodnie i uśmiechem zaakcentował zmianę taktyki.

— Byłem wobec ciebie bardzo miły, Myron, powiedziałem ci wszystko, co wiem, a ty wciąż coś przed mną ukrywasz. Nieładnie. Coś, co cię mocno uwiera, bo kręcisz się, jakbyś miał robaki. Za twoją radą kilka godzin temu odwiedziłem dziekana Gordona. Był — co do niego niepodobne — serdeczny, przyjacielski, wcale nienadęty. Wnoszę stąd, że srał w gacie. Tylko dlaczego?

— Czego się od niego dowiedziałeś?

— A jakże, bardzo mi pomógł. Kathy była wspaniałą dziewczyną, wyróżniającą się studentką, dużo pracowała, ple, ple, ple. Aha. Powiedział, że odwiedziła go twoja była. Chciała wydobyć akta siostry.

— Zamierzaliśmy zebrać jak najwięcej informacji.

— Informacji o czym?

Myron wpatrzył się w swoją kawę. Wyglądała jak szlam w ścieku.

— W dniu śmierci Adam Culver odwiedził Nancy Serat.

Jake zrobił wielkie oczy.

— Skąd wiesz? — spytał.

— Nancy zostawiła Jessice wiadomość na sekretarce. Zaprosiła ją do siebie na dziesiątą. Poza tym powiedziała, że widziała się z jej ojcem tego ranka, kiedy go zamordowano.

— Jasny gwint! — Jake skrzyżował ręce na brzuchu. — Adam Culver odwiedza rano Nancy Serat i coś odkrywa. Coś bardzo ważnego. Tak ważnego, że rezygnuje z lotu.

— Tak ważnego, że ginie.

Jake skinął głową w zamyśleniu.

— A jego morderca musi zlikwidować źródło tego odkrycia.

— Nancy Serat.

— Właśnie... Przesłuchiwałem tę dziewczynę godzinami. Wypytałem ją o wszystko...

Jake zachmurzył się.

Myron dobrze wiedział, nad czym się zastanawia. Te pytania zadałby sobie każdy nie w ciemię bity glina. Czy coś spieprzyłem? Coś pominąłem? Czy ta młoda dziewczyna zginęła przeze mnie?

— Gdyby Nancy wiedziała coś ważnego, morderca nie czekałby półtora roku, żeby zamknąć jej usta — powiedział. — Nasz scenariusz jest za prosty. Myślę, że Adam Culver złożył większość łamigłówki w całość. W rękach Nancy był jej brakujący element, sam w sobie bez znaczenia — dla wszystkich, oprócz niego.

— Próbujesz mnie pocieszyć?

— Skądże. Tak to widzę. Gdybym myślał, że pokpiłeś sprawę, powiedziałbym ci to prosto w oczy.

— Nie widziałeś jej zwłok — rzekł cicho Jake. — Okropny widok. Ten drut niemal odciął jej głowę. Straszna śmierć. — Potrząsnął głową. — Wiem, jakie pytanie zadaje sobie teraz Jessica, bo sam je sobie zadaję.

— Jakie?

— Czy Kathy spotkał ten sam los?

Zamilkli. Myron łyknął kawy. Ostygła, ale nie narzekał. Zimna i przypominająca szlam, pasowała do sytuacji.

— P.T. wszystko mi o tobie powiedział — rzekł Jake. — Stwierdził, że jesteś inteligentny i można ci ufać. O niewielu ludziach to mówi. Zapewnił, że ty i ten Win jesteście dobrzy. Nieco zbyt niezależni, co mogę wykorzystać. Jako policjant, muszę przestrzegać przepisów. Wy nie. I bardzo dobrze. Ale ponieważ to mój teren, nie będę siedział bezczynnie jak statysta w filmie. — Położył ręce na stole. Wielkie, sękate, bez sygnetów. — Mów, co wiesz, Myron. Czekam. Pozostanie to między nami. Nikomu się nie wygadam, słowo. Nie zatajaj niczego. Zgoda?

Myron skinął głową.

— Mów, chłopcze. Zamieniam się w słuch.

Myron wyjął magazyn i podał go Jake'owi.

— Zaczęło się od tego — powiedział.

28

Poranne gazety nie wspomniały o śmierci Nancy Serat, ale przez radio popłynęły pierwsze doniesienia o zamordowanej. Artykuły były tylko kwestią czasu. Myron pojechał drogą 280 na wschód do autostrady New Jersey Turnpike. Urocza trasa. Niczym przez zachodni Bejrut w spokojny dzień. Ludzie jednak niesłusznie oceniali New Jersey na jej podstawie. No, bo kto ocenia urodę kobiety według rozmiaru jej stóp?

„Kocham cię taką, jaka jesteś" — śpiewał w radiu Billy Joel. Gadanie, jak się ma za żonę taką sztukę jak Christie Brinkley, to można.

Zjazdem 16W dotarł prosto na parking Stadionu Meadowlands. Morderstwa i intrygi były ciekawe, ale na chleb zarabiał jako agent. Był umówiony z Ottonem Burkiem, który oczekiwał odpowiedzi na ofertę w sprawie kontraktu Christiana. Myron miał ją gotową.

Noc spędził w szpitalu u Jessiki, próbując umościć się wygodnie w fotelu, który składał się jak średniowieczne narzędzie tortur. Ale nie narzekał. Lubił patrzeć na nią, jak śpi. Wracały wspomnienia. Ciągle miał nadzieję, że kiedyś znów będą spędzać razem noce, ale niezupełnie takie jak ta.

Jess obudziła się dwie godziny temu. Wojownicza. Niecierpliwa. Wymagająca. Krótko mówiąc, znów była sobą. Zanim Edward zabrał ją do domu, Myron zrelacjonował jej wieści — zwłaszcza wizytę w studiu fotograficznym. Dała mu zdjęcie

197

ojca — do pokazania Lucy. Zdziwił się, że nosi je w portfelu. Jeszcze bardziej zaskoczył go widok zdjęcia sprzed czterech lat, które dostrzegł, choć próbowała je przed nim ukryć. Doskonale pamiętał, kiedy je zrobiono. Podczas ich ostatniego wspólnego wakacyjnego weekendu na Martha's Vineyard. Byli na nim we dwoje. Opaleni, szczęśliwi, wypoczęci. Barbecue w letnim domu Wina. Apogeum ich romansu przed nieuchronnym zjazdem po równi pochyłej.

Nie miał czasu się przebrać. Dlatego wyglądał, jakby spędził noc na dnie kosza na brudną bieliznę.

Otto Burke czekał w swojej loży na stadionie Tytanów. Był z nim Larry Hanson. Otto przywitał Myrona kościstym uściskiem dłoni i szerokim uśmiechem. Słoneczko. Larry skinął mu dłonią, nie patrząc w oczy. Nic dziwnego. Był twardym zawodnikiem, a nawet brutalem, ale starał się grać uczciwie. Nie lubił oszukiwać i nie podobało mu się to, co Otto robił w tej chwili. Właściwie miał taką minę, jakby chciał wejść w ścianę i zniknąć.

— Usiądź, gdzie chcesz, Myron — rzekł Otto, rozkładając ramiona jak Carol Merill w kwizie *Zawrzyjmy umowę*.

— Otto — wzór gościnności.

— Staram się. Miło, że to doceniasz.

— To się nazywa sarkazm, Otto. Posłużyłem się sarkazmem.

Burke zachował promienny uśmiech. Szpiczastą bródkę miał taką jak zawsze, nie większą i nie mniejszą. Pewnie codziennie ją przycinał. Usiedli w fotelach na wprost linii środkowej. Kibice zabiliby się o te miejsca. W dole gracze rozeszli się po boisku. Christian zmierzał do linii bocznej. Zdjął kask, głowę trzymał prosto. Jeszcze nie wiedział o zamordowaniu Nancy Serat, bo nie ujawniono jej personaliów, lecz niebawem czekał go atak mediów. Myron nie mógł go przed nimi dłużej chronić, lecz nie tracił nadziei, iż wieść o tym, że Christian podpisał kontrakt z Tytanami, odciągnie nieco ich uwagę od morderstwa.

— No i jak — Otto klasnął w dłonie — podpisujemy?

Na boisku przedstawiano Christiana grupie długowłosych mężczyzn. Myron rozpoznał w nich muzyków z wideoklipu w MTV. Byli ostatnim odkryciem wytwórni Otto Records.

198

Nazywali się Zdechła Natura. Ale czy prymitywnym, surowym talentem dorównywali takiemu, dajmy na to, Wymazowi z Szyjki?

— Jasne. Niczego tak nie pragniemy.

— To świetnie. Mam pióro.

— Dobrze się składa, bo ja mam kontrakt.

Myron wręczył dokument. Otto szybko go przeczytał. Na ustach ciągle miał uśmiech, ale wokół oczu zmarszczki. Podał kontrakt Larry'emu Hansonowi.

— Nie wiem, co o tym myśleć, Myron — powiedział. — Twoja oferta się nie zmieniła.

— Nic ci nie umknie, Otto.

— Myślałem, że się porozumieliśmy.

— Oczywiście. Oto umowa.

— Chyba zapomniałeś... — Burke urwał, szukając właściwego słowa — o nagłej dewaluacji Christiana.

— Mówisz o nim jak o obcej walucie.

Otto zaśmiał się. Posłał Larry'emu takie spojrzenie, jakby chciał, żeby zaśmiał się razem z nim, ale Hanson zdobył się tylko na uśmiech.

— Dobra, Myron, rozumiem. W jakiejś mierze wszyscy jesteśmy towarem. Ale twój klient obniżył właśnie kurs wobec dolara.

— Dzięki za rozwinięcie metafory, Otto, ale ja widzę to inaczej. — Myron spojrzał na Larry'ego Hansona. — Jak on grał, Larry? — spytał.

— No cóż, to dopiero początek. — Hanson chrząknął. — Nie da się wiele powiedzieć po tak krótkim czasie.

— A gdybyś musiał ocenić jego dotychczasową grę?

Hanson znowu chrząknął.

— Powiedzmy, że mnie nie rozczarował — odparł.

— Widzisz? — Myron zrewanżował się Ottonowi uśmiechem. — Po tym, co pokazał na boisku, jego wartość wcale nie spadła, tylko wzrosła. Dał ci piękną próbkę swoich możliwości. I ty oczekujesz, że opuścimy cenę?

Otto wstał, kiwając głową, i z rękami splecionymi z tyłu podszedł do baru.

— Napijesz się, Myron? — spytał.

— A masz yoo-hoo?

— Nie mam.

— To dziękuję.

Otto nalał sobie 7-Up. Larry'ego Hansona nie spytał, czy ma ochotę na drinka.

— Przyznaję — rzekł — że dotychczasowa gra Christiana zrobiła na mnie wrażenie, ale pamiętaj — i ty też, Larry — że co innego trening, a co innego mecz. Pomiędzy tym, jak sportowiec ćwiczy zagrywki, a tym, jak się spisuje, grając pod presją, jest ogromna różnica.

Myron i Larry wymienili spojrzenia mówiące: „Co za pretensjonalny dureń".

— Pamiętaj również — ciągnął Otto — że na nasz produkt nie składa się tylko dobra gra zespołu. Na przykład: jeśli Tytani zdobędą Superpuchar, a jednocześnie uwikłają się w jakiś skandal seksualny lub z narkotykami, to cena tego produktu może spaść.

— Może zademonstrujesz to na wykresie, bo nie za bardzo rozumiem — wtrącił Myron.

— Oznacza to, że zdjęcie w tym świńskim pisemku obniża wartość Christiana.

— Przecież to nie jego zdjęcie.

— Ale jego narzeczonej.

— Byłej narzeczonej.

— Narzeczonej, która zniknęła w tajemniczych okolicznościach.

— Christian i ja jesteśmy gotowi podjąć ryzyko. Zdjęcie zamieszczono w pisemku o małym nakładzie. Nikt jeszcze o tym nie wie. I sądzimy, że nikt się nie dowie.

Otto łyknął 7-Up. Napój z pewnością mu smakował, bo westchnął przy tym „aaaaaa", jakby występował w reklamówce.

— Mogą to odkryć media.

— Wątpię. Przedyskutowaliśmy to z Christianem. Mamy takie samo zdanie.

— Bo jesteście głupi.

W fasadzie uprzejmości Ottona Burke'a pojawiła się szczelina.

— To nie było miłe, Otto.

Szczelina zamknęła się tak gładko, jak elektrycznie uruchamiana szyba w samochodzie.

— Pozwól, Myron, że przypomnę ci naszą poprzednią dyskusję. Może tym razem nadążysz. Uzgodniliśmy, że obniżysz kontrakt o jedną trzecią, gdyż w przeciwnym razie zdjęcie panny Culver trafi do mediów i pogrzebie szanse twojego gracza na intratne kontrakty reklamowe.

— Ale on przecież nic nie zrobił, Otto. To tylko zdjęcie Kathy Culver.

— Nieważne. Reklamodawcy wystrzegają się wszelkich kontrowersji. Pamiętaj: w biznesie pozory liczą się o wiele bardziej niż fakty.

— Pozory kontra fakty. Muszę to zapisać.

Otto wyjął własny kontrakt.

— Podpisz — powiedział. — Od ręki.

Myron uśmiechnął się do niego.

— Podpisz albo cię zrujnuję.

— Nie zrujnujesz.

Myron zaczął odpinać koszulę.

— Co robisz?

— Nie denerwuj się. Odepnę tylko trzy guziki. Już go widać.

Wskazał na malutki mikrofon na piersi.

— Co, do diabła...

— To kabelek. Połączony z magnetofonem, wetkniętym za pasek. Proszę bardzo, opublikuj to zdjęcie. Być może zaszkodzi Christianowi. A ja opublikuję dzisiejsze nagranie, wystąpię do sądu, żebyś wynagrodził Steele'owi straty, na jakie go naraziłeś, i zadbam, żeby zamknięto cię za wymuszenie i szantaż. — Myron uśmiechnął się. — Zawsze chciałem być właścicielem wytwórni płyt. Dziewczyny lecą na to, co?

Otto spojrzał na niego chłodno.

— Larry?

— Tak, panie Burke.

— Odbierz mu tę taśmę. Choćby siłą.

— Jesteś facet jak szafa, Larry — rzekł Myron, patrząc na Hansona. — Byłeś jednym z najtwardszych ofensywnych obrońców, jacy grali w futbol. Ale spróbuj podnieść się z fotela, to zagipsują cię od stóp do głów.

Larry Hanson tylko skinął głową. Nie przestraszył się, ale i nie wstał.

— Jest nas dwóch — ponaglił go Otto. — Mogę wezwać na pomoc ochronę.

— A po co, panie Burke? — Larry prawie się uśmiechnął. — Wątpię, czy on się wystraszy kilku ochroniarzy. Mam rację, Myron?

— Jak najbardziej.

— Chyba powinniśmy podpisać ten kontrakt, panie Burke. Tak będzie najlepiej dla wszystkich.

— Gotów jestem zwołać konferencję prasową — rzekł Myron. — I ogłosić, że Christian jest bardzo szczęśliwy z szansy gry w tak znakomitej i sławnej drużynie jak Tytani.

Otto chwilę się zastanawiał.

— Jeżeli podpiszę, oddasz mi tę taśmę? — spytał.

— W życiu.

— Dlaczego?

— Ty zachowasz świerszczyka, a ja taśmę. Pozwoli nam to utrzymać równowagę strachu. Na wzór supermocarstw w zimnej wojnie.

— Ależ daję ci słowo...

— Dajże spokój, Otto, nie rozśmieszaj mnie, bo mam zajady.

Burke rozważał sytuację. Był wstrząśnięty, lecz spokojny. Żeby dojść do takiej pozycji w jego wieku, trzeba nauczyć się przyjmować ciosy.

— Myron?

— Tak.

— Zespół Tytanów jest szczęśliwy, że w jego szeregach zagra Christian Steele, rozgrywający, z wielką przyszłością.

— Podpisz tutaj, Otto.

— Cała przyjemność po mojej stronie, Myron.

— Ależ skąd, po mojej.

Otto Burke podpisał. Uścisnęli sobie ręce. Zawarli umowę.

— Przed mediami wystąpimy razem, Myron?

— Doskonale, Otto.

— Na dole jest prysznic. Dopilnuję, żebyś dostał maszynkę do golenia.

— To miło z twojej strony.

Na twarz Ottona wrócił uśmiech. Ten facet nigdy długo się nie smucił.

— Kontrakt z Christianem Steele'em podpisany — oznajmił przez telefon, odwrócił się do Myrona i puścił oko. — W kategorii debiutantów najwyższy w historii ligi.

Myron odwzajemnił mrugnięcie i uniósł w górę kciuki. Dozgonni kumple. Sprawdził godzinę. Miał dość czasu na prysznic i konferencję prasową. Później czekał go powrót do miasta i spotkanie z Hermanem Ache'em.

Nie miał pojęcia, jak załatwić sprawę ze złowrogimi braćmi Ache. Ale wciąż nad tym myślał. Zapamiętale.

29

Jessica dotarła do domu w Ridgewood o dziesiątej. Rano lekarz chciał ją znowu zbadać, ale odmówiła. Wreszcie doszli do porozumienia i przyrzekła, że w najbliższym tygodniu odwiedzi jego gabinet. Edward odwiózł ją w milczeniu do matki.

Ucieszyła się, kiedy na podjeździe nie zobaczyła jej samochodu. Nie miała siły znosić jej histerii, wymogła więc na wszystkich, by zataili przed Carol wczorajszy wypadek. Mama miała dość zmartwień. Po co dodawać jej nowych.

Jessica poszła prosto do gabinetu. Ojciec coś odkrył. Wskazywały na to liczne dziwne wydarzenia. Rano w dniu śmierci odwiedził Nancy Serat. Nie pojechał do Denver na zjazd lekarzy sądowych, bo źle się czuł — co mu się dotąd nie zdarzyło. Prawdopodobnie kupił zdjęcia nagiej Kathy.

Nie trzeba być Sherlockiem Holmesem, aby pojąć, że coś było nie tak.

Zapaliła światła, za jasne na jej gust, i użyła ściemniacza. Edward w kuchni na dole otworzył lodówkę.

Zaczęła przeglądać szuflady biurka. Nie miała pojęcia, czego szuka. Może pudełeczka z napisem GŁÓWNA POSZLAKA na wieczku. Z chęcią by je znalazła. Starała się nie pamiętać sinej, stężałej z przerażenia twarzy Nancy Serat, ale wciąż stała jej przed oczami jak zakotwiczona. Przywołała przyjemniejsze myśli — o Myronie, którego ujrzała dziś rano po przebudzeniu, zwiniętego w szpitalnym fotelu jak człowiek-guma z Le Cirque du Soleil. Uśmiechnęła się.

W szufladzie z aktami znalazła teczkę opatrzoną skrótem KG, oznaczającym konto gotówkowe w banku Merrill Lynch. Wyjęła ją. Wyciąg z konta jest bardzo wygodny i potrzebny. Informuje o wszystkim — o posiadanych przez ciebie akcjach, obligacjach, innych zasobach, czekach i płatnościach dokonanych za pomocą karty Visa. Sama miała takie konto.

Sprawdziła rachunki i czeki na najświeższym wykazie. Nic nadzwyczajnego. Wyciąg pochodził sprzed trzech tygodni. Przydałby się bardziej aktualny.

Spojrzała na jego ostatnią stronę. Na samym dole małymi literami napisano: „Twój numer konta w Merrill Lynch zawiera literę alfabetu. Aby uzyskać informację o stanie KG, wybierz numer 982334.

Dane KG. Linia 800. Korzystała z niej, ilekroć miała jakieś wątpliwości co do stanu konta. Po wystukaniu numeru natychmiast usłyszała głos z taśmy: „Witamy w Centrum Usług Finansowych Banku Merrill Lynch. Wprowadź numer swojego konta lub numer dostępu".

Jessica wystukała numer.

— Wciśnij wybrany numer. Połączenie możesz przerwać w każdej chwili. Aby sprawdzić stan konta i siłę nabywczą, wciśnij jeden. Aby sprawdzić transakcje czekowe, wciśnij dwa. Aby sprawdzić ostatnie wpływy na konto, wciśnij trzy. Aby sprawdzić ostatnie płatności kartą Visa, wciśnij sześć.

Postanowiła sprawdzić najpierw rachunki płacone kartą, a potem czeki. Wcisnęła szóstkę.

— Dwudziestego ósmego maja wypłata z konta debetowego kartą Visa na sumę dwudziestu ośmiu dolarów pięćdziesięciu centów — usłyszała głos. — Dwudziestego ósmego maja wypłata z konta debetowego kartą Visa na sumę czternastu dolarów siedemdziesięciu pięciu centów.

Automat nie informował, kto wystawił rachunki. To samo z pewnością dotyczyło czeków. Wysokość wydatkowanych kwot nie rozwiązywała sprawy.

— Dwudziestego siódmego maja wypłata z konta debetowego trzy tysiące czterysta siedemdziesiąt osiem dolarów czterdzieści cztery centy.

Jessica zamarła. Trzy tysiące dolarów? Za co? Przerwała połączenie, powtórnie wystukała numer banku i wprowadziła numer dostępu do konta.

— Proszę wybrać numer — odezwał się automat.

Tym razem wcisnęła zero, łącząc się z działem obsługi klientów.

— Dzień dobry — usłyszała dźwięczny kobiecy głos. — Czym mogę służyć?

— Dzień dobry. Na moim koncie jest zapłacony kartą rachunek na ponad trzy tysiące. Chciałabym wiedzieć, kto go wystawił.

— Proszę podać numer konta.

— Dziewięć, osiem, dwa, trzy, trzy, cztery.

W tle zastukano w klawiaturę.

— Pani godność?

Jessica zajrzała do wyciągu. Konto było na szczęście wspólne.

— Carol Culver.

— Chwileczkę, pani Culver.

Znów zastukała klawiatura.

— Mam. Rachunek na trzy tysiące czterysta siedemdziesiąt osiem dolarów czterdzieści cztery centy wystawił sklep Oczy i Uszy z Manhattanu.

Oczy i Uszy? Ki diabeł?

— Dziękuję — powiedziała Jessica.

— Czy coś jeszcze, pani Culver?

— Tak. Ja i mąż trzymamy wszystkie dane w komputerze, niestety, nawalił nam dysk. Czy mogłaby mi pani podać, jakie czeki obciążyły ostatnio nasze konto?

— Oczywiście.

Znowu rozległo się stukanie.

— Czek numer sto dziewiętnaście z dwudziestego piątego maja dla firmy Volvo na dwieście dziewięćdziesiąt pięć dolarów.

Rata za samochód.

— Czek sto osiemnaście, również z dwudziestego piątego maja, dla agencji nieruchomości Ustronie na sześćset czterdzieści dziewięć dolarów.

Co takiego?

— Agencji nieruchomości Ustronie?!

— Tak, zgadza się.

— Czy na czeku jest adres?

— Niestety, nie ma.

Pozostałe czeki z tego miesiąca nie przyniosły rewelacji. Jessica podziękowała urzędniczce i odłożyła słuchawkę.

649 dolarów dla agencji nieruchomości Ustronie? 3478 dolarów 44 centy dla Oczu i Uszu? Coraz więcej zagadek.

Do drzwi zapukał Edward.

— Cześć — powiedział.

— Cześć.

Wszedł ze zwieszoną głową.

— Przepraszam za tamten dzień — powiedział i kilka razy zamrugał, trzepocząc zabójczymi rzęsami. — Za to, że tak nagle wypadłem z domu.

— Nie szkodzi.

— Zadając te pytania, dotknęłaś obnażonego nerwu.

— Musiałam je zadać. Wszystko się z sobą łączy. Zamordowanie taty. Zniknięcie Kathy. To, dlaczego się zmieniła.

Na dźwięk słowa „zmieniła" Edward się wzdrygnął. Potrząsnął głową. Dzisiaj był w koszulce z Beavisem i Buttheadem.

— Mylisz się — powiedział. — To nie ma nic wspólnego z jej zniknięciem.

— Może. Nic nie stoi na przeszkodzie, żebyś mnie oświecił.

— Niezręcznie mi o tym mówić. To boli.

— Jestem twoją siostrą. Możesz mi zaufać.

— Nigdy nie byliśmy z sobą blisko. Tak blisko, jak ty z Kathy.

— Tak blisko, jak Kathy i ty. Ale i tak cię kocham.

Jessica zamilkła. Czekała.

— Nie wiem, od czego zacząć. To stało się w ostatniej

klasie liceum. Właśnie wyjechałaś do Waszyngtonu. Ja studiowałem na Columbii. W kampusie mieszkałem z kolegą Mattem. Pamiętasz go?

— Oczywiście. Kathy chodziła z nim przez dwa lata.

— Blisko trzy — sprostował. — Byli jak z innego stulecia. Tworzyli parę przez trzy lata, a Matt nigdy... nie zszedł poniżej jej szyi. Słowo daję. I wcale nie dlatego, że nie próbował. Był pruderyjny jak większość z nas, co nie znaczy, że go czasem nie przypierało. Kathy studziła jego zapały.

Jessica skinęła głową. W tamtym czasie Kathy jeszcze jej się zwierzała.

— Mama uwielbiała Matta — ciągnął Edward. — Dla niej był ideałem. Zapraszała go na podwieczorki jak ze *Szklanej menażerii*. Młodego dżentelmena, który przesiaduje na werandzie z jej młodszą córką. Tata też go lubił. Wszystko szło jak należy. Planowali, że za rok się zaręczą, po skończeniu przez Matta studiów wezmą ślub, wszystko po bożemu, sielanka. Aż tu raptem Kathy zadzwoniła do niego i z nim zerwała. Bez żadnego wyjaśnienia. Matt ciężko to przeżył. Błagał o rozmowę, ale nie chciała go widzieć. Ja też próbowałem z nią pogadać, lecz mnie zbyła. A potem dotarły do mnie plotki.

Jessica poprawiła się w fotelu.

— Jakie?

— Takie, których brat nie chce słyszeć o siostrze — odparł z ociąganiem Edward.

— Aha.

— Gorzej niż „aha". Chłopaki nie zostawiali na niej suchej nitki. Ktoś wreszcie znalazł kluczyk do pasa cnoty panny Niewydymki i nie można go już było zamknąć. Doszło do bójki. Dostałem straszny wycisk, broniąc jej honoru.

Słowo „honor" wypluł z siebie, jakby budziło w nim niesmak.

— W domu też się zmieniła. Przestała chodzić do kościoła. Myślałem, że mama dostanie zawału, wiesz przecież, jak reaguje na takie rzeczy.

Jessica skinęła głową. Wiedziała aż za dobrze.

— Kathy zaczęła wracać późno. Chodziła na zabawy w college'u. Czasem nie nocowała w domu.

— Mama jej nie powstrzymała?

— Nie mogła, Jess. Niewiarygodne. Kathy bała się jej przez całe życie. I oto nagle znalazła swojego Supermana. Mama straciła na nią wpływ.

— A tata?

— Wiesz przecież, że nigdy nie był tak surowy jak mama. Chciał uchodzić za równego gościa, być za pan brat ze wszystkimi. Dziwne, ale to właśnie wtedy Kathy nawiązała z nim bliższą więź. Był ogromnie wzruszony jej nagłym zainteresowaniem. Pewnie się bał, że zrazi ją do siebie, jeśli zacznie prawić jej kazania.

To podobne do ojca, pomyślała.

— I co zrobiłeś?

— Spytałem ją wprost, czy się puszcza.

— Co odpowiedziała?

— Właściwie to nic. Nie zaprzeczyła ani nie potwierdziła. Stała z dziwnym uśmiechem. Odparła, że nic nie rozumiem, że jestem „naiwny". Naiwny! Wyobrażasz sobie to słowo w jej ustach?

— Ale to nie wyjaśnia, od czego to się zaczęło, co sprawiło, że się zmieniła.

Edward otworzył usta, lecz nic nie powiedział. Rozłożył ręce i opuścił je, jakby były za ciężkie i nie mógł ich utrzymać.

— To ma związek z mamą — rzekł ledwo dosłyszalnie.

— Jaki?

— Nie wiem. Mama chyba wie. Kathy odsunęła się od ciebie i ode mnie, ale nie przestała nas kochać. Najgorzej wyszła na tym mama.

Jessica zagłębiła się w fotelu ojca, rozważając ostatnie zdanie.

— Wiedziałam, że w ostatnich latach Kathy się zmieniła, ale nie miałam pojęcia...

Nie dokończyła zdania.

— Pamiętaj, Jess, że to się skończyło.

— Co się skończyło?

— Ten okres w jej życiu. Właśnie dlatego nie łączyłbym zmiany w zachowaniu Kathy z jej zniknięciem.

— Dlaczego?

— Kathy znowu się zmieniła. Nie, nie zaczęła chodzić co niedziela do kościoła ani nie przeprosiła się z mamą. Ale wreszcie wyzwoliła się od tego, co ją gnębiło. Znów zaczęła być sobą. Sądzę, że spora w tym zasługa Christiana. Uchronił ją od najgorszego. Przestała się puszczać. Skończyła z narkotykami, piciem, imprezami. I z całą resztą. Czasem nawet się uśmiechała.

Jessica przypomniała sobie stopnie siostry. Fatalne oceny w klasie maturalnej oraz na początku studiów. I nagły powrót do świetności na drugim semestrze pierwszego roku, gdy poznała Christiana. Potwierdzało to spostrzeżenia Edwarda.

Czy więc przeszłość nie miała znaczenia? Czy ów okres w swym życiu Kathy zostawiła za sobą i pogrzebała na amen? Może. Tak twierdził Edward, ale Jessica w to wątpiła. No, bo jeśli faktycznie tak było, to dlaczego jej zdjęcie ukazało się w magazynie porno? To zaś prowadziło do najważniejszego pytania:

Co sprawiło, że się zmieniła?

Jessica nie znała odpowiedzi. Ale już wiedziała, kto może ją znać.

30

Znalazłoby się kilka rzeczy przyjemniejszych od wizyty u Hermana Ache'a. Na przykład wydłubanie oka łyżką do grejpfruta.

— Wysłuchałem przez radio konferencji prasowej — rzekł Win.

Myron nie był zachwycony, że dach w sportowym zielonym jaguarze XJR jest złożony. Spodziewał się, iż lada chwila utkwi mu w zębach jakiś robak.

— Christiana z pewnością ucieszył kontrakt.

— Bardzo.

— Media wciąż milczą o Nancy Serat.

— Jake jeszcze nie podał jej personaliów. Gdy tylko się dowiedzą...

— Zacznie się zabawa.

— Właśnie.

— Czy Christian wie? — spytał Win.

— Jeszcze nie. Jest uszczęśliwiony. Nie chciałem skracać mu chwili radości.

— Powinieneś go uprzedzić.

— Uprzedzę. Jake obiecał, że da mi znać o ujawnieniu nazwiska Nancy mediom.

— Widzę, że go lubisz.

— To uczciwy gość. Możemy mu ufać.

Win poruszył palcami, mocniej ścisnął kierownicę i przyśpieszył.

— Nie ufam funkcjonariuszom — oświadczył. — Tak jest bezpieczniej.

Jaguar mknął bardzo szybko. Czteropasmowej West Side Highway, ze światłami co dwadzieścia metrów, nie przeznaczono do rozwijania takich prędkości. Nie pomagały również wykopki. Trwały, odkąd pamiętano. Książki historyczne podawały, że Peter Minuit, Holender, który w roku 1626 kupił Manhattan od Indian, często narzekał na przeszkody w podróży w okolicach przyszłej ulicy Pięćdziesiątej Siódmej.

Nie powstrzymało to jednak Wina od wciśnięcia gazu do dechy. Budynek Javits Center zamienił się w smugę. Podobnie zresztą jak rzeka Hudson.

— Może byś odrobinę zwolnił? — zagadnął Myron.

— Spokojna głowa. Po mojej stronie jest poduszka powietrzna.

— Wspaniale.

Zbliżali się do siedziby Ache'a. Od pełnego smogu powiewu Myrona jeszcze bardziej ściskało w żołądku. Nerwy miał napięte jak świeżo naciągnięta rakieta do tenisa. Za to Win był całkiem odprężony. No, ale jego nikt nie kazał zabić.

Zadzwonił telefon.

— Halo?... To P.T. — rzekł Win i przekazał słuchawkę Myronowi.

— Tak?

— Cześć, Myron, jak się czujesz?

— Nie narzekam.

— Cieszę się. Nie zgadniesz, co się wczoraj stało.

— Co?

— Wieczorem w jakimś zaułku znaleziono martwych dwóch najlepszych nowojorskich cyngli. Smutne, co?

— Tragedia.

— Pracowali dla Franka Ache'a.

— Naprawdę?

— Zginęli od kul dum-dum z magnum czterdziestki czwórki. Urwały im łby.

— Co za strata.

— Aha, mnie też spędza sen z powiek. Po mieście krąży plotka, że to nie koniec. Trupy nie powstrzymają takiego typa jak Frank Ache. Kontrakt na zabicie cieniasa, który go wnerwił, wciąż obowiązuje.

— Cieniasa?

— Miło się z tobą rozmawiało, Myron. Trzymaj się.

— Nawzajem, P.T.

Myron odłożył słuchawkę.

— Kontrakt wciąż obowiązuje? — spytał Win.

— Tak.

— W biurze Hermana cię nie stukną. On na to nie pozwoli.

Myron był tego świadom. Nawet wśród tych, z których rozkazów zginęły setki ludzi, obowiązywał pewien kodeks. Nie brakowało idiotów wierzących, że opiera się on na jakiejś etyce. Nic bardziej błędnego. Kodeks służył dwojakim celom: dzięki niemu gangsterzy wydawali się niemal ludzcy, a ponadto chronili samych siebie i własne pozycje. Mafiosi mieli tyle wspólnego z etyką, co politycy z uczciwością.

Wykopki w pobliżu ulicy Dwunastej spowolniły Myrona i Wina, lecz i tak mieli zapas czasu. Pachniało pizzą — pewnie dlatego, że stali przez pizzerią o nazwie Pierwsza Oryginalna Nowojorska Pizza Raya, Naprawdę, Serio, Poważnie, Słowo. Chodnikiem kroczyła wysoka kobieta w granatowym kostiumie i modnych okularach. Zrewanżowała się Myronowi uśmiechem. Wprawdzie wolałby, żeby był leciutki, a najlepiej omdlewający, ale nie można mieć wszystkiego.

O drugiej po południu w Tawernie Clancy'ego wrzało jak w ulu. Myron zatrzymał się przed drzwiami, poprawił włosy i z uśmiechem odwrócił twarz w lewo, w prawo i na wprost.

Win spojrzał na niego pytającym wzrokiem.

— Federalni fotografują każdego, kto tu wchodzi — wyjaśnił Myron. — Chciałem wyjść jak najlepiej.

— Dopiero teraz mi to mówisz?! Jak ja wyglądam!

U Clancy'ego siedzieli sami mężczyźni. Nie było co liczyć na podryw. Z grającej szafy leciał Bob Seger. Lokal urządzono w stylu wczesnoamerykańskiej piwiarni. Mnóstwo neonów z nazwami marek: Budweiser, Bud Light, Miller, Miller Lite,

Schlitz. Zegar reklamujący piwo Michelob. Lustro z browaru Coorsa. Podstawki od Pabsta. Kufle z logo Rolling Rock.

Myron wiedział, że lokal jest „zapluskwiony" tysiącem mikrofonów FBI. Herman Ache nie dbał o to. Debile wygadujący w barze rzeczy, które ich obciążały, zasługiwali na zapuszkowanie. Prawdziwe rozmowy toczyły się na zapleczu. Z polecenia Ache'a codziennie sprawdzano, czy nie ma tam pluskiew.

Win przyciągnął kilka zaciekawionych spojrzeń. Konserwatywny ubiór nie cieszył się uznaniem wśród klienteli Clancy'ego. Ale nie wpatrywano się w niego długo. W tym lokalu nikt nie gapił się długo na nikogo.

— Czy to twój znajomek Aaron? — spytał Win.

Ubrany w swój tradycyjny biały garnitur Aaron siedział z tyłu baru. Tym razem nosił pod nim odsłaniającą muskulaturę koszulkę bez rękawków. Jego strój był kombinacją ciuchów z pism *Gentleman's Quaterly* i *Pumping Iron*, magazynu dla pakerów. Łapą wielką jak klapa od sedesu przyzwał ich do siebie.

— Cześć, Myron — powiedział. — To prawdziwa przyjemność znów cię widzieć.

— Poznaj Wina Lockwooda — odparł bywalec Myron Bolitar.

— Miło mi, Win.

Aaron posłał Winowi uśmiech. Wymieniając zabójcze spojrzenia, uścisnęli sobie dłonie. Żadnemu nie drgnęła powieka.

— Czekają na was na zapleczu. Chodźcie.

Aaron poprowadził ich do zamkniętych drzwi z weneckim lustrem.

Otwarły się natychmiast. Weszli. Ujrzeli tam dwóch gangsterów o kamiennych twarzach, długi korytarz oraz — nowinka! — wykrywacz metalu, jak na lotniskach.

Aaron wzruszył ramionami, jakby chciał powiedzieć: Znak czasu.

— Oddajcie z łaski swojej broń i przejdźcie.

Myron wyjął trzydziestkę ósemkę, a Win nowiutką czterdziestkę czwórkę. Tę z zeszłego wieczoru z pewnością zniszczył. Przeszli przez wykrywacz metalu. Nie zadzwonił. Mimo

214

to dwóch gangsterów przesunęło po nich urządzonkami, podejrzanie przypominającymi damskie wibratory. Na koniec przeszukano ich.

— Dokładna kontrola — rzekł Win.

— Niemalże przyjemna — dodał Myron. — Już myślałem, że każą mi pokazać język i zakaszleć.

— Tędy, wesołku — burknął jeden z drabów.

Gangsterzy poprowadzili ich korytarzem. Aaron pozostał z tyłu i patrzył. Myronowi to się nie spodobało. Ściany były białe, dywan pomarańczowy. Wzdłuż korytarza wisiały litografie z widokami Riwiery Francuskiej. Front Tawerny Clancy'ego wyglądał jak spelunka, zaplecze jak gabinet dentysty.

Na końcu korytarza pojawiło się dwóch nowych typów. Uzbrojonych.

— Oho! — mruknął Myron do ucha Wina.

Win skinął głową.

Zbiry wycelowały w nich broń.

— Te, Złotowłosy. Chodź no tu — warknął jeden z nich.

— Złotowłosy?

Win spojrzał na Myrona.

— Mówi o tobie.

— A! Jestem blondynem. Rozumiem.

— Do ciebie mówię, Złotówo. Ruszże dupą.

— Bez gry wstępnej?

Win ruszył korytarzem. Ci spod wykrywacza metali odebrali im broń. Czterech bandziorów, cztery lufy. Duża siła ognia. Po ostatnim wieczorze gangsterzy nie chcieli ryzykować.

— Ręce na głowę. Idziemy.

Stojący w odległości trzech metrów od siebie Myron i Win wykonali polecenie. Do Myrona podszedł jeden z oprychów spod wykrywacza metali i znienacka rąbnął go kolbą w nerkę.

Myron upadł na kolana. Zemdliło go. Oprych kopnął go w żebra, poprawił i powalił na ziemię. A wtedy drugi oprych stanął mu na udach i zaczął je deptać, jakby gasił płonącą ściółkę. Raz trafił go w obolałą nerkę.

Bliski zwymiotowania Myron jak przez mgłę dojrzał Wina. Win patrzył bez większego zainteresowania. Bardzo szybko ocenił, że w tej sytuacji nie zdoła mu pomóc. Zamartwianie się nie miało sensu. Wykorzystał czas na spokojne przyjrzenie się gangsterom. Nie cierpiał zapominać twarzy.

Myron starał się przetrzymać lawinę kopniaków, zwijając się w kłębek. Kopniaki okropnie bolały, ale były zbyt chaotyczne i pośpieszne, by wyrządzić mu poważną krzywdę. Jeden trafił go blisko oka. Siniak miał jak w banku.

— A to co, do cholery! — usłyszał okrzyk. — Dosyć tego! W tej samej chwili kopniaki ustały.

— Odsuńcie się od niego!

Mężczyźni cofnęli się.

— Przepraszamy, panie Ache.

Myron odwrócił się na plecy. Nie bez wysiłku usiadł. W otwartych drzwiach stał Herman Ache.

— Dobrze się czujesz, Myron? — spytał.

— Jak nigdy dotąd — odparł Myron i puścił oko.

— Strasznie mi przykro — rzekł Ache i spojrzał groźnie na podwładnych. — Niektórym będzie jeszcze bardziej przykro.

Gangsterzy wycofali się jak skarcone kundle. Myron o mało nie wywrócił oczami na to przedstawienie. Ludzie Hermana Ache'a nikomu nie spuszczali lania w korytarzu u szefa bez jego pozwolenia. Ukartował to, żeby przed rozpoczęciem pertraktacji zrobić z niego dłużnika. Nie mówiąc już o drugim ważnym elemencie: wzbudzić w nim strach przed bólem.

Korytarzem nadszedł Aaron. Pomógł Myronowi wstać i lekko wzruszył ramionami, jakby chciał powiedzieć: Tani chwyt, ale co poradzisz.

— Chodź. — Herman kiwnął ręką. — Porozmawiamy w gabinecie.

Myron z wahaniem wszedł do środka. Nie był tu od kilku lat, ale niewiele się przez ten czas zmieniło. Nadal królował golf. Główną ścianę zdobiło pole golfowe pędzla LeRoya Neimana. Mnóstwo durnych rycin ze staroświeckimi golfistami. Zdjęcia lotnicze pól golfowych. W kącie gabinetu rozpościerał się ekran z torem golfowym, a przed nim pole startowe. Gracz uderzał piłką w ekran, komputer obliczał, gdzie spadała, odpowiednio do tego zmieniał obraz i gracz uderzał drugi raz. Wesołe miasteczko.

— Ładnie tu — pochwalił Win.

Dobrali się!

— Dziękuję, synu.

Herman Ache — nieco po sześćdziesiątce, opalony, zdrowy, w białych spodniach, żółtym golfie ze złotym niedźwiedziem Jacka Nicklausa zamiast krokodyla, tak jakby wybierał się na turniej do Miami Beach — obnażył w uśmiechu zęby w koronkach. Miał siwe włosy. Nie własne. Tupecik lub czuprynę z kliniki włosów, tak świetnie wykonaną, że mogła ujść za naturalną. Ręce w wątrobowych plamach. Twarz bez zmarszczek, co zawdzięczał najpewniej zastrzykom z kolagenu lub operacji plastycznej. Zdradzała go tylko szyja. Workowata i obwisła jak u Reagana, przypominała wielką mosznę.

— Siadajcie, panowie — rzekł.

Usiedli. Drzwi gabinetu zamknęły się. Zostali z Aaronem, dwoma gangsterami i Hermanem. Myrona mdliło trochę mniej.

Herman, z kijem golfowym w ręku, przysiadł na brzegu biurka.

— Podobno, Myron, nie możesz się porozumieć z Frankiem.

— Właśnie o tym chciałem porozmawiać.

Herman skinął głową.

— Frank?

Drzwi otworzyły się i wszedł Frank Ache. Widać było, że są braćmi. Mieli niemal identyczne rysy twarzy, ale na tym podobieństwa się kończyły. Frank był co najmniej dziesięć kilo cięższy od starszego brata. Głowę miał gruszkowatą, ramiona wąskie jak Woody Allen, a na brzuchu oponę, której pozazdrościłby mu Michelin Man. Łysy jak kolano, nie zrekonstruował owłosienia. Pomiędzy czarnymi zębami miał przerwy, a na twarzy trwał gniewny grymas.

Braci Ache wychowała ulica. Zaczęli od drobnych przestępstw i się wybili. Obaj widzieli śmierć swoich synów od kul. Obaj zabili wielu synów innych ludzi. Herman lubił uchodzić za bardziej kulturalnego od prymitywnego młodszego brata — kogoś, kto na co dzień obcuje z pięknymi książkami, sztuką i golfem. Jednak trudno mu było uciec od rzeczywistości. Stanowili awers i rewers jednej monety. Frank niemiło przypo-

217

minął Hermanowi, skąd się wywodzi i kim jest z natury. Podczas gdy pierwszy czuł się w swoim świecie niczym ryba w wodzie, Herman przeciwnie.

Pod rozpiętą bluzą szaroniebieskiego dresu z jaskrawożółtym wykończeniem Frank, na modłę arbitra elegancji Yvesa Saint Aarona, nie nosił koszuli. Czarne kłaki na piersi zlepiała mu — straszliwie sexy — jakaś oliwka lub pot, a obcisłe, o kilka numerów za małe spodnie eksponowały wydatne krocze. Myrona znowu zemdliło.

Frank usiadł bez słowa przy biurku brata i czekał.

— A więc poszło wam o czarnego chłopca, który gra w koszykówkę — rzekł Herman.

— O Chaza Landreaux — odparł Myron. — Nie byłby zachwycony, że nazywasz go „chłopcem".

— Wybacz staremu niedostatek politycznej poprawności. Przepraszam za to *faux pas*.

Win w milczeniu oglądał gabinet.

— Powiem ci, jak to widzę — ciągnął Herman. — Staram się być obiektywny. Twój pan Landreaux zawarł umowę. Wziął pieniądze. Przez cztery lata wspierał finansowo rodzinę. A kiedy przyszło do spłaty długu, okazał się zdrajcą.

— To ma być obiektywizm? Chaz Landreaux jest młodym człowiekiem...

— Oszczędź mi kazań — przerwał mu Herman. — Nie jesteśmy z opieki społecznej. Jesteśmy ludźmi interesu. Zainwestowaliśmy w tego młodego człowieka. Zaryzykowaliśmy kilka tysięcy dolarów. A kiedy nadszedł czas, żeby zacząć odcinać kupony, wciąłeś się ty.

— Wcale się nie wciąłem. Sam do mnie przyszedł. Jest przerażony. O'Connor pochwycił go w szpony, gdy Chaz był osiemnastolatkiem. Przepisy słusznie zabraniają łowienia takich młodziaków. Landreaux stara się wyrwać, zanim wpadnie po uszy.

— Daj spokój, Myron — odparł Herman ze sceptyczną miną. — Dziś dzieciaki szybko dorastają. Dobrze wiedział, co robi. A że było to wbrew prawu? Wielkie rzeczy! Znał przepisy. Zresztą chciał tych pieniędzy.

— Zwróci je.

— Gówno zwróci! — odezwał się po raz pierwszy Frank Ache.

— Cześć, Frank. — Myron pomachał mu ręką. — Ekstrawdzianko.

— Pierdol się, psi zwisie! Umowa to umowa!

— Psi zwisie?

Myron spojrzał na Wina. Ten wzruszył ramionami.

— Umowa była taka, że Chaz może w każdej chwili się wycofać i zwrócić pieniądze. To mu obiecał Roy O'Connor.

— W dupie mam, co obiecał O'Connor!

— Trzymaj fason, Frank, bardzo proszę — upomniał brata Herman.

— Ja go pierdzielę, Herman! Ten dzwon chce mnie wydymać! Zwinąć mi ze stołu żarcie! Nie tylko tego czarnucha Landreaux. Na tym się nie skończy. Mamy umowy z wieloma dobrze rokującymi zawodnikami. Stracimy jednego, stracimy wszystkich. Reszta agentów musi wiedzieć, że z nami się nie pogrywa. Załatwmy Bolitara od razu.

— Niezbyt mi się to podoba — wtrącił Myron.

— A kto cię, kurwa, pyta?

— Ja tylko mówię, co myślę.

— Nie pomagasz mi, Frank. Pozwól mi to załatwić. Obiecałeś.

— Co załatwić? Zabij skurwysyna! I tyle.

— Zaczekaj obok. Zajmę się tym, słowo.

Frank posłał Myronowi nienawistne spojrzenie. Myron je zignorował. Wiedział, że to część przedstawienia. Że starają się go zastraszyć, tak jak próbowali Otto Burke z Larrym Hansonem. Niemniej atmosfera śmiertelnego zagrożenia nadała odegranej przez nich scence w stylu Pata i Patachona całkiem nowej dynamiki.

Zamyślony Win nie zareagował.

— Chodź, Aaron — warknął Frank. — Idziemy. — Wstał. — Ale wyrok na niego obowiązuje.

— Proszę bardzo — odparł Herman. — Chcesz go zabić, nie wejdę ci w paradę.

— Już go nie ma.

Wychodząc, Frank trzasnął drzwiami. Efektowny epizod, choć przeszarżowany, pomyślał Myron.

— Pociecha z niego — rzekł.

Herman przeszedł w kąt gabinetu i wolno zamachnął się kijem.

— Na twoim miejscu bym z nim nie zadzierał. Jest naprawdę wkurzony. Zawsze cię lubiłem, Myron. Od samego początku. Nie wiem, czy tym razem zdołam ci pomóc.

Ów „początek" miał miejsce na pierwszym roku studiów w Duke. Myron nie lubił tego wspomnienia. Jego ojciec grał hazardowo i przegrywał. Dzień przed meczem z drużyną Uniwersytetu Stanowego Georgii Myron zastał go w akademiku w towarzystwie dwóch oprychów Hermana Ache'a. Zapowiedzieli mu, że jeżeli Georgia nie przegra dwunastoma punktami, to jego stary straci palec. Po raz pierwszy widział wtedy ojca płaczącego. W ostatnich czterdziestu sekundach trzykrotnie stracił piłkę, przez co jego drużyna wygrała tylko dziesięcioma punktami.

Ojciec i syn nigdy o tym nie rozmawiali.

— Dlaczego tak ci zależy na tym Chazie Landreaux?

— Bo warto go uratować.

— Przed czym?

— To jeszcze dzieciak, Hermanie, a Frank dokręca mu śrubę. Chcę temu zapobiec.

Herman uśmiechnął się, zmienił kije, wykonał kilka uderzeń i wziął wbijak.

— Wieczny idealista.

— Skądże. Chcę tylko pomóc chłopakowi.

— I sobie.

— Owszem. I sobie.

Myron spostrzegł, że Herman Ache ma na nogach buty do golfa. Z kolcami. Rany! Dla większości ludzi golf to idiotyczna namiastka sportu. Dla garstki życiowa obsesja. Są tylko te dwie skrajności.

— Wątpię, czy go powstrzymam — rzekł Herman, przypatrując się dziurom w dywanie. — Frank jest bardzo zawzięty.

— Ale to ty rządzisz. Wszyscy to wiedzą.

— Frank jest moim bratem. Na odciski wchodzę mu tylko w ostateczności. W tym przypadku nie widzę potrzeby.

— Co Frank mu zrobił?

— Słucham?

— Jak go nastraszył?

— A... — Herman znów zmienił kije. Wbijak zastąpił „drewniakiem". — Porwał jego siostrę bliźniaczkę.

Myrona znów ścisnęło w dołku. On i Win mieli rację. Tylko co z tego.

— Nic jej nie jest?

— O to bym się nie martwił — odparł Herman takim tonem, jakby zadano mu bardzo głupie pytanie. — Nie zrobią jej krzywdy. O ile Landreaux nie zerwie współpracy.

— Kiedy ją wypuszczą?

— Za dwa dni. Po to, żeby kontrakt nabrał mocy prawnej, a Landreaux się nie rozmyślił.

— Czego chcesz, Hermanie? Ile żądasz za zdjęcie mi Franka z karku?

Herman Ache nałożył rękawiczkę do golfa i, patrząc na swoje ręce, wykonał bardzo staranny zamach.

— Jestem stary, Myron. Stary i bogaty. Cóż mógłbyś mi dać?

Win usiadł prosto, pierwszy raz zmieniając pozycję.

— Za szeroko prowadzi pan kij, panie Ache — rzekł. — Niech pan mocniej skręci nadgarstki i przesunie uchwyt odrobinę w prawo.

Nagła zmiana tematu zaskoczyła wszystkich. Herman spojrzał na Wina.

— Przepraszam — powiedział — ale nie zapamiętałem nazwiska.

— Windsor Horne Lockwood Trzeci.

— A więc to pan jest tym nieśmiertelnym Winem. Nie tego się spodziewałem. — Herman wypróbował nowy chwyt. — Trochę dziwnie.

— Parę tygodni i się pan oswoi. Często pan gra?

— Kiedy tylko mogę. Dla mnie to więcej niż gra. To...

— ...świętość — dokończył za niego Win.

Oczy Hermana rozbłysły.

— Właśnie. Pan gra w golfa, panie Lockwood?

— Tak.

— Nic nie dorówna tej grze.

— Nic — przyznał Win. — Gdzie pan grywa?

— Takim jak ja trudno znaleźć dobre pola. Należę do klubu Świętego Antoniego w Westchester. Zna go pan?

— Nie.

— Marne pole. Osiemnastodołkowe, oczywiście. Skaliste. Trzeba skakać jak górska kozica.

Opowieści golfiarzy. Myron kochał je. Tak jak wszyscy, nieprawdaż?

— Czegoś nie rozumiem — czujnie podchwycił temat. — Masz przecież takie wpływy, Hermanie. Dlaczego nie grasz, gdzie ci się podoba?

Ache i Win zmierzyli go takim wzrokiem, jakby był świętym tureckim, modlącym się w Watykanie.

— Pan wybaczy, ale Myron nie zna się na golfie — rzekł Win. — Myśli, że „żelazo" dziewiątka to komponent witaminy.

Herman zaśmiał się. Dwaj gangsterzy zawtórowali mu. Myron nie rozumiał dlaczego.

— Znam się doskonale — odparł. — Golf to gromada facetów w śmiesznych strojach, którzy na wielkich trawiastych nieruchomościach walą kijami w piłki.

Zaśmiał się. Nikt mu nie zawtórował. Golfiści nie słyną z poczucia humoru.

Herman schował kij do worka.

— Członkostwa klubu golfowego nie da się wymusić ani kupić — wyjaśnił. — Za bardzo szanuję tę grę i jej tradycje, żeby chwytać się tak chamskich metod. Miejsca w pierwszej ławce w kościele nie załatwia się, przykładając księdzu pistolet do głowy.

— Świętość — powtórzył Win.

— Tak jest. Prawdziwy golfista czymś takim się nie splami.

— Do klubu musi go ktoś zaprosić — dodał Win.

— Właśnie. Na wspaniałym polu golfowym nie tylko się

gra. Takiemu polu składa się hołd. Z rozkoszą przyjąłbym zaproszenie na któreś z nich. To moje wielkie marzenie. Niestety, nie do spełnienia.

— Dałby się pan zaprosić na dwa?

— Dwa... — Herman urwał. Oczy, które rozbłysły mu na ułamek sekundy, szybko zgasły, jakby zlękł się, że z niego kpią. — Jak to?

Win wskazał na zdjęcie na ścianie po lewej.

— To klub golfowy w Merion — rzekł i wskazał ścianę w głębi. — A to w Pine Valley.

— I co?

— Z pewnością pan o nich słyszał.

— Słyszałem?! To dwa najsłynniejsze pola golfowe na Wschodnim Wybrzeżu, dwa z najlepszych na świecie. Niech pan wymieni jakiś dołek. Proszę, jakikolwiek, na którymś z nich.

— Dołek szósty w Merion.

Twarz Hermana rozjaśniła się jak twarzyczka dziecka na widok prezentów pod choinką.

— Jeden z najbardziej niedocenionych dołków na świecie. Z uwagi na zakrzywiony tor należy zacząć od lekkiego podkręcenia piłki. Orientujemy się na środkowy dół z piachem, ścinamy do środka, nie za blisko granicy toru po prawej. A na koniec średniodługim „żelazem" celujemy w łagodnie wzniesioną łączkę, uważając na piachy z prawej i lewej.

Win uśmiechnął się.

— Imponujące — pochwalił.

— Nie powie mi pan, panie Lockwood, że grał pan w Merion i Pin Valley!

W głosie Hermana zabrzmiało coś znacznie więcej niż podziw.

— Jestem członkiem obydwu klubów.

Herman gwałtownie wciągnął powietrze. Myron na wpół oczekiwał, że się przeżegna.

— Członkiem obydwu?! — spytał z niedowierzaniem Ache.

— W Merion daję przeciwnikom trzypunktowe fory, a w Pine Valley pięciopunktowe. Zapraszam pana na weekend do obu klubów. Spróbujemy zaliczyć siedemdziesiąt dwa dołki dziennie, po trzydzieści sześć na każdym z pól. Zaczniemy o piątej rano. Chyba że to dla pana za wcześnie.

Herman potrząsnął głową. Czyżby ze łzami w oczach?

— Za wcześnie? Skądże — zapewnił.

— Następny weekend panu odpowiada?

Herman Ache podniósł słuchawkę.

— Wypuśćcie dziewczynę — polecił. — Wyrok odwołany. Ten, kto tknie Myrona Bolitara, już nie żyje.

31

Win i Myron wrócili do biura. Myron, choć boleśnie poobijany, kości miał całe. Nie wątpił, że wytrzyma. Już taki był. Bardzo dzielny.

— Ależ ty wyglądasz! — powitała go Esperanza.

— Przywiązujesz za dużą wagę do pozorów. — Rzucił jej zdjęcie Adama Culvera. — Sprawdź, czy twoja Lucy go rozpozna.

— *Jawohl, Kommandant!*

Zasalutowała. Jej ulubionym serialem był *Bohaterowie Hogana*. Myron wprawdzie za nim nie przepadał, ale chętnie zobaczyłby młodego zarozumiałego dupka z telewizji, jak wykrzykuje: „Hej, mam pomysł na sitcom! Rozgrywa się w hitlerowskim obozie jenieckim w Niemczech. Beczka śmiechu!".

— Były telefony?

— Z milion. Głównie z mediów, z prośbą o komentarz w sprawie kontraktu Christiana. — Uśmiechnęła się. — Dobra robota.

— Dzięki.

— Czy ten Otto Burke... — przytknęła ołówek do ust — jest kawalerem?

Myron spojrzał na nią przerażony.

— A dlaczego pytasz?

— Milusi.

Mdłości powróciły.

— Chcesz podwyżki? Powiedz, że tak.

Esperanza uśmiechnęła się z udaną nieśmiałością, ale nie odpowiedziała. Ruszył do gabinetu.

— Chwileczkę — powstrzymała go. — Kilka minut temu był dziwny telefon.

— Od kogo?

— Od jakiejś Madelaine. O namiętnym głosie. Nie podała nazwiska.

Dziekanowa. Hm.

— Zostawiła numer?

Esperanza podała mu kartkę.

— Prezerwatywa twoją sojuszniczką, pamiętaj! — powiedziała.

— Dzięki, mamo.

— Skoro już przy tym jesteśmy, twoja mama dzwoniła dwa razy, ojciec raz. Martwią się o ciebie.

Myron wszedł do gabinetu, swojego małego sanktuarium. Lubił w nim przebywać. Ponieważ większość negocjacji i ważnych spotkań odbywał w tradycyjnie udekorowanej salce konferencyjnej, gabinet mógł urządzić, jak chciał. Z lewej miał oczywiście widok na Manhattan, a na ścianie za sobą oprawione w ramki plakaty do broadwayowskich musicali: *Skrzypka na dachu*, *Pikniku w piżamach*, *Jak bez trudu odnieść sukces w biznesie*, *Człowieka z La Manchy*, *Nędzników*, *Klatki szaleńców*, *Chorus Line*, *West Side Story*, *Upiora w operze*.

Na kolejnej ścianie wisiały fotosy: Humphreya Bogarta i Ingrid Bergman z *Casablanki*, Woody'ego Allena i Diane Keaton z *Annie Hall*, Katherine Hepburn i Spencera Tracy'ego z *Żebra Adama*, Groucha, Chica i Harpa z *Nocy w operze*, Adama Westa i Burta Warda z *Batmana*, telewizyjnego, prawdziwego *Batmana*, w którym Burgess Meredith grał Pingwina, a Cesar Romero Dżokera. *Batmana* ze złotego wieku telewizji.

Na ostatniej ścianie wisieli jego klienci. Za kilka dni do tej paczki miał dołączyć Christian Steele w granatowym stroju Tytanów.

Myron zadzwonił do Madelaine Gordon i usłyszał jej jedwabisty głos. Nagrany na sekretarkę. Na jego dźwięk znów zaschło mu w gardle. Nie zostawił wiadomości. Spojrzał na zegar w kształcie wielkiego zegarka na rękę, z godłem Boston Celtics pośrodku tarczy.

Było wpół do czwartej.

Dość czasu, żeby odwiedzić kampus. Madelaine nie była ważna, ale bardzo chciał się zobaczyć z dziekanem. Bez uprzedzenia.

— Na jakiś czas wyjeżdżam — oznajmił przy biurku Esperanzy. — Będę dostępny w samochodzie.

— Utykasz? — spytała.

— Trochę. Oberwałem od goryli Ache'a.

— Aha. Do zobaczenia.

— Boli jak diabli, ale wytrzymam.

— Uhm.

— Tylko nie rób sceny.

— Serce mi pęka.

— Spróbuj złapać Chaza Landreaux. Powiedz, że musimy pogadać.

— Dobrze.

Wyszedł. W garażu wsiadł do samochodu. Win miał hopla na punkcie samochodów. Uwielbiał swojego zielonego wyścigowego jaguara. Myron jeździł granatowym fordem taurusem. Nie był samochodziarzem. Wystarczało mu, że samochód dowiezie go z punktu A do B. Auto nie było dla niego symbolem statusu społecznego. Ani drugim domem. Ani dzieckiem.

Nie jechał daleko. Obrał trasę przez tunel Lincolna. Minął osławiony motel York. Długą reklamę:

11.99 $ ZA GODZINĘ
95 $ ZA TYDZIEŃ
POKOJE Z LUSTRAMI
ZAPEWNIAMY POŚCIEL!

Zapłacił za przejazd Parkway Avenue. Dróżniczka na rogatce była bardzo przyjacielska. Niewiele brakowało, aby spojrzała na niego, rzucając mu resztę.

Z telefonu w wozie połączył się z do matką i zapewnił, że nic mu nie jest. Poleciła, żeby zadzwonił do ojca, bo on bardziej się martwi. Kiedy zrobił to i zapewnił, że wszystko w porządku, ojciec kazał mu zadzwonić do matki, bo ona bardziej się przejmuje. Grunt to dobra łączność w rodzinie. Sekret szczęśliwego małżeństwa.

Pomyślał o Kathy Culver. O Adamie Culverze. O Nancy Serat. Próbował ich połączyć. Linie były w najlepszym razie cieniutkie. Jedną z nich był z pewnością Fred Nickler, sir Szmatławiec. Zdjęcie Kathy nie trafiło do *Cyców* samo. Wszystko starannie zaplanował. Z pewnością wiedział więcej, niż mówił. Win grzebał w jego przeszłości, licząc, że na coś natrafi.

Pół godziny później Myron wjechał do wyjątkowo dziś wyludnionego kampusu. Nikogo nie było widać. Mało samochodów. Zaparkował przed domem dziekana i zapukał do drzwi. Otworzyła mu Madelaine (nie przestało mu się podobać to imię). Wyraźnie zadowolona, uśmiechnęła się do niego, lekko przechylając głowę.

— O, witam, Myronie.

— Cześć — odparł gładysz Bolitar.

Madelaine Gordon była w stroju do tenisa. W krótkiej spódniczce — miała świetne nogi — i białej koszulce. Dostrzegł, że koszulka prześwituje. Ten zmysł obserwacji, cecha rasowego detektywa! Zorientowała się, że to zauważył. Nie obraziła się.

— Przepraszam, że nachodzę — powiedział.

— Nie nachodzi pan — odparła. — Właśnie miałam wziąć prysznic.

Hm.

— Męża nie zastałem?

Skrzyżowała ręce pod biustem.

— Wróci za kilka godzin. Dostał pan moją wiadomość?

Skinął głową.

— Wejdzie pan?

— Próbuje mnie pani uwieść, pani Robinson?

— Słucham.

— Cytat z *Absolwenta*.

— Aha.

Madelaine zwilżyła wargi. Bardzo seksowne. Ludzie nie zwracają uwagi na usta. Mówią o nosie, podbródku, oczach, policzkach. Myron zwracał uwagę na wargi.

— Powinnam się obrazić — ciągnęła. — Nie jestem aż tak dużo starsza od pana.

— Oczywiście. Cofam cytat.

— Wobec tego ponawiam pytanie. Wejdzie pan?

— Oczywiście — odparł, zaskakując ją refleksem. Czyż mogła się oprzeć tak błyskotliwej riposcie?

Zniknęła w domu, pozostawiając po sobie próżnię, która — oczywiście wbrew jego woli — wciągnęła go jak odkurzacz. W środku było miło, w tym domu z pewnością kwitło życie towarzyskie. Po lewej duży otwarty salon. Lampy Tiffany'ego. Perskie dywany. Popiersia Francuzów z długimi włosami w lokach. Stojący zegar. Olejne portrety jakiś ponuraków.

— Usiądzie pan? — zaproponowała Madelaine.

— Dziękuję.

Namiętna. Tego słowa użyła Esperanza. Pasowało. Nie tylko do jej głosu, ale również manier, chodu, oczu i osobowości.

— Napije się pan?

Spostrzegł, że sobie już nalała.

— Jasne, cokolwiek pani poda.

— Wódkę z tonikiem.

— Świetnie.

Myron nie znosił wódki.

Przyrządziła drinka. Pił, starając się nie krzywić. Nie był pewien, czy z powodzeniem. Usiadła przy nim.

— Jeszcze nigdy nie byłam taka bezpośrednia — powiedziała.

— Naprawdę?

— Bardzo mi się podobasz. Właśnie dlatego między innymi lubiłam patrzeć, jak grasz. Jesteś bardzo przystojny. Takie banalne komplementy na pewno cię nudzą.

— „Nudzą" to niewłaściwe słowo.

Madelaine skrzyżowała nogi. Wprawdzie nie tak jak Jessica, ale też było co oglądać.

— Kiedy wczoraj zadzwoniłeś do drzwi, nie chciałam stracić okazji. Dlatego odrzuciłam skrupuły i z niej skorzystałam.

— Rozumiem — powiedział, nie przestając się uśmiechać.

Wstała i wyciągnęła do niego rękę.

— No, to co z tym prysznicem?

— A czy moglibyśmy najpierw pomówić?

To ją zaskoczyło.

— Coś się stało? — spytała.

Myron udał zakłopotanie.

— Jesteś mężatką.

— I to ci przeszkadza?

Specjalnie mu nie przeszkadzało.

— Tak. Chyba tak — odparł.

— Godne podziwu.

— Dziękuję.

— I głupie.

— Dziękuję.

Zaśmiała się.

— A właściwie urocze. Moje małżeństwo z dziekanem jest, że tak powiem, półotwarte.

Hm.

— Mogłabyś mi to objaśnić?

— Objaśnić?

— Żebym nie miał żadnych wątpliwości.

Usiadła. Biała spódniczka była taka kusa, jakby jej nie było. Dziekanowa Gordonowa miała nogi zasługujące na epitet „wspaniałe".

— Po raz pierwszy muszę to objaśniać — powiedziała.

— Wiem o tym, ale to bardzo interesujące.

Uniosła brwi.

— Co?

— Co rozumiesz przez „półotwarte"?

Westchnęła.

— Przyjaźniłam się z mężem od dzieciństwa. Nasi rodzice spędzali lato w Hyannis Port. Oboje pochodziliśmy z tak zwanych dobrych rodzin. — Palcami zaznaczyła w powietrzu cudzysłów. — Sądziliśmy, że to wystarczy. Ale nie wystarczyło.

230

— To dlaczego się nie rozwiedziecie?

Zrobiła zdziwioną minę.

— Dlaczego ja ci o tym wszystkim mówię?

— Bo mam uczciwe niebieskie oczy, którymi hipnotyzuję.

— Może.

Myron Gumowa Twarz przybrał minę nieśmiałą jak trusia.

— Mąż ma koneksje polityczne. Był ambasadorem. Jest następny w kolejce do objęcia stanowiska rektora uczelni. Gdybyśmy się rozwiedli...

— To koniec — dokończył Myron.

— Tak. Nawet w dzisiejszych czasach najmniejszy skandal może zrujnować człowiekowi karierę, zdegradować go życiowo i towarzysko. Poza tym Harrison i ja pozostajemy serdecznymi przyjaciółmi. Najlepszymi. Tyle że potrzebujemy limitowanych bodźców pozamałżeńskich.

— Limitowanych?

— Raz na dwa miesiące.

— Ja cię kręcę! Jak do tego doszliście? Dzięki jakiemuś nowemu algorytmowi?

Uśmiechnęła się.

— Dużo dyskutowaliśmy. Właściwie były to negocjacje. Uznaliśmy, że raz na miesiąc będzie za często. A raz na semestr za rzadko.

Myron skinął głową.

— Zawsze używamy prezerwatyw — dodała. — Zgodnie z umową.

— Rozumiem.

— Masz jakąś? — spytała. — Prezerwatywę.

— Na sobie?

Uśmiechnęła się.

— Mam jakieś na górze.

— Mogę o coś spytać?

— Jeśli musisz.

— Skąd ty i mąż wiecie, że nie przekraczacie wyznaczonego... limitu?

— To proste. O wszystkim sobie mówimy. Dodaje to sprawie pikanterii.

Madelaine była doprawdy niezwykła, co tylko zwiększało jej powab.

— A twój mąż? Czy zabawiał się kiedyś ze studentkami?

Pochyliła się i położyła rękę na jego udzie. Wysoko. Bardzo wysoko.

— To cię podnieca? — spytała.

— No.

Próbował się uśmiechnąć jak podrywacz. Lecz nie był podrywaczem. Jej oczy powiedziały mu, że nie dała się nabrać.

Cofnęła rękę.

— Do czego zmierzasz? — spytała.

— Zmierzam?

— Mam wrażenie, że mnie wykorzystujesz. Jednak nie tak, jak bym chciała.

O rany!

— Wprowadzam się w nastrój.

— Wątpię. — Przyjrzała mu się. — Bądź przez chwilę szczery. Idziemy do łóżka?

— Nie.

— Pierwszy raz ktoś mi odmawia.

— A ja pierwszy raz odrzucam taką propozycję. Prawdę mówiąc, nikt mi dotąd podobnej nie złożył.

— Odrzucasz ją, bo jestem mężatką?

— Nie.

— Jesteś związany z inną?

— Gorzej. Jestem w bardzo ważnym dla mnie punkcie zwrotnym. Nie wiem, jak to się ułoży. Jestem w kropce.

— To miłe.

Znów przybrał minę trusi.

— Gdyby to nie wypaliło...

— Wrócę.

Pocałowała go. Mocno. Pocałunek był tak fantastyczny, że poczuł go w palcach stóp.

— To tylko uwertura — oznajmiła.

Skoro tak, nie miał szans dożyć do drugiej sceny.

— Naprawdę muszę porozmawiać z twoim mężem — powiedział. — O której wróci?

— Za jakiś czas. Teraz jest w swoim gabinecie na drugim końcu kampusu. Sam. Tylko głośno pukaj, żeby cię usłyszał.

— Dziękuję.

Wstał.

— Myron?

— Tak?

— Rozmawiając o naszych romansach, mąż i ja nie wymieniamy imion partnerów. Nie wiem, czy Harrison zabawia się ze studentkami. Bardzo wątpię.

— A jak było z Kathy Culver?

Madelaine wyraźnie drgnęła. Twarz jej zastygła.

— Idź już — powiedziała.

— Spójrz mi w oczy. W moje uczciwe niebieskie oczy.

— Nie tym razem. Poza tym to nie z ich powodu patrzyłam, jak grasz.

— Nie?

— Patrzyłam na twój tyłek. W krótkich majtkach wyglądał prześlicznie.

Poczuł się poniżony. A może uradowany? Raczej to drugie.

— Kiedy mieli romans?

Nie odpowiedziała.

— Mam zakręcić tyłkiem?

— Nie mieli romansu — odparła stanowczo. — Tyle wiem.

— To czemu się stropiłaś?

— Zaskoczyłeś mnie. Spytałeś, czy mój mąż miał niedozwolony romans ze studentką, którą prawdopodobnie zamordowano.

— Znałaś Kathy Culver?

— Nie.

— Mąż ci o niej opowiadał?

— Właściwie to nie. Wiem tylko, że pracowała w jego biurze. — Madelaine spojrzała na stojący zegar, wstała i odprowadziła Myrona do drzwi. — Porozmawiaj z nim. To dobry człowiek. Powie ci wszystko, co trzeba.

— Na przykład?

Potrząsnęła głową.

— Dzięki, że wpadłeś.

Zamknęła się w sobie. Może zraził ją metodą przesłuchania — podstępnym wykorzystaniem swoich męskich wdzięków. Zrobił to pierwszy raz. I spodobało mu się. Na pewno było przyjemniejsze od straszenia podejrzanego pistoletem.

Odwrócił się i wyszedł. Madelaine prawdopodobnie patrzyła na jego tyłek. Rozkołysał go odrobinę i pośpieszył przez kampus.

32

Agencję nieruchomości Ustronie Jessica znalazła w książce telefonicznej instytucji powiatu Bergen. Dojazd tam zajął jej zaledwie dwadzieścia minut, a odniosła wrażenie, że znalazła się na wsi. Po drodze minęła sklep z paszami. Sąsiadująca z barem McDonalda agencja mieściła się w parterowym domku przy drodze 17, po stronie New Jersey.

W środku była tylko jedna osoba.

— O, witam — rzekł z przesadnie szerokim uśmiechem wyglądający na profesora college'u, pięćdziesięciokilkuletni mężczyzna z siwą, zmierzwioną brodą. Do flanelowej koszuli nosił czarny krawat, dżinsy i czerwone sportowe buty. — Jestem Tom Corbett, prezes agencji Ustronie — przedstawił się, wręczając Jessice wizytówkę. — Czym mogę pani służyć?

— Jestem córką doktora Adama Culvera — odparła. — Dwudziestego piątego maja wypisał panu czek na sześćset czterdzieści dziewięć dolarów.

— Tak, i co?

— Ojciec kilka dni temu zmarł. Chciałabym wiedzieć, za co zapłacił.

Corbett cofnął się o krok.

— Bardzo mi przykro — rzekł. — Taki miły człowiek.

— Dziękuję. Można wiedzieć, z czym do pana przyszedł?

Corbett po chwili zastanowienia wzruszył ramionami.

— Czemu nie. Wynajął domek.

235

— Gdzieś w pobliżu?

— Osiem, dziewięć kilometrów stąd. W lesie.

— Na długo?

— Miesiąc. Od dwudziestego piątego maja. Umowa kończy się za parę tygodni, więc mogłaby pani z niego skorzystać.

— Jaki to domek?

— Jaki? No, niewielki, z pokojem, sypialnią, kuchenką i łazienką z prysznicem.

Nic z tego nie rozumiała.

— Udzieli mi pan wskazówek, jak tam dojechać, i da zapasowy klucz?

Znów przemyślał pytanie, zasysając policzek.

— Domek stoi trochę na uboczu. Dość trudno tam trafić, kochanie.

Obok „dziecinko" i „złotko" „kochanie" należało do jej ulubionych spieszczeń. Ale nie była to pora na zwierzenia. Przygryzła wargę.

— Z dala od cywilizacji — ciągnął Corbett. — Mocno z dala. Można tam zapolować, powędkować, ale przede wszystkim znaleźć spokój i ciszę. — Wziął ciężki jak sztanga pęk kluczy. — Zawiozę panią.

— Dziękuję.

Podczas jazdy toyotą landcruiserem przez całą drogę rozmawiał z nią jak z klientką.

— To miejscowy sklep spożywczy — wyjaśnił, gdy mijali ogromny supermarket A&P.

Zaskoczyło ją, gdy skręcił w gruntową drogę. Zmierzali prosto w stronę lasu.

— Miło, co? Naprawdę ładnie.

— Uhm.

Wjechali w objęcia zieloności. Jessica nie przepadała za łonem przyrody. Dla niej oznaczało ono owady, wilgoć, brud, brak bieżącej wody i łazienki. Człowiek ewoluował miliony lat, żeby uciec z lasu. Po co więc do niego wracać? Co ważniejsze, ojciec podzielał jej uczucia. Nienawidził lasu.

Dlaczego więc wynajął tu domek?

— Dwa lata temu — Tom wskazał parów — myśliwy zabił

tam gościa. Przez przypadek. Wziął go za jelenia i strzelił prosto w głowę.

— Uhm.

— W tych lasach znaleziono kilka trupów. W ostatnich dwóch latach trzy. Parę miesięcy temu dziewczynę. Uciekinierkę z domu, jak się domyślano. Trudno powiedzieć, bo zwłoki były w rozkładzie i tak dalej.

— Umie pan wabić klientów, Tom.

Zaśmiał się.

— Ano, z miejsca wyczuwam tych, którzy nimi nie są.

Jessica oczywiście wiedziała o trupach. Policja nie schwytała psychopatycznego mordercy, ale w powszechnym mniemaniu zabił on jeszcze jedną młodą dziewczynę, tę, której ciała nie znaleziono — Kathy Culver.

Czy los Kathy był równie banalny i potworny? Czy również padła ofiarą atakującego na chybił trafił zboczeńca, jak powszechnie sądzono?

Nie. Za dużo niewiadomych na takie domysły.

— Gdy byłem mały, o tym lesie krążyło wiele legend. Starzy ludzie mówili, że żyje w nim człowiek z hakiem w miejscu dłoni, który porywa i patroszy niegrzecznych chłopców.

— Czarujące.

— Czasem zadaję sobie pytanie, czy przypadkiem nie przerzucił się na młode panienki.

Jessica nie zareagowała.

— Nazywano go doktor Hook — ciągnął Corbett.

— Słucham?

— Doktor Hook. Tak go nazywaliśmy.

— A czy to nie jest piosenkarz?

— Kto?

— Nieważne.

Odjechali kolejny kilometr od cywilizacji.

— To ten domek. Za tamtymi drzewami — rzekł Tom, wskazując mały drewniany domek z dużym gankiem. — Bardzo wiejski, co?

Bardziej pasowało do niego określenie „dziadowski". Jessica

przyjrzała się gankowi, ale nie siedzieli na nim bezzębni kmiotkowie, konkurujący z sobą w grze na bandżo.

— Czy mój ojciec powiedział, po co go wynajmuje?

— Tylko tyle, że chce uciec od cywilizacji.

Gdzie tu sens? Przecież tydzień z tego miesiąca Adam Culver miał spędzić na konferencji lekarzy sądowych. A poza tym nie był z tych, co uciekają od cywilizacji. Zajmował się martwymi. Wakacje pragnął spędzać w Las Vegas lub w Atlantic City, tam, gdzie jest pełno ludzi i mnóstwo się dzieje. A tu raptem wynajął chatę jak z serialu *Waltonowie.*

Tom przekręcił klucz w zamku i pchnął drzwi.

— Proszę.

Jessica weszła do dużego pokoju... i zamarła.

— O, cholera, a to co? — wyszeptał Tom, który wszedł za nią.

33

Biuro dziekana Gordona mieściło się w zaledwie dwupiętrowym, rozłożystym Budynku Comptona. Greckie kolumny na froncie wprost trąbiły, że to Świątynia Nauki. Ceglane ściany. Podwójne białe drzwi. Tuż za nimi tablica pełna nieaktualnych ogłoszeń. O spotkaniach typowych grup uczelnianych — Afrykańsko-Amerykańskiego Komitetu na rzecz Zmian, Sojuszu Gejowsko-Lesbijskiego, Oswobodzicieli Palestyny, Koalicji na rzecz Powstrzymania Feminizmu, Południowoafrykańskich Bojowników o Wolność, które zawiesiły w lecie działalność, wyjeżdżając na studencki wyraj.

W wielkim holu — całym w marmurach — z marmurową posadzką, poręczami i kolumnami nie było żywego ducha. Gdyby luminarze w togach z wielkich portretów pokrywających ściany zapoznali się z treścią studenckiej tablicy ogłoszeń, większość z nich zapewne trafiłby szlag. Paliły się wszystkie światła. Kroki Myrona odbijały się głośnym echem. Z wielką chęcią krzyknąłby: „Echo!", lecz był na to za dorosły.

Biuro dziekana mieściło się na końcu korytarza po lewej. Drzwi były zamknięte. Myron głośno zapukał.

— Panie dziekanie!

Zaszurały kroki i po kilku sekundach w otwartych drzwiach stanął Harrison Gordon. Nosił okulary w szylkretowej oprawie, miał cienkie, tradycyjnie ostrzyżone włosy, bystre piwne oczy i delikatne rysy, jakby zaokrąglone dla złagodzenia wyrazu twarzy. Był przystojny, miły i godzien zaufania. Myron z miejsca poczuł do niego niechęć.

— Przepraszam — rzekł Gordon. — Ale dziekanat jest nieczynny do jutra rano.

— Musimy porozmawiać.

Gordon lekko się zmieszał.

— Czy my się znamy? — spytał.

— Nie sądzę.

— Pan tu nie studiuje.

— Nie.

— Z kim zatem mam przyjemność?

Myron wpatrzył się w niego.

— Dobrze pan wie z kim i o czym chcę rozmawiać.

— Nie mam najmniejszego pojęcia, a ponadto jestem bardzo zajęty...

— Czytał pan ostatnio jakieś dobre świerszczyki?

Dziekan Gordon wzdrygnął się.

— Słucham?

— W takim razie przyjdę tu, kiedy będzie dużo ludzi. Może z jakąś lekturą dla członków rady uczelnianej, choć, o ile wiem, czytają tylko artykuły naukowe.

Nie doczekawszy się odpowiedzi, Myron uśmiechnął się — miał nadzieję, że znacząco. Nie znał roli Gordona w tej małej zagadce. Działał po omacku.

Harrison Gordon odchrząknął. Najwyraźniej chciał zyskać czas na zebranie myśli.

— Proszę wejść — rzekł w końcu i zniknął w biurze.

Tym razem Myrona nie wessało do środka, ale podążył za dziekanem. Minęli krzesła w poczekalni i biurko sekretarki. Maszynę do pisania spowijał oliwkowy pokrowiec. Kamuflaż na wypadek wojny?

Gabinet Gordona nie odbiegał od uniwersyteckiej sztampy. Dużo drewna. Dyplomy. Stare szkice kaplicy uniwersyteckiej. Na biurku plastikowe segregatory z wycinkami i nagrody. W bibliotecznych szafkach żadnej beletrystyki. Książki rekwizyty, których nikt nie czyta, tworzące aurę tradycji, profesjonalizmu i kompetencji. Nieodzowne zdjęcie rodzinne.

Madelaine z dwunasto-, trzynastoletnią dziewczynką. Myron wziął je do ręki.

— Miła rodzina — powiedział, myśląc: „Miła żona".

— Dziękuję. Proszę usiąść.

Myron usiadł.

— Gdzie pracowała Kathy? — spytał.

Siadający Gordon zastygł.

— Słucham?

— Gdzie stało jej biurko?

— Kogo?

— Kathy Culver.

Gordon opadł na fotel tak wolno, jakby zanurzał się w gorącej wannie.

— Dzieliła je z drugą studentką w pokoju obok — odparł.

— Poręcznie.

Harrison Gordon zmarszczył brwi.

— Przepraszam. Jak pan się nazywa?

— Deluise. Dom Deluise.

Gordon zdobył się na lekki uśmiech. Był tak napięty, że tyłkiem wyjąłby korek z butelki. Napięcie, którego źródłem były nadesłane pocztą *Cyce*, powiększyła wczorajsza wizyta Jake'a.

— Czym mogę służyć, panie Deluise? — spytał.

— Pan wie czym.

Myron posłał mu kolejny znaczący uśmiech, wzmocniony szczerym spojrzeniem niebieskich oczu. Gdyby Harrison Gordon był kobietą, w te pędy wyskoczyłyby z fatałaszków.

— Niestety, nie mam pojęcia — odparł.

Wciąż uśmiechając się znacząco, Myron czuł się jak idiota lub synoptyk w porannym dzienniku, co na jedno wychodzi. Próbował starej sztuczki. Udawaj, że wiesz więcej, niż wiesz. Skłoń gościa do gadania. Kombinuj. Improwizuj.

Gordon splótł dłonie i położył je na biurku. Udawał opanowanego.

— Ta rozmowa jest bardzo dziwna. Zechce mi pan wyjaśnić, co pana sprowadza?

— Uznałem, że musimy porozmawiać.

— O czym?

— Na przykład o pańskim wydziale. Czy nadal zmusza pan studentów filologii do czytania *Beowulfa*?

— Proszę pana, jakkolwiek pan się nazywa, nie mam czasu na gierki.

— Ja również.

Myron wyjął egzemplarz *Cyców* i rzucił go na biurko. Pisemko było tak pogięte i wymiętoszone, jakby przeszło przez ręce niedorostka przeżywającego burzę hormonalną.

Gordon ledwie raczył na nie spojrzeć.

— Co to jest? — spytał.

— I kto tu bawi się w gierki?

Harrison Gordon zagłębił się w fotelu, nerwowo trąc podbródek.

— Kim pan jest? Naprawdę.

— Nieważne. Jestem posłańcem.

— Dla kogo?

— Od kogo?! Niewłaściwy przyimek, panie dziekanie.

— Niech pan się nie wymądrza, młody człowieku!

— No wie pan!

Myron zmierzył go wzrokiem.

Gordon wciągnął powietrze, jakby za chwilę miał zanurkować w wodzie.

— Czego pan chce? — spytał.

— A jeśli powiem, że mam przyjemność obcowania z panem?

— To nie temat do żartów.

— Pewnie.

— Więc proszę skończyć te gierki. Czego pan ode mnie chce?

Myron znów przybrał znaczący uśmiech. Dziekan Gordon na chwilę się stropił, lecz szybko zrewanżował się uśmiechem. Również znaczącym.

— A może powinienem spytać: ile? — dodał.

Już trochę się opanował. Zadano mu cios, więc musiał go odparować. Pojawił się kłopot. Ale było też rozwiązanie. Normalne w jego świecie.

Pieniądze.

Z górnej szuflady wyjął książeczkę czekową.

— Więc? — spytał.

— Nie tak szybko.

— Słucham?

— Nie sądzi pan, że ktoś powinien za to zapłacić?

Gordon wzruszył ramionami.

— Proszę wymienić kwotę — odparł.

— Nie sądzi pan, że pieniądze w tej sprawie to nie wszystko?

Gordona tak to zaskoczyło, jakby Myron zaprzeczył prawu grawitacji.

— Nie rozumiem.

— A co ze sprawiedliwością? Kathy należy się pełne zadośćuczynienie.

— Zgoda. Gotów jestem zapłacić. Co jej przyjdzie z zemsty? Jest pan jej posłańcem?

— Tak.

— Więc proszę jej przekazać, żeby wzięła pieniądze.

Myrona ścisnęło w sercu. Ten człowiek, bez wątpienia zamieszany w wydarzenia tamtego wieczoru, wziął go za wysłannika żywej Kathy Culver! Stąpaj lekką stopą, nadobny Myronie, niczym motyl, powiedział sobie.

Tylko jak to rozegrać...

— Kathy ma panu za złe — spróbował.

— Nie chciałem jej skrzywdzić.

Myron dramatycznie uniósł głowę i, kładąc rękę na sercu, zadeklamował:

— „Czy twe zamiary zgubne, czy przyjazne, to w tak wątpliwej zjawiasz się postaci, że muszę dobyć z ciebie głos".

— Co to ma znaczyć?

— Lubię wplatać do rozmów cytaty z Szekspira. Dzięki temu biorą mnie za inteligenta.

Gordon skrzywił się.

— Czy możemy wrócić do tematu? — spytał.

— Oczywiście.

— Twierdzi pan, że Kathy nie chce pieniędzy.

— Tak.

— A czego chce?

Dobre pytanie.

— Ujawnienia prawdy.

Odpowiedź wymijająca, niejasna, niekonkretna.

— Jakiej prawdy?

— Niech pan nie udaje głupiego! — udał oburzenie Myron. — Czyżby naprawdę zamierzał pan wypisać czek na jej ulubioną organizację charytatywną?

— Ależ ja nic nie zrobiłem — odparł piskliwie Gordon. — Kathy tamtej nocy uciekła. I tyle ją widziałem. Co w takiej sytuacji mogłem myśleć, co mogłem począć?

Z braku lepszego pomysłu Myron spojrzał na niego z niedowierzaniem. Zastosował taktykę Jake'a: „Nic nie mów i licz na to, że delikwent sam założy sobie pętlę na szyję". Najlepiej sprawdzała się ona w przypadku pragmatyków. Urodzonych z wadliwym chromosomem, który nie pozwalał im długo milczeć.

— Musi zrozumieć, że zrobiłem, co mogłem — ciągnął Gordon. — Zniknęła. Co miałem począć? Iść na policję? Czy tego chciała? Byłem skołowany. Myślałem o niej. Mogła zmienić zdanie. Chciałem bronić jej interesów. Pogubiłem się.

Po tym ostatnim zdaniu Myronowi łatwiej było udawać niedowiarka. Bardzo chciał wiedzieć, o czym tamten, do licha, mówi. Siedzieli, wpatrując się w siebie. Wtem z twarzą Gordona coś się stało. Trudno było określić co, ale nagle przygasł. Boleśnie zmrużył oczy. Potrząsnął głową.

— Dość tego — rzekł cicho.

— Czego?

Gordon zamknął książeczkę czekową.

— Nie zapłacę. Niech pan jej powie, że spełnię wszystkie jej życzenia. Poprę ją, niezależnie od tego, ile mnie to będzie kosztować. Za długo to trwa. Nie mogę tak dalej żyć. Nie jestem złym człowiekiem. Ta dziewczyna jest chora. Potrzebuje pomocy. Chcę jej pomóc.

— Na pewno?

Myron nie tego oczekiwał.

— Tak. Bardzo chcę.

— Chce pan pomóc byłej kochance?

Gordon poderwał głowę.

— Co takiego?!

Myron ślizgał się na oślep po cienkim lodzie. Jego ostatnie pytanie podziałało jak płomień z lutownicy.

— Powiedział pan „kochance"?!

Masz babo placek!

— Pana nie przysłała Kathy. Nic jej z panem nie łączy.

Myron nie odpowiedział.

— Kim pan jest? Jak pan się naprawdę nazywa?

— Myron Bolitar.

— Jak?

— Myron Bolitar.

— Jest pan policjantem?

— Nie.

— Więc kim?

— Menedżerem sportowym.

— Kim?!

— Reprezentuję sportowców.

— Pan... więc, co pan ma z tym wspólnego?

— Jestem znajomym Kathy — odparł Myron. — Próbuję ją odnaleźć.

— Czy ona żyje?

— Nie wiem. Ale pan, widzę, tak sądzi.

Harrison Gordon wysunął dolną szufladę, wyjął papierosa i zapalił.

— Szkoda zdrowia — rzekł Myron.

— Rzuciłem palenie pięć lat temu. A przynajmniej wszyscy tak myślą.

— Jeszcze jedna mała tajemnica?

Gordon uśmiechnął się smutno.

— Pan przysłał mi to pismo?

— Nie.

— Więc kto?

— Nie mam pojęcia. Staram się to ustalić. Wiem, że je panu przysłano. Wiem również, że ukrywa pan coś w związku ze zniknięciem Kathy.

Gordon zaciągnął się głęboko i wydmuchnął dym.

— Mogę zaprzeczyć. Mogę zaprzeczyć wszystkiemu, co tu dziś powiedziałem.

— Może pan. Mam jednak to pisemko. I nie muszę kłamać. A ponadto znam szeryfa Jake'a Courtera. Niemniej ma pan rację, ostatecznie moje słowo będzie przeciwko pańskiemu.

Dziekan Gordon zdjął okulary i potarł oczy.

— Nie, nie dojdzie do tego — rzekł wolno. — Mówiłem poważnie. Pragnę jej pomóc. Muszę jej pomóc!

Myron nie wiedział, co myśleć. Wydawało się, że ten człowiek autentycznie cierpi, ale w swoim życiu oglądał już takie występy, że schowałby się Laurence Olivier. Czy Gordon naprawdę poczuwał się do winy? Czy za tym nagłym katharsis stały wyrzuty sumienia, czy może instynkt samozachowawczy? Nie był tego pewien. Zresztą nie dbał o to, zależało mu jedynie na poznaniu prawdy.

— Kiedy po raz ostatni widział pan Kathy? — spytał.

— Tej nocy, kiedy zniknęła.

— Przyszła do pana domu?

Gordon skinął głową.

— Było późno. Około jedenastej, wpół do dwunastej. Siedziałem w gabinecie. Żona leżała już w łóżku na piętrze. Zadzwoniono do drzwi. Kilka razy, natarczywie. Dzwonki przeplatały się z waleniem. To była Kathy.

Mówił to takim głosem, jakby po raz kolejny czytał dziecku dobrze znaną bajkę.

— Płakała, a właściwie łkała bez opamiętania. Tak silnie, że nie była w stanie mówić. Wprowadziłem ją do gabinetu. Nalałem jej brandy i otuliłem wełnianym kocem. Wydała mi się... — urwał, szukając słów — taka mała. Bezradna. Usiadłem naprzeciwko i wziąłem ją za rękę. Wyrwała ją. I wtedy przestała płakać. Nie stopniowo, ale od razu, jak za naciśnięciem guzika. Zamilkła. Na jej twarzy nie było nic, żadnych uczuć. A potem zaczęła mówić.

Gordon sięgnął do szuflady po następnego papierosa i włożył go do ust. Zapałka zapaliła się za czwartym razem.

— Głos miała zadziwiająco spokojny. Nie chwiał się i nie łamał. Niesamowite, zważywszy histerię sprzed paru chwil. To, co mówiła, kłóciło się jednak z jej opanowaniem. Opowiedziała mi historie... — Znów zamilkł, kręcąc głową. — Łagodnie mówiąc, zaskakujące. Znałem Kathy od blisko roku. Uważałem ją za życzliwą, miłą, przyzwoitą dziewczynę. Nie oceniam jej moralności. W moim mniemaniu była osobą staroświecką. A tu raptem przychodzi do mnie i opowiada historie, od których zapłoniłby się marynarz. Zaczęła od tego, że dawniej była taka, za jaką ją miałem. Porządną, dobrze wychowaną dziewczyną. Lubianą przez wszystkich. Ale się zmieniła. W „puszczającą się na prawo i lewo zdzirę", jak sama określiła. Zaczęła od chłopców z liceum. Szybko jednak przerzuciła się na grubszą zwierzynę. Dorosłych, nauczycieli, znajomych rodziców. Spółkowała z Murzynami, z kobietami, we troje, a nawet uczestniczyła w orgiach. Ze wszystkimi przygodnymi znajomymi robiła sobie zdjęcia. Dla potomności, jak oświadczyła mi szydercze.

— Wymieniła jakieś nazwiska? Nauczycieli, dorosłych, kogokolwiek?

— Nie. Żadnych nazwisk.

Dziekan zamilkł, wyczerpany.

— A co zdarzyło się potem? — zagadnął Myron.

Harrison Gordon podniósł głowę tak wolno, jakby kosztowało go to mnóstwo wysiłku.

— Jej życie zmieniło się na lepsze. Uświadomiła sobie, że postępuje głupio i źle. Zaczęła pracować nad swoimi problemami. Właśnie wtedy spotkała Christiana i się zakochała. Pragnęła odciąć się od przeszłości, ale nie było to łatwe. Przeszłość nie chciała odejść. Kathy naprawdę bardzo się starała, a potem...

Gordon urwał.

— Potem co? — ponaglił Myron.

— Spojrzała na mnie — nigdy nie zapomnę jej wzroku — i powiedziała: „Dziś wieczorem mnie zgwałcili". Nagle. Ni z tego, ni z owego. Oczywiście, zamurowało mnie. Było ich sześciu albo siedmiu, nie była pewna. Zbiorowy gwałt w szatni.

Spytałem ją kiedy. Odparła, że przed niespełna godziną. Poszła do szatni futbolistów, żeby się z kimś spotkać. Powiedziała, że z szantażystą. Byłym... kochasiem, który zagroził, że ujawni jej przeszłość. Miała zapłacić mu za milczenie.

Gruba wypłata w gotówce z konta powierniczego, pomyślał Myron.

— Kiedy tam weszła, okazało się, że szantażysta nie jest sam. Towarzyszyło mu kilku kolegów z drużyny, w tym jej inny były kochaś. Nie uderzyli jej. Nie pobili. Nie stawiała oporu. Było ich za dużo i byli za silni. — Gordon zamknął oczy i zniżył głos do szeptu. — Gwałcili ją po kolei.

Zamilkł.

— Jak wspomniałem, opowiedziała mi to najzupełniej obojętnym tonem. Spojrzenie miała jasne i zdecydowane. Oświadczyła, że jest tylko jeden sposób na pogrzebanie przeszłości. Raz na dobre. Że musi jej się przeciwstawić wprost. Wypchnąć ją na słońce, żeby sczezła i skonała jak średniowieczny wampir. Powiedziała, że wie, co musi zrobić.

Gordon znowu zamilkł.

— Co? — spytał Myron.

— Postawić przed sądem tych, którzy ją zgwałcili. Spojrzeć w oczy przeszłości i zostawić ją za sobą, bo w innym razie będzie ją prześladowała do końca życia.

— I jak pan zareagował?

Gordon skrzywił się. Zgasił papierosa. Zerknął do dolnej szuflady, ale nie wziął następnego.

— Poradziłem jej ochłonąć. — Zaśmiał się na to wspomnienie. — Ochłonąć! Jej, tak już wyciszonej i spokojnej, że mogłaby czytać książkę telefoniczną. A ja radziłem jej ochłonąć. Chryste Panie!

— A poza tym?

— Powiedziałem, że nadal jest w szoku. Mówiłem serio. Poradziłem, żeby zamiast działać pochopnie, co z pewnością zaciąży na całym jej życiu, najpierw wszystko sobie przemyślała, rozważyła wszelkie opcje. Żeby się zastanowiła, co ujawnienie jej przeszłości będzie oznaczać dla rodziny, przyjaciół, narzeczonego i dla niej samej.

— Innymi słowy, próbował ją pan odwieść od wniesienia oskarżenia.

— Być może. Nie zdradziłem jej jednak, co naprawdę myślę. Parająca się pornografią i wyuzdanym seksem, „puszczająca się na prawo i lewo zdzira", zamierzała oskarżyć o gwałt grupę studentów, w tym dwóch, z którymi łączyły ją kiedyś bliskie związki. Chciałem, żeby zamiast działać pod wpływem chwili, dokładnie wszystko rozważyła.

— Niech pan tak siebie nie rozgrzesza. Nic pana nie obchodziła. Przyszła do pana po pomoc, a pan myślał o wszystkim tylko nie o niej. O swojej szacownej uczelni. O skandalu. O drużynie futbolowej w przededniu zdobycia mistrzostwa kraju. O własnej karierze. o tym, co będzie, kiedy wyjdzie na jaw, że pracowała dla pana i że późną nocą szukała u pana pociechy. Powiązano by pana ze sprawą. Przyjrzano się bliżej pańskiemu życiu i być może odkryto wasz niecodzienny układ małżeński.

Gordon wyprostował się nagle jak po sójce w bok.

— Jaki układ małżeński? — spytał.

— Mówi panu coś wyrażenie „raz na dwa miesiące"?

Harrison Gordon wybałuszył oczy.

— Jak...? — urwał i niemal się uśmiechnął. — Jest pan świetnie zorientowany, młody człowieku.

— Wszechwiedzący — sprostował Myron. — Jak Bóg.

— Na temat mojego małżeństwa nic nie powiem, ale skłamałbym, zaprzeczając, że nie kierowałem się samolubnymi względami, które pan wymienił. Niemniej martwiłem się też o Kathy. Taki błąd...

— Gwałt, panie dziekanie. Nie błąd. Kathy zgwałcono. Ona nie popełniła „błędu". Nie padła ofiarą własnej nierozwagi. Osaczona w szatni przez bandę futbolistów, została przez nich wykorzystana po kolei wbrew swej woli.

— Upraszcza pan sytuację.

— To pan ją upraszcza. Dla pana Kathy nic nie znaczy.

— Nieprawda.

Myron pokręcił głową. Nie było czasu na morały.

— Co się stało, gdy udzielił pan jej swojej światłej rady? — spytał.

Gordonowi nie udało się wzruszyć ramionami.

— Spojrzała na mnie dziwnie, jakbym ją zdradził, a ja przecież tylko starałem się pomóc. A może dostrzegła w moich słowach to, co pan. Nie wiem. Wstała, obiecała wrócić rano, żeby wnieść oskarżenia, i wyszła. Nie miałem o niej żadnych wieści, aż do nadejścia pocztą tego pisemka. I telefonu kilka dni temu.

— Jakiego telefonu?

— Parę dni temu, późnym wieczorem, odebrałem telefon. Żeński głos — być może Kathy — powiedział: „Miłej lektury. Przyjdź i weź mnie. Przeżyłam".

— „Przyjdź i weź mnie. Przeżyłam"?

— Coś w tym stylu.

— Co miała na myśli?

— Nie mam pojęcia.

— Co pomyślał pan na wieść o jej zniknięciu?

— Że uciekła, nie wytrzymała. Uznałem, że kiedy będzie gotowa, wróci. Tak samo myślała policja, dopóki nie znaleziono majtek. Podejrzewali morderstwo. Ale ja łączyłem te majtki z gwałtem, a nie ze zniknięciem Kathy. I dlatego nie zmieniłem zdania, że uciekła.

— Nie wpadło panu do głowy, że gwałciciele chcieli zamknąć jej usta?

— Owszem, wpadło. Ale ci chłopcy nie byliby zdolni...

— Gwałciciele! — sprostował Myron. — Ci „chłopcy" zbiorowo zgwałcili dziewczynę, która nic złego im nie zrobiła! Nie pomyślał pan, że są zdolni do morderstwa?

— Gdyby chcieli ją zabić, toby jej nie wypuścili — odparował Gordon. — Tak myślałem.

— I siedział pan cicho.

— To był błąd. Teraz to wiem. Spodziewałem się, że uciekła na kilka dni, żeby dojść z sobą do ładu. Po tygodniu zrozumiałem, że za późno na sprostowania.

— Wybrał pan życie w kłamstwie.

— Tak.

— W końcu była tylko studentką. Przyszła do pana po pomoc w najtrudniejszym momencie w życiu, a pan ją odtrącił.

— Myśli pan, że o tym nie wiem?! — krzyknął Gordon. — Nie dawało mi to spokoju przez całe półtora roku!

— Pewnie, ludzki z pana człowiek.

— O co panu chodzi, Bolitar?!

Myron wstał.

— Żeby pan zrezygnował z funkcji dziekana. Bezzwłocznie.

— A jeżeli odmówię?

— To ściągnę pana ze stołka i będzie to bardzo bolesne. Jutro z samego rana proszę złożyć rezygnację ze stanowiska.

Podpierając palcami brodę, Gordon podniósł wzrok. Minęły sekundy. Twarz mu się rozluźniła jak pod dotykiem masażystki. Zamknął oczy, zgarbił się i wolno skinął głową.

— Dobrze — powiedział. — Dziękuję.

— To nie pokuta. Nie wykręci się pan z tego sianem.

— Rozumiem.

— Jeszcze jedno: czy Kathy wymieniła jakieś nazwiska?

— Nazwiska?

— Gwałcicieli.

Gordon zawahał się.

— Nie.

— Domyśla się pan, kim byli?

— Nie jest to poparte konkretami.

— Słucham.

— Kilka dni po zniknięciu Kathy zauważyłem, że pewien student szasta pieniędzmi. Mąciwoda. Kupił sobie nowy kabriolet BMW. Wpadł mi w oko, bo jeździł nim po trawnikach w kampusie. Zniszczył mnóstwo darni.

— Kto to był?

— Były futbolista. Wyleciał z drużyny za handel narkotykami. Nazywał się Junior Horton. Wołali go...

— Horty.

Myron nic więcej nie powiedział. Pośpiesznie opuścił gabinet i dziekanat. Było piękne późne popołudnie. Ciepłe, lecz nie parne. Świecące słabiej słońce jeszcze nie było gotowe zajść. Powietrze pachniało świeżo skoszoną trawą i kwitnącymi wiśniami. Z chęcią rozpostarłby koc i położył się na nim, myśląc o Kathy Culver.

Nie miał czasu.

Gdy otwierał forda taurusa, zabrzęczał telefon. Dzwoniła Esperanza.

— U Lucy klops — poinformowała. — To nie Adam Culver kupił zdjęcia.

Jeszcze jedną teorię diabli wzięli. Już miał włączyć silnik, gdy przez otwarte okno usłyszał głos Jake'a Courtera:

— Słusznie myślałem, że cię tutaj znajdę.

— O co chodzi? — spytał

— Lada moment ujawnimy mediom personalia Nancy Serat.

— Dzięki za wiadomość.

— Nie po to tu przyjechałem.

Myronowi nie spodobał się jego ton.

— Mamy podejrzanego — dodał Jake. — Ściągnęliśmy go na przesłuchanie.

— Kogo?

— To twój klient. Christian Steele.

34

— Co z Christianem? — spytał Myron.

— Nancy Serat wynajęła domek tydzień temu — odparł Jake. — Dzień czy dwa przed wyjazdem do Cancun. Nie zdążyła się jeszcze rozpakować.

— No i?

— To skąd tam tyle całkiem świeżych i wyraźnych odcisków palców Christiana Steele'a? Na gałce u drzwi. Na szklance. Na gzymsie kominka.

— Jake. — Myron starał się nie okazać zdumienia. — Nikogo nie można aresztować na takiej podstawie. Media pożrą go żywcem.

— Gówno mnie to obchodzi.

— Nic na niego nie macie.

— Był na miejscu zbrodni.

— I co z tego? Jessica też tam była. Ją również aresztujecie?

Jake rozpiął marynarkę, uwalniając brzuch. Miał na sobie brązowy garnitur, na oko z roku 1972. Z szerokimi klapami. Nie ma co, nie należał do niewolników mody.

— No dobra, mądralo — rzekł. — Co w takim razie twój klient robił w domu Nancy Serat?

— Spytamy go o to. Porozmawia z tobą. To porządny chłopak, Jake. Nie niszcz go domysłami.

— Za nic nie chciałbym pozbawić cię prowizji.

— To cios poniżej pasa.

— W tej sprawie nie jesteś obiektywny, Bolitar. Steele to

twój najcenniejszy klient, przepustka do elity menedżerów. Nie chcesz, żeby okazał się winien.

Myron nic na to nie powiedział.

— Zostaw samochód tutaj. Zawiozę cię na posterunek.

Posterunek znajdował się tylko półtora kilometra dalej.

— Jest tu nowy prokurator okręgowy — uprzedził Jake, gdy wjechali na parking. — Młody, ambitny wał Roland.

Niedobrze.

— Cary Roland? — spytał Myron. — Kręcone włosy?

— Znasz go?

— Owszem.

— Szuka poklasku. Kiedy widzi się w telewizji, to mu staje. Na dźwięk nazwiska Christiana aż się spuścił.

Myron nie miał złudzeń. Znał Cary'ego Rolanda od dawna. Nie wróżyło to nic dobrego.

— Ujawnił jego nazwisko mediom? — spytał.

— Jeszcze nie. Odłożył to do jedenastej wieczorem, żeby znaleźć się w dziennikach wszystkich sieci.

— I mieć czas na poprawienie trwałej.

— Też.

Christiana zastali w klitce o powierzchni pięciu metrów kwadratowych. Siedział na krześle przy biurku. Nie oświetlały go reflektory. Był sam.

— Gdzie Roland? — spytał Myron.

— Za lustrem.

Nawet na tak niepozornym, staroświeckim posterunku mieli weneckie lustro. Po wejściu do pokoiku Myron spojrzał w nie i poprawił krawat, powstrzymując się od pokazania Rolandowi środkowego palca. Znowu zwyciężył w nim dorosły.

— Pan Bolitar?

Christian skinął mu ręką, jak znajomemu, którego dostrzegł na trybunie.

— Wszystko w porządku? — spytał Myron.

— Tak. Tylko nie wiem, co tu robię.

Do pokoiku wszedł z magnetofonem policjant w mundurze.

— Czy Christian jest aresztowany? — spytał Myron Jake'a Courtera.

— Niemal zapomniałem, że ty też jesteś prawnikiem — odparł z uśmiechem Jake. — Miło jest mieć do czynienia z zawodowcem.

— Jest aresztowany? — powtórzył Myron.

— Jeszcze nie. Chcieliśmy zadać mu kilka pytań.

Policjant podłączył sprzęt i zaczęło się przesłuchanie.

— Jestem szeryf Jake Courter, panie Steele — przedstawił się Jake. — Pamięta mnie pan?

— Tak. Zajmuje się pan sprawą zniknięcia mojej narzeczonej.

— Zgadza się. Panie Steele, czy zna pan Nancy Serat?

— Tak, mieszkała w akademiku z Kathy.

— Wczoraj wieczorem ją zamordowano. Czy wie pan o tym?

Christianowi rozszerzyły się oczy. Spojrzał na Myrona. Myron skinął głową.

— Mój Boże... nie.

— Przyjaźnił się pan z Nancy Serat?

— Tak — odparł głucho Christian.

— Gdzie pan był wczoraj wieczorem, panie Steele?

— O której? — wtrącił Myron.

— W czasie pomiędzy zakończeniem treningu a pójściem do łóżka.

Myron zawahał się. W pytaniu Jake'a kryła się mina, którą mógł rozbroić lub zostawić to Christianowi. W innych okolicznościach delikatnie ostrzegłby klienta, czym grozi zła odpowiedź. Tym razem jednak nic nie zrobił, obserwując, co się stanie.

— Jeżeli pyta pan o to, czy wczoraj spotkałem się z Nancy Serat, to potwierdzam — odparł wolno Christian.

Myron odetchnął. Spojrzał w weneckie lustro i pokazał język. Dorosły przegrał.

— O której? — spytał Jake.

— Około dziewiątej.

— Gdzie się spotkaliście?

— W jej domu.

— Tym przy Acre Street sto osiemnaście?

— Tak.

— W jakim celu?

— Rano Nancy wróciła z wycieczki. Zadzwoniła do mnie. Powiedziała, że musimy porozmawiać.

— Wymieniła powód?

— Chodziło o Kathy. Przez telefon powiedziała tylko tyle.

— Co zaszło po pańskim przyjeździe?

— Prawdę mówiąc, wypchnęła mnie za drzwi. Powiedziała, że muszę natychmiast wyjść.

— Powiedziała dlaczego?

— Nie. Spytałem ją, co się dzieje, ale prędko mnie wyprosiła. Obiecała, że zadzwoni za parę dni i wszystko mi powie.

— Co pan zrobił?

— Spierałem się z nią kilka chwil. Zaczęła się denerwować i mówić od rzeczy, tak że w końcu poddałem się i wyszedłem.

— Co to znaczy „od rzeczy"?

— Coś o ponownym połączeniu się sióstr.

Myron usiadł prosto.

— A co konkretnie? — spytał Jake.

— Nie pamiętam dokładnie. Coś w rodzaju: „Czas, żeby siostry znów się połączyły". Naprawdę nie było w tym wiele sensu, proszę pana.

Jake spojrzał na Myrona. Myron na Jake'a.

— Pamięta pan coś więcej z tego, co mówiła?

— Nie.

— Wrócił pan od niej prosto do siebie?

— Tak.

— O której pan dotarł do domu?

— Chyba kwadrans po dziesiątej. Lub odrobinę później.

— Czy ktoś może to potwierdzić?

— Wątpię. Dopiero co się wprowadziłem na osiedle w Englewood. Być może widział mnie jakiś sąsiad, nie wiem.

— Zechce pan chwilę zaczekać.

Jake dał znak Myronowi, żeby poszedł za nim. Myron nachylił się nad Christianem,

— Ani słowa, dopóki nie wrócę — powiedział.

Christian skinął głową.

Przeszli do drugiego pokoju. Na drugą stronę lustra, by tak

rzec. Prokurator okręgowy Cary Roland studiował z Myronem prawo na Harvardzie. Bystry gość. Publikacje w studenckiej gazecie prawniczej. Praktyka w Sądzie Najwyższym. Polityczne ambicje zdradzał już w łonie matki.

I odpowiednio wyglądał. Ubierał się (a jakże, już na studiach) w szare trzyczęściowe garnitury. Miał zakrzywiony nos, małe, czarne oczka i rozwichrzone kręcone włosy jak gitarzysta Peter Frampton w latach siedemdziesiątych, tylko krótsze.

Na widok Myrona Roland pokręcił głową i prychnął z obrzydzeniem.

— Masz bardzo zmyślnego klienta, Bolitar — powiedział.

— Nie aż tak zmyślnego jak twój fryzjer.

Jake powstrzymał śmiech.

— Ale go aresztujemy — ciągnął Roland. — Ogłosimy to na konferencji dla prasy.

— Teraz widzę.

— Widzisz co?

— Że ci stanął na słowo „prasa".

He, he, he!

— Wciąż błaznujesz, Bolitar? — zaperzył się Roland. — Twój klient dostanie za swoje.

— Myślę, że nie dostanie, Cary.

— Nie interesuje mnie, co myślisz.

Myron westchnął.

— Christian logicznie ci wyjaśnił, skąd wziął się w domu Nancy Serat. Nic na niego prócz tego nie masz, ergo nie masz nic. Poza tym wyobraź sobie nagłówki w gazetach, jeśli Christian okaże się niewinny. „Kompromitująca wpadka młodego prokuratora. Dla korzyści osobistych oczernił dobre imię lokalnej gwiazdy. Osłabił szanse Tytanów w rozgrywkach o Superpuchar. Najbardziej znienawidzony człowiek w stanie!".

Roland przełknął ślinę. Oślepiony przez reflektory — reflektory telewizyjne — takiej ewentualności nie wziął po uwagę.

— Co pan na to, szeryfie Courter? — spytał, włączając wsteczny bieg.

— Nie mamy wyboru. Musimy go wypuścić — odparł Jake.

— Pan mu wierzy?

— Cholera go wie. — Jake wzruszył ramionami. — Ale mamy za mało, żeby go zatrzymać.

— W porządku. — Roland, ważna figura, z powagą skinął głową. — Jest wolny. Niech nie opuszcza miasta.

Myron spojrzał na Jake'a.

— Niech nie opuszcza miasta? — powtórzył i roześmiał się. Serdecznie. — Powiedział: „Niech nie opuszcza miasta"?

Jake próbował powstrzymać śmiech, lecz warga wyraźnie mu drżała.

Roland poczerwieniał.

— Dziecinada! — wyrzucił z siebie. — Szeryfie, proszę o codzienne raporty w tej sprawie.

— Tak jest.

Roland zgromił obecnych najgroźniejszym ze spojrzeń — nikt nie padł na kolana — i wymaszerował z pokoju.

— Praca z nim to kupa śmiechu — rzekł Myron.

— Jaja nie do wytrzymania.

— Czy Christian i ja jesteśmy wolni?

Jake potrząsnął głową.

— Dopiero, gdy opowiesz mi o swojej wizycie u dziekana Gordona.

35

Po zdaniu relacji Jake'owi Myron odwiózł Christiana do domu. Po drodze — na jego życzenie — opowiedział mu o wszystkim. Wprawdzie chciał oszczędzić chłopakowi szczegółów, ale nie miał prawa ich przed nim zatajać.

Christian nie zadawał żadnych pytań. Nic nie mówił. Na boisku słynął ze stoickiego spokoju w każdej sytuacji. A w tej chwili miał minę jak podczas meczu.

Kiedy Myron skończył, przez kilka minut milczeli.

— Dobrze się czujesz? — spytał go wreszcie.

Christian skinął głową. Twarz miał bladą.

— Dziękuję panu za szczerość — powiedział.

— Kathy bardzo cię kochała. Pamiętaj o tym.

Christian ponownie skinął głową.

— Musimy ją odnaleźć.

— Robię, co mogę.

Christian usiadł tak, by widzieć Myrona.

— Kiedy zabiegały o mnie wielkie agencje, robiły to jakoś tak... bezosobowo. Chodziło wyłącznie o pieniądze. W pana przypadku też o nie chodziło, nie jestem naiwny, ale pan był inny. Instynktownie wyczułem, że panu mogę zaufać. Chcę powiedzieć, że stał się pan dla mnie kimś więcej niż menedżerem. Cieszę się, że pana wybrałem.

— Ja również. Wiem, że to nie najlepszy moment na takie pytanie, ale od kogo się o mnie dowiedziałeś?

— Ktoś mi pana gorąco polecił.

— Kto?

— Nie wie pan?

Christian uśmiechnął się.

— Jakiś klient?

— Nie.

— No, to nie mam pojęcia — rzekł Myron, potrząsając głową.

Christian usiadł wygodnie.

— Jessica — odparł. — Opowiedziała mi o panu. O tym, jak pan grał, o kontuzji, ile pana to kosztowało, o pańskiej pracy w FBI, o powrocie na studia. Zapewniła, że nie zna nikogo lepszego.

— To dlatego, że za rzadko wychodzi z domu.

Zamilkli. Na autostradzie New Jersey Turnpike wyłączono środkowy pas, więc zaczęli się wlec. Powinienem pojechać pasem zachodnim, pomyślał Myron. Już miał zmienić pasmo ruchu, gdy usłyszał od Christiana coś takiego, że o mało nie zahamował.

— Moja matka pozowała kiedyś nago.

— Słucham? — spytał, sądząc, że się przesłyszał.

— Kiedy byłem mały. Nie wiem, czy te zdjęcia zamieszczono w jakimś piśmie. Wątpię. Nie była zbyt atrakcyjna. W wieku dwudziestu pięciu lat wyglądała na sześćdziesiąt. Pracowała w Nowym Jorku jako prostytutka. Na ulicy. Nie wiem, kto mnie spłodził. Przypuszczała, że jeden z facetów na wieczorze kawalerskim, ale nie miała pewności który.

Myron zerknął na Christiana. Patrzył przed siebie.

— Myślałem, że mieszkałeś z rodzicami w Kansas — rzekł ostrożnie.

Christian potrząsnął głową.

— Wychowali mnie dziadkowie. Matka zmarła, kiedy miałem siedem lat. Zaadoptowali mnie. Nosiliśmy to samo nazwisko, więc udawałem, że są moimi rodzicami.

— Nie wiedziałem. Przykro mi.

— Niepotrzebnie. Dziadkowie byli wspaniali. Z pewnością popełnili mnóstwo błędów wychowawczych wobec mamy, skoro skończyła, jak skończyła. Mnie traktowali życzliwie i z miłością. Bardzo mi ich brakuje.

W głębokim milczeniu minęli sportowy kompleks Meadowlands. Na rogatce Myron uiścił opłatę i podążyli w stronę mostu Waszyngtona. Christian kupił sobie lokum trzy kilometry od mostu i dziesięć od stadionu Tytanów, w typowym dla New Jersey, nazwanym szumnie Cross Creek Pointe, osiedlu trzystu domów z prefabrykatów, które wyglądało jak wyjęte z filmu *Duch*.

Gdy krążyli, szukając wolnego miejsca do zaparkowania, zadzwonił telefon. Myron podniósł słuchawkę.

— Halo?

— Gdzie jesteś? — spytała Jessica.

— W Englewood.

— Pojedź drogą Czwartą na zachód do Siedemnastej — powiedziała prędko. — Spotkamy się w Ramsey na parkingu przy bankomatach.

— O co chodzi?

— Przyjedź tam. Natychmiast.

36

Kiedy ujrzał Jessicę, stojącą w przyćmionej poświacie jarzeniówek parkingu, tak nieznośnie piękną w opinających jej biodra niebieskich dżinsach i czerwonej bluzce rozpiętej pod szyją, natychmiast wyczuł kłopoty. Wielkie kłopoty.

— Bardzo źle? — spytał.

Otworzyła drzwiczki i usiadła przy nim.

— Gorzej — odparła.

Nic nie mógł poradzić. Nie mógł oprzeć się myślom, jaka jest piękna. Pobladła, oczy były lekko podkrążone, lecz ani śladu kurzych łapek, choć na jej twarzy pojawiły się nowe rysy. Czy były tam wczoraj lub wcześniej, w dniu, kiedy odwiedziła go w biurze? Nie był pewien. Wyglądała oszałamiająco. Drobne niedoskonałości, jeśli w ogóle można je było nazwać niedoskonałościami, sprawiały, że pragnął jej jeszcze bardziej. Dziekanowa Madelaine była atrakcyjną kobietą, ale w porównaniu z Jessicą jej uroda gasła niczym światło latarki w oślepiającym blasku latarni morskiej.

— Opowiesz mi o tym?

Potrząsnęła głową.

— Wolę ci pokazać — odparła i zabrała się do udzielania wskazówek, jak ma jechać. — Ojciec wynajął tu domek — wyjaśniła, gdy dotarli do drogi słusznie nazwanej Czerwonym Traktem.

— W tym lesie?

— Tak.

— Kiedy?

— Dwa tygodnie temu. Wynajął go na miesiąc. Według agenta, szukał spokoju i ciszy. Chciał uciec od cywilizacji.

— To niepodobne do twojego ojca.

— Całkowicie.

Kilka minut później dotarli do domku. Myronowi nie chciało się wierzyć, żeby Adam Culver, którego dobrze poznał, chodząc z Jessicą, pragnął spędzić tu urlop. Ten człowiek kochał hazard. Koniki, ruletkę, blackjacka. Uwielbiał ruch i zgiełk. Spokoju i ciszy zażywał na koncertach Tony'ego Bennetta w hotelu Sands.

Jessica wysiadła z samochodu. Myron za nią. Miała tak świetną postawę i chód, że dawniej nie mógł oderwać od niej oczu. Dziś jednak dostrzegł w kroku ukochanej jakąś chwiejność, tak jakby jej nogi nie były pewne, czy zdołają utrzymać śliczną sylwetkę.

Stopnie ganku zaskrzypiały pod ich stopami. Drewno w wielu miejscach zmurszało. Jessica otworzyła kluczem drzwi i je pchnęła.

— Spójrz.

Spojrzał i nic nie powiedział. Czuł na sobie jej wzrok.

— Sprawdziłam jego kartę. Wydał ponad trzy tysiące dolarów w sklepie o nazwie Oczy i Uszy.

Myron znał ten sklep. Sprzęt z pewnością pochodził stamtąd. Na kanapie leżały trzy wideokamery Panasonic wraz z zamocowaniem. Ponadto trzy małe monitory, też firmy Panasonic, takie jakie widzi się w pokojach strażników w wieżowcach. Dwa magnetowidy Toshiba. Mnóstwo kabli, przewodów i tym podobnych.

Jednak nie to zaniepokoiło go najbardziej. Obecność elektronicznego sprzętu można było wyjaśnić w różny sposób. Dwa inne znajdujące się tu przedmioty, które przyciągnęły jego wzrok jak lśniący pieniążek oko dziecka, zmieniały wszystko. Dawały bowiem mocno do myślenia, złowieszczo uzupełniając niepokojącą kolekcję.

Pod ścianą stała strzelba, a tuż przy niej, na podłodze, leżały kajdanki.

— Co on tu, do diabła, robił? — spytała Jessica.

Myron wiedział, o czym myśli. Niedaleko stąd znaleziono martwe dziewczyny. Telewizyjne obrazy ich sponiewieranych zwłok w stanie rozkładu unosiły się nad nim i nad nią jak koszmarne duchy.

— Kiedy to wszystko kupił?

— Dwa tygodnie temu — odparła. — Zdążyłam to przemyśleć. Nawet jeśli nasze najgorsze obawy są słuszne, nie tłumaczy to niczego. Co ze zdjęciem Kathy w magazynie porno? Co z jej pismem na kopercie? Co z telefonami do Christiana i dziekana? Co z zamordowaniem taty?

Myron przyjrzał się Jessice. Szukała wyjaśnienia — jakiegokolwiek, prócz tego, które samo im się narzucało.

— Dobrze się czujesz? — spytał.

Skrzyżowała ręce pod biustem, ściskając łokcie dłońmi.

— Straciłam grunt pod nogami — odparła.

— Dasz radę znieść więcej?

Opuściła ręce.

— Bo co? O czym mówisz?

Zawahał się.

— Przestań się ze mną pieścić, do cholery! — nie wytrzymała.

— Jess...

— Dobrze wiesz, jak nie znoszę nadopiekuńczości! Mów, o co chodzi!

— Kathy zgwałciło kilku kolegów z drużyny Christiana. Tej samej nocy zniknęła.

Jessica miała taką minę, jakby ją spoliczkował.

— Przepraszam — powiedział, wyciągając do niej rękę.

— Opowiedz mi o tym. Wszystko.

Opowiedział. Jej żywe oczy straciły blask. Zamilkła.

— Bydlaki — wydusiła z siebie. — Przeklęte bydlaki.

Skinął głową.

— Któryś z nich ją zabił — dodała. — Albo wszyscy. Żeby zamknąć jej usta.

— Możliwe.

Zamilkła, coś rozważając. A potem jej wzrok znowu się ożywił.

— Przypuśćmy — powiedziała wolno — że mój ojciec dowiedział się o tym gwałcie.

Myron skinął głową.

— Jak by się zachował? — ciągnęła. — Co byś zrobił, gdyby chodziło o twoją córkę?

— Wściekłbym się.

— Byłbyś w stanie nad sobą zapanować?

— Kathy nie jest moją córką. Mimo to nie jestem pewien, czy potrafiłbym zachować spokój.

Jessica skinęła głową.

— To być może, podkreślam: być może, wyjaśnia obecność tych akcesoriów — sprzętu elektronicznego, kajdanków, strzelby. Może chciał użyć tej leśnej kryjówki do schwytania gwałciciela i wymierzenia mu sprawiedliwości.

— Kathy padła ofiarą zbiorowego gwałtu. Zgwałciło ją sześciu. A w tej chacie jest miejsce dla jednego.

— Przypuśćmy — na ustach Jessiki zadrgała zapowiedź dziwnego uśmiechu — że ojciec znalazł się w sytuacji, w jakiej my w tej chwili.

— Nie kojarzę.

— Przypuśćmy, że znał nazwisko jednego gwałciciela. Na przykład Hortona. Co mógłby zrobić? Co ty byś zrobił?

— Porwałbym go i zmusił do mówienia.

— Właśnie.

— To mocno naciągany wniosek. Po co miałbym to wszystko nagrywać? Po co kupowałbym kamery i monitory?

— Żeby nagrać zeznania gwałciciela, mieć pewność, że nikt nie nadjeżdża drogą, czy ja wiem. Masz lepsze rozwiązanie?

Nie miał.

— Przeszukałaś pozostałe pomieszczenia? — spytał.

— Nie zdążyłam. Przywiózł mnie tu właściciel agencji. Na widok tego wszystkiego o mało nie dostał apopleksji.

— Co mu powiedziałaś?

— Że wiedziałam, co tu jest. I że ojciec był prywatnym detektywem.

— I on to kupił?

— Chyba.

Myron pokręcił głową.

— Podobno jesteś pisarką.

— Nie za dobrze zmyślam bez przygotowania. Znacznie lepiej władam piórem niż ustami.

— Z doświadczenia wiem, że wprost przeciwnie.

— Świetny moment na zalecanki.

— Próbuję rozładować atmosferę.

— Rozejrzyjmy się.

Nie mieli wiele do szukania. W pokoju nie było komódek ani szaf. Wszystko leżało na wierzchu — sprzęt elektroniczny, kajdanki, strzelba. W kuchence żadnych niespodzianek. W łazience również. Pozostała sypialnia.

Była mała. Jak gościnny pokoik w domku na plaży. Niemal całą jej powierzchnię zajmowało podwójne łóżko z pościelą z flaneli. Po jego bokach przytwierdzono do ściany lampki do czytania. Na nocne stoliki zabrakło miejsca. Podobnie jak na komodę. Zajrzeli do szafy.

Nareszcie!

Były tam czarne spodnie, czarna koszulka z rękawami, czarna bluza oraz, co gorsza, czarne gogle.

— Gogle narciarskie w czerwcu?

— Mogły mu się przydać przy porwaniu Hortona — podsunęła Jesssica, lecz bez przekonania.

Myron klęknął, zajrzał pod łóżko i zobaczył plastikową torbę. Sięgnął, chwycił ją i przyciągnął po zakurzonej podłodze. Torba była czerwona. Widniały na niej litery LSPB.

— Lekarz sądowy powiatu Bergen — wyjaśniła Jessica.

Przypominała dawne torby od Lorda i Taylora, zamykane u góry na zatrzaski. Przy otwieraniu trzasnęła. Wyjął z niej zwykłe szare, ściągane sznurkiem spodnie od dresów i żółty sweter z dużym czerwonym T. Jedno i drugie pokryte zaskorupiałym brudem.

— Poznajesz je? — spytał.

— Tylko sweter. To stary sportowy sweter taty z liceum Tarlowa.

— To dziwne, że ukrył go pod łóżkiem.

Jessice rozbłysły oczy.

— Nancy! — wykrzyknęła. — W nagranej wiadomości wspomniała, że tata mówił jej o żółtym swetrze Kathy!

— Zaraz, wolnego. Co właściwie powiedziała ci Nancy?

— Cytuję dokładnie: „Opowiedział mi o ulubionym żółtym swetrze, który podarował Kathy. Śliczna historia". Tak brzmiały jej słowa. Ojciec go nie nosił. Tylko Kathy. Niczym nocną koszulę czy podomkę.

— Twój tata go jej podarował?

— Tak.

— No, to jak go odzyskał?

— Nie wiem. Chyba był wśród jej rzeczy pozostawionych w college'u.

— To nie wyjaśnia, czemu spytał o niego Nancy Serat. Ani dlaczego ukrył go pod łóżkiem.

Zamilkli.

— Coś przeoczyliśmy — powiedziała Jessica.

— Może twój ojciec dostrzegł w tych spodniach i swetrze coś, czego my jeszcze nie widzimy.

— Ale co?

— Nie wiem. Jednak dla niego miały one znaczenie. Może znalazł je w niezwykłym miejscu. A może znalazła je policja.

— Tamtego wieczoru Kathy była ubrana na niebiesko. To ustalone.

Myron przywołał z pamięci zeznania koleżanek Kathy z korporacji i jej zdjęcie z nimi. Mimo to...

— Można to sprawdzić — odparł.

— Jak?

Wybiegł do samochodu. Zmrok wreszcie pochłonął długi letni dzień. Myron włączył telefon z nadzieją, że jest jeszcze w zasięgu podstacji. Pokazały się trzy paseczki. Wystarczyło, by telefon działał. Wystukał numer dziekanatu. Naliczył dwadzieścia piknięć. Nikt nie podniósł słuchawki. Zadzwonił do domu dziekana.

— Halo? — usłyszał po trzecim sygnale głos Gordona.

— W co była ubrana Kathy, kiedy przyszła do pańskiego domu? — spytał, nie przedstawiając się ani nie bawiąc w uprzejmości.

— Ubrana? W bluzkę i spódnicę.

— Jakiego koloru?

— Niebieskie. Bluzka była chyba lekko rozerwana.

Myron rozłączył się.

— Wracamy do punktu wyjścia — podsumowała Jessica.

Może, pomyślał. W głowie mignął mu obraz. Nieostry, mętny, niepojęty. Był pewien, że z czasem się wyklaruje.

— Jedźmy — powiedziała, biorąc go za rękę.

W samochodzie było dość światła, by widział wyraz jej oczu. Pięknych, tak jasnych, że niemal bursztynowych.

— Uciekajmy stąd.

Zatrzasnął drzwiczki i znienacka ścisnęło go w gardle. Światło w samochodzie zgasło, spowił ich mrok.

— Dokąd cię zawieźć? — spytał, nie widząc jej twarzy.

— Gdzieś, gdzie będziemy sami — dobiegł go z ciemności jej głos.

37

Znaleźli hotel Hiltona w Mahwah.

Myron wynajął najlepszy dostępny apartament. Recepcjonista co chwila zerkał na nich — na nią pożądliwie, na niego z zazdrością. W hotelowym holu trwało jakieś przyjęcie. Panie były w długich sukniach, panowie w smokingach. Lecz i tak jak jeden mąż gapili się na Jessicę w dżinsach i czerwonej bluzce zapinanej na guziki.

Myron przywykł do tego. Gdy ze sobą chodzili, czerpał niemal perwersyjną przyjemność z posyłania pożerającym ją wzrokiem mężczyznom typowych szyderczych samczych spojrzeń: „Patrzcie sobie, ale to ja ją obracam, ha, ha!". Potem jednak zaczął dostrzegać w ich wzroku coś, czego tam nie było, a rozsądek zaczęła mu zżerać jeszcze bardziej typowa męska niepewność.

Otrzaskana z takimi sytuacjami Jessica potrafiła ignorować męskie spojrzenia bez chłodu, skrępowania i kokieterii.

Ich apartament znajdował się na piątym piętrze. Zaraz po zamknięciu drzwi zaczęli się całować. Tak delikatnie wysuwała język i obracała nim z taką wprawą, że Myron drżał na całym ciele. Zaczął odpinać jej bluzkę. Zaschło mu w gardle. Kiedy znów ujrzał jej ciało, stracił dech. Zakręciło mu się w głowie. Ujął w dłoń znajomą ciepłą pierś, rozkoszując się jej ciężarem. Jessica jęknęła.

Przenieśli się na łóżko.

Zawsze kochali się namiętnie i zaborczo, lecz tym razem bardziej zwierzęco, pożądliwie, a mimo to czule.

Później, znacznie później, Jessica usiadła na posłaniu i pocałowała go w policzek.

— To było niesamowite! — powiedziała.

— Niczego sobie.

— Niczego sobie?

— Moim zdaniem. Twoim, niesamowite.

Zsunęła się z łóżka i włożyła hotelowy szlafrok.

— Było mi bardzo dobrze — powiedziała.

— I tak też brzmiało.

— Byłam odrobinę za głośna?

— Odrobinę za głośny jest koncert The Who. Ty byłaś hałaśliwa.

Uśmiechnięta, stanęła nad łóżkiem. Spod luźno zawiązanego szlafroka wyzierały jej piersi i zniewalająco długie nogi.

— Nie słyszałam, żebyś się skarżył.

— Bo za głośno krzyczałaś.

— Która godzina?

— Północ. — Myron sięgnął do telefonu. — Głodna?

Spojrzała na niego tak, że poczuł to w palcach stóp. A właściwie wyżej.

— Wygłodzona — odparła.

— Ja mówię o jedzeniu, Jess. O jedzeniu.

— Aha.

— Czy na lekcjach higieny nie uczono cię, że mężczyźnie potrzebny jest „czas na odzyskanie sprawności"?

— Tego dnia pewnie byłam na wagarach.

— „Przerwa, regeneracja, werwa". — Myron zajrzał do menu. — Psiakość!

— Co się stało?

— Nie ma ostryg.

— Myron?

— Tak.

— W łazience jest wanna.

— Jess...

Spojrzała na niego z miną niewiniątka.

— Zanim przyniosą jedzenie, namoczymy się. Nabierzemy werwy.

— Tylko namoczymy?

— Tylko namoczymy.

Powiedziała „namoczymy". Na pewno. „Namoczymy". Nie „namydlimy". A jednak go namydliła. Namydliła tak, że odzyskał sprawność. Było to miłe aż strach, więc próbował się opierać. Bezskutecznie. Bawiła się nim, doprowadzała na sam skraj rozkoszy i, bliskiego zaspokojenia, odciągała z powrotem. Był bezradny. Przez głowę przepływały mu słowa: niebo, ekstaza, raj, ambrozja.

Poddał się z kretesem.

Uwolniła go, szepcząc:

— Teraz.

Rozkołysane koniuszki jego nerwów śpiewały. Od rozżarzonego do białości wybuchu strzeliło mu w uszach, a oczy poraził blask.

— Niesamowite! — wydusił z siebie.

— Niczego sobie.

Jessica z uśmiechem położyła się na plecach.

Ktoś zapukał do drzwi. Pewnie obsługa hotelowa. Nie zareagowali.

— Może otworzysz — powiedziała.

— Moje nogi. Nie mogę nimi poruszyć — odparł. — Już pewnie nigdy nie będę chodził.

Zapukano ponownie.

— Jestem w rosole.

— No a ja? W stroju na konferencję prasową?

— Miałbyś wielkie wzięcie.

Myron jęknął.

Pukanie się powtórzyło.

— Rusz się! Owiń zgrabny tyłek ręcznikiem i idź.

Już druga kobieta wspomniała dziś o jego tyłku! Chwycił ręcznik i podszedł do drzwi.

— Chwileczkę! — zawołał, bo znów zapukano.

Otworzył drzwi. Nie przywieziono im jedzenia.

— Pokojówka. Można wysłać łóżko? — spytał Win.

— Na drzwiach wisi kartka „Nie przeszkadzać".

Win zerknął na gałkę przy drzwiach.

— Przykro. Nie mówić angielski.

— Jak nas znalazłeś?

— Dzięki twojej karcie płatniczej — odparł Win, jakby było to zrozumiałe samo przez się. — Wprowadziłeś się do hotelu o dwudziestej dwadzieścia dwie. — Wsadził głowę w drzwi. — Cześć, Jessica.

— Cześć, Win — dobiegło z łazienki.

Sądząc po odgłosach, Jessica wyszła z jacuzzi. Obraz wody ściekającej po jej nagim ciele spadł na Myrona jak cios.

— Wejdź — wybąkał.

— Dzięki. — Win wręczył mu papierową teczkę. — Pomyślałem, że zechcesz do niej zajrzeć.

Z łazienki wyszła Jessica — w ciaśniej zawiązanym szlafroku. Ręcznikiem wycierała włosy.

— Co się stało? — spytała.

— To policyjny wykaz grzechów Freda Nicklera, alias Nicka Fredericksa — wyjaśnił Win.

— Łebski pseudonim — rzekł Myron.

— Łebskiego jegomościa.

— Tego wydawcy pism pornograficznych? — upewniła się Jessica, siadając na łóżku.

Myron skinął głową. Zaczynający się od najświeższych dat wykaz nie był długi. Zawierał wykroczenia drogowe, dwie jazdy po pijanemu, aresztowanie za oszustwo pocztowe.

— Rok tysiąc dziewięćset siedemdziesiąty ósmy — podpowiedział Win.

Myron przesunął oczami w dół. 30 czerwca 1978 roku Freda Nicklera zatrzymano za naruszenie dobra dziecka. Skargę wycofano.

— I co? — spytał.

— Pan Nickler bawił się w pornografię dziecięcą — wyjaśnił Win. — Był wtedy szeregowym fotografem. Przyłapano go, że tak powiem, z ręką w konfiturach. A dokładniej, na robieniu zdjęć ośmiolatkowi.

— Chryste Panie — jęknęła Jessica.

Myron przypomniał sobie spotkanie z Nicklerem, „uczciwym biznesmenem uczciwie zarabiającym na życie".

— Właśnie.

— Dlaczego wycofano skargę? — spytała.

— I tu — Win dźgnął palcem powietrze — zaczyna być ciekawie. Pod wieloma względami to banalna historia. Fred Nickler był tylko fotografem. Płotką. Władze zaś chciały złapać grubszą rybę i płotka im ją wydała. W zamian za łagodne potraktowanie.

— Całkowicie wycofały oskarżenia? Nawet o wykroczenie?

— Tak. Zdaje się, że pan Nickler zgodził się od czasu do czasu pomagać policji.

— A jakie to ma znaczenie?

— Umowę tę zawarł z policjantem prowadzącym śledztwo. — Win zerknął na Jessicę. — A policjantem tym był twój znajomy, Paul Duncan.

38

— To on — powiedział Win. — Pan Junior Horton.

Horty wyglądał na byłego futbolistę. Potężnie zbudowany, szeroki w barach, same mięśnie i żyły. Ręce niczym konary drzewa. Ciuchy jak z raperskiego wideoklipu. Tradycyjna bejsbolowa koszulka Kardynałów z Saint Louis, wyłożona na workowate, sięgające za kolana spodnie. Na bosych nogach czarne reeboki z cholewką. Na głowie bejsbolówka chicagowskich White Sox. Ciemne okulary i tona biżuterii.

Była dziewiąta rano. Cicha ulica Sto Trzydziesta Dziewiąta na Manhattanie. Horty właśnie dokonywał transakcji. Wiele razy siedział w więzieniu. Najdłużej bawił na wolności, kiedy grał w drużynie futbolowej Uniwersytetu Restona. Do więzienia trafiał głównie za narkotyki. Raz za napad z bronią. Dwukrotnie za gwałt. Ten dwudziestoczteroletni skończony opryszek, w zamknięciu, jak większość więźniów, dźwigał ciężary. Ćwiczył ze sztangą. W naszych zakładach karnych najbardziej brutalni zbóje nabierają krzepy, tak żeby po wyjściu z nich jeszcze skuteczniej okaleczać i zastraszać. Miły system.

Jessiki z nimi nie było. Pakowała rzeczy w biurze ojca — to znaczy, w kostnicy — szukając dodatkowych rewelacji. Myron odwiódł ją od rozmowy z Paulem Duncanem do czasu, aż zbiorą nieco więcej informacji. Słuchała go jak zwykle niechętnie.

Horty dokończył transakcję z chłopaczkiem wyglądającym

najwyżej na dwanaście lat, przybił mu piątkę i ruszył na zachód. Szedł bez walkmana, ale takim krokiem, jakby go słuchał. Cały podrygiwał. Oczy miał zaczerwienione. Co kilka kroków wciągał nosem powietrze i ocierał go wierzchem dłoni.

— Na jakim paliwie jedzie, dzieci? Na koce czy coli?

— Pewnie ma grypę — odparł Win.

— Aha, kolumbijkę.

Cofnęli się, schodząc mu z oczu. Kiedy doszedł do wylotu ulicy, Myron zastąpił mu drogę.

— Junior Horton?

Horton obrzucił go pogardliwym spojrzeniem dziecka ulicy.

— A kto się, kurwa, pyta? — odparł.

— Gites odzywka.

— Zejdź mi z drogi, bo ci skopię dupę. Obu skopię dupę — dodał Horty, spostrzegając Wina.

— Dupy — poprawił go Win. — Jedna dupa. Dwie dupy. Liczba mnoga.

— Kurwa jego...

— Chcemy z tobą pogadać.

— Pierdol się, frajerze!

— Trafił nam się kosior — rzekł Myron do Wina.

— Widzę — odparł Win. — Zaraz się zsikam.

Horty przystąpił do niego. Był co najmniej piętnaście centymetrów wyższy i trzydzieści kilo cięższy. Uznał pewnie, że zastraszenie takiego kurdupla to mądre zagranie.

— Rozjebię cię w drobny mak — zagroził.

Myron stłumił uśmiech.

— Przekniesz jeszcze raz, to będę zmuszony cię uciszyć — ostrzegł tonem belfra Win.

— Ty?! — Horty zaśmiał się serdecznie, zgiął i pochylił tak nisko, że nosem prawie dotknął jego nosa. — Taki wymuskany biały wypierdek ma mi zamknąć twarz?! Kurwa two...

Prawie niewidocznym ruchem Win otwartą dłonią uderzył go w splot słoneczny i w ułamku sekundy cofnął rękę. Horty zatoczył się do tyłu, łapiąc oddech i nie mogąc wtłoczyć powietrza do płuc.

— Powiedziałem: nie przeklinaj.

Pół minuty później Junior Horton doszedł do siebie i od nowa zaczął trzaskać dziobem.

— O żeż ty w dupę jebany skurwielu! — zaklął, wstając. — Zrobię ci w niej drugą dziurę!

Kiedy rzucił się na Wina z wyciągniętymi rękami, jak obrońca szarżujący na napastnika, ten odstąpił w bok i zamaszystym, szybkim jak błyskawica kopniakiem znów trafił go w splot. Horty zgiął się i upadł. Widać było, że jest zły, zaskoczony i, naturalnie, zmieszany. Rozejrzał się dookoła, czy nikt nie patrzy. Bądź co bądź, manto spuszczał mu mikry białas.

— W ciele jest dwieście sześć kości — oznajmił spokojnie Win. — Następnym razem jedną ci złamię.

Ale Horty go nie słuchał. Wybałuszał oczy, twarz wykrzywiała mu wściekłość, a z rozsądkiem był całkiem na bakier. Wstał chwiejnie z chodnika, jakby oberwał mocniej, niż udawał. Liczył, że zaskoczy Wina. Gdy znalazł się blisko niego, zaatakował.

Albo faktycznie nawalił się koką, albo był strasznie głupi. Prawdopodobnie jedno i drugie.

Win odchylił się i kopnął go z boku w goleń. Trzasnęło jak nadepnięta sucha gałązka. Horty krzyknął i upadł. Win uniósł nogę, by poprawić z góry, ale Myron powstrzymał go, kręcąc głową.

— Zostało ci dwieście pięć — rzekł Win i wolno opuścił stopę.

— Złamałeś mi nogę, kur... — Horty urwał, trzymając się za podudzie i tarzając. — Złamałeś mi nogę!

— Prawy piszczel.

— Coście, ku... coście za jedni?

— Zadamy ci kilka pytań — odparł Myron. — A ty na nie odpowiesz.

— Moja noga, człowieku! Potrzebuję lekarza!

— Kiedy skończymy.

— Pracuję dla Terrella. Ten rewir mam od niego. Jak macie jakieś wąty, to gadajcie z nim.

— Mamy do ciebie inny romans.

276

— Człowieku, zlituj się! Moja noga!

— Chodziłeś na uniwerek Restona.

Na zbolałej twarzy Hortona pojawiło się zaskoczenie.

— Chodziłem, a bo co? Chcecie znać moje stopnie?

— Znałeś Kathy Culver.

Horty spłoszył się.

— Jesteście z policji?

— Nie.

Horty zamilkł.

— Znałeś Kathy Culver.

— Kathy jaką?

— Lewe udo. Kość numer dwieście pięć. Kość udowa to największa kość w ciele...

— Dobra, znałem ją. I co z tego?

— Jak się poznaliście? — spytał Myron.

— Na zabawie. W pierwszym tygodniu nauki.

— Chodziliście ze sobą?

— Chodziliśmy? — Horty'ego rozbawiło to pytanie. — Co wy. Z taką jak ona się nie chodzi.

— Z jaką?

— Z taką, co pierwszego wieczoru obciąga ci fiuta. Williemu też obciągnęła.

— Jakiemu Williemu?

— Kumplowi z pokoju.

— Gra w futbol?

— Owszem, ale to gracz pomocniczy — odparł Horty takim tonem, jakby mówił o kimś niższego gatunku.

— Mów.

— Człowieku, po co chcesz to wiedzieć?

— Mów.

Horty wzruszył ramionami. Noga mu szybko puchła, ale kokaina na tyle skutecznie tłumiła ból, że się trzymał.

— No więc, urządziliśmy imprezę. W akademiku Moore'a, w którym mieszkali wszyscy czarni bracia. Kathy była tam jedyną białą laską. Przyszła ubrana jak zdzira. I zachowywała się jak zdzira. Zaczęliśmy nawijać i tak dalej. Snifowała kokę jak odkurzacz. Lubiła ten towar. A potem poszliśmy w tany. —

Uśmiechnął się na to wspomnienie. — W taniec-ocieraniec. Na parkiecie chwyciła mnie za armatę i dawaj ją repetować. No, to targam ją na górę i obciąga mi druta. Ale to nie wszystko. Z torby wyjmuje aparat — aparat, kurwa mać! — i każe mi robić zdjęcia. Nie picuję! Zbliżenia siebie i mojej czarnej lufy.

Myron poczuł, że znów ściska go w żołądku. Win miał jak zwykle obojętną minę.

— Następnego wieczoru wróciła — ciągnął Horty. — I za jednym zamachem obsłużyła mnie i Williego. Zabawa była przednia, znów napstrykaliśmy zdjęć. Tylko że tym razem ja też miałem aparat.

— I zrobiłeś zdjęcia.

— A jak.

— Mieliście więcej takich... spotkań?

— Nie. Zabrała się za innych gości. Pierwszoklaśna laska, a taka zdzira. Blondyna, figura jak ta lala i w ogóle.

— Rozmawiałeś z nią potem?

Horty wzruszył ramionami.

— Trochę. Niewiele. Odkąd spiknęła się z Christianem, zaczęła się całkiem inna rozmowa.

— To znaczy?

— Zaczęła tak zadzierać nosa, jakby jej gówno pachniało perfumami. I te ich ciągłe ciuciu-muciu, jak jakaś parka w show telewizyjnym. Ze zdziry zmienia się raptem w niepokalaną cnotkę. Kurwa, która ujeżdżała moją czarną armatę jak dzikiego mustanga, nagle przestaje mi mówić „cześć". To nie w porządku. Nie w porządku.

Znawca dobrego wychowania.

— Więc postanowiłeś ją zaszantażować — rzekł Myron.

— Zaszantażować? Skądże.

— O wszystkim wiemy, Horty. Wiemy, że zapłaciła ci za zdjęcia.

Horty prychnął.

— Co wy, to nie był szantaż. Zwykła transakcja. Zadzwoniłem do niej i powiedziałem, że mogę sprawić, by jej zmiękła rura. I że jedno zdjęcie kosztuje tysiąc papierów. Przyjęła to do wiadomości i zgodziła się zapłacić za te piękne fotki. Zastrzegłem, że bardzo je sobie cenię. Ze względu na dużą wartość sentymentalną i w ogóle. Wreszcie doszliśmy do zgody. Umowy korzystnej dla obu stron, nie szantażu! — podkreślił. Spojrzał na nogę i skrzywił się. — Koniec historii.

— O czymś zapomniałeś.

— O czym.

— O zbiorowym gwałcie w szatni.

To go nie zaskoczyło. Lekko się uśmiechnął.

— Gwałcie? Człowieku, ty mnie nie słuchasz. Ta cipa była kurwą do potęgi. Skoczyłaby nago na kupę kamieni, gdyby myślała, że znajdzie tam kutasa! Kochała tę robotę. A my wszyscy dobrze się zabawiliśmy.

Win posłał Myronowi wymowne spojrzenie: „Zachowaj spokój".

— Ilu was było?

— Sześciu.

— Nie wystarczyły ci jej pieniądze, Horty? — spytał cicho Myron. — Musiałeś ją zgwałcić?

— Powiedziałem ci już, człowieku...

— Nie przyszła do tej szatni na umówiony grupowy stosunek z pół tuzinem chłopa. Zgwałciliście ją.

— Jakim cudem, człowieku? — Horty potrząsnął głową. — To skończona kurwa. Kto się raz skurwił, kurwą pozostanie. Taka jest prawda. Pierdolona cipa rżnęła niepokalaną dziewicę. Panienkę rozgrywającego. Idealną amerykańską pomponiarę. Za kogo się uważała, do kurwy nędzy! Właśnie dlatego przypomniałem jej, co robiła. Pokazałem jej, kim jest. Nie żadną królową balu. Tylko zdzirą. Lachociągiem, który kocha szarpać druty.

Win na wszelki wypadek zastąpił Myronowi drogę.

— A poza tym byłem to winien jej kochasiowi. Z okładem.

— Christianowi Steele'owi?

— Tak. Steele zaszkodził mnie, więc ja jemu, puszczając jego kurewkę w obieg. Należał mu się rewanż, gościu. Zrewanżowałem się kutasowi, przez którego wyleciałem z drużyny.

— Wyleciałeś nie przez Christiana.

— Co ty gadasz, człowieku?

— Rozmawiałem z trenerem Clarkiem. Wyleciałeś, bo

dwóch zawodników przyszło nawalonych na mecz. Christian nie miał z tym nic wspólnego.

— No, no. — Horty wzruszył ramionami. — Coś takiego.

— Twoja skrucha jest wzruszająca.

— Muszę jechać do lekarza. Noga jebie mnie jak cholera.

— Nie martwiłeś się, że cię złapią?

— Co?

— Nie bałeś się, że Kathy zawiadomi policję o gwałcie?

Horty zrobił taką minę, jakby Myron nagle przeszedł na japoński.

— Ocipiałeś, człowieku? Komu mogła powiedzieć. Właśnie dała mi dużą kasę, żeby wyciszyć sprawę. Gdyby pisnęła słowo, wszystko by się wydało. Cała brzydka prawda. Wszyscy by się dowiedzieli — Christian, jej mamuśka, papcio, profesorowie. Wszyscy by się dowiedzieli, że zapłaciła kupę szmalu, żeby to ukryć. A gdyby okazała się na tyle głupia, żeby sypać? Przecież byli świadkowie tego, co wyprawiała na tamtej imprezie ze mną i z Williem, i były zdjęcia. Kto po ich obejrzeniu uwierzyłby, że ją zgwałciliśmy?

Ten sam argument wysunął dziekan Gordon. Wielkie umysły myślą jednakowo.

— Ej, człowieku, noga boli mnie jak cholera!

— Czy potem widziałeś Kathy?

— Nie.

— To ty wyrzuciłeś jej majtki?

— Nie. Majtki miał inny chłopak. Chciał zachować je na pamiątkę. Kiedy usłyszał, że zginęła, skrewił i je wyrzucił.

— Kto to był?

— Nie jestem kapusiem.

— No, to będziesz — rzekł Win i postawił nogę na jego złamanej goleni.

To wystarczyło.

— Dobra, dobra. Jak mówiłem, było nas sześciu. Trzech ziomali, dwóch białasów i jeden żółtek.

Równe prawa dla gwałcicieli wszystkich ras!

— Jednym był kopacz, Tommy Wu. A poza tym ja, Ed Woods, Bobby Taylor i Willie.

— To pięciu.

Horty zawahał się.

— Daj żyć, człowieku. Ten szósty wyrzucił majtki, ale to przyjaciel. Nadal wspomaga mnie kasą, kiedy jestem spłukany. Zrobił karierę.

— Jaką karierę?

— Gra zawodowo. Nie podam ci nazwiska.

Win lekko nacisnął jego nogę. Horty podskoczył.

— To Ricky Lane — powiedział.

Myron zamarł.

— Napastnik Jetsów?

Głupie pytanie. Ilu grających w zawodowej lidze Rickych Lane'ów studiowało na Uniwersytecie Restona?

— Tak. Człowieku, nic więcej nie wiem.

— Masz do niego jeszcze jakieś pytania? — spytał Win Myrona.

Myron potrząsnął głową.

— To odejdź.

Myron się nie ruszył.

— Powiedziałem: odejdź.

— Nie.

— Słyszałeś, co powiedział. Nie wsadzisz go do pudła. Sprzedaje dzieciom narkotyki, gwałci niewinne kobiety, szantażuje, kradnie i śmieje się z tego.

— O co, kurwa, biega?!

Horty usiadł prosto.

— Odejdź — powtórzył Win.

Myron się zawahał.

— Człowieku, powiedziałem wszystko, co wiem.

Do głosu Horty'ego wkradło się drżenie.

Myron nie ruszył się z miejsca.

— Nie zostawiaj mnie z tym pojebem! — krzyknął Horty.

— Odejdź — powtórzył Win.

— Nie. — Myron potrząsnął głową. — Zostanę.

Win przyjrzał mu się uważnie, skinął głową i podszedł do Horty'ego, który próbował odpełznąć, ale nie odpełzł daleko.

— Tylko go nie zabij — przestrzegł Myron.

Win skinął głową. Zabrał się do dzieła z precyzją chirurga. Z kamienną twarzą. Jeśli słyszał krzyki Horty'ego, nie dał tego po sobie poznać.

Niebawem Myron kazał mu przestać. Win niechętnie odstąpił od ofiary.

Odeszli.

39

Ricky Lane mieszkał w osiedlu domów w New Jersey podobnym do tego, w którym zamieszkał Christian. Win zaczekał w samochodzie. Podchodząc do frontowych drzwi, Myron bardziej poczuł, niż usłyszał basy aparatury stereo. Ricky otworzył mu dopiero po trzech dzwonkach i kilkakrotnym pukaniu.

— Cześć, Myron — powiedział.

Miał na sobie rozpiętą jedwabną koszulę — trudno powiedzieć, ostatni krzyk mody czy górę od piżamy — która odsłaniała jego muskularne ciało, związane tasiemką spodnie, a na nogach klapki. Może strój ten służył mu do spania. Może w nim wypoczywał. A może szykował się do odegrania epizodu w *Marzę o Jeannie*.

— Musimy porozmawiać — powiedział Myron.

— Wejdź.

Ogłuszająca muzyka była tak potworna, że w porównaniu z nią zespół Wymaz z Szyjki brzmiał łagodnie jak Brahms. Salon był w gładkim nowoczesnym stylu. Mnóstwo włókna szklanego. Mnóstwo czerni i bieli. Mnóstwo obłych krawędzi. Aparatura stereo na całą ścianę — z korektorem błyskającym światłami jak urządzenie na statku kosmicznym w serialu *Star Trek*.

Ricky wyłączył stereo. Zapadła nagła cisza. Myronowi przestały wibrować płuca.

— Co się stało? — spytał Ricky, ze zdziwieniem w oczach chwytając w locie szklany słoik.

— Nalej do niego — powiedział Myron.

— Co?

— Chcę, żebyś do niego nasikał.

Ricky spojrzał na słoik, a potem na Myrona.

— Nie rozumiem — powiedział.

— Rozrosłeś się. Bierzesz sterydy.

— Coś ty, człowieku. Nie ja.

— No, to daj mi próbkę moczu. Zbadają go w laboratorium.

Ricky wpatrzył się w słoik. Nic nie powiedział.

— No, Ricky. Nie mam całego dnia.

— Jesteś moim agentem, Myron, a nie moją matką.

— Owszem. Bierzesz sterydy?

— Nie twój interes.

— Rozumiem, że potwierdzasz.

— Rozum to, jak chcesz.

— Kupiłeś je od Horty'ego? A może po studiach znalazłeś innego dostawcę?

Zapadła cisza.

— Zwalniam cię, Myron — powiedział Ricky.

— Jestem zdruzgotany. A teraz opowiedz mi o zgwałceniu Kathy Culver.

Ricky milczał. Z całych sił starał się zachować luz, ale język jego ciała mówił co innego.

— Wiem wszystko — ciągnął Myron. — Od twojego kumpla Horty'ego. Nawiasem mówiąc, miły gość. Do rany przyłóż.

Ricky cofnął się. Postawił słoik na lśniącym sześcianie, zapewne stole, i odwrócił się tyłem.

— Ja jej nie tknąłem — powiedział ledwo dosłyszalnym głosem.

— Trujesz. W sześciu dopadliście ją w szatni futbolistów i po kolei zgwałciliście.

— Nie. To nie było tak.

Myron czekał. Wciąż zwrócony plecami do niego, Ricky zapiął koszulę, wyjął z odtwarzacza płytę i schował do pudełka.

— Owszem, byłem tam — odezwał się cicho. — W tej

szatni. Nawalony. Wszyscy byliśmy nawaleni jak świnie. Horty właśnie dostał nowy towar i...

Resztę zdania dopowiedział wzruszeniem ramion.

— Zaczęło się od zakładu. Byliśmy pewni, że do niczego nie dojdzie. Myśleliśmy, że się do tego nie posuniemy. Czekaliśmy, aż któryś z nas go odwoła.

Ricky zamilkł.

— Ale nikt go nie odwołał — rzekł Myron.

Ricky skinął głową.

— Zerwałem zakład, ale za późno. Kiedy przyszła moja kolej, odmówiłem.

— Po tym, jak wszyscy to zrobili?

— Tak. Stałem, patrzyłem, a nawet zachęcałem ich okrzykami.

Ricky zamilkł.

— Zatrzymałeś jej majtki?

— Tak.

— I na wieść o wszczęciu śledztwa wrzuciłeś je do kosza na śmieci.

Ricky odwrócił się.

— Nie — odparł, bliski słabiutkiego uśmiechu. — Nie byłbym aż tak głupi, żeby zostawiać je na wierzchu. Spaliłbym je.

Był to bardzo istotny fakt.

— Więc kto je wyrzucił? — spytał Myron po krótkim zastanowieniu.

— Pewnie Kathy. — Ricky wzruszył ramionami. — Oddałem jej majtki.

— Kiedy?

— Później.

— Po jakim czasie?

— Około północy. Po wszystkim... po jej wyjściu z szatni zapanowała atmosfera, jakby ktoś dał nam antidotum. Albo nagle zapalił światła i wreszcie dotarło do nas, co zrobiliśmy. Wszyscy zamilkli i się rozeszli. Ale nie Horty. Coraz mocniej naćpany, śmiał się wrednie jak hiena. Reszta wróciła do pokojów. Nikt się nie odzywał. Położyłem się do łóżka, ale na krótko. Ubrałem się i wyszedłem na dwór. Właściwie bez żadnego planu. Pragnąłem ją odszukać. Powiedzieć jej coś. Chciałem... kurczę, nie wiem czego.

Ricky bawił się włosami, okręcając je na palcach jak dziecko. Myronowi wydał się mniejszy.

— Wreszcie ją odnalazłem.

— Gdzie?

— Szła przez kampus.

— Gdzie konkretnie?

— W samym środku. Na trawniku.

— Dokąd zmierzała?

— Na południe — odparł Ricky po krótkim namyśle.

— Szła od strony domów dla pracowników uczelni?

— Tak.

Wyszła od dziekana Gordona, pomyślał Myron.

— Mów.

— Podszedłem do niej. Zawołałem po imieniu. Myślałem, że ucieknie. Było ciemno, noc. Odwróciła się i spojrzała na mnie. Nie była przestraszona. Stała i na mnie patrzyła. Przeprosiłem ją za wszystko. Nie odpowiedziała. Oddałem jej majtki. Powiedziałem, że może ich użyć jako dowodu. Powiedziałem nawet, choć nie planowałem, że złożę zeznanie. Tak wyszło. Wzięła majtki i odeszła. Bez jednego słowa.

— Wtedy widziałeś ją po raz ostatni?

— Tak.

— W co była ubrana?

— Ubrana?

— Kiedy widziałeś ją po raz ostatni.

Ricky podniósł oczy w górę, próbując sobie przypomnieć.

— Chyba na niebiesko — odparł.

— Nie na żółto?

— Nie. Na pewno nie.

— Nie przebrała się po gwałcie?

— Nie. Na pewno była w tym samym ubraniu.

Myron ruszył do drzwi.

— Będziesz potrzebował nie tylko nowego agenta, Ricky. Będziesz potrzebował również dobrego adwokata — powiedział.

40

Kiedy Myron i Win weszli do poczekalni, zastali Jake'a. Wstał na ich widok.

— Masz chwilę? — spytał.

— Porozmawiamy w gabinecie — odparł Myron.

— W cztery oczy.

Win bez słowa odwrócił się na pięcie i wyszedł.

— Nic do niego nie mam, ale na jego widok cierpnie mi skóra — wyjaśnił Jake.

— Wejdź. — Myron przystanął przy biurku Esperanzy. — Dodzwoniłaś się do Chaza? — spytał.

— Jeszcze nie.

Wręczył jej kopertę.

— W środku jest zdjęcie. Pojedź do Lucy i sprawdź, czy zna tego gościa.

Skinęła głową.

Myron wszedł za Jakiem do gabinetu. Klimatyzacja była nastawiona na maksimum. Jak przyjemnie.

— Co cię sprowadza do miasta, Jake? — spytał.

— Sprawdzałem coś u Johna Jaya.

— W laboratorium kryminalistyki?

— Tak.

— I znalazłeś coś?

Jake nie odpowiedział. Pochylony do przodu, mrużąc oczy, przyjrzał się zdjęciom klientów Myrona na ścianie.

— O niektórych słyszałem — rzekł — ale nie masz tu supergwiazd.

— Zgadza się.

— Nikogo kalibru Christiana Steele'a.

Myron usiadł i zarzucił nogi na biurko.

— Wciąż podejrzewasz, że zabił Nancy Serat? — spytał.

Jake'owi drgnęły ramiona. Być może nimi wzruszył.

— Powiedzmy, że Christian przestał być głównym podejrzanym.

— A kto nim został?

Jake odsunął się od ściany ze zdjęciami sportowców.

— Zajrzałem do akt sprawy zabójstwa Adama Culvera i znalazłem coś interesującego. Policja skupiła się wyłącznie na miejscu zbrodni i najbliższej okolicy. Nie mieli powodu sprawdzać niczego poza tym. Byli pewni, że Culver padł ofiarą przypadkowego rozboju. Ja poszedłem innym tropem. Zasięgnąłem języka w sąsiedztwie domu Culverów w Ridgewood. Miłe miasteczko. Bielusieńkie. Żadnych czarnych braci. Na pewno tam byłeś.

Myron skinął głową.

— No i pogadałem z gościem, który mieszka dwa domy od Culverów. Powiedział, że wieczorem w dniu śmierci Adama wyszedł na spacer z psem. Nie może podać dokładnej godziny, ale było około ósmej. Twierdzi, że u Culverów trwała ostra kłótnia. Awantura na całego. W życiu takiej nie słyszał. Darli takie koty, że o mało co nie wezwał policji, ale nie chciał wyjść na wścibskiego. Byli sąsiadami od dwudziestu lat. Więc darował sobie.

— Czy wie, o co poszło?

— Nie. Słyszał tylko podniesione głosy. Adama i Carol.

Usadowiony wygodnie w fotelu Myron zamilkł. A więc na parę godzin przed śmiercią Adama Culverowie się pokłócili. Próbował dopasować to do tego, co wiedział. Po raz pierwszy szczegóły zaczęły układać się w spójną całość.

— Odkryłeś coś jeszcze? — spytał.

— W sprawie Culvera? Nic.

Myron znowu zamilkł.

— Na miejscu zbrodni w domu Nancy Serat znaleziono kilka włosów. Przy zwłokach, a konkretnie, w jej zaciśniętej dłoni.

Myron usiadł prosto.

— Czyżby wydarła je mordercy?

— Możliwe. Zbadaliśmy te włosy u siebie, a dziś nasze wyniki potwierdziło laboratorium college'u Johna Jaya. Nie ma żadnych wątpliwości. Są to włosy Kathy Culver.

Myron skamieniał. Nie mógł wydusić słowa.

— Zachowaliśmy kilka jej włosów. Z tamtej sprawy. Na wypadek znalezienia zwłok. Zdjęliśmy je ze szczotki w akademiku. Oba laboratoria przeprowadziły wszelkie testy porównawcze i są pewne, że to włosy Kathy.

Myronowi zakręciło się w głowie. „To nie ma żadnego sensu" — pokrzykiwał mu w niej wciąż od nowa robot z *Zagubionych w kosmosie*.

— Masz jakieś domysły na ten temat? — spytał Jake.

— Takie same jak ty.

— W związku z tym, co powiedział Christian?

— „Czas, żeby siostry znów się połączyły" — zacytował Myron.

— To zyskuje całkiem nowe znaczenie.

— Ale w dalszym ciągu niczego nie wyjaśnia. Przyjmijmy, że Kathy Culver żyje. Przyjmijmy, że Nancy Serat o tym wie. Po co Kathy miałaby ją zabijać?

Jake wzruszył ramionami.

— Może kompletnie jej odbiło. Najpierw ta dziwna przeszłość. Potem zakochuje się w chłopaku. Pada ofiarą szantażu i zbiorowego gwałtu. A na koniec odwraca się od niej dziekan. Dziewczyna pęka. Załamuje się. Ucieka. Być może kontaktuje się z Nancy. Ta w każdym razie odkrywa, że Kathy żyje. I organizuje — zapewne w tajemnicy — niespodziewane spotkanie sióstr. Kathy zjawia się u niej wcześniej i nie podoba jej się taka niespodzianka.

— Dlatego ją zabija?

— Kto wie. Kathy ma nierówno pod sufitem. Nie chce, żeby ją znaleziono. Pewnie z tego samego powodu zabiła swojego starego. To wariatka. Może z jakiejś przyczyny postanowiła się zemścić — na ojcu, najlepszej przyjaciółce, a nawet na Christianie, dziekanie Gordonie i wszystkich, którym wysłała to pisemko.

Myron nie mógł w to uwierzyć.

— No, a co z wielką kłótnią Adama z Carol? — spytał. — Jak ona ma się do tego?

— Cholera wie — odparł Jake. — Wymyślam to na poczekaniu. Może ta kłótnia to przypadek. Może Adam był zdenerwowany, bo właśnie miał się spotkać z córką. A może matka Kathy wie więcej, niż mówi.

Myron stropił się. Ostatni domysł Jake'a był sensowny. Carol Culver niemal na pewno mówiła mniej, niż wiedziała. Domyślał się nawet, co ukrywa.

Pora było złożyć jej wizytę.

41

Podjechał pod znajomy wiktoriański dom przy Heights Road w Ridgewood i się zawahał. Powinien był powiedzieć o tej wizycie Jessice. Wiedział jednak, że są sprawy, które kobieta chętniej ujawni komuś znajomemu niż córce. Tak mogło być w tym przypadku.

Carol Culver, w fartuchu i gumowych rękawicach, uśmiechnęła się na jego widok, ale nie oczami.

— Witam, Myron — powiedziała.

— Dzień dobry, pani Culver.

— Jessiki nie ma w domu.

— Wiem. Chciałem porozmawiać. Poświęci mi pani chwilę?

Nie przestała się uśmiechać, ale przez jej twarz przemknął cień.

— Wejdź — powiedziała. — Napijesz się czegoś? Może herbatki?

— Z przyjemnością.

Wszedł do środka. Kiedy on i Jessica byli razem, nieczęsto tu wpadali. Raz czy dwa, od wielkiego dzwonu. Nie lubił tego domu. Dusił się w nim, jakby powietrze było w nim za ciężkie, by swobodnie oddychać.

Usiadł na kanapie twardej jak ławka w parku. Salon był urządzony świątobliwie. Pełen dewocjonaliów. Licznych Matek Boskich, krucyfiksów, świętych obrazków, aureoli i uduchowionych twarzy z oczami wzniesionymi w niebo.

Carol pojawiła się po dwóch minutach z herbatą i ciasteczkami na maśle, ale bez fartucha i rękawic. Córki nie były do niej podobne, ale obu przekazała niektóre ze swych cech. Jessice prostą postawę. Kathy nieśmiały uśmiech.

— Jak ci się powodzi? — spytała.

— Dobrze, dziękuję.

— Dawno cię nie widziałam.

— O, tak.

— Czy ty i Jessica...? — Udała zażenowanie. Robiła to często. — Przepraszam. To nie moja sprawa.

Nalała herbaty. Myron napił się, nadgryzł ciasteczko. Carol Culver zrobiła to samo.

— Jutro pogrzeb — powiedziała. — Adam podarował ciało akademii medycznej. Dla niego liczyła się tylko dusza. Ciało uważał za bezwartościowe. Pewnie dlatego, że był patologiem.

Myron skinął głową i łyknął herbaty.

— Co za pogoda — zmieniła temat, z twarzą rozciągniętą w roztargnionym, przylepionym uśmiechu. — Okropna spiekota. Jeżeli wkrótce nie spadnie deszcz, zbrązowieje nam trawnik przed domem. A na wiosnę zapłaciliśmy za zasianie trawy...

— Wkrótce zjawi się tu policja — przerwał jej Myron. — Dlatego powinniśmy porozmawiać.

Położyła rękę na piersi.

— Policja?

— Chcą z panią pomówić.

— Ze mną? O czym?

— Wiedzą o waszej kłótni. Od sąsiada, który wyszedł na spacer z psem. Słyszał panią i doktora Culvera.

Zesztywniała. Myron czekał, ale milczała.

— Doktor Culver wcale nie czuł się źle tamtego wieczoru, prawda?

Zbladła. Odstawiła filiżankę i osuszyła kąciki ust serwetką.

— Wcale nie wybierał się na konferencję medyczną w Denver.

Opuściła głowę.

— Pani Culver?

Ani drgnęła.

— Wiem, że to niełatwe — rzekł łagodnie — ale staram się odnaleźć Kathy.

— Myślisz, że ci się uda? — spytała, wciąż patrząc w podłogę.

— Możliwe. Nie chcę stwarzać fałszywych nadziei, ale to możliwe.

— A więc sądzisz, że ona żyje?

— Jest taka szansa.

Wreszcie podniosła głowę. Oczy miała mokre.

— Zrób wszystko, co musisz, żeby ją odnaleźć — powiedziała zaskakująco silnym i opanowanym głosem. — To moja córka, Myron. Moje dziecko. Jest najważniejsza.

Myron czekał na dalszy ciąg, ale zamilkła.

— Doktor Culver udał, że leci na konferencję medyczną — rzekł po upływie blisko minuty.

Westchnęła głęboko i skinęła głową.

— Myślała pani, że tamtego dnia rano wyjechał.

Ponownie skinęła głową jak robot.

— A potem panią zaskoczył.

— Tak.

Jego cichy głos zdawał się huczeć w pokoju. Antyczny zegar cykał obłąkańczo.

— I co zobaczył po przyjeździe?

Z oczu popłynęły jej łzy. Znowu opuściła głowę.

— Zastał panią z innym mężczyzną?

Nie zareagowała.

— Czy tym mężczyzną był Paul Duncan?

Podniosła głowę. Ich oczy się spotkały.

— Tak. Byłam z Paulem — odparła.

Myron czekał.

— Adam zastawił pułapkę i wpadliśmy w nią. — Głos miała znowu opanowany i silny. — Nabrał podejrzeń. Nie wiem skąd. W każdym razie, tak jak powiedziałeś, udał, że leci do Denver. Kazał mi nawet zarezerwować bilety w obie strony, żebym nie miała wątpliwości, że wyjechał.

— Co zrobił, kiedy was zobaczył?

293

Drżącymi palcami trąc policzki, wstała i się odwróciła.

— To, co zrobiłby każdy mąż po przyłapaniu żony w łóżku ze swoim najlepszym przyjacielem. Wściekł się. Tym bardziej, że był mocno wstawiony. Zaczął na mnie wrzeszczeć i strasznie wyzywać. Zasłużyłam na to. Zasłużyłam na coś o wiele gorszego. Groził Paulowi. Próbowałam go uspokoić, ale było to niemożliwe.

Uniosła filiżankę. Z każdym słowem odzyskiwała siły, łatwiej jej było oddychać.

— Adam wypadł z domu. Byłam przerażona. Paul wybiegł za nim. Ale Adam już odjechał. Paul niedługo potem.

— Jak długo pani i Paul Duncan...

Koniec zdania uwiązł mu w gardle.

— Sześć lat.

— Czy ktoś o tym wiedział?

Jej spokój nagle prysnął. Jakby tuż przed twarzą wybuchła jej mała bomba. Skuliła się i rozpłakała. Zrozumiał dlaczego i poczuł, jak krzepnie w nim krew.

— Kathy — wyszeptał. — Kathy wiedziała.

Łkanie spotężniało.

— Odkryła to w klasie maturalnej — dodał.

Opanowanie łez zajęło jej sporo czasu. Myron przypomniał sobie, jak Kathy wielbiła matkę, idealną kobietę, która potrafiła pogodzić staroświeckie cnoty z nowoczesnością. Na jej głowie był nie tylko cały dom, lecz i prowadzenie sklepu. Wychowała trójkę dorodnych dzieci. Wpoiła im coś więcej niż wartości obecnie powszechnie zwane rodzinnymi. Dla niej były one sztywną doktryną, której przestrzegania żądała od potomków. Pierwsza zbuntowała się Jessica. Po niej Edward. W ich ciasnej klatce udało jej się zamknąć, niczym lwa, tylko Kathy.

A i ona w końcu wyrwała się na wolność.

— Kathy... — Carol Culver urwała i mocno zacisnęła powieki. — Przyłapała nas.

— I wtedy się zmieniła — dokończył.

Carol skinęła głową, nie rozwierając zaciśniętych powiek.

— To moja wina. Wszystko stało się przeze mnie. Boże, wybacz mi! — Pokręciła głową. — Nie. Nie zasługuję na przebaczenie. Nie chcę go. Chcę odzyskać moje dziecko!

— Co zrobiła Kathy, gdy zobaczyła was razem?

— Początkowo nic. Odwróciła się i wybiegła. Następnego dnia zerwała ze swoim chłopakiem, Mattem. I od tej pory... robiła wszystko, żeby mnie ukarać. Przez całe lata byłam hipokrytką. Przez całe lata ją okłamywałam. Chciała mnie zranić jak najmocniej.

— Zaczęła sypiać z kim popadnie.

— Tak. Postarała się, żebym o wszystkim wiedziała.

— O wszystkim pani mówiła?

Carol Culver potrząsnęła głową.

— Przestała się do mnie odzywać.

— To jak pani to odkryła?

Zawahała się. Skóra na jej ściągniętej twarzy mocno opinała kości policzkowe.

— Zdjęcia — odparła lakonicznie.

Następny element zagadki trafił na swoje miejsce. Horty i aparat Kathy!

— Podsuwała pani swoje zdjęcia z mężczyznami.

— Tak.

— Z białymi, czarnymi, czasem z więcej niż jednym.

— Nie tylko z mężczyznami — wydusiła z siebie, znowu zamykając oczy. — Narastało to stopniowo. Zaczęło się od kilku rozebranych zdjęć. Takich jak to w tym piśmidle.

— Widziała pani to zdjęcie wcześniej?

— Tak. Na odwrocie była zresztą pieczątka fotografa.

— Studia Bajeczne Balony?

— Nie. Nazywało się Zakazany Owoc lub podobnie.

— Zachowała pani to zdjęcie?

Potrząsnęła głową.

— Wszystkie pani wyrzuciła?

Jeszcze raz potrząsnęła głową.

— Chciałam je zniszczyć, spalić. Udać przed sobą, że ich nie widziałam. Nie potrafiłam. Kathy mnie karała. Zatrzymanie tych zdjęć było formą pokuty. Nie powiedziałam o nich nikomu, ale nie mogłam ich wyrzucić. Rozumiesz to, prawda?

Myron skinął głową.

— Ukryłam je na strychu. W starej skrzyni. Myślałam, że tam będą bezpieczne.

Domyślił się, co było dalej.

— Znalazł je pani mąż.

— Tak.

— Kiedy?

— Kilka miesięcy temu. Nic mi nie powiedział. Ale z jego zachowania wyczytałam, co się stało. Sprawdziłam na strychu. Zdjęcia zniknęły. Adam doszedł do wniosku, że ukryła je tam Kathy. Nie miał pojęcia, że mi je przysłała. A może wiedział. Może właśnie dlatego zaczął podejrzewać Paula i mnie. Nie wiem.

— Czy wie pani, co mąż zrobił z tymi zdjęciami?

— Nie. Były wstrętne. Sprawiały ból. Myślę, że Adam je zniszczył.

Myron wątpił w to. Przez kilka dobrych chwil siedzieli w milczeniu.

— Jessica zechce poznać prawdę — odezwał się wreszcie.

Carol Culver skinęła głową.

— Ty jej to powiedz.

Odprowadziła go do drzwi. Zatrzymał się przy samochodzie, odwrócił i przyjrzał szaremu wiktoriańskiemu domowi. Dwadzieścia sześć lat temu wprowadziła się do niego młoda rodzina. Na podwórzu ustawiła huśtawki, a na podjeździe do garażu zainstalowała kosz do koszykówki. Małżonkowie, na zmianę z innymi rodzicami, wozili dużym samochodem swoje i cudze dzieci na mecze szkolnej ligi baseballowej, próby chóru, uczęszczali na zebrania Stowarzyszenia Rodziców i Nauczycieli, wydawali urodzinowe przyjęcia. Myron widział to wszystko niemal tak wyraźnie, jakby patrzył na telewizyjną reklamę towarzystwa ubezpieczeniowego.

Wsunął się za kierownicę i odjechał.

42

Znów myślał o różnych wątkach.

Wątku Gary'ego Grady'ego, dziekana Gordona, Nancy Serat, Carol Culver, Christiana Steele'a, Freda Nicklera, Paula Duncana, Ricky'ego Lane'a, Horty'ego i gangsterów. Jeden przeoczył.

Wątek Ottona Burke'a.

A jeśli Jake miał rację? Jeśli te pornosy wysłano z zemsty albo dla zaspokojenia nieopatrznego, irracjonalnego gniewu? Tak czy inaczej każdego, kto otrzymał egzemplarz *Cyców*, łączyło coś z Kathy Culver.

Z wyjątkiem Ottona Burke'a.

Jaką rolę mógł w tym odegrać? Przecież nie znał Kathy.

A może znał?

Przy Garden State Plaza Myron skręcił z drogi Czwartej w Siedemnastą i skierował na południe w stronę Trzeciej. New Jersey, kraina dróg. Z Trzeciej zjechał na parking stadionu Meadowlands i zostawił wóz nieopodal siedziby zespołu Tytanów. Odnalazł biuro dyrekcji i spytał o Larry'ego Hansona.

Wpuszczono go prawie natychmiast. Szybko wyjaśnił powód wizyty.

Larry Hanson przyglądał mu się z twarzą bez wyrazu. Jego wielkie splecione dłonie spoczywały na biurku. Szyja napierała na górny guzik koszuli. Mimo pięćdziesiątki na karku, nie sflaczał. Był podobny — Myron konstatował to nie po raz pierwszy — do sierżanta Rocka ze starych komiksów. Brakowało mu tylko wielkiego cygara w ustach.

Gabinet przystrajały trofea. Larry zdobył dwukrotnie tytuł najlepszego gracza ligi. Dwanaście razy trafiał do drużyny gwiazd. W pierwszym głosowaniu wybrano go do Galerii Sław Futbolu. Prócz trofeów było tam mnóstwo czarno-białych i kolorowych fotografii, ilustrujących jego karierę w drużynach szkolnych, uniwersyteckich i zawodowych. Na wszystkich miał taką samą fryzurę na jeża, ten sam dzielny uśmiech, ale różne pozy, w tym powieloną na wielu, ulubioną — z uniesionym kolanem i ręką gotową do odepchnięcia przeciwnika.

Kiedy Myron zamilkł, Larry dłuższą chwilę oglądał swoje dłonie z taką miną, jakby widział je po raz pierwszy.

— Dlaczego pytasz o ten magazyn mnie, a nie Ottona? — spytał.

— Bo on mi nie odpowie.

— A dlaczego uważasz, że ja to zrobię?

— Bo nie jesteś skończonym palantem.

Usta Larry'ego zadrgały w zapowiedzi uśmiechu, ale się powstrzymał.

— W twoich ustach brzmi to jak komplement — rzekł.

Myron nie odpowiedział.

— Bardzo ci na tym zależy, co?

Myron skinął głową.

Larry rozsiadł się w fotelu.

— Burke nie otrzymał tego pisma pocztą. Dostał cynk od prywatnego detektywa.

Myron poprawił się na krześle.

— Otto zbierał informacje o Christianie? — spytał.

— Ktoś tak kryształowo uczciwy jak Otto Burke nie zniżyłby się do czegoś takiego — odparł jakby nigdy nic Larry.

— Mów do mnie jeszcze.

Usta Larry'ego znów drgnęły w stłumionym uśmiechu.

— To nie wyjdzie poza te ściany, Bolitar — powiedział. — Rozumiesz?

— Tak jest. — Myron położył rękę na sercu. — Słowo honoru.

— Burke zatrudnił cały dział ochrony. Prześwietlają każdego pracownika. W tym mnie. Mają też siatkę informatorów. Credo jest bardzo proste: jeśli wiesz coś kompromitującego o którymś z Tytanów, Otto Burke dobrze ci za to zapłaci. Jeden z jego informatorów natrafił na ten magazyn.

— W jaki sposób?

— Nie wiem. Może stale go czyta.

— Jak się nazywa?

— Brian Sanford. Parszywy typek. Pracuje w Atlantic City. Kręci się po kasynach. Śledzi hazardzistów i im podobnych. Wystarczy, żeby któryś z Tytanów nakarmił ćwierćdolarówką automat, raz-dwa o tym donosi, zwłaszcza od czasu tej afery z ojcem Michaela Jordana. Burke lubi trzymać rękę na pulsie. Daje mu to przewagę w negocjacjach.

— Dzięki. — Myron wstał. — Jestem wdzięczny.

— Tylko nie myśl sobie, Bolitar, że zostaliśmy kumplami. Pamiętaj na przyszłość, że cię nie lubię. Rozumiesz?

— Ale teraz przeżywamy miodową chwilę, no nie?

Hanson oparł łokcie na biurku i dźgnął w jego kierunku palcem.

— Dla mnie jesteś upierdliwym zasrańcem. Następnym razem to poczujesz.

Myron rozpostarł ręce.

— No, co ty, Larry! Już teraz padnijmy sobie w ramiona.

— Mądrala.

— Mam rozumieć, że odmawiasz?

— Zrób coś dla mnie, Bolitar.

— Dla ciebie wszystko, bystrooki.

— Weź dupę w troki i spadaj w podskokach.

43

Myron zadzwonił do Briana Sanforda. Odezwała się automatyczna sekretarka. Nagrał na nią wiadomość, że ma dużą sprawę, za dziesięć tysięcy dolarów, i że wpadnie do jego biura o siódmej wieczorem. Był pewien, że go zastanie. Za dziesięć patyków łajza taka jak Brian Sanford pozwoliłby zastrzelić rodzoną matkę.

Następnie zatelefonował do agencji.

— RepSport MB — zgłosiła się Esperanza.

— Pokazałaś Lucy zdjęcie? — spytał.

— Tak.

— I?

— Masz swojego nabywcę zdjęć.

— Lucy jest pewna?

— W stu procentach.

— Dzięki.

Odłożył słuchawkę. Ponieważ miał wolną godzinę, pojechał do biura powiatowego lekarza sądowego. Postanowił sprawdzić pewien domysł.

Parterowy budynek z cegły, w którym do niedawna pracował Adam Culver, wyglądał jak mała szkoła podstawowa. Metalowe krzesła z cienkimi siedziskami też przypominały nauczycielskie. Pisma w poczekalni pochodziły z czasów sprzed Watergate, a wytarte, pożółkłe płytki podłogowe były jak posadzka z reklamy przed umyciem cudownym środkiem czyszczącym. Nic nie zdobiło tego wnętrza.

— Czy zastałem doktor Li? — spytał recepcjonistkę.

— Dam jej znać, że ma gościa.

Sally Li była Chinką. Zbliżała się do czterdziestki, ale wyglądała znacznie młodziej. Nosiła dwuogniskowe okulary. Z kieszeni jej szpitalnego, czystego, nienoszącego śladów krwi stroju sterczała paczka papierosów. Papierosy i uniform chirurga? Pasowały jak pepegi do fraka.

Spotkali się już kilka razy. Sally Li pojawiała się na wielu uroczystościach rodzinnych Culverów. Od dziesięciu lat była prawą ręką Adama. Myron cmoknął ją na powitanie w policzek.

— Wiem od Jessiki, że badasz okoliczności śmierci Adama — powiedziała bez żadnych wstępów.

Skinął głową.

— Możemy porozmawiać?

— Jasne.

Wprowadziła go do gabinetu wypranego z charakteru. Żadnych rzeczy osobistych. Dużo podręczników patologii. Metalowe biurko. Metalowe krzesło. Mały magnetofon, używany zapewne podczas autopsji. Na ścianie dyplomy naukowe. Sally Li nie była mężatką, nie miała dzieci, więc na biurku nie stało zdjęcie. Za to wielka popielniczka, z której wysypywały się niedopałki.

Potarła zapałką draskę i zapaliła papierosa.

— Jak leci? — spytała.

— Doktor medycyny i pali. Nieładnie.

— Moi pacjenci się nie skarżą.

— Nie da się ukryć.

Zaciągnęła się głęboko.

— Co chcesz wiedzieć? — spytała.

— Czy ty i Adam mieliście romans?

— Tak — odparła, patrząc mu prosto w oczy. — Cztery lata temu. Przez tydzień.

— Adam miał dużo romansów?

— Skąd mogę wiedzieć. Kilka. Dlaczego pytasz?

— Próbuję połączyć kilka faktów.

— W związku z jego śmiercią?

— Tak.

Zdjęła okulary.

— A co ma z tym wspólnego życie miłosne Adama?

— Prawdopodobnie nic. Jak się zachowywał podczas dwóch ostatnich miesięcy?

— Trochę dziwnie — odparła bez wahania.

— To znaczy?

Chwilę się zastanawiała.

— Przestał mnie dopuszczać do poważnych przypadków. Zajmował się nimi sam.

— I to było niezwykłe?

— Niebywałe. Nad takimi sprawami zawsze pracowaliśmy razem.

— A te przypadki... Chodziło o dziewczyny zabite w lesie?

Wpatrzyła się w niego.

— Od kogo się dowiedziałeś?

— Domyśliłem się.

— Niesamowite.

— Powiedziałaś o „poważnych przypadkach". Czytam gazety. A gazety piszą tylko o takich.

Nie uwierzyła mu, ale nie drążyła tematu.

— A inne symptomy? — spytał.

Znów się zaciągnęła.

— Był bardzo rozkojarzony. Mówiłeś do niego, kiwał głową, ale cię nie słuchał.

— Jeszcze coś?

Zgasiła mocno niedopalonego papierosa i zapaliła następnego.

— To nowa metoda na rzucenie palenia — wyjaśniła. — Wypalam tyle samo papierosów, ale z każdym dniem mniej się zaciągam. Stopniowo się ograniczam aż do skutku. W tym tempie zajmie mi to najwyżej dwanaście lat.

— Powodzenia.

— Dziękuję.

— Co poza tym?

Wydmuchnęła dym.

— Jeśli chodzi o tę ostatnią dziewczynę znalezioną w lesie, Adam zlecał dużo dziwnych badań.

302

— Jak to dziwnych?

— Zbytecznych. Moim zdaniem.

— Nie zidentyfikowaliście zwłok, prawda?

— Tak.

— Może zamawiał te badania, żeby ustalić jej tożsamość.

— Może. Tyle że zlecał je oddzielnie. Czekał na wyniki jednego badania i zamawiał następne. Pomiary antropologiczne, kształtu i rozmiarów kości czaszki, miednicy, stanu skostnienia, szwów czaszkowych.

— Mówi ci to coś?

Wzruszyła ramionami.

— Nic mi to nie mówi. To przykład tego, co nazywam dziwnym zachowaniem. Ten przypadek od początku był osobliwy. Sprawca rozbił dziewczynie czaszkę, ale nie to ją zabiło. On pochował ją w tym lesie żywcem. Zginęła, próbując się wygrzebać.

Zamilkła.

— W co była ubrana?

Sally lekko zesztywniała.

— Co się dzieje, Myron? — spytała, nachylając się w jego stronę.

— Nic. A dlaczego pytasz?

— Wiesz dlaczego.

— Ubranie tej zabitej znikło?

— Tak.

Serce opadło mu nagle do żołądka, niczym spadochroniarz z rozprutym spadochronem.

— Cholera!

— O co chodzi?

— Sally, wykonasz dla mnie badanie?

44

Siedzibą prywatnego detektywa, Briana Sanforda, okazał się bar go-go, oddalony dogodnie o przecznicę od kasyna Merva Griffina. W Atlantic City tak już było. Wielkie hotele strzelały w górę jak nieskazitelne piękne kwiaty, obojętne wobec obrastającego je szkaradnego zielska biedy i lichoty. Ale te kwiaty nie upiększały otoczenia, jak zapewniali właściciele kasyn. Przeciwnie, zielsko tym mocniej biło w oczy szpetotą.

Lokal go-go o nazwie Szparka Myszka prezentował się zgodnie z oczekiwaniami. W neonie mrugającym na zewnątrz brakowało liter, a tonący w przyćmionym świetle bar kontrastował z jaskrawo oświetloną sceną, na której pląsały na zmianę znudzone, przeważnie mało urodziwe kobiety z nadmiarem wałków tłuszczu, implantów i opryszczki.

Myron popełnił duży błąd, wchodząc do pomieszczenia z grubsza przypominającego toaletę. Urynały były zapchane kostkami lodu, chyba zastępującymi spłuczki, a brak drzwiczek w kabinach wcale nie przeszkadzał klientom w załatwianiu się. Jeden z przykucniętych uśmiechnął się do Myrona i pomachał mu ręką.

Myron postanowił wstrzymać się z potrzebą.

— Jak się dostać do biura Briana Sanforda? — zawołał do barmana.

— Co podać? Michelob, Bud, Bud Light, Coors?

— Chcę tylko dowiedzieć się...

— Michelob, Bud, Bud Light, Coors?

Myron wyjął pięć dolarów. Barman schował je do kieszeni.

— Drzwi za barem — powiedział. — Schodami na pierwsze piętro.

Nie zaczekał na podziękowania. Masz babo kapitalizm.

Do Myrona podeszła tancerka, która miała przerwę, i uśmiechnęła się, odsłaniając zęby — każdy wykrzywiony w inną stronę. Arcydzieło obłąkanego ortodonty?

— Cześć — powiedziała.

— Cześć.

— Ładny jesteś.

— Ale goły.

Odwróciła się na pięcie. I po romansie.

Schody nie skrzypiały. Trzeszczały. Myron cały czas bał się, że runą. Na piętrze były tylko jedne drzwi. Otwarte. Zapukał w ścianę. Zajrzał.

— Halo! — zawołał.

Do drzwi podszedł mężczyzna, ani chybi Brian Sanford. Cały w uśmiechach. W beżowym garniturku, prasowanym po raz ostatni za czasów inwazji w Zatoce Świń.

— To pan zostawił wiadomość na sekretarce? — spytał.

— Tak.

Biuro Sanforda było minikasynem. Zamiast biurka stał stół do ruletki. W kącie jednoręki bandyta. Gdzie okiem sięgnąć, leżały talie kart, a na podłodze walały się pamiątkowe kości do gry, takie z wydrążonymi dziurami, programy wyścigów konnych i karty do gry w keno.

— Brian Sanford — przedstawił się gospodarz, wyciągając rękę. — Wszyscy mówią mi Blackjack. Wie pan, komu zawdzięczam przezwisko?

Myron potrząsnął głową.

— Frankiemu. Tak nazywam Franka Sinatrę. Nie Frank. Frankie.

Zamilkł.

— Dobre — rzekł Myron.

— Któregoś wieczoru Frankie i ja gramy w Sands, a mnie karta wali jak cholera. Wtem Frankie odwraca się w moją stronę i mówi: „Kurde, spójrzcie na tego Blackjacka. Nie przegrywa". „Hej, Blackjack!" — woła do mnie ni z tego, ni z owego. Ksywka się przyjęła. I teraz wszyscy mówią mi Blackjack. Dzięki Frankiemu.

— Piękna sprawa.

— Tak to jest. Więc czym mogę służyć, panie...

— Olsen. Merlin Olsen.

Blackjack uśmiechnął się domyślnie.

— Czemu nie, gram w każde klocki. Pan spocznie, panie Olsen.

Myron usiadł.

— Ale zanim zaczniemy, mistrzu, muszę z góry o czymś uprzedzić — rzekł Sanford, obracając w dłoni kości do gry niczym chińskie kulki, które ponoć poprawiają krążenie.

— O czym?

— Jestem bardzo zajętym człowiekiem. Załatwiam wiele poważnych spraw. Wie pan, od czego zaczynałem w tym biznesie?

Myron potrząsnął głową.

— Byłem szefem ochrony w Caesars Palace w Las Vegas. Głównym szefem. Zna pan życie. Pracowałem w Vegas, nie? Ale Donny — tak nazywam Donalda Trumpa — Donny poprosił mnie, żebym zajął się ochroną jego pierwszego hotelu na tym wybrzeżu. A potem zaczął mi suszyć łeb, żebym zorganizował ochronę Tadż Mahalu. „Donny — powiedziałem mu — mam za dużo na głowie".

Myron popatrzył w górę. Nad Sanfordem unosiła się co najmniej tona kitu.

— A mój problem jest taki. Jutro rano spotykam się ze Steviem — Steve'em Wynnem. Punkt siódma. Świetny gość. Ranny ptaszek. Od piątej rano na nogach. Wie pan, że jest ślepy? Ma kataraktę czy coś tam. I ukrywa to. Ale nie przed najbliższymi przyjaciółmi. W każdym razie Stevie chce, żebym coś dla niego zrobił. Normalnie bym odmówił, ale chodzi o osobistą przysługę, a Stevie to dobry przyjaciel. W przeciwieństwie do Donny'ego. Za Donnym nie przepadam. Odkąd chajtnął się z Marlą, uważa się za ogiera.

— Panie Blackjack...

— Wystarczy Blackjack — zapewnił Sanford, unosząc ręce w górę.

— Mam kilka pytań... Blackjack. Chcę zasięgnąć pańskiej opinii w ważnej sprawie.

Sanford skinął głową. Z wielkim zrozumieniem. Nie podciągnął spodni jak ważna figura, choć powinien.

— W jakiej?

— Wykonał pan ostatnio dla mojego znajomego, pana Ottona Burke'a, pewne zlecenie.

Sanford uśmiechnął się od ucha do ucha.

— A, tak. Ottona. Lepszy gość. Niesamowity bystrzak. Jak tylko wpada do Atlantic, zawsze mnie odwiedza.

I nazywasz go Ottie, pomyślał Myron.

— Kilka dni temu dostarczył mu pan magazyn. Numer *Cyców*.

Sanford nabrał czujności. Rzucił kości na stół. Wypadła jedynka i dwójka.

— No i? — spytał.

— Chcemy wiedzieć, jak pan na niego trafił.

— Jacy „my"?

— Współpracuję z panem Burkiem — wyjaśnił Myron, czując niesmak.

— To dlaczego nie zadzwonił Ken? To on zwykle się ze mną kontaktuje.

Myron nachylił się konspiracyjnie.

— Ta sprawa go przerasta, Blackjack. Uznaliśmy, że tylko panu możemy zaufać.

Sanford skinął głową. Znów z wielkim zrozumieniem.

— Mam być szczery?... To nie może wyjść poza nas.

— Oczywiście.

— Jest pan pierwszym kandydatem do zastąpienia Kena. Wiemy jednak, ile ma pan pracy.

Oczy Sanforda lekko rozbłysły.

— Bardzo mi miło, panie Olsen, ale dla kogoś takiego jak Otto Burke mógłbym...

— Najpierw pomówmy o tamtym, dobrze? Jak pan natrafił na ten magazyn?

Sanford znów stał się czujny.

— Proszę mnie źle nie zrozumieć, ale jaką mam pewność, że współpracuje pan z Ottonem. Że nie jest pan jakimś łapserdakiem z ulicy?

— Wiedziałem!

Myron uśmiechnął się.

— Co?

— Zapewniłem Ottona, że jest pan właściwym gościem do tej roboty. Porządnym. Ostrożnym. To nam się podoba. Tego nam potrzeba.

Sanford wzruszył ramionami. Wziął kości i potoczył je po stole. Wypadły dwie jedynki.

— Jestem zawodowcem — oświadczył.

— Ma się rozumieć. Wobec tego może zadzwoni pan do Ottona. On wszystko potwierdzi. Zna pan jego prywatny numer.

Ostudzony w zapędach Sanford przełknął ślinę i rozejrzał się jak osaczony królik. Najwyraźniej gorączkowo kombinował, jak wybrnąć z sytuacji.

— E, nie ma potrzeby zawracać mu głowy — odparł. — Pan wie, jak on tego nie lubi. Widzę, że z pana uczciwy gość. A poza tym, skąd by pan wiedział o tym magazynie, jeśli nie od niego?

— Jest pan niesamowity, Blackjack.

Sanford gestem podkreślił swoją skromność.

— Więc jak pan znalazł ten magazyn?

— A co z moim honorarium? Przez telefon wspomniał pan o dziesięciu kawałkach.

— Otto panu ufa. Dlatego Ken wypłaci panu z konta tyle, ile pan zażąda.

Sanford jeszcze raz skinął głową, wziął kości, rzucił nimi i znów wypadła jedynka i dwójka. Praktyki nigdy nie za wiele.

— Ja tego magazynu nie znalazłem — powiedział. — To on znalazł mnie.

— To znaczy?

— Zlecono mi pewną robotę. W tym wysłanie tego pornosa różnym osobom.

— Jedną z nich był Christian Steele?

— Tak. Dlatego nabrałem podejrzeń. Z nazwisk na zaklejonych i zaadresowanych kopertach, które mi dostarczono, znałem tylko nazwisko Christiana. A ponieważ Otto rozesłał wici, że zapłaci za wszelkie informacje na temat Steele'a, więc otworzyłem kopertę, zajrzałem i odkryłem to zdjęcie.

— Kto panu zlecił rozesłanie tych pisemek?

Sanford położył jeden żeton na czerwonym polu, drugi na nieparzystym i zakręcił kołem ruletki.

— Obstawi pan? — spytał.

— Nie. Kto pana wynajął?

— To właśnie jest dziwne. Nie wiem. Dostałem pocztą duży pakiet ze szczegółowymi instrukcjami. I gotówkę. Ale anonimowo.

— Nie było adresu nadawcy?

— Nie. Tylko stempel.

— Skąd.

— Stąd, z Atlantic City. Pakiet przyszedł z dziesięć, dwanaście dni temu.

Koło ruletki znieruchomiało. Na czarnej dwudziestce dwójce.

— Ma pan te instrukcje?

— Tak, oczywiście. — Sanford otworzył szufladę i podał Myronowi kartkę. — Proszę.

List napisano na maszynie.

Szanowny Panie Sanford!
Chciałbym, żeby za sumę 5000 $ (plus wydatki) wykonał dla mnie, co następuje:
1. Załączam siedem kopert. Dwie z nich wrzuci pan w piątek do skrzynki pocztowej w kampusie Uniwersytetu Restona. Pozostałe pięć wrzuci pan do skrzynek w miejscu zamieszkania adresatów.
2. Jednocześnie wyśle pan do wszystkich tych osób broszury oddziału firmy Bell w New Jersey.
3. U operatora załatwi pan numer telefoniczny w rejonie, w którym działa prefiks 201, umożliwiający rozmowy zwrotne.

Do telefonu podłączy pan sekretarkę
z załączoną taśmą i zadzwoni pod numery podane
niżej. W razie odebrania telefonu przez
osobę, do której pan dzwoni, lub w przypadku
oddzwonienia, natychmiast przerwie pan
połączenie. Przez pierwsze dwa wieczory —
w sobotę i niedzielę — zadzwoni pan pod nie po
kilka razy i po zgłoszeniu się abonenta
w milczeniu zaczeka, aż odłoży słuchawkę.
W poniedziałek zadzwoni pan ponownie i wypowie
tekst: „Miłej lektury. Przyjdź i weź mnie.
Przeżyłam". Proszę zadbać, żeby pański głos
był kobiecy i niewyraźny. (Jak pan wie,
istnieją urządzenia zmieniające głosy tak, że
brzmią jak kobiece).
    4. Załączam 3000 $. Kiedy wykona pan to
zlecenie, skontaktuję się z panem osobiście
około dziewiątego czerwca i zapłacę pozostałe
2000 $ plus wydatki.
    Muszę zachować anonimowość. Dziękuję za
zrozumienie.

Myron podniósł wzrok.
— Domyślam się, że broszury Bella informują o „telefonach
zwrotnych".
Detektyw skinął głową.
— Kim było tych siedmioro?
Sanford wzruszył ramionami i rzucił kośćmi. Znowu wypadły
dwie jedynki. Miał do tego dryg.
— Nie pamiętam. Jeden to Christian. Drugi to jakiś dziekan.
Wysłałem też to porno z miejscowości Glen Rock.
— Do Gary'ego Grady'ego.
— Tak, tak się nazywał. Trzy nadałem z Nowego Jorku.
— Jeden do Juniora Hortona?
— A, owszem. Chyba tak. Do Juniora. Przypominam sobie.
— A siódmy?
— Do innego miasteczka w New Jersey. Blisko Glen Rock.

Myron zamarł.

— Do Ridgewood? — spytał.

— Tak. W każdym razie do jakiegoś „wood". Do kobiety. Pozostali byli mężczyznami, więc pamiętam.

— Do Carol Culver?

— Tak. Właśnie — odparł Sanford po chwili. — Imię i nazwisko na „C".

Myron zgarbił się.

— Wszystko w porządku, kolego?

— Tak — odparł cicho. — A co z tymi telefonami?

— Numery były na drugiej kartce. Wyrzuciłem ją po załatwieniu sprawy. Kilka razy dzwoniłem do Steele'a i odkładałem słuchawkę. Kiedy znów zatelefonowałem, żeby odczytać mu zlecony tekst, okazało się, że telefon nie odpowiada. Pewnie się przeprowadził.

Myron skinął głową. Christian przeprowadził się z kampusu do osiedla.

— Do tego z Nowego Jorku też się nie dodzwoniłem, bo nie było go w domu. Inni dostali głuche telefony i usłyszeli zlecony tekst.

— Ilu z nich skorzystało z „oddzwonienia"?

— Tylko dwóch. Christian i ten gość z Glen Rock. Ci z Nowego Jorku nie mogli. Z telefonów zwrotnych można korzystać tylko lokalnie.

— Czy pański klient się odezwał?

— Nie, a wczoraj minął dziewiąty. Chociaż nie radzę mu robić w konia Blackjacka Sanforda. — Znów stał się ważniakiem. — Jeśli mu zdrowie miłe.

— Uhm. Ma pan coś do dodania?

— W tej sprawie? Nie. Hej, nie wpadłby pan do Merva? Znają mnie tam. Załatwię dobry stolik. Zagramy w blackjacka. Zobaczy pan, jak gra mistrz.

Kuszące, pomyślał Myron. Jak propozycja popieszczenia jąder prądem.

— Może innym razem — odparł.

— W porządku. Ile powinienem policzyć za to Ottonowi? Chcę być wobec niego uczciwy.

— Ja poszedłbym na całość.
— Całe dziesięć kafli?
— Tak. Bardzo mi pan pomógł, Blackjack. Dzięki.
— Szanowanie. Wpadaj pan częściej.
— Aha, jeszcze jedno.
— Tak?
— Mogę skorzystać z pańskiej toalety?

45

Do domu Paula Duncana dotarł o wpół do jedenastej. W oknach paliło się światło. Myron nie uprzedził przez telefon, że wpadnie. Chciał go zaskoczyć.

Był to prosty drewniany budynek w stylu Cape Cod, ze spadzistym dachem i kominem pośrodku. Miły. Choć być może przydałoby się go odmalować. Na froncie dużo rabat z kwiatami. Paul, tak jak wielu policjantów, lubił w wolnym czasie zajmować się ogródkiem.

Otworzył Myronowi drzwi. Nisko na nosie miał okulary do czytania, siwe włosy porządnie uczesane, w ręku trzymał gazetę. W granatowych spodniach w stylu marines i zegarku z bransoletką à la generał Speidel reprezentował luz rodem z katalogu domu wysyłkowego Searsa. W środku grał telewizor. Publiczność dziko wiwatowała. Oprócz Paula w domu był tylko golden retriever, który spał zwinięty pod odbiornikiem niczym przy kominku w zimową noc.

— Musimy porozmawiać, Paul — powiedział Myron.

— Nie możemy z tym zaczekać do rana? Pogadać po pogrzebie Adama? — spytał napiętym głosem Duncan.

Myron potrząsnął głową i wszedł do pokoju. Publiczność w studiu znów wiwatowała. Spojrzał na ekran. Leciał program Eda McMahona *W poszukiwaniu gwiazdy*. Na ekranie nie było asystentek prezentera, więc odwrócił wzrok.

Paul zamknął drzwi.

— O co chodzi, Myron? — spytał.

Na stoliku leżały pisma *National Geographic* i *TV Guide* oraz dwie książki — najnowsza powieść Ludluma i Biblia króla Jakuba. Panował idealny porządek. Na ścianie wisiał portret golden retrievera z lat szczenięcych. Pokój ozdabiało mnóstwo figurynek z porcelany i dwa talerze z ilustracjami Rockwella. Trudno było to nazwać garsonierą podrywacza lub jaskinią żądz.

— Wiem o twoim romansie z Carol Culver — rzekł Myron.

— Nie wiem, o czym mówisz — odparł Duncan.

— Pozwól, że ci wyjaśnię. Wasz romans trwał sześć lat. Dwa lata temu Kathy przyłapała swoją mamusię z tobą. A w dniu swojej śmierci nakrył was Adam. Już kojarzysz?

Paul poszarzał na twarzy.

— Jak...?

— Wiem o tym od Carol. — Myron usiadł, wziął Biblię i przerzucił kartki. — Przeoczyłeś przykazanie o niepożądaniu żony bliźniego swego?

— To nie jest tak, jak myślisz.

— A jak jest?

— Kocham Carol. A ona mnie.

— To pięknie.

— Adam traktował ją okropnie. Hazardował się. Łajdaczył. Był nieczuły dla rodziny.

— To dlaczego Carol się z nim nie rozwiodła?

— Nie mogła. Oboje jesteśmy praktykującymi katolikami. Kościół nie dałby jej rozwodu.

— Kościół woli małżeńską zdradę?

— To nie jest śmieszne.

— Pewnie, że nie.

— Kim jesteś, żeby nas osądzać? Myślisz, że było nam łatwo?

Myron wzruszył ramionami.

— Nie przestaliście się spotykać. Nawet po przyłapaniu przez Kathy.

— Kocham Carol.

— Tak mówisz.

— Adam Culver był moim najbliższym przyjacielem. Wiele dla mnie znaczył. Wobec rodziny był draniem. Zapewniał im byt, ale nic poza tym. Zapytaj Jessicę. Ona ci powie, że od dziecka mogła na mnie liczyć. Kto zawiózł ją do szpitala, kiedy spadła z roweru? Ja. Kto zbudował jej huśtawkę i zjeżdżalnię? Ja. Kto odwiózł ją na studia? Ja.

— A przebrałeś się dla niej za wielkanocnego zajączka?

— Nie rozumiesz!

— Poprawka: nie obchodzi mnie to. A teraz wróćmy do dnia, w którym przyłapała was Kathy. Co się stało?

Na twarzy Paula pojawiła się irytacja.

— Przecież wiesz! Przyłapała nas.

— Byliście nadzy?

— Co?

— Czy ty i pani Culver byliście w trakcie obłapianki?

— To pytanie nie zasługuje na odpowiedź.

Myron uznał, że czas zagrać mu na nerwach.

— Jaka to była pozycja? Na misjonarza, na pieska, inna? Czy któreś z was nosiło kajdanki albo świńską maskę?

Paul podszedł do Myrona i stanął nad nim. Mogłoby się zdawać, że jest to sytuacja bardzo groźna dla siedzącego. W istocie jednak Myron był dostatecznie szybki, by uderzyć przeciwnika w krocze, nim ten zdąży unieść pięść.

— Uważaj, co mówisz, synu.

— Jak zareagowała Kathy na was, gruchających?

— Nie zareagowała. Wybiegła.

— Któreś z was podążyło za nią?

— Nie. Byliśmy zbyt zaszokowani.

— Nie wątpię. Czy potem z nią o tym rozmawiałeś?

Paul odstąpił od Myrona i usiadł w fotelu obok.

— Wspomniała mi o tym tylko raz — odparł.

— Kiedy?

— Po kilku miesiącach.

— Co się stało?

Paul odwrócił wzrok, strzelając wokół oczami, jakby szukał miejsca, gdzie bezpiecznie mogą spocząć.

— Niełatwo mi o tym mówić.

Myron skinął głową z udanym współczuciem.

— Słucham.

— Kathy zaczęła mnie podrywać.

— I chwyciłeś przynętę?

— Słucham?

— Przynętę. Jak leszcz.

Paul znowu się zirytował.

— Oczywiście, że nie! — odparł.

— Odmówiłeś jej?

— Udałem, że nie wiem, do czego pije.

— Narzucała się dalej?

— Owszem, ale ją ignorowałem.

— Założę się, że cię to rajcowało. Matka i córka. Obie ładne. Pewnie fantazjowałeś na potęgę.

Irytacja Paula zmieniła się w gniew. Po chwili — bardzo dramatycznym gestem — zdjął okulary.

— Ostatnie ostrzeżenie, kolego! — powiedział.

— Aha. W takim razie opowiedz mi o Fredzie Nicklerze. Wkurz go. Prędko zmień temat. Wytrąć go z równowagi.

— O kim?

— Marnie łżesz jak na policjanta. Rok tysiąc dziewięćset siedemdziesiąty ósmy. Nickler wytargował u ciebie wycofanie oskarżenia o pornografię dziecięcą. Wiem o waszym układzie, Paul. Nie wiem tylko, gdzie go w to wszystko wpasować.

— Fred pomagał mi od czasu do czasu. W różnych sprawach.

— Także w sprawie Kathy Culver?

— W pewnym sensie.

— Jakim?

— Nie widzę powodu, żeby to ukrywać. — Paul odkaszlnął w trzęsącą się pięść. Golden retriever otworzył oko, ale się nie poruszył. — Adam znalazł na strychu zdjęcia Kathy i w największym zaufaniu przyniósł je do mnie. Na odwrocie była nazwa studia fotograficznego — Zakazany Owoc. Nie mogłem go znaleźć, więc odwiedziłem z Adamem Nicklera. A ten powiedział nam, że Zakazany Owoc nazywa się teraz Bajeczne Balony. Dał nam adres.

— A wtedy pojechałeś tam i wykupiłeś negatywy i zdjęcia Kathy?

Zbyteczne pytanie. Lucy rozpoznała Paula Duncana na fotografii.

— Tak. Żeby ochronić jej imię. A poza tym chcieliśmy poznać nazwisko bydlaka, który ją tam przyprowadził.

— Nazywa się Gary Grady.

— Wiedziałeś o tym?

— Jestem dobrze poinformowany.

— Prześwietliłem go na wylot. Zgniłek, bez dwóch zdań. Nauczyciel w szkole i właściciel mnóstwa sekstelefonów. Reklamował się w co najmniej pięćdziesięciu magazynach porno. Śledziłem go przez dwa tygodnie. Jakiś czas miałem też na podsłuchu jego telefon. Ostatecznie niczego nie odkryliśmy.

— Jak reagował na to Adam?

— Nie za dobrze. Wciąż przychodził do mnie z nowymi koncepcjami w sprawie Kathy, najczęściej z czystej rozpaczy. Nie winię go za to. Była jego najmłodszym dzieckiem. Jedynym, z którym miał dobry kontakt. Chciał ją znaleźć za wszelką cenę. Był nawet gotów porwać Grady'ego i torturować go tak długo, aż zacznie mówić. Zapewniłem go, że zrobię wszystko, żeby mu pomóc, ale musiałem się trzymać prawa. A on nie chciał o tym słyszeć.

— Opowiedz o wieczorze, w którym zginął.

Paul wziął głęboki oddech.

— Zastawił na nas pułapkę.

— To wiem. Co się stało po tym, jak was przyłapał?

Duncan potarł oczy dłońmi.

— Wściekł się. Zaczął kląć na Carol. Miotać straszne przekleństwa. Próbowaliśmy z nim rozmawiać, ale co mogliśmy powiedzieć? Po jakimś czasie oświadczył jej, że chce rozwodu, i wybiegł.

— I co zrobiłeś?

— Wróciłem do siebie.

— Zatrzymałeś się gdzieś po drodze?

— Nie.

— Ktoś może potwierdzić, że byłeś w domu?

— Mieszkam sam.

— Ktoś może potwierdzić, że byłeś w domu? — powtórzył Myron.

— Nie, do cholery! Dlatego Carol i ja milczeliśmy. Jak by to wyglądało, gdybyśmy się przyznali?

— Niedobrze — przyznał Myron.

— Nie zabiłem go. Skrzywdziłem go. Byłem złym przyjacielem, ale go nie zabiłem.

Myron lekko wzruszył ramionami.

— Jesteś świetnym kandydatem na podejrzanego, Paul — powiedział. — Zataiłeś, co zaszło wieczorem, w którym zginął. Miałeś długi romans z jego żoną, kobietą, którą mogłeś poślubić tylko po jego śmierci. W dniu morderstwa zaskoczył was razem w łóżku. O waszym potajemnym związku wiedziała tylko jego zaginiona córka. Jej zdjęcie pojawiło się w pornosie wydawanym przez twojego kapusia. Marnie to wszystko wygląda.

— Nie mam z tym wszystkim nic wspólnego.

— Co zrobiłeś ze zdjęciami Kathy?

— Oczywiście oddałem je Adamowi.

— Zachowałeś jakieś dla siebie? Na małą pamiątkę?

— Skądże!

— I więcej nie widziałeś żadnego z tych zdjęć na oczy?

— Nigdy.

— A jednak zdjęcie Kathy ukazało się w magazynie porno.

Paul skinął głową.

— Magazynie porno wydawanym przez twojego koleżkę, Freda Nicklera.

Paul znów skinął głową.

— Rodzi się więc pytanie: w jaki sposób to zdjęcie tam trafiło?

Paul Duncan podparł się rękami, wstał, podszedł do telewizora i go zgasił. Młode tancereczki zniknęły. Pies się nie poruszył. Paul wpatrywał się chwilę w ciemny ekran.

— Zabrzmi to niedorzecznie — rzekł.

— Słucham.

— Zrobił to Adam. To on zamieścił zdjęcie Kathy w tej szmacie.

Myron czekał. Zaczęło go mrowić w krzyżu.

— Mnie też to się nie mieści w głowie — ciągnął Paul. — Wczoraj zadzwonił do mnie Nickler. Był bardzo zaniepokojony. Powiedział, że węszysz i coś podejrzewasz. Nie miałem pojęcia, o czym mówi, dopóki mi nie wyjaśnił. To Adam kazał mu zamieścić zdjęcie córki. Poznali się, gdy próbowaliśmy odnaleźć studio fotograficzne. Adam wrócił do niego pod pretekstem, że nadal pracujemy nad tą sprawą, i nakłonił do zamieszczenia zdjęcia Kathy w ogłoszeniu Grady'ego. Przykazał też, żeby milczał. A gdyby ktoś o nie pytał, podał mu tylko pseudo Gary'ego i adres. Nic więcej.

— Tropy pozwalające odszukać tego padalca.

— Na to wygląda.

— Czy Nickler powiedział ci, czemu zamieścił to zdjęcie tylko w *Cycach*?

— Nie. Ale mogę zadzwonić i spytać go o to.

— Nie trzeba.

— Nic więcej nie wiem. Nie pojmuję, co Adam kombinował. Może chciał zastawić na Grady'ego pułapkę. A może po prostu mu odbiło. Niestety, nie mam pojęcia, dlaczego umieścił zdjęcie córki w tym pornosie.

Myron dobrze wiedział dlaczego. Wstał.

46

Win przejrzał się w lustrze. Wprawdzie zbliżała się północ, ale dla niego wieczór dopiero się zaczął. Przyklepał włosy i uśmiechnął się do swojego odbicia.

— Ależ jestem przystojny — powiedział.

Myron chrząknął.

— Zadzwonisz do Jessiki? — spytał Win.

— Chcę to jeszcze raz omówić.

— Teraz?

— Teraz.

— I moja powabna hoża panna ma zaczekać?

— Jakoś to przeżyje.

— Nie rozumiesz. Ta dziewczyna wiele dla mnie znaczy.

— A jak ma na nazwisko?

Win chwilę się zastanawiał.

— No dobrze. — Wzruszył ramionami. — Co zamierzasz omówić?

— Powiedziałem ci wszystko, co wiem. Chcę poznać twoje zdanie.

Win odszedł od antycznego lustra. Apartament z widokiem na Central Park West otrzymał w prezencie od dziadka. Warte miliony mieszkanie było ogromne i urządzone jak Wersal. Myron bał się czegokolwiek dotykać. Siedział w antycznym fotelu, którego drewniane poręcze wrzynały mu się w żebra.

— Pozwolisz, że podzielę tę sprawę na trzy rozdziały?

— Proszę bardzo.

— Świetnie. A więc zacznijmy. Rozdział pierwszy: zniknięcie Kathy Culver. W klasie maturalnej jej charakter zmienił się z przyczyn, które wyjawiła ci jej matka. Kathy postanowiła ukarać Carol swoją rozwiązłością. Ergo lubieżnymi zdjęciami, które jej przesłała. Ale w swoim postępowaniu nie dostrzegła niebezpieczeństw. Uznała za pewnik, że może z tym skończyć w każdej chwili. Stało się inaczej. Kiedy — najprawdopodobniej po poznaniu Christiana — chciała zerwać z przeszłością, wyłoniły się przeszkody.

Myron skinął głową.

— Wkroczył pan Junior Horton. I postanowił, że szantażem zarobi na odmienionej, czystej Kathy Culver. Kathy zgodziła się zapłacić mu za milczenie i zdjęcia. Tamtego wieczoru pan Horton zadzwonił do niej do akademika. Zgodziła się z nim spotkać w szatni. Tam została zgwałcona przez niego i kilku innych futbolistów.

Win zamilkł i podszedł do karafki.

— Napijesz się koniaku? — spytał.

— Nie, dziękuję.

Nalał sobie do pękatego kieliszka.

— Gwałt był punktem zwrotnym. Przełamała się. Nagle zapragnęła odkupienia i sprawiedliwości. Dlatego z miejsca poszła do dziekana zawiadomić go o napaści. Gordon zatrudniał ją u siebie, więc prawdopodobnie uważała go za przyjaciela. Opowiedziała, co ją spotkało w szatni. Jego reakcja osłabiła lub nie jej determinację. Wybierz.

— Przypuszczalnie osłabiła.

— Przypuszczalnie. W każdym razie wyszła od niego zniechęcona. Domyślam się, że snuła się po kampusie jak błędna. Wtedy podszedł do niej Ricky Lane. Przeprosił ją i oddał majtki, czyli dowód przestępstwa, którego padła ofiarą. Co było potem, kto wie? Wpadamy na gruby mur. Wiemy tylko, że te majtki znaleziono parę dni później na wierzchu kosza na śmieci. Masz pytania?

Myron potrząsnął głową.

— Przejdźmy zatem do rozdziału drugiego — udziału

Adama Culvera. Jakiś czas po zniknięciu Kathy znalazł na strychu lubieżne zdjęcia swojej małej księżniczki. Wiemy, że ukryła je tam Carol Culver. Adam nie miał o tym pojęcia. Dlatego uznał, że schowała je Kathy. Uznał też, że zdjęcia mają związek z jej zniknięciem.

— Logiczne — przyznał Myron.

— Całkiem. — Win obrócił kieliszek i przyjrzał się barwie koniaku. — A potem wciągnął do pomocy w śledztwie Paula Duncana. Z pomocą Freda Nicklera dotarli do źródła zdjęć. Dowiedzieli się też o Garym Gradym. Kontynuacja śledztwa nie przyniosła nic nowego. Paul chciał się poddać. Adam był zdesperowany, tak zdesperowany, że w nader niekonwencjonalny sposób próbował zmusić gwałciciela do mówienia.

Urwał, nad czymś się zastanawiając.

— I tu zaczyna być ciekawie. Wiemy, że Adam Culver miał zdjęcia córki. Wiemy, że z jego inicjatywy jedno z nich ukazało się w magazynie porno. Znamienne, że jedynie w *Cycach*.

Myron pochylił się do przodu. Nadawali na tej samej fali.

— W szmacie o najmniejszym — właściwie znikomym — nakładzie — powiedział.

— Od początku głowiłeś się dlaczego.

— Komuś zależało, by zobaczyło ją jak najmniej osób.

— Komuś takiemu jak ojciec.

— Właśnie.

— Wiemy też — ciągnął Win — że Adam Culver lubił odwiedzać kasyna w Atlantic City. Podczas którejś z tych wizyt być może poznał twojego Blackjacka, a przynajmniej o nim usłyszał. Niewykluczone też, że wynajął kogoś do sfałszowania pisma córki. Zapewne dysponował również głosem Kathy, utrwalonym na taśmie ze starej sekretarki. Ergo to on wszystko zaaranżował. Przesłał ten magazyn wszystkim, którzy mogli być zamieszani w zniknięcie córki. Jej narzeczonemu. Ludziom ze znalezionych zdjęć, takich jak Junior Horton.

— Ale po co wysłał jeden egzemplarz żonie?

— Nie wiem.

— A do dziekana Gordona?

— Może dziekan był na którymś zdjęciu ze strychu. A może Adam dowiedział się, że Kathy odwiedziła go tamtego wieczoru w domu. Najprawdopodobniej brał pod uwagę wszystkie możliwości. Nie to jest istotne w tej sprawie. Istotne jest, dlaczego Adam nie zwrócił się ponownie o pomoc do Paula Duncana.

— Ponieważ odkrył, że Paul sypia z jego żoną.

Win skinął głową.

— Paul przestał być jego przyjacielem, nie mógł mu dłużej ufać. Mógł liczyć tylko na siebie. Najpierw, zadbawszy o pełną anonimowość, przesłał pakiet Blackjackowi. A potem zastawił drugą małą pułapkę — na żonę i Paula. Przyłapał ich, wybiegł z domu i zginął.

— Kto go zabił?

Win postawił kieliszek na klawesynie z siedemnastego wieku i złożył dłonie, stukając palcami o siebie.

— Są dwie poważne możliwości — rzekł. — Pierwsza: zrobił to Paul Duncan. Miał powód i okazję. Druga: nie ma wątpliwości, że Adam Culver chciał sprowokować mordercę. Tyle że ten magazyn ściągnął na niego kłopoty, których nie przewidział.

— Jest jedno ale — wtrącił Myron. — Blackjack wysłał te pornosy dwa dni po śmierci Culvera.

— Ktoś mógł przejrzeć Adama przed ich wysłaniem.

— Otto Burke?

Win wzruszył ramionami.

— Nic go nie łączy z Kathy Culver — dodał Myron.

— Z tego, co nam wiadomo. Co prowadzi nas do rozdziału trzeciego: paru niewiadomych. Główna niewiadoma to, w mojej ocenie, Nancy Serat. Możemy przyjąć, że dostarczyła Adamowi Culverowi ważnej informacji. Nie wiemy, kto ją zabił ani co miała na myśli, mówiąc Christianowi, że nadszedł czas na połączenie się sióstr. Przede wszystkim zaś nie wiemy, skąd przy jej zwłokach znalazły się włosy Kathy Culver.

Win ponownie zerknął do lustra na idealną fryzurę. Uśmiechnął się, mrugnął do siebie, brakowało tylko, żeby pocałował swoje odbicie.

— Nie wiemy również, dlaczego Adam Culver wynajął domek w lesie. Był na tyle zdesperowany, żeby porwać podejrzanych i poddać ich przesłuchaniu? A może chciał odpłacić wszystkim na tych nikczemnych zdjęciach? Takiemu Gary'emu Grady'emu albo Juniorowi Hortonowi? Ale z jakiegoś powodu mój umysł nie dopuszcza takich argumentów.

Myron skinął głową. On również je wykluczał.

— Tak oto doszliśmy do ostatniej, najważniejszej niewiadomej. Kwestii panny Kathy Culver. Czy żyje? Czy to ona stoi za tym wszystkim? Czy w ogóle brała w tym udział?

Win wziął kieliszek z klawesynu. Pociągnął łyk koniaku, potoczył go po języku i przełknął.

— Koniec.

Siedzieli w milczeniu. Myron jeszcze raz rozważył wszystkie fakty. Żaden się nie zmienił.

— A więc to było tylko ćwiczenie umysłowe — domyślił się Win, przyglądając się jego minie. — Jazda próbna.

Myron nie odpowiedział.

— Wiesz już, co się stało. Wiedziałeś, zanim powiedziałeś słowo.

Myron podał mu słuchawkę.

— Odwołaj randkę — rzekł. — Mamy mnóstwo roboty.

47

Nabożeństwo żałobne.

Spóźniony Myron wśliznął się do kościoła i skrył za filarem. Jego wygląd zdradzał, że powinien wziąć prysznic, ogolić się i przespać.

W pierwszej ławce dostrzegł Jessicę. Między nią a Edwardem siedziała matka. Wszyscy troje płakali.

Ksiądz odklepał standardową mowę pogrzebową niczym aktor, który zna swoją rolę lepiej niż na pamięć. Nie powiedział nic nowego ani oryginalnego. Nie było trumny ani odświętnie ubranych zwłok w pozie wiecznego spoczynku. Księdza wyraźnie peszył ów brak tradycyjnego rekwizytu. Wciąż wskazywał ręką w dół i zaraz ją cofał, reflektując się, że nic przed nim nie stoi.

Myron pozostał w ukryciu. Kościół był pełny. Siedzący w drugim rzędzie ławek, tuż za Carol, Paul Duncan co jakiś czas kładł rękę na jej ramieniu, ale na krótko. Pozory obowiązywały. Tuż obok niego modlił się z opuszczoną głową Christian Steele. Kilka ławek za nimi siedzieli Otto Burke i Larry Hanson. Dobry chwyt reklamowy. Media nie mogły przeoczyć tak serdecznego wsparcia przez Ottona — znów pozory! — swoich graczy w trudnych chwilach.

Win trzymał się z tyłu. Na prawo od niego siedziała Sally Li. Twarz miała tak ściągniętą, jakby tęskniła za papierosem. Myron skontaktował się z nią wczoraj późnym wieczorem. Wykonała badanie, o które prosił. Potwierdziło jego podejrzenia.

Na lewo dostrzegł ponurego dziekana Gordona z żoną. Madelaine dobrze było w czerni. Myron rozpoznał w tłumie jeszcze kilka twarzy, ale nie pamiętał nazwisk. Nieważne.

Po wygłoszeniu przez księdza końcowych uwag o życiu przyszłym, woli Bożej i połączeniu się w niebie z najbliższymi ciałem Jessiki wstrząsnął szloch. Nikt nie otoczył jej ramieniem. Nikt jej nie pocieszył. Myronowi wydała się mała i krucha. Ścisnęło go w gardle.

Do dzieła!

Zaraz po zakończeniu nabożeństwa stanowczym krokiem ruszył nawą. Jessica bez wahania podbiegła do niego. Objęli się, zamykając oczy. Żałobnicy odwrócili się od ołtarza i skierowali do wyjścia. Win trzymał się blisko Ottona Burke'a, Larry'ego Hansona i dziekana Gordona.

Jessica rozluźniła uścisk.

— Gdzie byłeś? — spytała.

Myron skinął głową Paulowi Duncanowi, uścisnął dłonie Edwardowi i Christianowi i cmoknął Carol w policzek.

— Nie wiem, jak to powiedzieć — rzekł.

— O co chodzi?

Spojrzał jej prosto w oczy.

— Znalazłem Kathy. Żyje.

Cała grupa zamilkła.

Jessica otworzyła i po chwili zamknęła usta.

— Dziś wieczorem się z nią spotkam.

— Nie rozumiem — wyznała, odzyskując głos.

— To długa historia. Kathy żyje. Dziś wieczorem przywiozę ją do domu.

Jessica spojrzała na matkę. Carol na nią. Wszyscy wymienili spojrzenia.

— Pojadę z tobą — powiedziała Jessica.

— Nie możesz.

— Właśnie że mogę!

— Obiecałem jej, że przyjadę sam. Ona się boi.

— Czego?

— Osoby, która chciała ją zabić.

— Kogo?

Myron potrząsnął głową.

— Nie chciała mi powiedzieć przez telefon. — Ujął rękę Jessiki. Była sztywna i chłodna. — Przywiozę ją prosto do domu. Przyrzekam. Wtedy porozmawiamy. Nie wolno nam jej wystraszyć.

Jessica wyglądała na zagubioną.

— Gdzie się z nią spotkasz? — spytała.

— W lesie.

— W jakim lesie? — Cofnęła się. — Co ty wygadujesz?

— Nie mogę ci powiedzieć, Jess. Obiecałem jej. Spotkamy się tam, gdzie pozostawiono ją na śmierć. Chce mi pokazać to miejsce.

Zapadła cisza.

— Dobry Boże — przemówił Paul Duncan.

Carol osunęła się w jego ramiona.

— Gdzie się podziewała? — spytała Jessica.

— Znam tylko niektóre szczegóły. Większość czasu spędziła, liżąc się z ran. Przebywała też jakiś czas na Karaibach. Na wyspie Curaçao. Wpadłem na jej trop w szpitalu Marii Panny, sprawdzając, kogo wtedy przyjęli. Tamtej nocy, kiedy zniknęła, na środku drogi znaleziono nieprzytomną dziewczynę. Powiedziała, że nazywa się Katherine Pierce.

— Pierce? — Carol głęboko westchnęła. — To moje panieńskie nazwisko.

— Nie wiem jeszcze wszystkiego — ciągnął Myron. — Uderzono ją w głowę. Od ciosu pękła jej czaszka. Napastnik myślał, że ją zabił. Ale nie. Pochował ją w lesie. Ocknęła się i zdołała się jakoś odkopać. To cud, że przeżyła.

Oczy Jessiki wypełniły się łzami.

— Ona żyje?!

— Tak.

— Na pewno?

— Tak.

Jessica przytuliła matkę. Dołączył do nich Edward. Christian i Paul przyglądali się im, oniemiali. Myron odwrócił się ku drzwiom. Stojący w nich Win ledwo dostrzegalnie skinął głową.

48

Myron zatrzymał wóz na gruntowej drodze. Zegar w fordzie wskazywał wpół do dziewiątej. Wziął latarkę i ruszył na miejsce spotkania.

Zarośla były gęste. Kilka razy oberwał gałęzią w twarz. Nasłuchiwał dźwięków. Grały świerszcze. Nie było słychać nic prócz nich. Latarka wycinała w gęstym mroku jasny szlak. Pod stopami szeleściły liście i trzaskały gałązki. Zazwyczaj w takich chwilach Myron miał usta suche jak pieprz.

Zbliżał się, pozostało jeszcze dwadzieścia, może trzydzieści kroków.

— Kathy? — zawołał.

Nie było odpowiedzi.

— Tu Myron, Kathy. Jestem sam.

Nie odpowiedziała. Po chwili usłyszał przed sobą szelest. Coś zamajaczyło. Głowa. Głowa z długimi blond włosami.

— W porządku — powiedział łagodnie. — Jestem sam.

Ostrożnie ruszyła ku niemu, prawą ręką osłaniając oczy przed rażącym blaskiem. Skierował promień latarki w inną stronę.

— W porządku — powtórzył.

Zbliżała się. Widział niewyraźną sylwetkę. Stąpała wolno i ciężko, niczym przywrócony do życia potwór z drugorzędnego horroru.

— W porządku — powtórzył jeszcze raz. — Nikt cię nie skrzywdzi.

— I tu się pan myli — usłyszał za plecami, lecz nie był to jej głos.

Zamknął oczy. Zgarbił się.

— Cześć, Christian — powiedział.

— Niech się pan nie rusza, panie Bolitar. Ręce do góry.

— A po co?

— Słucham?

— Przecież nas zabijesz. Z Kathy ci się nie udało, ale zabiłeś jej ojca i Nancy.

— Nie zamierzałem nikogo krzywdzić.

— Ale skrzywdziłeś.

Christian odbezpieczył rewolwer.

— Ręce do góry! Natychmiast!

Myron wolno uniósł ręce.

— Kathy otworzyła się przed tobą tamtej nocy. Wyznała ci wszystko, wszystkie plugawe fakty z przeszłości. Chciała zmyć z siebie brud i zacząć od nowa.

— Okłamała mnie! — krzyknął Christian. — Kłamała cały czas!

— I za to chciałeś ją zabić?

— Chciała, żebym nadal ją kochał. Ale ja nie ją kochałem! Nie rozumie pan? Kochałem kłamstwo. Zażądała, żebym stał przy tym kłamstwie, gdy ogłosi swoją historię światu. Żebym wydał kolegów z drużyny, pogrzebał szanse na mistrzostwo kraju i zdobycie Nagrody Heismana dla najlepszego gracza — żebym poświęcił to wszystko dla zakłamanej kurwy!

— Zakłamanej kurwy, jak twoja matka.

Christian skinął głową.

— Niech pan jej powie, panie Bolitar. Niech pan jej uświadomi, co oznacza dla mnie ta gra. Pieniądze, sławę, dumę! Pan to wie. To dzięki futbolowi podpisałem ten kontrakt.

— I dlatego uderzyłeś ją w głowę.

— Nie chciałem. Samo tak wyszło. Myślałem, że Kathy nie żyje. Nie mogłem wyczuć pulsu.

— Więc przywiozłeś ją tu i zakopałeś. Liczyłeś, że nigdy jej nie znajdą, a jeśli nawet znajdą, to uznają ją za ofiarę seryjnego mordercy.

Christian zbliżył się. Uniósł rewolwer.

— Dość gadania. Nie pozwolę grać panu na zwłokę, aż w końcu ktoś tu przyjdzie.

— Nie musi. Ktoś tu jest od początku.

Zza drzewa, metr od Christiana, wyszedł Win i przytknął mu do ucha pistolet kalibru 0.44.

— Rzuć broń albo zmienię twój mózg w lunch dla wiewiórek.

Christian wypuścił rewolwer.

— Już po wszystkim! — zawołał Myron.

Z ciemności nadbiegli dwaj policjanci w mundurach i zakuli Christiana w kajdanki.

Za nimi, wysoko unosząc nogi w długiej trawie, nadszedł Jake Courter.

— Za stary jestem na takie hece — wymamrotał. — Niezła zasadzka, Bolitar — pochwalił, gdy dotarł na polanę.

— Cały sekret udanej zmyłki to dopieszczone szczegóły.

— Powiesz mi, co się dzieje?

— Ma się rozumieć. Jess?

Jessica ściągnęła z głowy blond perukę i podeszła do nich. Christian zamarł.

— Co to za...

— Zabiłeś Kathy, ale nie uderzeniem w głowę — przerwał mu Myron. — Zadusiła się, próbując wygrzebać się spod ziemi.

— A gdzie ciało? — spytał zdezorientowany Jake.

— W kostnicy. Leży tam od dwóch miesięcy, od chwili znalezienia przez policję. Sally Li potwierdziła wczoraj wieczorem, że to zwłoki Kathy.

— Dlaczego nie zidentyfikowano ich wcześniej?

— Bo powiatowym lekarzem sądowym był jej ojciec. Od razu rozpoznał zwłoki, ale się nie przyznał.

— Dlaczego?

— Zastanów się chwilę, Jake. Spójrz na to z jego strony. Półtora roku temu twoje śledztwo utknęło w miejscu. Adam wiedział o tym. Wiedział też, że zwłoki Kathy nie dostarczą nowych poszlak. Doszedł więc do wniosku, że jedynym sposobem na schwytanie mordercy córki jest sprowokowanie go do działania. Przekonanie zbrodniarza, że Kathy żyje.

Przecież zakopał ją w tym lesie żywcem. Dlatego Adam zataił tożsamość zwłok przed wszystkimi — policją, znajomymi, nawet przed własną rodziną. Ponadto uznał, że zdjęcia rozebranej córki mają związek z jej śmiercią, więc je wykorzystał.

— Chcesz powiedzieć, że to on umieścił jej zdjęcie w tym pornosie?

Myron skinął głową.

— Adam Culver zaaranżował wszystko. Nawet tajemnicze telefony: „Przyjdź i weź mnie. Przeżyłam". Zrobił, co tylko mógł, żeby stworzyć wrażenie, że Kathy żyje.

— A więc, wy tylko...

— Finalizowaliśmy plan Adama Culvera. Nasz poranny występ w kościele posiał ostatnie ziarna wątpliwości.

— Zmusiliście Steele'a do zagrania w waszej sztuce.

— Właśnie.

— Niewiarygodne. Wszyscy byliście w zmowie?

— Jessica, jej matka i brat. Nie miałbym serca ich okłamać. Paul Duncan nie wiedział. Win postarał się o to, żeby reszta podejrzanych — Otto, dziekan, nawet Gary Grady — wiedzieli, że Kathy przeżyła.

— Nie miałeś pewności, że zabił ją Christian?

— Ależ miałem.

— Do końca zachowałeś to dla siebie.

Myron skinął głową.

— Chciałem, żebyś obejrzał to wszystko bez z góry powziętych wniosków.

— Słusznie. Mów dalej.

— Adam Culver był pewien, że tylko zabójca zna to miejsce. I że jeśli zdoła zasiać w nim wątpliwości co do śmierci Kathy, to powróci on tam, aby się upewnić, iż faktycznie zginęła. Dlatego wynajął w pobliżu domek i nakupił sprzętu elektronicznego. Chciał nagrać mordercę na taśmę. Zdobyć dowód.

— Złapać go, kiedy wróci na miejsce zbrodni.

— Tak.

— Czegoś jednak nie rozumiem. Adam zginął przed wysłaniem tego pornosa. Jak Christian odkrył, że Culver szuka mordercy?

— Nie odkrył. Pamiętaj, że Adam był patologiem. Nie detektywem. Przeoczył bardzo ważny trop. Przynajmniej na początku.

— Jaki?

— Ubranie Kathy. Kiedy ją znaleziono, miała na sobie żółty sweter i szare spodnie od dresów. Jej koleżanki z korporacji zeznały, że wyszła z akademika ubrana na niebiesko. To samo powiedzieli gwałciciele. Potwierdził to dziekan Gordon. To samo powiedział Ricky Lane. Koleżanki były poza tym pewne, że nie wróciła do akademika. Skąd zatem wzięła żółty sweter i szare spodnie od dresów?

Jake wzruszył ramionami.

— Dopiero po jakimś czasie Adam zrozumiał znaczenie tego stroju. I udał się do najoczywistszego źródła informacji — koleżanki, z którą Kathy dzieliła pokój.

— Nancy Serat.

— Tak. Nie chcąc zdradzić, że znaleziono ciało Kathy, odegrał przed Nancy typowego sentymentalnego tatę, który szuka ulubionego żółtego swetra córki. Zastanów się. Skoro Kathy nie wróciła do akademika, to gdzie zmieniła ubranie?

Jake nareszcie skojarzył.

— U Christiana! — Strzelił palcami. — Kathy stale u niego nocowała, więc musiała tam mieć ubranie.

— Tak.

— Nancy i Christian znali się — ciągnął wątek Jake. — Nie widziała nic złego w tym, że opowie mu o wizycie Adama. Pewnie uznała tę historię za uroczą.

— Przestraszyłeś się, że Adam Culver wypytuje o ten żółty sweter — rzekł Myron do Christiana. — Wiedziałeś, że jest blisko prawdy. Dlatego poszedłeś za nim tamtego wieczoru. Słyszałeś, jak się kłóci z żoną. Zobaczyłeś, jak wypada z domu, i wykombinowałeś sobie, że to wymarzona okazja, żeby go zabić. Jeszcze jeden świetny zmyłkowy trop.

Christian milczał.

— „Jeszcze jeden świetny zmyłkowy trop"? — spytał Jake.

— Na czym się skupiłeś na początku śledztwa w sprawie zniknięcia Kathy?

— Na Christianie. Jak powiedziałem, zawsze w takiej sytuacji najpierw sprawdzamy chłopaka dziewczyny.

— I co zrobił Christian? Kiedy ochrona kampusu przeczesywała teren w poszukiwaniu śladów, położył majtki Kathy na koszu na śmieci.

— Majtki ze spermą kolegi.

— Na dowód, że jest niewinny.

— Jasny gwint!

— Wprowadził nas też w błąd w przypadku Nancy Serat. Udusił ją i podrzucił na miejscu zbrodni włosy Kathy.

— Skąd je wytrzasnął?

— Kathy stale u niego nocowała, tak? Oprócz ubrań trzymała tam również inne rzeczy. Takie jak szczotka do włosów.

— Kurdebalans!

— Zwalić winę na kogoś, kto nie żyje? Idealna zmyłka. No, bo jeśli Kathy nie zginęła — jeśli rzeczywiście przeżyła — to wychodziła na wariatkę. Kto uwierzy bredzeniu morderczyni, która zabiła dawną przyjaciółkę? Christian nie przewidział, że u Nancy zjawi się Jessica. Spanikował. Uderzył ją w głowę i uciekł. Niestety, zostawił odciski palców. Jednak okazał się bystry i wykorzystał ten błąd. Kiedy ściągnęliście go nazajutrz na posterunek, z miejsca przyznał się, że odwiedził Nancy. I wyjechał z bajeczką o połączeniu się sióstr.

— Jeszcze jeden świetny zmyłkowy trop.

— Zapomniał o szklance.

— Jakiej szklance?

— Jego odciski znaleziono w kilku miejscach w domu Nancy, w tym na szklance do drinków. Powiedział nam, że wpuściła go tylko za próg, że właściwie wypchnęła go z domu, bąkając coś o połączeniu się sióstr. Czy to nie dziwne, że w tych okolicznościach zaproponowała mu drinka?

Myron spojrzał na Christiana. Ten odwrócił wzrok.

— Ja... nikogo nie chciałem skrzywdzić, panie Bolitar — powiedział.

— Kalkulowałeś na zimno i manipulowałeś. Nawet zatrudniając mnie, pomyślałeś o wszystkim. Byłem drobnym agentem sportowym. Mogłeś mnie kontrolować. Znałeś mój życiorys, wiedziałeś, że jestem doświadczonym detektywem i że w razie jakichkolwiek kłopotów, zachowam dyskrecję. Będę cię informował i starał się chronić. Wyznaczyłeś mi rolę frajera.

Wszyscy zamilkli.

— Dobra. Zabierajcie go — odezwał się Jake.

Policjanci odprowadzili Christiana.

Myron spojrzał na Jessicę. Cały czas milczała. Po policzkach ciekły jej łzy. Żadnej z porannych łez nie wylała z powodu ojca. Niektóre z tych może tak.

— „Lunch dla wiewiórek". — Win pokręcił głową. — Nie wierzę, że to powiedziałem.

Jessica przestała płakać. Zdobyła się nawet na nikły uśmiech. Myron objął ją, przyciągnął do siebie i ruszyli do samochodu.

49

Trzy dni później odwiózł ją na lotnisko.

— Wysadź mnie na terminalu — powiedziała.

— Zaczekam przy bramce.

— Musisz wracać.

— Mam czas.

— Ugrzęźniesz w korku.

— Nie szkodzi.

— Myron?

— Słucham?

— Po prostu mnie wysadź. Proszę. Wiesz, że nie znoszę scen.

— Nie zrobię żadnej sceny.

Zamilkli.

— Co będzie z Garym Gradym? — spytała.

— Wysłałem list do rady szkolnej i miejscowej prasy. Nie wiem, czy go wsadzą, ale jest skończony.

— A co z dziekanem Gordonem?

— Dziś rano złożył rezygnację. Przejdzie do szkolnictwa prywatnego.

— A gwałciciele?

— Ta sprawa będzie głośna. Cary Roland, prokurator okręgowy, wyciśnie z niej, co się da. Ricky Lane zezna przeciwko kolegom.

— Już nie jesteś jego agentem?

Myron skinął głową.

— I straciłeś Christiana.

Ponownie skinął głową.

— W sumie odbiło się to na twojej kieszeni.

— Bardziej martwię się o to, jak odbije się to na moim życiu.

— O czym mówisz?

— O twoim powrocie.

— To niedobrze, że wróciłam?

— Dobrze. Tylko że wyjeżdżasz.

— Na parę miesięcy. Promuję książkę.

Podjechał pod terminal.

— Wrócę — zapewniła.

Skinął głową.

Pocałowała go. Tak przedłużył pocałunek, że w końcu go odepchnęła. Niechętnie wypuścił ją z objęć.

— Kocham cię.

— Ja ciebie też. — Wysiadła. — Wrócę.

Patrzył, jak idzie w stronę wejścia. Jak przechodzi przez rozsuwane drzwi, jak zmierza do bramki i znika w windzie zjeżdżającej w dół. Patrzył nawet wtedy, gdy stracił ją z oczu. W szybę zapukał strażnik.

— Tu nie wolno stać, kierowniku. Ruszaj pan! — powiedział.

Myron spojrzał po raz ostatni i odjechał.